rororo

Ulrike Schäfer arbeitet als PR-Beraterin und Journalistin. Regelmäßig gründlich auszumisten ist für sie wie Wellness – vor allem das befreiende Gefühl danach. Kreatives Chaos herrscht nur, wenn die Münsteranerin, die nach vielen Jahren in Hamburg mittlerweile in Köln lebt, an einem Roman arbeitet: Dann türmt sich auf ihrem Schreibtisch allerhand Recherchematerial.

Ulrike Schäfer

Macht das glücklich, oder kann das weg?

Roman

Rowohlt Taschenbuch Verlag

Originalausgabe
Veröffentlicht im Rowohlt Taschenbuch Verlag, Hamburg,
Januar 2020

Redaktion Kathrin Jurgenowski
Umschlaggestaltung ZERO Werbeagentur, München
Umschlagabbildungen
CHAPLIA YAROSLAV,suns07butterfly/shutterstock
Satz aus der Goudy Old Style
bei Pinkuin Satz und Datentechnik, Berlin
Druck und Bindung CPI books GmbH, Leck, Germany
ISBN 978 3 499 27580 7

Meinen lieben Eltern

«Das Glück liegt in uns, nicht in den Dingen.»

François de La Rochefoucauld

«Die Seele trägt in sich selbst den Gedanken des Tierkreiszeichens.»

Johannes Kepler

Prolog

Das sieht ja aus wie meins, dachte Merle und sprang vom Rad. Sie war gerade vor dem Mehrfamilienhaus angekommen, in dem ihre Mutter wohnte, als ein Mann im altmodischen grauen Anzug die Haustür aufriss und davoneilte. Er hatte ein weißes Apple-Laptop unter den Arm geklemmt. So ein Modell hatte doch kein Mensch mehr! Die neuen Rechner waren kleiner und silbern oder roségold. Aber das konnte nicht sein. Bitte nicht, betete Merle.

Blitzschnell schloss sie ihr Fahrrad an der Hauswand ab und klingelte bei «Schneider». Der Summer schnarrte, und Merle sprang die Treppen hoch zur Wohnung im zweiten Stock. Sie war im Eiltempo von ihrer Wohnung in Eimsbüttel ins Portugiesenviertel gestrampelt, nachdem ihre Mutter angerufen hatte – um 9 Uhr morgens, das war an einem Samstag ja quasi noch Nacht. Angeblich «nur so», aber irgendetwas in ihrer Stimme hatte Merle beunruhigt. Da war etwas im Busch, das sagte ihr der siebte Sinn, den sie im Laufe der Jahre mit ihrer Mutter entwickelt hatte. Und jetzt ahnte sie auch, was es war. Merle stöhnte auf.

Wie gerne wäre sie noch mit Tom in ihrem Bett geblieben. Es war so kuschelig gewesen; sie hatte sich an seinen Rücken geschmiegt und die wohlige Wärme seiner Haut genossen. Wie gut dieser Mann roch! Nach Sonne und Salzwasser und einem Hauch von Marzipantasche. Ein Cocktail, der sie schwach machte, sodass sie ihre ganze Willenskraft hatte aufwenden müssen, um sich von ihm zu lösen.

Ächzend erreichte Merle den ersten Stock. Vielleicht hatte Tom ja recht, und sie sollte mal wieder Sport machen. Sitzen war das neue Rauchen – und sie selbst saß eindeutig zu viel. Nur die Yogastunde freitags morgens war ihr heilig. Tom dagegen war in seinem Laden für Surfbedarf ständig in Bewegung und fuhr fast jedes Wochenende zum Kiten nach St. Peter-Ording. Nichts für Merle. Sie hatte viel zu viel Respekt vor den hohen Wellen. Sie liebte das Wasser, aber sie hielt lieber Abstand, seit sie als Kind beim Schwimmunterricht einmal so viel davon geschluckt hatte, dass sie glaubte zu ersticken.

Merle lief weiter. Auf einer Treppenstufe lag noch immer das Streichholz, das sie zu Testzwecken dort platziert hatte. Also hatte in den letzten acht Wochen niemand geputzt. Merle seufzte. Sie nahm sich vor, bei der Verwaltung noch mal Druck zu machen. Das Haus war wie immer in einem erbarmungswürdigen Zustand. Im Erdgeschoss klaffte ein fingerbreiter Riss in der Wand, von der Decke bröckelte der Putz, und auf einer Treppenstufe lag vertrockneter Hundedreck. Merle hielt kurz die Luft an, als sie über den müffelnden Fleck hinwegstieg. Wie oft hatte sie ihrer Mutter schon angeboten, sich nach einer anderen Wohnung für sie umzusehen – vergeblich. Die Aussicht, mit all ihren Sachen umziehen oder womöglich etwas aussortieren zu müssen, schreckte sie wohl ab.

Merles Gedanken wanderten zu Tom zurück. Ein Glück, dass er nicht aufgewacht war, als sie sich heute Morgen aus dem Bett geschlichen hatte. Er brachte wenig Verständnis dafür auf, dass sie sich um ihre Mutter sorgte. Er hatte ja auch leicht reden: Seine Eltern waren schon vor Jahren nach Neuseeland ausgewandert, und abgesehen davon, dass er sie alle zwei Jahre besuchte, wenn sie vorher die Flugtickets für ihn buchten, fühlte er sich nicht verantwortlich für sie.

Merle ärgerte sich ja selbst, dass sie ausgerechnet heute herkommen musste. Es war selten genug, dass Tom am Wochenende in Hamburg blieb und Zeit für sie hatte. Freitags fuhr er meist direkt nach Ladenschluss gen Norden. Sein Freund und Geschäftspartner Kai hatte einen VW-Bus, in dem die beiden sogar im Winter ans Meer düsten. Von Schnee oder Kälte ließen sie sich nicht abschrecken – wozu hatte man schließlich einen Neopren-Anzug? Jetzt in diesem ungewöhnlich milden Oktober gab es natürlich erst recht kein Halten mehr.

Aber diesen Samstag musste Kai zu einer Familienfeier nach Lübeck. Tom war erst genervt gewesen – ein Wochenende ohne Kiten war für ihn fast wie ein Drogenentzug. Doch Merle hatte sich alle Mühe gegeben, ihn mit ihrer Vorfreude auf ein gemütliches Wochenende anzustecken. Erst zum Frühstücken in das kleine französische Café. Dort servierten sie ein Petit Déjeuner, das seinem Namen alle Ehre machte: zwei knusprige Mini-Croissants und ein Töpfchen Marmelade. Mehr brauchte Merle nicht zu ihrem Glück. Sie mochte es übersichtlich, und das galt auch für das, was auf ihrem Teller lag. Kürzlich hatte sie einen Artikel über die Bewohner der japanischen Insel Okinawa gelesen. Wissenschaftler hatten festgestellt, dass die Menschen dort so steinalt wurden, weil sie sich niemals ganz satt aßen. Merle konnte sich also auf ein langes Leben einstellen. Ein beruhigender Gedanke, denn immerhin waren schon fünfunddreißig Jahre rum, und manchmal erschien es ihr, als ob das Leben immer schneller an ihr vorbeilief, ohne dass etwas Nennenswertes passierte.

Ihre Mutter erwartete sie bereits an der Wohnungstür, von Kopf bis Fuß ein Häufchen Elend. Merle musste gar nicht mehr fragen: Es war also wirklich ihr Computer gewesen, der da rausgetragen wurde. Schon der schlecht sitzende Anzug hatte den Gerichtsvollzieher verraten. Warum sahen diese Typen nur immer so aus, als hätten sie modisch gesehen die letzten zwanzig Jahre verschlafen?

Offensichtlich hatte er ihre Mutter aus dem Bett geholt: Sie trug ihren lachsfarbenen Bademantel über dem grau gemusterten Schlafanzug. Die hellblonden Haare, in denen die grauen Strähnen gar nicht auffielen, hingen ungekämmt über ihre schmalen Schultern. Sie wäre locker als Schwedin durchgegangen. Merle selbst sah dagegen eher südländisch aus mit ihren kastanienbraunen Haaren und den bernsteinfarbenen Augen. Als Kind hatte sie das traurig gemacht. Sie musste dann immer an ihren Vater denken, den sie nur von Fotos kannte. Später, als Teenager, war sie sich interessant vorgekommen, wenn sie neben ihrer Mutter herlief und niemand auch nur einen Cent darauf gewettet hätte, dass sie miteinander verwandt waren. Inzwischen war die fehlende Ähnlichkeit einfach eine Tatsache, die Merle verwundert zur Kenntnis nahm.

«Hast du es also wieder geschafft, ja?», sagte sie statt einer Begrüßung und stürmte an ihrer Mutter vorbei in die Wohnung. Im Schlafzimmer schlug ihr muffige Luft entgegen. Merle zog angewidert die Stirn kraus.

«Lüftest du hier eigentlich auch mal?», fragte sie.

«Natürlich lüfte ich, Kind. Wenn ich noch mehr lüften würde, könnte ich auf die Fenster auch gleich verzichten», sagte ihre Mutter trocken.

Merle riss das Schlafzimmerfenster auf und sah hinaus auf die Straße. Der schlechte Geschmack auf zwei Beinen war längst über alle Berge, mitsamt dem Laptop. «Verdammter Mist», entfuhr es Merle. Ihre Mutter seufzte laut.

«Ja, Mist.» Sie wollte Merle über die Schulter streichen, doch die entwand sich mit einer schlängelnden Bewegung.

«Und du bist nicht auf die Idee gekommen, ihm zu sagen, dass das mein Rechner ist?», schimpfte sie.

«Aber du hast ihn mir doch geschenkt, Merle-Schatz», verteidigte sich ihre Mutter.

Merle stöhnte. «Das weiß der doch nicht, Mama.» Sie überlegte fieberhaft: Irgendwo musste sie noch den Kaufbeleg haben. Gleich Montag würde sie sich darum kümmern, den Computer zurückzubekommen. Hoffentlich war es dann noch nicht zu spät. Oder konnte man da auch am Samstag anrufen?

«Trink doch erst mal einen Kaffee mit mir», sagte ihre Mutter und ging, ohne eine Antwort abzuwarten, in die Küche. «Ich trinke nur Tee, Mama.» Und das schon seit Jahren, ergänzte Merle im Geiste und pfefferte ihre braune Lederjacke aufs Bett. Das war sonst nicht ihre Art, aber in dieser vollgestopften Wohnung fiel ein kleiner Beitrag zur Unordnung nicht weiter ins Gewicht. Und irgendwo musste sie mit ihrem Frust ja hin.

Ihre Mutter schien die Sache mit dem Laptop mit Fassung zu tragen. Merle aber versetzte es einen Stich. Nun gut, das Modell war deutlich günstiger gewesen als die neuen, aber

Merle hatte sich das Geld mühsam abknapsen müssen, um es ihrer Mutter zu kaufen. Und das Laptop war absolut ausreichend gewesen, um online Kontakte zu knüpfen. Die Freundinnen ihrer Mutter hatten sich in den letzten Jahren mehr und mehr von ihr zurückgezogen. Erst kürzlich war Merle einer Schulkollegin ihrer Mutter über den Weg gelaufen. Hilde hatte sich bei ihr beschwert, dass sie ihrer Mutter 300 Euro geliehen und sie nicht wiederbekommen hatte. Merle hatte die Schulden sofort beglichen, obwohl sie selbst nicht gerade im Geld schwamm.

Sie konnte es nur schwer ertragen, ihre Mutter so allein zu wissen. Darum hatte sie ihr nach dem Kauf des Computers gleich einen Facebook-Account eingerichtet. So wie die Dinge jetzt lagen, hatte ihre Mutter das Gerät aber wohl eher zum Shoppen genutzt, allen Beteuerungen zum Trotz.

«Also, was brauchtest du so dringend?», startete Merle ihr Verhör, nachdem sie ihrer Mutter in die Küche gefolgt war. «Lass mich raten: einen Bauchtrainer? Eine Sondermünze zum Weltspartag? Ein Socken-Abo?»

Ihre Mutter sah sie schuldbewusst an, doch Merle wandte sich ab. Diesmal würde sie sich nicht von ihrem Unschuldsblick besänftigen lassen.

«Wir hatten eine Abmachung, schon vergessen?», schimpfte sie.

Vor vier Jahren war ihre Mutter kurz nach ihrer Privatinsolvenz schon wieder überschuldet gewesen. Mit ihrer Frührente, die gerade mal auf Hartz-IV-Niveau lag, kam ihre Mutter nicht über die Runden, und Merle hatte es nicht übers Herz gebracht, sie darben zu lassen. Sie hatte ihr Unterstützung angeboten, damit sie wenigstens die Wohnung halten konnte. Im Gegenzug musste ihre Mutter ihr versprechen, keine größeren Anschaffungen mehr zu machen, ohne sie mit Merle abzuklären. Wie sich zeigte, hatte ihre Mutter aber eine ganz eigene Definition von einer «größeren Anschaffung». Vor ein paar Monaten hatte sie beim Homeshopping-Kanal eine ganze Armada Kochtöpfe erstanden, die Merle zu spät entdeckt hatte, um sie noch umtauschen zu können. Danach war es eine ganze Kiste Schafmilchseife vom Eppendorfer Isemarkt gewesen. Ihre Mutter hatte stolz damit vor ihrer Tür gestanden. «Die ist gut für die Haut», hatte sie ihr in verschwörerischem Ton zugeraunt, so als hätte Merle hartnäckige Akne. Die Seife würde jedenfalls locker bis zur Rente reichen.

«Was zum Henker hast du jetzt wieder bestellt? Noch dazu hinter meinem Rücken?», bohrte sie weiter, da ihre Mutter immer noch keinen Ton sagte. Stattdessen stellte sie in aller Seelenruhe zwei Tassen auf den Küchentisch. Dann verschränkte sie trotzig die Arme vor der Brust.

«Wenn du es unbedingt wissen willst: Ich brauchte eine Winterjacke und einen warmen Pullover! Wie du weißt, friere ich leicht. Außerdem wird es in dieser Wohnung nicht richtig warm.»

«Machst du Witze?», gab Merle zurück. Sie stürmte ins Schlafzimmer, riss die Türen des Ikea-Kleiderschrankes auf, der die gesamte rechte Zimmerwand einnahm, und zog mit einem Handgriff drei Wollpullis heraus. Mit den Oberteilen im Arm lief sie zurück in die Küche, wo ihre Mutter sich auf einen der wackeligen Holzstühle gesetzt hatte. Merle legte die Pullover vor ihr auf den Tisch. «Warum versuchst du es nicht mal mit denen?»

«Die kann man doch nicht mehr tragen, Kind. Völlig aus der Form – und aus der Mode sowieso.»

«Warum bewahrst du sie dann noch auf?», fragte Merle genervt. «Schmeiß sie weg! Und all die anderen Klamotten, die du nicht mehr trägst, gleich mit.»

«Ich will aber bald Flohmarkt machen», sagte ihre Mutter, die Arme noch immer verschränkt.

«Das erzählst du seit zehn Jahren. Ach, was sage ich: seit zwanzig», winkte Merle ab. «Setz doch endlich mal was bei ebay rein! Du kannst das Geld brauchen. Ich helfe dir auch mit den Bildern.»

Ihre Mutter besaß ein uraltes Handy, dessen Kamera statt eines Fotos nur eine sehr unscharfe Ahnung dessen produzierte, was man eigentlich aufnehmen wollte.

«Wir machen es so: Ich packe die Pullover in eine Flohmarktkiste, mit allem, was du verkaufen willst, und nehme sie nachher mit zu mir. Damit die Sachen auch wirklich darin bleiben», sagte Merle in besänftigendem Ton. «Und wenn du so weit bist, gehen wir es an. Was meinst du?»

Ihre Mutter zuckte erst mit den Schultern und sagte dann leise: «Okay.»

Sie wusste, wie es lief: Merle würde ein Datum auf die Kiste schreiben und die Sachen vier Wochen bei sich zwischenlagern. Wenn ihre Mutter bis dahin nicht danach verlangt oder sie bei ebay eingestellt hatte, brachte Merle sie zum Umsonstladen. Das war immer ein guter – wenn nicht der einzige – Weg, die Wohnung wenigstens vom gröbsten Unfug zu befreien.

Für einen Moment schwiegen sie beide. Ihre Mutter saß wie versteinert auf ihrem Stuhl. Auf der Tasse, die sie in der

Hand hielt, stand der Spruch «Das kann ja Eiter werden», und sie starrte darauf, als würde sie ihn gerade zum ersten Mal lesen. Merle seufzte. Sie spürte, wie ihre Wut verflog und ihre Mutter ihr nur noch leidtat.

Sie wusste ja selbst, wie schwer es manchmal war zu widerstehen. Auch sie hatte hin und wieder diese Momente, in denen sie gedankenlos im Netz herumsurfte und eigentlich etwas ganz anderes suchte. Und dann tauchte es plötzlich auf, dieses besondere Kleid oder das Top, und sie stellte sich vor, wie gut sie in dem Teil aussehen würde, rosiger und schlanker denn je, und wie Tom sie völlig überwältigt aufs Bett werfen würde …

Doch bevor die Phantasie endgültig mit ihr durchging, hatte sie ihre Tricks, mit denen sie den Kaufimpuls in Schach hielt. Da war zum einen die «One in One out»-Regel: Für jedes neu angeschaffte Teil sortierte sie ein anderes aus. Und das war alles andere als leicht, da sie ohnehin nichts Überflüssiges besaß. In ihrem Schrank hatte sie ausschließlich Kleidungsstücke, die zueinanderpassten. Das war gar nicht so schwierig – sie blieb einfach bei ihrer gewohnten Farbfamilie: Blau, Grau und Weiß. Da konnte man beim Kombinieren gar nichts falsch machen und brauchte automatisch weniger Sachen. Selbst ihre Accessoires, ihre Gürtel und Sonnenbrillen, hatte sie weitgehend auf diesen Farbcode abgestimmt. So musste sie sich keine Gedanken über ihren Look machen und war trotzdem immer gut angezogen.

Das Problem war nur: Wenn man sich in einem dieser Online-Shops etwas angeschaut hatte, ließen die einen nicht mehr vom Haken. Wo auch immer man sich in den nächsten Tagen und Wochen online hinverirrte, wurde einem das Produkt wieder unter die Nase gehalten. Merle war sich ziemlich sicher, dass sie im Silicon Valley bereits nach einem Weg suchten, die Produkte auch noch in ihre Träume zu schmuggeln. Wenn sie dann aber doch mal kurz davor war, schwach zu werden, trat das zweite Gegenargument auf den Plan: ihre Finanzen. Merle konnte es sich schlichtweg nicht leisten, jedem Kaufanreiz nachzugeben. Also klickte sie das meiste einfach weg. Ihre Mutter war zu dieser Form der Impulskontrolle leider nicht in der Lage.

Merle pustete den Dampf über ihren Tassenrand. Ihre Mutter sah sie schuldbewusst an.

«Tut mir leid mit dem Computer», sagte sie. «Es war kurz vor Weihnachten, du weißt ja, dass es mir in der Zeit immer nicht so gutgeht. Ich war einfach traurig, und da hab ich die Sachen gesehen. Die sahen so kuschelig aus und waren runtergesetzt. Ich dachte, es wird schon irgendwie gehen.»

Merle entfuhr ein leises Grunzen.

«Wir könnten ja Widerspruch einlegen!», schlug ihre Mutter vor. «Das Laptop ist doch viel mehr wert als der Pulli und die Jacke. Außerdem gehört der heute zur Grundversorgung, oder? Vielleicht könntest du mal Alfons anrufen?»

Merle nickte resigniert. Natürlich, Alfons. Das musste ja kommen. Der Schuldenberater, der ihnen schon oft aus der Patsche geholfen hatte, würde die Hände über dem Kopf zusammenschlagen. Das einzig Gute war, dass Merle ihm nichts mehr erklären musste. Er wusste schon Bescheid, wenn er nur ihre Nummer auf seinem Display sah.

«Klar kann ich ihn anrufen. Es sei denn, du möchtest dich ausnahmsweise mal selbst um deine Probleme kümmern», brummelte Merle.

«Ach nein, du hast doch so einen guten Draht zu Alfons.» Ihre Mutter zwinkerte ihr etwas unbeholfen zu. «Ich weiß genau, dass er ein Auge auf dich geworfen hat. Aber davon willst du ja nichts wissen.»

«Mutter, ich habe einen Freund, und das seit vier Jahren. Aber davon willst du ja nichts wissen», gab Merle genervt zurück.

«Tom wirst du nicht heiraten, mein Kind. Das wissen wir doch beide. Er sieht gut aus, keine Frage, aber er ist nicht der Mann fürs Leben. Glaub deiner alten Mutter. So ein Exemplar hat man nie für sich alleine.»

«Du musst es ja wissen. Schließlich bist du eine wahre Expertin auf dem Gebiet, nicht wahr?» Merle hatte das nicht so heftig sagen wollen. Aber wieso nervte ihre Mutter sie immer wieder mit Beziehungstipps? Ausgerechnet sie, die nie einen Mann hatte halten können! Nicht einmal ihren Erzeuger, der mit einer anderen Frau durchgebrannt war, kaum dass Merle das Licht der Welt erblickt hatte.

«Glaub mir, Kindchen. Ich erkenne Männer, die nicht lieben, drei Meilen gegen den Wind.»

Der Satz traf sie wie ein Fausthieb. Das war jetzt wirklich zu viel.

«Du kennst Tom doch gar nicht. Gerade zweimal hast du ihn gesehen. Wie kannst du dir da ein Urteil erlauben?», zischte Merle.

Mit einem Ruck stand sie auf und ging Richtung Wohnungstür. Keine Sekunde länger hielt sie es hier aus. Sie hatte wirklich Besseres zu tun, als sich anzuhören, wie falsch ihr Leben in den Augen ihrer Mutter war.

Die Verabschiedung fiel kurz aus. Merle war bereits an

der Treppe, als sie hinter sich noch mal ihre Stimme hörte. «Merle?»

Sie drehte sich um. Ihre Mutter sah blass aus in ihrem Frotteemantel. Dieser Lachston war ganz und gar nicht ihre Farbe.

«Was ist denn?»

«Ach, nichts. Ruf mich bitte an, wenn du Alfons erreicht hast, ja?»

«Natürlich.»

Sie tat Merle schon wieder leid, wie sie da in der Tür stand mit ihrem traurigen Blick und den eingezogenen Schultern. Aber sie musste jetzt erst mal durchatmen und sich abregen. Hastig winkte sie ihrer Mutter zu und sprang die Stufen hinunter. Sie würde später noch mal bei ihr anrufen.

Sie konnte ja nicht wissen, dass es kein Später geben würde.

Kapitel 1

Etwa ein Jahr danach

Na, min Deern? Alles im Lot?»

Hausmeister Giese winkte Merle gutgelaunt mit der Farbrolle zu, als sie ihr weißes Rennrad durch den Torbogen in den Ottenser Hinterhof schob. Wie jeden Morgen übermalte der alte Herr, dessen Arbeitskittel den gleichen dunklen Grauton aufwies wie sein Haarkranz, die Graffiti der vergangenen Nacht. Fast hatte Merle den Eindruck, dass ihm der seit Monaten währende Kampf gegen die nächtliche Bemalung diebische Freude machte. Noch war völlig offen, wer die Schlacht gewinnen würde: Die selbsternannten Künstler, die die weißen Wände des Durchgangs als Leinwand betrachteten? Oder Hausmeister Giese, der beim täglichen Überpinseln einen bemerkenswert langen Atem bewies?

«Jou, alles im Lot. Und selbst?», grüßte Merle zurück und bemühte sich, ein ebenso breites Hamburgisch an den Tag zu legen wie er.

«Man lebt, min Deern, man lebt. Wirste heute wieder fürs Wegwerfen bezahlt?»

Merle lachte. Seit er herausgefunden hatte, was sie beruflich machte, zog er sie bei jeder Gelegenheit damit auf. Es wollte ihm nicht in den Kopf, warum manche Menschen viel Geld dafür bezahlten, dass man ihnen ihr Hab und Gut wegnahm.

«Wenn Sie so wollen. Aber wir meinen es wirklich nur gut mit unseren Kunden», versuchte sie es erneut. Doch Herr Giese winkte ab. «Hör bloß auf. Probleme haben die Leute! Solange man seine Siebensachen noch unterbringen kann, ist doch alles paletti. Alles andere ist Operette. Stimmt's, oder hab ich recht?»

«Schön wär's, wenn die Leute nur sieben Sachen hätten», seufzte Merle. «In Wahrheit sind es um die 10 000 pro Haushalt. Eigentlich brauchen wir aber nur etwa 500.»

Der Hausmeister machte ein erstauntes Gesicht. «Das erklärt einiges», sagte er trocken und tunkte seine Rolle erneut in die Farbe. «Deswegen ist am Ende von meinem Gehalt immer so viel Monat übrig. Da muss ich wohl mal ein ernstes Wörtchen mit meiner Frau reden, was?» Er zwinkerte Merle zu und wandte sich laut pfeifend wieder seiner Arbeit zu.

Sie schob ihr Fahrrad über das Kopfsteinpflaster bis zu dem niedrigen alten Fabrikgebäude, in dem die Agentur «Queen of Clean» ihren Sitz hatte. Wie jeden Morgen war es, als würde sie in eine andere Welt eintauchen: Das rote Backsteingebäude mit den grauen Sprossenfenstern hatte genau den nostalgischen Industrial Charme, den sie so mochte. Auch innen entsprach das Loft ihrem Geschmack: ein großer, lichtdurchfluteter Raum mit unverputzten Wänden, weiß lackierten Dielen und großen schwarzen Industrieleuchten über den Schreibtischen. Es erfüllte sie mit Stolz, hier arbeiten zu dürfen. Gleichzeitig spürte sie aber auch ein ängstliches Ziehen im Bauch, denn ihre Probezeit lief bald ab. Das hier war der erste Job, der ihr etwas bedeutete. Nur durch ihn machte alles, was vorher gewesen war, einen Sinn.

Als sie vor einem halben Jahr im Internet die Stellenanzeige entdeckt hatte, war ihr gleich klargewesen, dass sie für diese Position wie geschaffen war.

«Zählen Sie nicht nur 2 und 2 zusammen, sondern ziehen gleich 3 wieder ab? Dann suchen wir Sie: eine(n) aufgeräumte(n) Mitarbeiter(in), der/die weiß, dass weniger Besitz kein Verzicht, sondern eine Bereicherung ist. Wollen Sie unseren Kunden helfen, Überflüssiges loszulassen und leichter durchs Leben zu gehen? Dann freuen wir uns auf Ihre Bewerbung.»

Zunächst hatte sie gerätselt, ob da nicht vielleicht doch eine Ernährungsberaterin für Übergewichtige gesucht wurde. Doch nachdem sie den Firmennamen gegoogelt hatte, war klar, dass es genau um die Art von Diät ging, die Merle am Herzen lag. Noch am gleichen Tag hatte sie ihre Bewerbung abgeschickt – und war nicht überrascht, als kurz darauf die Einladung zum Vorstellungsgespräch eintrudelte.

Wie viel Mühe sie auf das Anschreiben verwendet hatte! Sie wusste ja, dass ihr Lebenslauf streng genommen nicht viel hergab. Zumal sie die entscheidende Qualifikation – die Jahre mit ihrer kaufsüchtigen Mutter – lieber für sich behielt. Ihr Kunstgeschichtsstudium hatte sie nach sechs Semestern abbrechen müssen, obwohl sie so idealistisch damit begonnen hatte. Sie war ihren Neigungen gefolgt, denn in Museen hatte sie sich immer wohl gefühlt. Bei all dem Weißraum zwischen den übersichtlich platzierten Kunstwerken konnte sie durchatmen und zur Ruhe kommen. Sie hatte es sich schön vorgestellt, in einem solchen Umfeld zu arbeiten. Und tatsächlich war sie an der Uni regelrecht aufgeblüht, hatte es genossen, Bilder zu analysieren, sich mit Strömungen und Epochen zu beschäftigen oder in der Bibliothek nach Material zu stöbern. Sechs Semester lang hatte sie sich voll reingekniet – bis sie einfach nicht mehr konnte. Neben dem Studium hatte sie in jeder freien Minute jobben müssen. Das Bafög reichte hinten und vorne nicht – und dann noch die Privatinsolvenz ihrer Mutter. Wochenlang hatte sie nur Reis mit Ketchup gegessen und sich auch sonst nichts gegönnt. Irgendwann war ihr alles zu viel geworden. Ihre Freundin Heike, die seit dem ersten Tag im Hörsaal so etwas wie ihr Schatten war, hatte es ihr auf den Kopf zugesagt.

«Du musst etwas ändern, Merle. Deine Augenringe sehen schon aus wie Jahresringe, an denen man die Zeit bis zum Burnout ablesen kann. Ich will dich wirklich nicht in der Klinik besuchen müssen.»

Erst war sie eingeschnappt gewesen, doch dann war ihr klargeworden, dass Heike recht hatte. Sie war so erschöpft, dass sie morgens kaum noch aus dem Bett kam. Ihre Bemühungen schienen ohnehin wenig aussichtsreich. Denn die wenigen Stellen, die es in Museen und Galerien gab, bekamen eh nur die Überflieger mit Promotion. Während also Heike weiterstudierte, obwohl sie ebenso wenig in dieses Höhere-Töchter-Fach passte wie Merle, hatte sie die Waffen gestreckt und sich lieber voll und ganz ihren Brotjobs gewidmet. Eine schwere Entscheidung, an der sie oft gezweifelt hatte. Doch jetzt sah es so aus, als zahle sich das Ganze sogar beruflich aus. Denn mit ihren teilweise recht bizarren Jobs hatte sie bei Konstanze, der Chefin von «Queen of Clean», echt Eindruck schinden können.

Die Callcenterstelle bei der Online-Partnerbörse hatte sie in ihrer Bewerbung als Beleg dafür angeführt, dass sie den Umgang mit schwierigen Menschen gewöhnt war. Das konnte auch für die Tätigkeit als Aufräumcoach nur nützlich sein.

Davor hatte sie eine Zeitlang als Simulationspatientin an der Uni gearbeitet und mal Migräne, mal einen Blinddarmdurchbruch oder sogar eine manisch-depressive Störung vorgetäuscht, damit Medizinstudenten den Umgang mit Patienten üben konnten. Manche von ihnen hatten sie damals für ihre überzeugende Darstellung gelobt. Sie nahm es als Beweis, dass sie über genügend Empathie und Geschick verfügte, sich auch in die Agenturkunden und ihre Bedürfnisse hineinzudenken.

Überhaupt passte der Job perfekt zu ihrem Lebensstil. Wie beiläufig hatte sie im Gespräch einfließen lassen, dass sie auf lediglich achtundzwanzig Quadratmetern wohnte, damit sich kein überflüssiger Kram bei ihr ansammeln konnte. Und dass sie freiwillig auf einen Kellerraum verzichtete, denn wozu sollte sie etwas lagern, das nicht gut genug war, um es in der Wohnung aufzuheben? Sie sah noch das Lächeln von Konstanze vor sich, als sie ihr von der «One in One out»-Regel erzählt hatte, und dass sie ihr Herz grundsätzlich nicht an Dinge hängte. Es stimmte ja: Schon lange ließ sie sich nichts Materielles mehr schenken. Sie hatte Tom aufgefordert, ihr zum Geburtstag oder zu Weihnachten nur noch gemeinsame Erlebnisse zu spendieren – was zur Folge hatte, dass eine ganze Sammlung von Gutscheinen in ihrer Nachttischschublade auf Einlösung wartete.

Merle musste kichern, als sie an das Vorstellungsgespräch dachte. Um ganz sicherzugehen, hatte sie Fotos mitgebracht, um Konstanze das Ordnungssystem in ihrem Kleiderschrank (maximal 25 Bügel, und nichts darf übereinanderhängen) und ihren picobello aufgeräumten Schreibtisch zu zeigen. Natürlich hatte sie vorher alle einschlägigen Bücher verschlungen, von Marie Kondo bis Feng Shui. Womit sie Konstanze schließlich überzeugt hatte, wusste sie nicht. Sie war einfach nur froh, dass sie nicht übers Ziel hinausgeschossen war. Offenbar war sie als Überzeugungstäterin rübergekommen und nicht als Zwangsgestörte. Wie erleichtert sie gewesen war, als ihre neue Chefin ihr schließlich feierlich die Hand gegeben und gesagt hatte: «Willkommen bei Queen of Clean.» Sogar das Du hatte sie ihr spontan angeboten, und Merle hatte sich nur mühsam bremsen können, einen spontanen Freudentanz aufzuführen.

Merle stellte ihr Fahrrad in den Ständer vor der Agentur und sperrte es mit zwei Schlössern ab, um die Chance zu erhöhen, dass es heute Abend noch auf sie wartete. Sie ging die kleine Treppe hoch zu der schweren Eisentür, vorbei an den Tontöpfen mit raschelndem Bambus, die dort Spalier standen, als warteten sie darauf, von ihr begrüßt zu werden. Sie kramte ihren Schlüsselbund aus der Tasche ihres beigefarbenen Trenchcoats, hielt dann aber kurz inne und schloss die Augen.

Sie liebte Ottensen für die lauschigen Gassen und die bunten Jugendstilhäuser, vor allem aber für die Geräusche, die hier in der Luft lagen. Das Viertel lag so nah an der Elbe, dass man das Tuten der Schiffshörner und das Kreischen der Möwen hören konnte. In Merle weckte das jedes Mal die Sehnsucht nach einer unbestimmten Ferne.

Seufzend öffnete sie die Augen und schloss die Tür auf.

«Ah, unser Frischling! So früh schon aus den Federn?», begrüßte sie ihr Kollege Björn mit schiefem Grinsen, als sie das Großraumbüro betrat. Wie immer sah er aus wie aus dem Ei gepellt. Der hellblaue Pullover passte perfekt zu seinem braunen Teint und den mittelbraunen welligen Haaren, die wirkten, als hätte sie ein Starfriseur morgens noch schnell in Form geföhnt. Er war in etwa so alt wie sie und markierte gerne den Witzbold. Anfangs hatte sie das irritiert, doch dann hatte sie beschlossen, einfach mitzuspielen. Im Gegenzug nahm er es ihr nicht übel, dass sie ihn mit seinem streberhaften Verhalten aufzog. Inzwischen waren die Sticheleien ihr allmorgendliches Begrüßungsritual.

«Und Mamis Liebling ist auch schon da», gab Merle zurück. «Sammelst wohl wieder Fleißpunkte bei Konstanze?» Björn war wie immer überpünktlich, weil er wusste, dass die Chefin das schätzte.

«Von nix kommt nix, Frischling!», erwiderte Björn und sah mit hochgezogener Augenbraue zu, wie sie umständlich versuchte, ihren Trench noch im Gehen abzustreifen. Was ihr unter seinem kritischen Blick erst recht nicht gelang. Sie kam sich in Björns Anwesenheit oft ungeschickt vor. Nicht ohne Grund hatte er ihr den Spitznamen «Frischling» verpasst, weil sie in der Agentur eine Art Azubi-Status hatte.

Alle bewunderten Björn für die Schnelligkeit und Professionalität, mit der er Aufträge abwickelte. Merle war einige Male mit ihm «mitgelaufen», um von ihm zu lernen. Sie war beeindruckt gewesen von der Autorität, die er ausstrahlte. Scheinbar mühelos bewegte er die Kunden dazu, sich von ihren Sachen zu trennen. Der leicht angeekelte Gesichtsausdruck, mit dem er die Gegenstände beäugte, reichte meistens schon, und sie landeten im Müll – nicht in irgendeinem natürlich, sondern in den Plastiksäcken mit dem verschnörkelten «Queen of Clean»-Schriftzug samt darüber schwebendem Krönchen, die Konstanze eigens in verschiedenen Farben hatte anfertigen lassen. Björn war so erfolgreich, dass er sich bereits als rechte Hand der Chefin betrachtete.

Merle fuhr ihren Rechner hoch und betrachtete den aufgeräumten Schreibtisch. Es gehörte zum Selbstverständnis der Agentur, dass die Mitarbeiter nicht mehr als zehn Dinge mit an den Arbeitsplatz bringen durften. Derjenige, der die Woche über am wenigsten oder gar nichts dabeihatte, bekam von Konstanze eine goldene Pappmedaille an den Bildschirm geheftet. Auf diese Weise wollte sie nicht nur die interne Konkurrenz anheizen, von deren motivierender Wirkung sie überzeugt war. Sie wollte auch verhindern, dass sich auf den Schreibtischen zu viel Kram ansammelte. Immer montags wurden außerdem die Arbeitsplätze gewechselt, und die Mitarbeiter rückten im Uhrzeigersinn einen Tisch weiter, damit es sich niemand zu gemütlich einrichten konnte. Bei «Queen of Clean» gab es keine Post-its an den Computern, keine Bilderrahmen oder Stofftierchen. Schließlich kam es durchaus vor, dass ein Kunde die Agentur persönlich aufsuchte. Wenn auf den Tischen dann Chaos herrschte, würde ihn das kaum überzeugen, dass man ihm hier helfen konnte. Die Mitarbeiter sollten das Weniger-ist-mehr-Prinzip auch im Alltag leben, so wollte es Konstanze – und so bemühten sich alle nach Kräften, die Regeln einzuhalten.

«Welches Thema wirst du dir denn diese Woche für den Blog vornehmen? ‹So ordnen Sie Ihre Briefmarkensammlung?› oder ‹Socken aussortieren – leichtgemacht?›», riss Björn sie aus ihren Gedanken, ohne den Blick von seiner Tastatur abzuwenden, während er ein Gewitter von Anschlägen darauf herabregnen ließ.

«Sehr witzig», brummelte Merle und gab ihr Passwort ein,

um sich ins System einzuloggen. Es wurde höchste Zeit für ihren Text, der bis übermorgen online gehen sollte.

Bevor Merle «auf die Kunden losgelassen» würde, wie Konstanze es formuliert hatte, sollte sie sich zunächst in das Thema einarbeiten. Und was wäre dazu besser geeignet gewesen, als die Öffentlichkeitsarbeit zu übernehmen und den hauseigenen Blog zu füllen? Konstanze legte größten Wert auf die sozialen Medien als wichtigstes Akquiseinstrument der Agentur. Und so hatte Merle, seit sie vor sechs Monaten hier eingestiegen war, jede Woche einen Beitrag verfasst. Die Texte sollten die Leserinnen – 90 Prozent ihrer Kundschaft waren Frauen – dazu inspirieren, ihre Wohnungen auszumisten, um sich freier zu fühlen. Natürlich wies Merle in jedem Artikel darauf hin, dass sich jeder, dem das Aussortieren schwerfiel, professionelle Unterstützung holen konnte – von dem Team von «Queen of Clean».

Von Woche zu Woche fiel es ihr allerdings schwerer, sich zum Schreiben zu motivieren. Immerhin hatte Konstanze sie doch als «Aufräum-Queen» engagiert – so lautete der offizielle Titel, der bei allen sechs Mitarbeitern auf den Visitenkarten stand. Auch für Björn als einzigem Mann im Team wurde da keine Ausnahme gemacht, was er als bekennender schwuler Mann durchaus schick fand. Neidisch sah Merle ihnen hinterher, wenn sie zum Kundeneinsatz fuhren, während sie selbst nie aus der Agentur herauskam. Immerhin konnte sich der Blog über eine ganze Reihe treuer Leserinnen freuen, die regelmäßig Kommentare hinterließen und Merle das Gefühl gaben, für ein dankbares Publikum zu schreiben. Sie hatte auch schon so ziemlich alles abgehandelt, was man zum Thema Aufräumen und Ballastabwerfen sagen konnte. An ein

Thema hatte sie sich bislang allerdings nicht herangetraut: Wie sollte man mit geerbten Dingen umgehen? Galt es, sie aus Pietätsgründen für immer aufzubewahren? Oder zumindest eine Zeitlang? Was, wenn man es einfach nicht über sich brachte, sich von Erbstücken lieber Menschen zu trennen?

Sie erinnerte sich noch genau, wie es war, nach dem Tod ihrer Mutter in der verwaisten Wohnung zu stehen. Wie überfordert sie sich gefühlt hatte angesichts der ganzen Dinge, die ihre Mutter über Jahre und Jahrzehnte angesammelt hatte. Wo sollte sie da nur anfangen? Wie sollte sie sich von all den Sachen trennen, die ihrer Mutter so wertvoll gewesen waren? Auf einmal war ihr schmerzlich bewusst geworden, wie viele Fragen offenbleiben würden: Wer waren diese Menschen auf den Schwarzweißfotos, und was war das für ein Ausflug, den ihre Mutter in den achtziger Jahren in die Berge unternommen hatte? Von welcher Ingrid stammte die Widmung in dem Heinrich-Böll-Buch? Sie konnte ihre Mutter nicht mehr danach fragen. Mit jedem Gegenstand, den sie in die Hand nahm, hatte sie den Verlust gespürt. Anfangs hatte sie noch Erinnerungsstücke aussortiert, die sie aufbewahren wollte. Nach und nach aber war ihr klargeworden: Sie würde sich nicht öfter oder länger an ihre Mutter erinnern, wenn sie ihre Teetassen, Pullover oder Kissen für den Rest ihrer Tage um sich scharte. Nichts von alldem konnte sie wieder lebendig machen, all diese Gegenstände würden sie ihr nicht ersetzen.

Die Erkenntnis hatte ihr kurz den Boden unter den Füßen weggezogen. Aber dann war etwas mit ihr passiert.

«Nur Erinnerungen sind Erinnerungen.» Dieser Satz war ihr nicht mehr aus den Kopf gegangen. Eine ungekannte

Entschlossenheit hatte sie ergriffen und ihr neue Energie verliehen. Das ganze Zeug musste weg! Und zwar so, dass es noch jemandem zugutekam. Die Sammelei ihrer Mutter sollte wenigstens etwas Positives gehabt haben. Von da an hatte sich Merle in einen regelrechten Rausch hineingeräumt und entsorgt. Sie sah sich noch herumwirbeln zwischen Müllsäcken und Umzugskisten, ein Teil nach dem anderen hineinwerfend. Weg mit dem Ramsch, der ihrer Mutter und ihr das Leben so schwergemacht hatte! All die Stofftiere, Prospekte, Schals, Tischsets und die unbenutzten Tchibo-Artikel wie der Nasenhaarschneider oder der Sockenhalter – sie waren schneller in die Säcke geflogen, als Merle es vorher für möglich gehalten hätte. Am Ende hatte sie so viele Sachen bei der Heilsarmee, der Flüchtlingshilfe und beim Umsonstladen vorbeigebracht, dass sie dort schon mit Namen begrüßt wurde. Sogar die Tagebücher und die meisten Fotos ihrer Mutter hatte sie aus einem Impuls heraus weggeworfen. Sie wollte nicht in der Vergangenheit leben, sondern den Kummer ihrer Kindheit endgültig hinter sich lassen. Schließlich sollte man nur aufbewahren, was einen glücklich machte, so stand es in den Lehrbüchern.

Bei einigen Sachen war es ihr trotzdem schwergefallen, sie wegzugeben. Also hatte sie sich selbst ausgetrickst und die Dinge fotografiert. Die Ohrringe mit den Mondsteinen zum Beispiel, die ihre Mutter so gerne getragen hatte.

Beim Gedanken daran griff Merle nach der halb leeren Wasserflasche und trank einen Schluck. Ihr Hals war auf einmal wie ausgedörrt. Sie winkte einer Kollegin zu, die gerade hereinkam und «einen aufgeräumten Morgen» wünschte.

Sie stellte die Flasche wieder auf den Schreibtisch und las

den Spruch auf ihrem Desktop. Schwarz auf hellblau stand es dort:

«Nur Erinnerungen sind Erinnerungen.»

Der Satz war zu ihrem Lebensmotto geworden. Sie fürchtete nur, dass ihre Leserinnen nicht unbedingt damit sympathisierten. Und das konnte sie ihnen nicht einmal übelnehmen. Nicht jeder hatte so schlechte Erfahrungen mit übermäßigem Besitz gemacht wie sie.

Merle seufzte. Irgendwie war sie nicht in der richtigen Stimmung, den Blogartikel zu schreiben. Sie würde sich später darum kümmern. Stattdessen klickte sie auf das Outlook-Symbol und begann, Mails zu beantworten.

«Merle, du sollst zu Konstanze kommen. Aber pronto!»

Die schrille Stimme von Karola, Konstanzes persönlicher Assistentin, riss Merle kurz vor der Mittagspause aus ihren Gedanken.

Während sie sich von ihrem Stuhl erhob, warf Björn ihr einen vielsagenden Blick zu und formte mit den Lippen ein «Viel Glück», um dann noch ein deutlich artikuliertes «Frischling» dahinterzusetzen.

Als Merle in Konstanzes Büro trat, sah sie nichts als einen leeren Bürostuhl.

«Komm rein», hörte sie Konstanze sagen und wandte ihren Kopf nach rechts, wo sich ihre Chefin auf der breiten Fensterbank niedergelassen hatte. Versonnen blickte sie hinaus auf den Innenhof und den vor sich hin pfeifenden Hausmeister und strich sich dabei ihre platinblond gefärbten

Haare aus dem Gesicht. Ein Bein hatte sie angewinkelt, eines ausgestreckt, ein Zipfel ihrer weißen Seidenbluse hing lässig aus der schmalen, marineblauen Hose. Konstanze inszenierte sich stets so, dass man ein Foto von ihr auf Instagram hätte posten und damit eine Menge Likes hätte generieren können.

Sie hatte die Agentur vor sechs Jahren als Ein-Frau-Unternehmen gegründet. Seitdem war «Queen of Clean» nicht nur stetig gewachsen. Konstanze hatte mit der «30-Tage-Wohndiät» auch noch einen Sachbuch-Bestseller geschrieben und war regelmäßig als Aufräumexpertin im Fernsehen zu sehen. Merle bewunderte Konstanze für die schier unerschöpfliche Energie, mit der sie sich ihrem Leib- und Magenthema widmete. Sie ging längst nicht mehr selbst zum Kunden – ihren Stundensatz hätte sich eh keiner leisten können, wie sie gerne anmerkte –, sondern fungierte nur noch als attraktives Aushängeschild der Agentur. Oder, wie sie es selbst nannte, als «Director of first impression».

Merle war stolz darauf, dass sie Konstanze erst kürzlich ein zweiseitiges Interview in «Psychologie bringt dich weiter» verschafft hatte. Sie hatte sich einen Dreh überlegt, mit dem sie die Redakteurin letztlich überzeugt hatte: dass Aufräumberater eigentlich psychologische Arbeit leisteten. Auch die Headline stammte von Merle: «Wer aufräumt, ist aufgeräumter.» Konstanze hatte sich in dem Interview zu der Behauptung verstiegen, dass Entrümpeln jahrelange Sitzungen beim Therapeuten ersetzen könne. Und natürlich hatte sie es sich nicht nehmen lassen, die Erfolgsgeschichte von «Queen of Clean» zu erzählen. Es war die perfekte PR gewesen, und danach hatten sich für eine Weile deutlich mehr Interessenten bei ihnen gemeldet als sonst. Zu Merles Verdruss hatte Konstanze den Coup aber weniger ihr zugutegehalten als der eigenen Überzeugungskraft.

Konstanze erhob sich auf denkbar elegante Weise von der Fensterbank und ging zu ihrem Schreibtisch. Dann sah sie Merle endlich an.

«Entschuldige, ich brauchte gerade meine Fünf-Minuten-Meditation. Dauernd will jemand was von mir, und wenn es kein Kunde ist, dann ist es meine Mutter, die auf die Kinder aufpasst.»

Sie ließ sich schwungvoll in den schwarzledernen Chefsessel fallen und wies auf den grauen Eames-Stuhl gegenüber, damit Merle Platz nahm.

«Und damit wären wir auch schon beim Thema», redete Konstanze weiter, während sich Merle setzte und ungeduldig die Beine übereinanderschlug.

«Der Laden läuft gut. Wir werden in absehbarer Zeit sogar noch weitere Leute einstellen. Zunächst mal möchten wir aber, dass DU jetzt deine Chance bekommst: deinen ersten Einsatz beim Kunden vor Ort!»

Merle fragte sich kurz, wen Konstanze wohl mit «wir» meinte oder ob sie neuerdings von sich im Plural sprach. Dann mahnte sie sich zur Konzentration, schließlich ging es hier um ihre berufliche Zukunft.

«Genauer gesagt handelt es sich um eine Kundin, und ganz und gar keine unbedeutende», sprach Konstanze weiter. «Das wird kein einfacher Job, Merle, aber ich vertraue da ganz auf dein besonderes Einfühlungsvermögen und deine Kreativität, die du ja schon im Blog unter Beweis gestellt hast. Den wird übrigens bis auf weiteres Nina betreuen.»

Merle schluckte kurz. Dass der Job, den sie seit einem

halben Jahr mit viel Herzblut erledigt hatte, jetzt von einer ahnungslosen Praktikantin gestemmt werden sollte, war nicht gerade schmeichelhaft. Doch dann ermahnte sie sich selbst: endlich ein Auftrag, noch dazu einer mit Fallhöhe! Das zeigte doch, dass Konstanze ihr einiges zutraute.

«Die Kundin heißt Ella Castello», hörte sie ihre Chefin sagen.

Konstanzes eindringlicher Blick gab ihr zu verstehen, dass sie irgendeine Reaktion von ihr erwartete. Tatsächlich kam Merle der Name bekannt vor, doch sie konnte ihn keiner Person zuordnen.

«Nun, du bist wohl zu jung, als dass dir das etwas sagt. Ella Castello ist Modedesignerin. Oder vielmehr: Sie war Modedesignerin. Mitte der siebziger bis Mitte der achtziger Jahre war sie hier in Hamburg eine große Nummer. Aber da hast du ja noch im Sandkasten gespielt.»

Konstanze lächelte kokett. Mit ihren neununddreißig war sie nur vier Jahre älter als Merle. Nur, dass sie bereits ein Unternehmen leitete und eine fünfköpfige Familie hatte.

«Eine hochinteressante Frau, von der du sicher viel lernen kannst. Und du wirst ihr Haus lieben! Ella Castello lebt auf der Uhlenhorst, direkt an der Alster. Ihre Jugendstilvilla ist – entschuldige die Wortwahl – der feuchte Traum jedes Architekten und jedes Innenarchitekten. Eigentlich jedes Menschen mit Geschmack. Aber du wirst es ja bald sehen. Übermorgen fängst du an. Ich lasse dir gleich die Infos zukommen, damit du dich vorbereiten kannst.»

«Übermorgen schon?» Merles Augen weiteten sich vor Schreck. Es war nicht ungewöhnlich, dass so eilige Aufträge hereinkamen. Die meisten Leute gaben erst dann Geld für

Dienstleister aus, wenn die Not schon groß war. Trotzdem hätte sich Merle gewünscht, bei ihrem ersten Einsatz weniger Zeitdruck zu haben.

«Ich weiß, das ist recht kurzfristig», sagte Konstanze verständnisvoll. «Frau Castello hat beschlossen, so bald wie möglich in ihre Heimat zurückzukehren, nach Rom. Offenbar war es eine spontane Entscheidung.» Konstanze sah in die Unterlagen vor sich. «Es gibt keine Deadline. Ihr Haus an der Alster soll verkauft werden, sobald es leer geräumt und besenrein ist. Nun ja … Deine Aufgabe wird es sein, gemeinsam mit Frau Castello die Dinge auszuwählen, die mit nach Rom dürfen, und die restlichen Sachen loszuwerden. Traust du dir das zu?»

Konstanze hatte die Hände ineinandergefaltet und auf dem Tisch abgelegt. Wieder sah sie Merle gespannt an, als erwartete sie eine überschwängliche Reaktion. Aber Merle fühlte bloß Panik in sich aufsteigen. Nur ein Tag Vorbereitung. Das war sportlich, wenn man bedachte, dass sie keinerlei Erfahrung hatte. Doch sie ließ sich ihre Unsicherheit nicht anmerken.

«Natürlich traue ich mir das zu! Danke für die Chance», sagte sie und versuchte dabei möglichst euphorisch zu klingen.

«Sehr gut, das ist die richtige Einstellung», lobte Konstanze. «Noch ein kleiner Tipp von mir, da das hier dein erster Einsatz ist: Als Aufräum-Queen solltest du immer professionelle Distanz bewahren. Mach einfach deinen Job und lass dich gefühlsmäßig nicht zu sehr reinziehen.»

Merle war verwirrt. Was sollte das denn jetzt bedeuten? Doch bevor sie nachfragen konnte, war Konstanze aufgesprungen und um den Tisch herumgegangen.

«Und noch etwas: Die Dame hat pauschal bezahlt. Je schneller du also fertig wirst, desto mehr verdienen wir daran. Und umgekehrt. Du verstehst, was ich damit sagen will?» Merle nickte. Natürlich verstand sie. Der Auftrag sollte gefälligst schnell erledigt werden. «Sehr schön. Falls es Probleme geben sollte, stehe ich dir natürlich immer mit Rat und Tat zur Seite.» Konstanze klopfte ihr aufmunternd auf die Schulter, was wohl bedeuten sollte, dass das Gespräch beendet war.

Als Merle zu ihrem Schreibtisch zurückging, wurde ihr langsam bewusst, was geschehen war. Endlich durfte sie zeigen, was in ihr steckte! Sie fühlte sich, als wäre sie gerade fünf Zentimeter gewachsen. Jetzt ging es ums Ganze. Wenn sie sich bei diesem Auftrag bewährte, bestand sie garantiert die Probezeit.

Am Abend war Merle die Letzte, die noch in der Agentur saß. Sie brütete über den Unterlagen, die Konstanze ihr kurz nach dem Gespräch gemailt hatte. Leider gaben sie längst nicht so viel her, wie sie gehofft hatte. Nur die Adresse des Hauses sowie einige Angaben zur Besitzerin wie Alter (68) und Familienstand (ledig), die jedoch wenig über sie verrieten. Merle gab den Namen Ella Castello bei Google ein. Was sie fand, waren hauptsächlich Bilder von Modenschauen und Partys aus den siebziger und achtziger Jahren, was sie nicht weiter verwunderte. Schließlich hatte Konstanze schon erwähnt, dass das die Zeit ihres größten Erfolges gewesen war. Wie sie in einigen Artikeln von damals lesen konnte, hatte Ella Castellos Boutique in der Hartungstraße zehn Jahre lang floriert, die Haute Volée der Stadt war bei ihr aus und ein gegangen und hatte ihr die knallbunten Kleider und hautengen Hosen förmlich aus den Händen gerissen. Merle fiel es schwer, sich die Hamburger Damen, die sonst eher den schlichten, marineblauen Chic bevorzugten, in den exzentrischen Fummeln vorzustellen, die sie hier im Netz sah. Aber genau so musste es gewesen sein: Ella Castello hatte sie alle gekriegt. Trotzdem hatte sie ihren Laden 1986 zugemacht. Merle fragte sich, warum sie sich so sang- und klanglos zurückgezogen hatte. Aktuelle Fotos oder Berichte konnte sie trotz hartnäckigen Suchens nicht finden. Keine rauschenden Partys, keine Senatsempfänge, bei denen die Designerin zu Gast gewesen war wie zu ihren besten Zeiten. Warum war sie so aus der Öffentlichkeit verschwunden? War das nur dem Alter geschuldet, oder steckte etwas anderes dahinter?

Auf den Bildern wirkte Ella Castello auf einschüchternde Art selbstbewusst. Ihr Gesicht, das von einer mokkafarbenen Lockenmähne eingerahmt wurde, sah aus wie von einem Bildhauer modelliert: Die großen grünen Augen, die vollen Lippen und die adlig geschwungene Nase strahlten italienische Grandezza aus. Und sie schien groß zu sein. Zumindest überragte sie ihren Mann, der auf den Fotos häufig neben ihr zu sehen war und eher unauffällig wirkte, um fast einen ganzen Kopf. Allerdings war sie auf den Bildern höchstens Mitte dreißig. Wie sie wohl heute aussah, mit beinahe siebzig?

Merle fuhr den Computer herunter und warf sich ihren Mantel über. Ihre Hauptaufgabe bei Frau Castello bestand wohl darin, alles vorzusortieren und in Kisten zu packen. Und dabei gleich das ein oder andere Teil zu entsorgen. Aber vermutlich nicht allzu viel: Eine gutsituierte Frau wie Frau

Castello würde sich bestimmt nicht verschlechtern, wenn sie nach Italien zog. Vielleicht hatte sie ja ein Haus geerbt? Merle malte sich einen alten Palazzo aus, auf einem Hügel mit Blick über Rom. Mit großen Sälen, hohen Decken und wunderschönen alten Fliesenböden … Merle schüttelte über sich selbst den Kopf. Sie war nicht neidisch auf den Wohlstand dieser Frau. Ihre kleine Wohnung war genau das, was sie brauchte. Morgen würde sie sich noch eine Strategie zurechtlegen, wie sie den Auftrag möglichst schnell erledigen konnte. Sie wollte Konstanze auf keinen Fall enttäuschen.

Kapitel 2

Merle balancierte vier Packungen Sushi auf der einen Hand, unter ihrer Achsel klemmte ein Strauß Gerbera, während sie mit der anderen die Tür ihrer kleinen Altbauwohnung aufschloss. Sie war auf dem Heimweg noch bei ihrem Lieblingsjapaner vorbeigefahren. Sushi war eines der wenigen Gerichte, auf das Tom und sie sich einigen konnten. Er hatte sich allerdings angewöhnt, ausschließlich den Fisch zu essen, denn nach 18 Uhr waren auf seinem Ernährungsplan keine Kohlenhydrate mehr vorgesehen. Während Merle sich genüsslich ein Häppchen nach dem anderen in ihren Mund schob, sezierte er die Röllchen auf seinem Teller und bugsierte die verbotenen Reiskörner dann zu ihr hinüber.

Als sie Tom vor fünf Jahren kennengelernt hatte, war er noch Sportstudent gewesen und hatte in dem Sportverein, wo Merle Yoga machte, am Empfang gejobbt. Damals wollte er Lehrer werden. Zwei Jahre später hatte sich dann die Chance aufgetan, mit Kai den Surfladen aufzuziehen. Seitdem war Tom ein anderer Mensch geworden. Hatte er zu Anfang noch ganz normal gegessen, quittierte er es heute mit skeptischen Blicken, wenn Merle Schokolade kaufte oder Pudding anrührte. Dabei war sie alles andere als dick. Aber neben seinem sehnigen Körper fühlte sie sich inzwischen wie eine der «Nanas» von Niki de Saint Phalle. Kein Wunder, so diszipliniert, wie er sich ernährte.

Dabei war er vom Zunehmen so weit entfernt wie Timm Thaler von einem Lachanfall. Dafür war sein Bewegungsdrang zu groß, auch wenn er sich auf Wassersport beschränkte. Ansonsten war es eher schwierig, Tom zu Unternehmungen zu überreden. Wenn sie ihn aufziehen wollte, nannte Merle ihn «mein Krokodil»: im Wasser pfeilschnell, an Land behäbig wie ein Baumstamm. Aber Tom war ein Mensch, der sich nicht fragte, was andere von ihm dachten, und der keine Probleme zu kennen schien. Ihm war im Leben alles wie von selbst zugeflogen. Die Chancen und Talente wetteiferten geradezu um ihn. Merle dagegen hatte immer für alles kämpfen müssen. Manchmal fiel es ihr nicht leicht, diese Ungerechtigkeit auszuhalten.

Seufzend hangelte Merle die Sushi-Packungen durch die Tür und stellte sie auf die weiße Anrichte im Flur. Sie atmete kurz durch. Seit sechs Jahren lebte sie nun in dieser Wohnung, und es war immer wieder ein gutes Gefühl, nach Hause zu kommen. An diesem Ort war sie nur von den Dingen umgeben, die sie brauchte oder die ihr wirklich etwas bedeuteten. Das hier war ihr Rückzugsort vom Lärm der Welt, hier fand sie Ruhe und Gelassenheit. Meistens jedenfalls.

Merle bückte sich und hob den Brief vom Dielenboden auf, den der Postbote durch den Türschlitz geworfen hatte. Ein goldener Umschlag mit zwei grünen Tierchen darauf – Merle wusste sofort, was das zu bedeuten hatte. Die Einladung zu Heikes Hochzeit. Sie und ihr Verlobter Jens nannten sich gegenseitig Lurchi und Froschi – sogar in Gesellschaft anderer, was Merle anfangs irritiert hatte. Aber irgendwie passte die

Selbstverständlichkeit, mit der sie ihre verliebten Schrullen auslebten, zu den beiden. Gerade dass sie so ganz und gar sie selbst waren, mochte Merle ja an ihnen. Nun würden die beiden Amphibien also in den Hafen der Ehe einlaufen. Und demnächst würde es vermutlich kleine Kaulquappen zu vermelden geben.

Merle seufzte, als sie den Brief öffnete. Sie gönnte Heike ihr Glück, aber gleichzeitig konnte sie nicht verleugnen, dass es ihr einen Stich versetzte, wie perfekt es für ihre Freundin lief. Mit der Pension in dem alten Strandhäuschen in Travemünde hatten sie und Jens ein gemeinsames Projekt gefunden, das sie beide erfüllte.

Merle erinnerte sich genau, wie Heike ihr Jens vor drei Jahren vorgestellt hatte: Sie hatte gleich gewusst, dass das mit den beiden etwas Ernstes war. Es war die Art, wie er ihre Freundin angesehen hatte, so voller Liebe. Wenn Heike von ihrem Job in der Ganztagsbetreuung einer Grundschule erzählte (für einen Job in der Kunstszene hatte es auch bei ihr nicht gereicht), hörte er ihr so hingebungsvoll zu, als würde sie die Zehn Gebote vorlesen. Ihre Freundin war angekommen – und davon war Merle meilenweit entfernt.

Tom und sie hatten es in den fünf Jahren nicht mal zu einer gemeinsamen Wohnung gebracht. Ganz zu schweigen von Heiratsplänen. Für Tom war das ein Reizthema, das hatte sie schnell gemerkt. Er war der freiheitsliebende Typ, und er würde länger brauchen, um sich endgültig zu binden. Und doch konnte sie sich nichts anderes vorstellen, als dass er eines Tages eine Familie mit ihr gründen würde. Was denn auch sonst? Er würde ja wohl nicht sein ganzes Leben mit Surfen verbringen wollen.

Sie versuchte, schnell an etwas anderes zu denken. Sie freute sich auf die Hochzeit, wie es sich für eine gute Freundin gehörte. Heike würde wunderschön aussehen mit ihren hellblonden Locken, die ihr Gesicht einrahmten wie kleine Pusteblumen. Sie fehlte ihr schrecklich. Es war eigentlich nur eine Stunde Fahrt von Hamburg nach Travemünde. Aber für gemeinsame Mittagspausen oder ein spontanes Bier war es eben trotzdem zu weit.

Merle legte die Einladung auf die Anrichte, schnappte sich die Sushi-Packungen und die Blumen und ging durch ihr Wohnschlafzimmer zu der kleinen Küchenzeile, um den Fisch in die Kühlung zu legen. Dann wickelte sie die weißen Gerbera aus, die sie von dem günstigen Blumenladen im Schanzenviertel mitgebracht hatte. Der Händler hatte nur ein Mal in der Woche geöffnet. Dann quoll der ganze Laden über vor Blumen, immer nur eine oder zwei Sorten, mal waren es Tulpen, mal Rosen oder Lilien, und die Kunden standen Schlange, um kurz darauf mit den Armen voller Blumen wieder herauszukommen. Merle liebte diesen Laden, auch wenn sie sich beim Kauf stets zurückhielt. Schließlich besaß sie nur zwei Vasen, eine für große, eine für kleine Blumen. Für eine so überschaubare Wohnung wie ihre reichte das vollkommen aus, fand sie.

«Hallo, meine Schöne!» Merle zuckte zusammen, als Tom zur Wohnungstür hereinplatzte. Sie hatte ihn gar nicht kommen hören. Kurz nach ihrem Kennenlernen hatte sie Tom einen Zweitschlüssel gegeben, mit dem er bei ihr ein- und ausgehen konnte, wie und wann er wollte. Obwohl ihre Wohnung kleiner war als seine, hielten sie sich bevorzugt bei ihr auf. Toms Wohnung in Barmbek war eher das Modell «anspruchsloser Junggeselle». Außer seiner Sneakersammlung, einem alten schwarzen Ledersofa und diversen Surfbrettern gab es dort nicht viel. Auf seine Art war er also ebenso ein Minimalist wie sie.

«Schau mal, die Amphibienhochzeit steht an.» Merle hielt ihrem Freund die Einladung unter die Nase. Toms Gesicht war ein einziges Fragezeichen. Stirnrunzelnd überflog er den Text. «Oh, ich weiß gar nicht, ob ich da kann.»

Merles Stimmung verdunkelte sich schlagartig.

«Was soll das heißen? Das ist die Hochzeit meiner besten Freundin! Was könnte da wohl wichtiger sein?», fragte sie entsetzt.

«Baby, genau an dem Wochenende ist die Surfmesse in Rotterdam, das ist ein Pflichttermin für mich.»

Merle ließ das «Baby» unkommentiert. Sie mochte es nicht, wenn er sie so nannte.

«Kann nicht Kai da hingehen, nur dieses eine Mal?»

Tom lachte auf. «Kai auf der Messe? Du weißt doch, wie das endet. Beim letzten Mal hat er nach dem dritten Mojito so viele Boards bestellt, dass wir einen Kredit aufnehmen mussten.»

«Ja, aber das hier ist ein Notfall! Da muss doch eine Ausnahme möglich sein. Vielleicht kannst du ihn einfach besser vorbereiten?» Die Vorstellung, dass sie als unbegleitete Frau auf der Hochzeit womöglich am Singletisch Platz nehmen musste, versetzte Merle schon jetzt in Panik.

«Okay, ich rede mit Kai», sagte Tom, der wohl gemerkt hatte, wie sich Merles Laune eintrübte. «Aber ich kann nichts versprechen. Nächstes Mal soll Heike den Termin eben besser mit uns abstimmen.» Zum Zeichen, dass das keinesfalls ernst gemeint war, zwinkerte er Merle zu und ließ sich auf das schlichte graue Schlafsofa fallen, das Merle bei ebay ersteigert hatte.

Merle ging zu ihrer kleinen Küchenzeile, nahm das Sushi aus dem Kühlschrank und angelte aus einem der beiden Oberschränke zwei Teller und Besteck heraus. Sie beschloss, lieber das Thema zu wechseln, bevor die Stimmung kippte. Schließlich wollte sie sich mit Tom über ihren Auftrag freuen! Er würde staunen, wenn sie ihm gleich davon erzählte.

Doch als sie zurück zum Sofa kam, hatte Tom bereits sein Laptop auf den Knien und sah sich Kite-Videos an. Das machte er jeden Abend, um von seiner Arbeit abzuschalten. Merle legte das Essen und Besteck auf den Tisch und verteilte die Teller.

«Ich hatte heute ein Gespräch mit Konstanze», versuchte sie, zu ihm durchzudringen.

«Hmhm», machte Tom, ohne den Blick vom Bildschirm zu nehmen.

«Stell dir vor: Sie schicken mich endlich zu einem Einsatz!» Gespannt wartete sie auf seine Reaktion.

«Äh … das ist gut, oder?», fragte er, mit den Augen noch immer bei den Kitern.

«Und ob das gut ist. Du weißt doch, wie lange ich schon darauf gewartet habe», sagte Merle und konnte sich einen schnippischen Tonfall nicht verkneifen. Sie setzte sich mit demonstrativem Abstand zu ihm aufs Sofa. «Hey, komm mal her, Baby», sagte er, streckte seinen Arm nach ihr aus und zog sie an sich.

«Glückwunsch, meine Schöne. Das sind tolle Neuigkeiten», sagte er, und drückte ihr einen Kuss auf die Stirn. Merle lehnte ihren Kopf an seine Schulter, atmete den Marzipanduft seiner Haut und starrte auf die hüpfenden Kitesurfer, während sie in Gedanken schon wieder bei ihrem bevorstehenden Einsatz war.

Kapitel 3

Ella Castello stand in ihrer Bibliothek und betrachtete die deckenhohen weißen Regale. Wahllos zog sie ein Buch heraus. Es war ein Bildband aus den sechziger Jahren mit Fotos von Brigitte Bardot in St. Tropez. Andächtig blätterte sie durch die Seiten. Sie erinnerte sich genau, wie sie das Buch in einem Pariser Antiquariat gefunden hatte. Die Aufnahmen von der Französin am Strand hatten sie damals zu ihrem ersten selbst entworfenen Badeanzug inspiriert – ausgerechnet in Vichy-Karo. Bei der Erinnerung lachte Ella in sich hinein. Warum hatte ihr dieses Muster eigentlich so gefallen? Es war doch eigentlich viel zu brav für sie. Und dann noch die Pastelltöne! Unvorstellbar! Wer konnte so etwas schon tragen außer Kleinkindern – und der Bardot natürlich! Aber genau das war es, was sie heute noch faszinierte: Die Bardot hatte sich was getraut, Stilbrüche, ja, fast schon Tabubrüche. Genau so, wie es Ellas Philosophie entsprach. Vielleicht war es ungewöhnlich für eine Designerin, aber sie hielt rein gar nichts von Modemagazinen. Es machte doch keinen Sinn, Frauen vorgeben zu wollen, was sie anziehen sollten. Generell mochte es ja richtig sein, sich von anderen etwas abzuschauen, um leichter durchs Leben zu gehen. Aber nicht in der Mode. Nein, wenn es um Stil ging, konnte es keine Vorbilder geben. Was brachte es der Leserin, wenn ein Kleid dem Model gut stand? An ihr selbst sah es deshalb noch lange nicht vorteilhaft aus.

Darum hatte sie die Babyfarben der Bardot überlassen und für ihren Einteiler ein Karomuster in Gold und Schwarz gewählt. Den Stoff hatte sie eigens in Italien produzieren lassen. Lycra war damals gerade auf den Markt gekommen, ein revolutionäres Material. Es trocknete nicht nur schneller, man konnte die Bademode auch knapper und figurbetonter zuschneiden. Und dieser Glanz! Ende der Siebziger konnte es ja gar nicht schillernd genug sein. Es war die Zeit von Disco, und die Menschen, zumindest die begüterten, fühlten sich von allem Glamourösen angezogen. Ella hatte diesen Trend mit ihren Kreationen nur zu gern bedient. Sie schloss die Augen und sah die Modenschau vor sich, als wäre sie erst gestern gewesen. Wenn es um ihre Kollektionen ging, konnte sie sich an jedes Detail erinnern. Es musste 1978 gewesen sein. Das Mannequin trug einen Badeanzug, einen großen schwarzen Sonnenhut sowie eine überdimensionierte Sonnenbrille. Das Gestell war aus Elfenbein – heute ein absolutes Tabu, aber damals ein echter Hingucker. Wie eine afrikanische Göttin war das Model durchs Curiohaus geschritten. Ella hatte noch die Musik im Ohr, die sie damals eingespielt hatten, Jazz von Miles Davis, und sie roch den pudrigen Duft, den damals alle benutzten, Anaïs Anaïs. Hatte sie diesen Badeanzug eigentlich noch?

Langsam schlug Ella die Augen wieder auf und bemerkte, dass sie das Buch umklammerte und an ihre Brust gepresst hielt. Als wäre sie bei etwas Ungehörigem ertappt worden, stellte sie den Bildband zurück an seinen Platz und räusperte sich. Noch einmal ließ sie den Blick durch den Raum schweifen.

Die Einbauregale waren schon bei ihrem Einzug da gewesen. Die Vorbesitzer hatten sie maßanfertigen lassen. Jeder Zentimeter war genutzt worden, sogar über der großen cremeweißen Flügeltür war ein Bord angebracht. Schon bei der Besichtigung hatten sie und Kurt gewusst, dass sie in diesem Haus leben wollten. Kurt hatte sich sofort in den Garten verliebt. Und Ella in die Bibliothek. Dieses Zimmer besaß etwas Magisches, sie fühlte sich wie aus der Zeit gefallen, wenn sie hier war. Sie ließ ihre Finger über die Buchrücken gleiten. Viele der Bücher hatte Kurt mit in die Ehe gebracht. Aber die meisten hatten sie gemeinsam angesammelt. Im Laufe der Jahre war da einiges zusammengekommen: prächtige Bildbände über die Länder, in die sie gereist waren oder in die sie noch hatten reisen wollen, Bücher über Architektur, Mode und Einrichtung. Viele Klassiker. Ja, sie hatte viel gelesen damals. Sie konnte sich selbst kaum noch erklären, wie sie die Zeit dafür gefunden hatte. Die Bücher waren ihr stets eine Quelle der Inspiration gewesen. Aber irgendwann hatten sogar sie ihre Zauberkraft verloren.

Ella schritt durch den Raum, hin zu den großen Fenstern. In dem Erker, von dem aus man die Bäume hinter dem Haus sehen konnte, standen zwei Lesesessel. Das braune Leder war gut gealtert. Der rechte Sessel war Kurts Platz gewesen. Manchmal hatten sie ganze Sonntage hier verbracht und gelesen oder sich ihren Zukunftsplänen hingegeben. Anfangs zumindest. Mit der Zeit dann immer seltener.

Der linke Platz war ihrer, dort lag noch immer die Kaschmirdecke, schwarz mit leuchtend bunten Vierecken. Damit hatte sie ihre kleine Tochter Stella warmgehalten, wenn sie sie nachts hier gestillt hatte. Die Kleine hatte die friedvolle Atmosphäre in diesem Raum genauso gemocht wie Ella.

Ella atmete tief ein, wie immer, wenn sie an Stella dachte. Als sie etwas größer war, hatte ihre Tochter ein eigenes Bücherregal in ihrem Zimmer gehabt, aber zum Lesen war sie trotzdem noch in die Bibliothek gekommen, um sich im Sessel ihres geliebten Papis zu fläzen. Manchmal hatte sie zum Spaß seine Brille aufgesetzt und sich dann in Ellas Decke gekuschelt. Oder sie hatte sich einfach nur zum Fenster hinausgeträumt. Ella hätte damals viel dafür gegeben, ihre Gedanken lesen zu können. Sie war einfach nicht schlau geworden aus diesem stillen Mädchen mit dem feinen Lächeln, das manchmal wie aus dem Nichts so ernst werden konnte. Die Sterne hatten ihr schließlich die Augen geöffnet, als es schon zu spät war. Stella war im Juli geboren, ein Krebs mit Aszendent Fische. Ihre Tochter war also gleich ein doppeltes Wasserzeichen – und was das bedeutete, wusste Ella inzwischen sehr genau. Hätte sie sich doch nur eher mit diesen Dingen beschäftigt! Manchmal hatte sie fast das Gefühl, dass es Kurt war, der sie aus dem Jenseits dazu gebracht hatte, dem Schicksal in die Karten zu schauen. Warum sonst war ihr das Tarot ihrer Nonna genau in dem Moment in die Hände gefallen, als der Unfall passiert war? Ella rieb sich über die Arme. Sie hatte Gänsehaut. Sie sah ihre Nonna vor sich, wie diese täglich am Küchentisch eine Tarotkarte zog. Ella hatte sie belächelt, wenn sie vor schwarzen Katzen floh oder den angeblichen «bösen Blick» mit einer schützenden Handbewegung abwehrte. Heute war sie selbst so alt wie ihre Nonna damals – und sie hielt es ganz genauso. Vielleicht musste man erst eine gewisse Reife erlangen, um dem Übersinnlichen zu verfallen. Oder war es das Leben im fernen Hamburg, das die Italienerin in ihr hervorgebracht hatte? Es gab ein paar Dinge, die sie sich unbedingt bewahren wollte. Die traditionellen Rezepte ihrer Mutter zum Beispiel und das Vertrauen in die Weisheit der Sterne. Andere mochten es Aberglauben nennen, aber für sie hatte sich zu viel bewahrheitet, um weiter zu zweifeln. Und so würde sie auch dem Immobilien-Astrologen Glauben schenken, der ihr geraten hatte, das Haus zu verkaufen. Immerhin hatte Samantha ihn empfohlen, die Astrologin, die ihr seit vielen Jahren jeden Tag ihr Horoskop erstellte. Sie galt in eingeweihten Kreisen als die Beste – und das international. Leider war sie auch die Teuerste. Genau wie Mario Marini, der sich auf Immobilienfragen spezialisiert hatte.

Doch er war sein Geld eindeutig wert. Dass er ihr geraten hatte, das Haus noch in diesem Jahr zu verkaufen, war absolut schlüssig. Für seine Einschätzung hatte er nichts weiter benötigt als ihre Adresse und ihr Geburtsdatum. Ella war beeindruckt, wie schnell er das Problem dieses Hauses erkannt hatte: Es stand unter Einfluss des Uranus, und durchs ehemalige Kinderzimmer lief die Plutolinie … Kein Wunder also, dass alles so gekommen war! Pluto, der Auslöser für Feindschaft und Zwist – Stellas Zimmer wäre das perfekte Büro für einen Scheidungsanwalt gewesen … oder einen Boxring. Und dann noch Uranus: Er brachte den Menschen Aufruhr und die Sehnsucht nach Veränderung. Das war es also, was sie damals auseinandergetrieben hatte! Und was sie jetzt auch selbst spürte: Obwohl ihr Herz an alldem hing – sie war einfach nicht am richtigen Ort. Und wo sollte sie sonst hin, wenn nicht nach Rom? Die Stadt war ihr Venusort, die Bedingungen waren ideal, hatte Mario ihr bescheinigt. Ella strich über den weichen Stoff der Decke und seufzte. Sie hatte sie einst aus einem kleinen Laden in Rom mitgebracht.

Wie sehr sie die Stadt vermisst hatte all die Jahre! Lächelnd summte sie ein Lied, das sie als Kind in den Gassen gesungen hatte und das in letzter Zeit oft im Radio lief: «*O bella ciao, bella ciao, bella ciao, ciao, ciao …*» Sie spürte ein sehnsüchtiges Ziehen.

In den Sechzigern war Rom das Paradies auf Erden gewesen. Und sie selbst ein Wildfang, schön und ungestüm, voller Träume und Ideen, die niemanden in ihrer Familie interessierten. Kurt dafür umso mehr. Als junge Frau war sie ihm auf der Piazza Navona begegnet. Er war so weltgewandt und furchtlos gewesen, das hatte sie beeindruckt. Er ging in Harry's Bar in der Via Veneto ein und aus, wo sich die Prominenten trafen. In einer dieser Nächte saß Belmondo an der Bar. Kurt hatte ihn ins Gespräch verwickelt, als sei es das Normalste der Welt. Er hatte die Gabe gehabt, sie immer wieder zu verblüffen. Und das bis zum bitteren Ende, dachte Ella und stieß schnaubend die Luft durch die Nase.

In Rom hatte er italienische Filme produziert, damals ein echter Exportschlager. Doch die guten Jahre waren bald vorbei, und er wollte wieder in seine Heimat Hamburg zurückkehren. Ella hatte sich oft gefragt, wie ihr Leben wohl verlaufen wäre, wenn sie in Rom geblieben wäre. Und Stella … wäre sie in Italien glücklicher gewesen? Ella schüttelte den Kopf, als könnte sie damit auch die Erinnerungen loswerden. Sie faltete die Decke ordentlich zusammen und legte sie auf dem Sessel ab.

Morgen würde eine Mitarbeiterin dieser Agentur vorbeikommen. «Queen of Clean.» Die Website versprach das Blaue vom Himmel, aber Ella fragte sich, ob das wirklich alles der Wahrheit entsprach. Die Sache war ihr nicht ganz geheuer – doch was blieb ihr anderes übrig? Sie brauchte wirklich Hilfe. Das sah ihr gar nicht ähnlich. Sie löste ihre Probleme sonst lieber selbst. Aber angesichts dessen, was ihr bevorstand, brauchte sie eine echte Fachkraft.

Ella griff nach dem weinroten Samtvorhang neben dem Fenster und ließ den weichen Stoff durch ihre Finger gleiten.

Sie konnte nichts dafür, dass ihr das Loslassen so schwer fiel: Der Saturn stand bei ihr im zweiten Haus. Ausgerechnet Saturn, der Bremser! Im Haus des Besitzes! Kein Wunder, dass sie so viele Dinge angesammelt hatte. Manchmal schien es ihr, als hätten die Sachen eine unerklärliche Macht über sie. Als würden sie ihr Gewicht auf ihr abladen und sie damit zu Boden drücken. Ja, sie fühlte sich regelrecht gefesselt von ihrem Besitz. Sie hatte mit dem Gedanken gespielt, alles einzulagern. Aber dann hätte die Vergangenheit noch immer wie eine Eisenkugel an ihrem Bein gehangen. Nein, was sie brauchte, war ein echter Befreiungsschlag. 20 Jahre waren genug – in ihrem Alter hatte sie keine Zeit mehr, auf etwas zu warten, das nie eintreten würde.

Ella seufzte. Wie schaffte man es bloß, die Dinge loszulassen, an denen man so sehr hing?

Sie konnte nur hoffen, dass diese Aufräumexpertin wirklich was auf dem Kasten hatten. Sonst würde sie am Ende mit nichts als einem Koffer aus dem Haus spazieren. Denn sie musste raus hier, das war unumgänglich. Es war das Letzte, was sie noch tun konnte.

Kapitel 4

Merle putzte sich nun schon seit fünf Minuten die Zähne. Sie wollte einen perfekten ersten Eindruck machen. Gar nicht so einfach, mit diesen Augenringen. Sie hatte die halbe Nacht wach gelegen. Dass Konstanze ihr diese Aufgabe übertrug, wunderte sie noch immer, schließlich war Ella Castello nicht irgendeine Kundin. Immerhin war sie früher mal eine lokale Berühmtheit gewesen. Andererseits war sie bei weitem nicht die erste Prominente, die «Queen of Clean» beauftragte. Meistens hatte Björn als erfahrenster Mitarbeiter die VIPs übernommen. Mit seinem Selbstbewusstsein konnte er mit den Promis auf Augenhöhe kommunizieren. Die meisten namhaften Kunden waren ausgesucht hilfsbereit und höflich, schon allein, weil es in ihrem Interesse lag, dass nichts von den privaten Einblicken, die man als Aufräumcoach zwangsläufig erhielt, nach außen drang. Merle wusste, dass ihre Kollegen teilweise Verschwiegenheitserklärungen unterzeichnen mussten, bevor sie tätig werden durften. Ella Castello hatte ihres Wissens nichts in der Art verlangt. Trotzdem war Merle unruhig. Sie spülte sich den Mund aus, fuhr sich anschließend mit dem Handtuch übers Gesicht und betrachtete sich im Spiegel.

Im Großen und Ganzen war sie zufrieden mit ihrem Anblick. Sie mochte ihre schulterlangen dunklen Haare, die leicht gewellt und immer etwas strubbelig waren. Ihre helle Haut zeigte noch keinerlei Neigung, Fältchen zu entwickeln. Meist trug sie daher auch kein Make-up, sondern nur etwas Rouge und schwarze Wimperntusche. Heute verwendete sie zusätzlich Concealer, um ihre Augenschatten abzudecken.

Sie hatte lange überlegt, was sie zu ihrem Termin bei Ella Castello anziehen sollte. Der erste Eindruck war entscheidend, also durfte sie nicht danebengreifen. Sie wollte seriös und professionell auftreten, andererseits aber auch vermitteln, dass sie einen individuellen Stil hatte. Schließlich war sie bei einer Designerin zu Gast. Sie erinnerte sich an den Grundsatz «You can never be overdressed or overeducated.»

Nach einigem Hin und Her und zig anprobierten Kombinationen entschied sie sich für ein klassisch-modernes Outfit: eine hellblaue Hemdbluse zur marineblauen Hose, dazu weiße Sneakers. Beim Blick auf ihr Handy sah Merle, dass sie schon spät dran war.

Sie schnappte sich ihre Umhängetasche und verließ die Wohnung.

Merle hatte ganz vergessen, wie schön die Alster am Morgen war, erst recht bei blauem Himmel und Sonnenschein. Es war ein Herbsttag wie aus dem Bilderbuch. Merle radelte am Schlump vorbei und die Hallerstraße entlang und ließ sich dann die Milchstraße hinabrollen. Während sie immer schneller wurde und die sündteuren Boutiquen an ihr vorbeiflogen, überlegte sie, ob sie die Alster mit oder gegen den

Uhrzeigersinn umrunden sollte. Sie entschied sich, nach rechts in Richtung Jungfernstieg abzubiegen.

Merle ignorierte den Fahrradweg und fuhr direkt am Ufer entlang. Der Gedanke, dass dies für die nächsten Wochen ihr Arbeitsweg war, ließ ihr Herz höher schlagen. Sie nahm alles ganz bewusst wahr: Das bunt gefärbte Laub, das Wasser, das leise plätschernd ans Ufer traf, die Enten, die lautlos ihre Bahnen zogen, den knirschenden Kies unter ihren Fahrradreifen. An Bodos Bootssteg, einem hübschen Biergarten mit Bootsverleih, sah sie den Tretbooten zu, wie sie mit dem leichten Wellengang schaukelten. Die Anspannung fiel immer mehr von ihr ab. Als würde die Zeit plötzlich stillstehen, dachte Merle. Sie malte sich aus, wie der Start mit Ella Castello heute verlaufen würde. Merle hoffte, dass sie gut mit ihr auskommen würde. Es gehörte zum gemeinsamen Aussortieren dazu, dass sich die Kundin öffnete und das ein oder andere aus ihrem Leben erzählte. Oder von Rom! Merle kannte die Ewige Stadt bisher nur aus Filmen, aus uralten Schinken mit Sophia Loren oder Audrey Hepburn. Sie hätte zu gern gewusst, wie sich Rom seitdem verändert hatte.

Als sie die Brücke überquerte, die die Binnen- von der Außenalster trennte, machte sie einen kurzen Stopp auf einem der Brückenbalkone und genoss das Panorama mit Jungfernstieg und Rathaus im Morgenlicht. Sie spürte die Gischt der Alsterfontäne im Gesicht und musste unwillkürlich lächeln. Trotz der lärmigen Straße, auf der die Autos hinter ihr entlangdonnerten, breitete sich eine große Ruhe in ihr aus. Dieser Anblick war besser für ihr Seelenheil als Yoga und Meditation zusammen!

Etwas aus der Puste, aber euphorisiert von der herrlichen

Tour, bog sie schließlich in die Straße ein, wo Ella Castello wohnte. Das Haus mit der Nummer 5 stand in zweiter Reihe zur Alster.

Sie näherte sich gerade in rasantem Tempo dem Haus, als von rechts eine schwarze Katze hinter einem parkenden Auto hervor auf die Straße trippelte. Merle wollte hinter ihr vorbeifahren, doch dann sah sie, dass das Tier eine Leine trug, die für sie zum Fallstrick werden würde. Merle bremste so stark, dass sie sich nur mit Mühe im Sattel halten konnte.

«Verdammt noch mal!», fluchte sie keuchend.

Hinter der Katze war nun auch der Mann zum Vorschein gekommen, der das andere Ende der Leine in der Hand hielt. Er trug eine graue Jeans und ein lockeres schwarzes Hemd und sah Merle mit schreckgeweiteten Augen an.

«Alles in Ordnung?»

«Sind Sie wahnsinnig? Das hätte mich meine Zähne kosten können!», schimpfte Merle erbost.

«Es tut mir so leid», entschuldigte sich der Mann aufgeregt. «Ritchie und ich haben uns noch nicht ans Gassigehen gewöhnt. Er läuft einfach los, ohne Sinn und Verstand – und ich hinterher.»

Merle schätzte den Mann auf Mitte dreißig.

«Im Übrigen wäre es sehr schade gewesen um Ihre Zähne», schob er mit einem Blick auf ihren Mund hinterher.

Merle fühlte, wie sie rot wurde.

«Warum halten Sie sich keine Hauskatze wie jeder andere normale Mensch auch?», grummelte sie verärgert.

«Glauben Sie mir, unter anderen Umständen würde ich das sehr gerne tun. Aber mein Freund Lasse, dem der Kater gehört, ist für ein paar Wochen in Neuseeland. Den Kater mitzunehmen hätte ihn Unsummen gekostet, die sind sehr streng dort auf den Inseln, wissen Sie. Deshalb kümmere ich mich um Ritchie, bis er wiederkommt», sagte er und fuhr sich mit der Hand durch sein strubbeliges dunkles Haar.

«Aha», sagte Merle, ohne recht hinzuhören. Sie war damit beschäftigt, ihren Hosenanzug zurechtzuzupfen und das Fahrrad auf die andere Straßenseite zu schieben. Sie wollte es nicht direkt vor Frau Castellos Haus abstellen, das wirkte womöglich nicht besonders seriös.

«Na ja, und seit Lasse weg ist, sitzt Ritchie dauernd am Fenster und schaut sehnsuchtsvoll hinaus. Manchmal maunzt er dabei zum Steinerweichen. Ich dachte, es tröstet ihn vielleicht, wenn ich ihn mal rauslasse.» Der Typ folgte ihr und redete immer weiter.

Merle zog ihr Schloss aus der Halterung und sah dem flauschigen Kater zu, wie er sich an ihr Hosenbein schmiegte. Sein Herrchen auf Zeit schien das richtig süß zu finden. Er hatte eine Art Vaterstolz im Blick, als wäre Ritchie sein eigener Nachwuchs. Merle mochte Hunde lieber als Katzen. Aber in diesem Moment war sie ohnehin zu angespannt, um für Ritchies pelzigen Charme empfänglich zu sein. Sie war in Gedanken bei Ella Castello.

«Ich bin übrigens Leo», sagte der merkwürdige Typ jetzt.

Höchste Zeit, dass sie ihn loswurde. Sie wollte auf keinen Fall zu spät kommen.

«Alles klar, Leo. Ist ja noch mal gutgegangen. Schönen Tag noch», sagte Merle im Gehen und überquerte die Straße zur Hausnummer 5. Ehrfürchtig schaute sie an der Fassade der weißen Gründerzeitvilla hinauf. Konstanze hatte nicht zu viel versprochen. Dieses Haus war ein Traum! Es hatte eine besondere Aura, das spürte sie sofort – gerade weil es nicht die blütenweiße Perfektion der umliegenden Häuser ausstrahlte. Es wirkte auf angenehme Art verwunschen, mit seinem kleinen Türmchen und dem weiß übermalten Fachwerk. Die Farbe war hier und da abgeblättert, und einer der hölzernen Fensterläden war zwar erneuert, aber nicht moosgrün lackiert worden wie all die anderen. Der Garten schien leicht verwildert, und das Haus war schon zugewachsen von Efeu und anderen Kletterpflanzen, deren Namen Merle nicht kannte. Im obersten Stockwerk thronte eine Dachterrasse, von der aus man vermutlich die Alster sehen konnte.

Für einen Moment lauschte sie dem aufgeregten Vogelgezwitscher. Wahrscheinlich warnten sich die Piepmätze gegenseitig vor dem verrückten Kater. Merle strich über das niedrige weiße Gartentor, das zwischen dichten Lorbeerhecken eingelassen war. Wie konnte man von so einem wundervollen Ort nur wegziehen? Andererseits: Für eine alleinstehende Frau war das Haus wirklich zu groß.

«Ein wunderschönes Haus», hörte sie Leo sagen, der ihr schon wieder gefolgt war. Der Mann war ja die reinste Klette! «Schön, dass hier tatsächlich jemand wohnt und sich nicht wieder nur eine Arztpraxis oder eine Anwaltskanzlei breitmacht, wie in vielen der anderen Häuser hier.»

Da hatte er allerdings recht, dachte Merle. Sie wandte sich um. Sein neugieriger Blick verunsicherte sie. Hoffentlich fragte er nicht weiter. Sie durfte rein gar nichts von ihrem Auftrag hier erzählen. Schließlich legten sie bei «Queen of Clean» großen Wert auf Verschwiegenheit. Schnell sah sie darum wieder weg.

«Na dann, viel Erfolg noch beim Gassigehen», sagte sie abweisend, um ihn abzuschütteln.

«Alles klar. Dir auch viel Erfolg.» Endlich verzog sich der Typ und steuerte langsam Richtung Alster, den Kater im Schlepptau.

Erst jetzt wagte Merle es, auf die Klingel zu drücken. Ein Namensschild war nicht angebracht. Woher wusste dieser Leo dann überhaupt, wer hier wohnte? Egal, Merle wollte keinen weiteren Gedanken daran verschwenden. Die Minuten vergingen. Merle tappte mit dem Fuß auf den Boden. Seltsam. Im Haus brannte kein Licht. Ob Frau Castello ihren Termin vergessen hatte? Sie klingelte erneut.

Als sie gerade in ihrer Handtasche nach dem Telefon suchte, hörte sie hinter sich Schritte und ein Räuspern.

«Mi scusi, darf ich mal?»

Kapitel 5

Als Merle sich umdrehte, glaubte sie für einen Moment zu halluzinieren. Dort stand eine ältere Dame in einem schwarzen Morgenmantel aus Seide, unter dem ein schwarzgold glänzender Badeanzug hervorblitzte. Dazu trug sie schwarze Badeschuhe und eine dicke schwarze Pudelmütze. Um den Oberkörper hatte sie ein schwarzes Handtuch geschlungen; insgesamt wirkte es fast so, als wollte sie zu einer besonders freizügigen Beerdigung. Seltsamerweise schien sie nicht zu frieren, obwohl es ziemlich frisch war und ein leichter Wind wehte.

Merle erkannte ihr Gesicht sofort. Kein Zweifel: Das war Ella Castello. Sie war noch immer eine attraktive Frau, auch wenn ihre Lippen schmaler und die Augen nicht mehr so strahlend waren wie auf den alten Fotos. Das Schwimmen schien sich auszuzahlen: Frau Castellos Figur konnte sich sehen lassen. Sie schien seit ihren Dreißigern kaum zugelegt zu haben.

Merle ging zur Seite und ließ ihre Kundin passieren. Sogar in diesem merkwürdigen Outfit strahlte Frau Castello eine natürliche Eleganz aus – nicht zuletzt dadurch, dass sie Merle um einen ganzen Kopf überragte. Merle fühlte sich sofort eingeschüchtert. Ihre Kundin sollte das auf keinen Fall merken, darum gab sie sich schnell einen Ruck.

«Frau Castello? Ich bin Merle Schneider, Ihre Aufräum-Queen.» Das war die Begrüßungsformel, die Konstanze den Mitarbeitern eingebläut hatte, um ihre Corporate Identity von der ersten Minute an zu verankern. Merle kam das etwas albern vor, trotzdem hielt sie sich daran.

«Ich weiß, cara mia, ich weiß», lachte Frau Castello. «Wer sollen Sie auch sonst sein? Verzeihen Sie, meine Hände sind nass.» Sie wedelte mit ihren perfekt manikürten Händen in der Luft herum, um überdeutlich zu machen, dass sie ihr unmöglich die Hand geben konnte.

Ihre rauchige Stimme ließ Merle sofort an Sophia Loren denken – oder vielmehr an ihre deutsche Synchronstimme mit dem unverkennbar dunklen Timbre.

«Na, dann wollen wir mal. Venga! Kommen Sie!»

Frau Castello öffnete das Gartentor mit einem leisen Quietschen und schritt energisch und in kerzengerader Haltung auf das Haus zu, als befände sie sich auf einem imaginären Laufsteg. Merle folgte ihr gehorsam und fragte sich, wie man es schaffte, in diesen nassen Gummischuhen derart elegant zu gehen.

«Sie sind ein wenig zu früh, Liebes», stellte Ella Castello fest, während sie die vier Treppenstufen bis zum Hauseingang hochstieg. «An die übertriebene Pünktlichkeit in diesem Land werde ich mich wohl nie gewöhnen», seufzte sie.

Merle warf einen verstohlenen Blick auf ihr Handy. Tatsächlich: Sie war zehn Minuten vor der vereinbarten Zeit. Das hatte sie durch den Beinahe-Crash mit der Katze ganz übersehen. Aber zu früh war doch besser als zu spät! Vielleicht war es Frau Castello ja unangenehm, in diesem Aufzug ertappt zu werden? Obwohl es eher so wirkte, als könne sie nichts aus der Ruhe bringen – selbst wenn Merle sie splitterfasernackt angetroffen hätte.

«Ich kann gern noch eine Runde drehen, wenn Sie möchten, dann können Sie sich in aller Ruhe umziehen.»

«Ma no! Seien Sie nicht albern», winkte Frau Castello ab. «Kommen Sie.» Geschmeidig ging sie in die Knie – ihre 68 Jahre merkte man ihr beim besten Willen nicht an – und zog unter der Fußmatte einen Schlüssel hervor. Merle konnte es kaum fassen. So einfach war es also, in Hamburger Villen einzubrechen! Italienische Gelassenheit in allen Ehren, aber das schien ihr dann doch etwas zu sorglos zu sein.

Frau Castello sperrte die schwere Eichenholztür auf, und Merle folgte ihr ins Haus. Sie nahm einen angenehmen Geruch wahr: eine Mischung aus frischem Kaffee und dezentem Blumenduft. Sie nestelte ein Paar Überzieher aus blauem Plastik aus ihrer Tasche und streifte sie über ihre Schuhe, was Ella Castello mit einem amüsierten Seitenblick quittierte. Merle kam sich auf einmal furchtbar steif vor.

«Sie baden in der Alster?», fragte sie schnell – einerseits, um von sich abzulenken, aber auch, weil sie sich wirklich wunderte: Bisher wusste sie nur von einigen mutigen Schwimmern, die an heißen Tagen in der Elbe baden gingen. Von Alsterschwimmern hatte sie dagegen noch nie gehört.

Ella sah sie überrascht an.

«Finden Sie das ungewöhnlich? Mir kommt es eher seltsam vor, dass es sonst niemand tut. Wozu haben wir denn dieses wunderbare Gewässer vor der Haustür?»

«Aber die Wasserqualität …?», wandte Merle ein.

«Ach was, Unkraut vergeht nicht», lachte Ella Castello. Sie ließ ihren Schlüssel klimpernd in eine Silberschale fallen, die auf einer schwarzen Anrichte stand, und betrachtete sich in dem darüber hängenden Spiegel. Er war von einem schlichten ovalen Messingrahmen eingefasst. Merle überlegte, aus welchem Jahrzehnt er wohl stammte und tippte auf die sechziger Jahre.

Mit geübtem Griff zog sich Frau Castello die Wollmütze vom Kopf. Zum Vorschein kamen graue Locken, die sich bis auf Kinnhöhe um ihr Gesicht kringelten. Das Grau machte sie schlagartig älter, fand Merle und blickte schnell weg, damit ihre Kundin sich nicht beobachtet fühlte. «Ist das Wasser nicht furchtbar kalt?»

Ella Castello lachte. «Fragen Sie mal die Finnen, die gehen im Winter in Eislöchern baden. Dagegen ist das hier das reinste Thermalbad.»

«Aber es ist auch nicht ungefährlich: all die Segelschüler und Barkassen auf der Alster. Oder die Ruderer. Die haben doch keine Augen im Rücken», hakte Merle nach.

«Macché! So ein Quatsch!», winkte Frau Castello ab, die inzwischen ihre nassen Badeschuhe gegen die schwarzen Samtpantoffeln getauscht hatte. «Liebes, Sie klingen ja wie Ihre eigene Mutter! Sie denken zu viel! Wenn ich so viel grübeln würde wie Sie, wäre ich in meinem Leben keinen Schritt vorangekommen!»

Merle schluckte. Ihre Kundin mit ihren Nachfragen zu verärgern, war das Letzte, was sie wollte. Außer vielleicht, so zu klingen, wie ihre Mutter.

«Außerdem bleibe ich ja am Rand, da rudert niemand. Und schon gar nicht an einem Wochentag um diese Zeit», redete Ella Castello weiter. Obwohl sie deutsch sprach, intonierte sie die Worte in dem typisch italienischen Singsang.

Merle verkniff sich eine Antwort. Als sie vorhin auf die Alster geblickt hatte, waren sehr wohl einige Boote zu sehen gewesen. Auch in Ufernähe. Aber was ging sie das an? Wenn sich ihre Kundin von den Ruderern umpflügen lassen wollte, stand ihr das frei. Nur in den nächsten Wochen käme es alles andere als gelegen.

«Hauptsache, es tut Ihnen gut», versuchte Merle das Thema abzuschließen.

Sie ließ ihren Blick durch den Flur schweifen. Wobei ihr das Wort kaum angemessen schien: Es war eher eine Art Salon, größer als Merles ganze Wohnung. Drei weiße Türen gingen in weitere Zimmer ab. Eine geschwungene Treppe mit einem schwarzweiß gemusterten Teppich auf den Stufen führte in die oberen Stockwerke. Beim Anblick des riesigen Hauses wurde Merle erneut bewusst, wie viel Arbeit vor ihr lag. Es war wohl am besten, wenn sie zügig auf den Auftrag zu sprechen kam.

Merle zog ihre Jacke aus und hängte sie an einen der Garderobenhaken aus Messing. Sie glaubte, den Blick ihrer Auftraggeberin auf sich zu spüren. Und wirklich: Als sie sich zu ihr umwandte, sah sie, wie Frau Castello sie vom Scheitel bis zu den Sneakers in Tüten abscannte. Nervös trat Merle von einem Fuß auf den anderen. Sie mochte es nicht, angeschaut zu werden.

«Ist etwas nicht in Ordnung?», wagte sie die Flucht nach vorn.

«Ma no!», erwiderte Frau Castello. «Alles in Ordnung. Sie sind nur so … blau.»

Und Sie noch im Morgenmantel, dachte Merle beleidigt, aber behielt es natürlich für sich.

«Sagen Sie, sind Sie in festen Händen, Liebes?», fragte Frau Castello weiter.

Merle stutzte. Sie kam sich vor wie bei einem Verhör, aber ihre Kundin wollte sie vermutlich nur ein bisschen kennenlernen. Verständlich, schließlich würde Merle beim Ausräumen auch vieles über sie erfahren.

«Ich bin seit fünf Jahren mit meinem Freund Tom zusammen. Er betreibt einen Surfshop im Schanzenviertel», antwortete sie bereitwillig.

«Beata Lei», murmelte Ella Castello.

Merle kam es merkwürdig vor, dass ihre Kundin in nahezu jeden Satz ein Wort aus ihrer Muttersprache einstreute, obwohl sie seit so vielen Jahren in Hamburg lebte. Vielleicht war das ja eine seltene Form von Italienisch-Tourette, schoss es ihr durch den Kopf, und sie hätte beinahe losgekichert. Oder war die ganze Fragerei nur ein Ablenkungsmanöver, um dem schwierigen Loslösungsprozess zu entgehen, der vor ihr lag? Diesen Trick kannte Merle nur zu gut von ihrer Mutter. Darauf würde sie nicht reinfallen!

Sie versuchte sich zu erinnern, wie Björn in solchen Momenten vorgegangen war. Eines war klar: Merle musste unbedingt das Heft in der Hand behalten. Jetzt würde sie mal ein bisschen Schwung in die Sache bringen!

«Wollen Sie sich nicht erst mal umziehen und mich dann herumführen?», schlug sie vor. «Zunächst könnten Sie mir die Bücherregale und den Kleiderschrank zeigen. Damit fangen wir für gewöhnlich an, da diese Dinge erfahrungsgemäß die schlimmsten Platzfresser sind. Danach sind Küche und Arbeitszimmer dran. Ganz zum Schluss kümmern wir uns um die Erinnerungsstücke – Sie wissen schon, Fotos, Tagebücher,

Briefe …» Diese Reihenfolge schlugen die meisten Aufräumberater vor. Das Schwierigste kam am Ende, wenn man schon etwas Übung im Loslassen hatte und von den ersten Erfolgserlebnissen beflügelt war.

Ella Castello nickte eifrig. «Ganz wie Sie wollen. Ich mache mich nur schnell frisch und ziehe mir etwas Passendes an. Wenn Sie möchten, machen Sie sich doch einen Espresso, die Maschine steht in der Küche, die Tür geradeaus durch.»

«Vielen Dank, ich hatte heute schon einen», schwindelte Merle, um sich nicht erklären zu müssen.

Ella Castello lachte. «Nun, ich vermute, ein zweiter würde Sie nicht umbringen. Ich persönlich brauche mindestens vier Tassen, um durch den Tag zu kommen.»

Mit einer eleganten Bewegung schlang sie sich ihr Handtuch um den Hals und ging Richtung Treppe.

Da Merle ihr schlecht folgen konnte, wenn sie sich umziehen wollte, rief sie ihr noch ein paar bestärkende Worte hinterher: «Es ist eine Menge Arbeit, keine Frage. Aber wie hat es Mark Twain so schön formuliert: Das Geheimnis des Erfolgs ist, einfach anzufangen.» Merle hatte sich das Zitat zurechtgelegt, um Frau Castello gleichzeitig zu motivieren und mit ihrer Belesenheit zu beeindrucken.

Wie aufs Stichwort wandte sich Ella Castello auf halber Treppe zu ihr um: «Wo Sie gerade Mark Twain erwähnen, Liebes: Werfen Sie doch schon mal einen Blick in das linke Zimmer. Es wird Ihnen gefallen!» Sie nahm die letzten Stufen, bevor sie hinter einer der Türen im ersten Stock verschwand.

Merle zögerte kurz. Es kam ihr merkwürdig vor, sich in diesem fremden Haus alleine umzuschauen. Aber das war nun mal ihr Job. Sie ging zu der Tür links von ihr und drückte die geschwungene Klinke herunter. Einen Moment später befand sie sich in einer eindrucksvollen Bibliothek. Der große Raum war bis unter die Decke mit Bücherregalen gefüllt. Auf der antiken Seefahrerkiste aus dunklem Holz, die in der Mitte des Zimmers stand, stapelten sich überdimensionierte Bildbände, einige von ihnen waren aufgeblättert. Merle erhaschte einen Blick auf die Fotos, die verschiedene Architektenhäuser zeigten. Klare Linien, große Fensterfronten, so ziemlich das Gegenteil von dem Schmuckstück, in dem sie sich gerade befand. Merle nahm die Bücherregale näher in Augenschein. Auf den Borden standen außer Büchern auch viele kleine Schätze: gerahmte Zeichnungen, kleine Porzellanfiguren, fragile japanische Teeschalen, von denen eine schon einen Sprung hatte. Warum hatte Frau Castello sie noch nicht aussortiert? Wahrscheinlich ein Reisemitbringsel, tippte Merle. Den meisten Menschen fiel es schwer, sich von solchen Erinnerungsstücken zu trennen.

Sie ging zu dem großen Fenster und sah hinaus in den Garten. Erstaunt stellte sie fest, dass dort zwei große Palmen wuchsen, daneben einige Bananenstauden. Solche tropischen Pflanzen sah man in Hamburg sonst nur im Gewächshaus des Botanischen Gartens. Merle erwartete fast, dass sich gleich noch ein paar Affen von Baum zu Baum schwingen würden. Stattdessen entdeckte sie unten auf der Terrasse ein weißes Huhn mit knallrotem Kamm, das immer wieder etwas vom Boden aufpickte. Merle musste unwillkürlich lachen. Was für ein merkwürdiger Ort!

Sie schlenderte an den Bücherregalen entlang. So eine Bibliothek war schon etwas Wundervolles. Jeden Tag darin herumstöbern zu können … aber wie oft würde sie das wirklich tun? Und würde sie für diese Möglichkeit eine so viel höhere Miete zahlen? Ganz zu schweigen vom ständigen Abstauben und Sortieren – der reinste Zeitfresser. Nein, das wäre es ihr nicht wert. Die Dinge sollten doch für die Menschen da sein, nicht die Menschen für die Dinge.

Ihr fiel auf, dass Ella Castello fast ausschließlich Bücher in deutscher und englischer Sprache besaß. Vielleicht las sie nicht gern in ihrer Muttersprache? Oder sie bewahrte die italienischen Bücher an einem anderen Platz auf?

Plötzlich stieg Merle der Duft von Patschuli in die Nase. Irritiert schnüffelte sie an den Buchrücken und zog einen großen weißen Bildband heraus. Auf dem Cover war ein Model mit einem schwarz-weiß karierten Hütchen zu sehen, vermutlich aus den fünfziger Jahren. Als Merle die Seiten aufblätterte, schlug ihr der Geruch noch stärker entgegen.

«Ein wunderbares Buch, nicht wahr?»

Merle zuckte zusammen. Sie hatte Frau Castello gar nicht kommen hören. Sie sah völlig verändert aus. Merle musste zweimal hinschauen. Sie hatte damit gerechnet, dass sich ihre Kundin für die Arbeit im Haus etwas Praktisches und Bequemes anziehen würde. Stattdessen trug sie ein schwarzes, enganliegendes Spitzenkleid, das bis über die Knie reichte. Ein Outfit, das irgendwo zwischen trauernder Witwe und eleganter Abendgarderobe lag. Fast wäre Merle «Mein Beileid» herausgerutscht. Bei einer ehemaligen Modedesignerin war wohl nicht damit zu rechnen gewesen, dass sie in Jogginghose antreten würde. Aber im Trauerlook? Auf den alten Fotos, die Merle im Netz gesehen hatte, war Ella Castello bunt gekleidet gewesen, der reinste Paradiesvogel. Offenbar hatte sie ihren Stil über die Jahre grundlegend verändert.

«Irving Penn hat früher für die Vogue gearbeitet, von ihm stammen einige der aufwendigsten Bilderstrecken, die je in dem Magazin erschienen sind», sagte Ella und zeigte auf das Buch.

Merle entging nicht die Ehrfurcht, mit der Ella Castello über diesen Fotografen sprach. Um nichts Falsches zu sagen, schob sie das Buch schnell wieder ins Regal.

«Sind die Bücher alphabetisch sortiert?», wollte Merle wissen.

Ihre Kundin schüttelte den Kopf.

«Nein, ich habe sie thematisch geordnet», sagte sie. Sie zeigte auf die längste Regalwand, in der unzählige Bildbände standen. «Hier sind Bücher zu Mode und Reisen, gegenüber steht alles über Architektur und Einrichtung, die gehörten meinem verstorbenen Mann, und dort», sie wandte sich um und wies auf die Kopfseite des Zimmers, «in dem Regal finden Sie Literatur. Auch Mark Twain.»

Merle musste schlucken. Ella Castellos Mann lebte also nicht mehr. Davon hatte sie nichts gewusst. Dann hatte sie mit der trauernden Witwe gar nicht so danebengelegen. Womöglich brauchte Frau Castello deswegen ihre Unterstützung: Vielleicht war sie innerlich noch gar nicht bereit, sich von diesem Haus zu lösen.

«Das tut mir leid», sagte Merle, um ihre Anteilnahme zu zeigen.

«Was tut Ihnen leid, cara mia?»

«Das mit ihrem Mann.»

«Exmann», berichtigte Ella Castello.

Merle war etwas verlegen. «Ich … Ich habe vor einem Jahr meine Mutter verloren», rutschte es ihr heraus. Sie bereute es im gleichen Moment. Das gehörte nun wirklich nicht hierher! Doch Frau Castello schien das anders zu sehen. Sie sah sie mit erschrockenem Gesichtsausdruck an.

«Mi dispiace. Das ist ja schrecklich. Was ist passiert?» Sie wirkte wirklich betroffen.

«Ein unerkannter Herzfehler. Sie war gerade mal sechzig», erklärte Merle.

«Povera Mamma!» Frau Castello schlug die Hände über dem Kopf zusammen. «Le mie condoglianze. Sie fehlt Ihnen sicher sehr.»

Merle wusste nicht, was sie sagen sollte. Sie spürte, wie sich ihr Hals zuschnürte. Sie wollte nur eins: das Thema wechseln.

«Sie freuen sich bestimmt schon sehr auf Rom, oder?», fragte sie daher schnell. So konnte sie gleich die eigentliche Motivation von Frau Castello überprüfen, um die positive Verstärkung darauf abzustimmen. Das hatte sie von Björn gelernt.

«Ma sì! Es gibt keine schönere Stadt auf dieser Welt. Und jetzt im Herbst ist der perfekte Moment, um hier wegzuziehen. Noch einen Hamburger Winter würde ich nicht überleben.» Frau Castello fasste sich mit einer melodramatischen Geste an die Stirn.

«Dieses Jahr haben wir aber doch Glück mit dem Wetter», verteidigte Merle ihre Heimatstadt. «Es ist sogar zu warm für Anfang Oktober.»

Ella zog eine Augenbraue hoch und sah sie skeptisch an.

«Das bezeichnen Sie als Glück? Haben Sie schon mal einen römischen Herbst erlebt?»

«Leider nein», musste Merle gestehen.

«Rom im Herbst ist ein Traum. È davvero magnifico! Ich kann es kaum erwarten, wieder durch die römischen Straßen zu laufen, in meinem Lieblingscafé in der Sonne zu sitzen und einen Espresso zu trinken.» Frau Castello seufzte tief.

Auch wenn Merle noch nie in Italien gewesen war, konnte sie gut nachvollziehen, dass ihre Kundin sich dorthin zurücksehnte. Im sonnigen Rom zu leben, inmitten der geschichtsträchtigen Gebäude und der alten Kunst, war sicher etwas ganz Besonderes.

«Sie sind vermutlich Hamburgerin, oder?», fragte Frau Castello.

«Ja, sogar hier geboren», antwortete Merle. Sie war stolz darauf, eine echte Tochter dieser Stadt zu sein.

«Darf ich fragen wann?»

Merle war irritiert. «Sie wollen mein Geburtsdatum wissen?»

«Wenn es Ihnen nichts ausmacht, Liebes? Ich weiß, wir Frauen sprechen nicht so gerne darüber.» Sie zwinkerte Merle etwas ungelenk zu.

Warum zum Henker stellte ihr Frau Castello so seltsame Fragen? Sie hätte es ja verstanden, wenn sie sich für ihre Berufserfahrung interessiert hätte … wobei sie froh sein konnte, dass ihre Kundin da bisher nicht nachgebohrt hatte.

«Mein Geburtstag ist am 26. Juni. Aber warum …» Merle ließ ihren Satz unbeendet, als sie sah, wie Ella die Gesichtszüge entgleisten.

«Geht es Ihnen nicht gut?», fragte Merle besorgt.

«Doch, doch, Liebes», beteuerte ihre Kundin. «Geben Sie mir nur eine Minute, ich bin gleich wieder bei Ihnen.» Sie machte auf dem Absatz kehrt und war schon aus der Tür, bevor Merle etwas sagen konnte.

Sie hörte Frau Castello die Treppe hocheilen und eine Tür zuschlagen. Was hatte sie jetzt so urplötzlich zu erledigen? Hatte Merle womöglich etwas Falsches gesagt? Beunruhigt schlich sie aus der Bibliothek, um zu lauschen. Sie hörte ein leises Murmeln aus dem ersten Stock, dann einen unterdrückten Schrei. Merle lief es kalt den Rücken herunter. War Frau Castello etwas zugestoßen? Oder telefonierte sie mit jemandem? Bevor sie auch nur daran denken konnte, zu handeln, wurde die Tür im ersten Stock wieder aufgerissen. Eilig huschte Merle zurück in die Bibliothek, griff sich ein beliebiges Buch aus dem Regal und tat, als hätte sie gerade darin gestöbert. Gefühlte zwei Sekunden später stand Ella Castello schon wieder vor ihr. Sie wirkte merkwürdig fahrig.

«Ist alles in Ordnung?», fragte Merle besorgt.

Ella Castello warf ihr einen Blick zu, als sei sie überrascht, sie hier zu treffen. «Ehrlich gesagt, nein», sagte sie. «Heute ist kein guter Tag für das, was wir vorhaben.»

Sie schien wirklich beunruhigt zu sein. Was war nur dort oben im Zimmer geschehen? Merle wartete, ob noch eine Erklärung kommen würde, aber Fehlanzeige. «Wie meinen Sie das?», fragte sie verunsichert.

«Jetzt gucken Sie nicht so wie der Italiener vor der Teetasse, Liebes», erwiderte Frau Castello. «Venga, ich zeige Ihnen den Rest des Hauses, das wird wohl nicht schaden, und dann machen wir für heute Schluss.»

«Aber ich … wir haben doch …», stotterte Merle, aber Ella Castello lief bereits voraus, sodass Merle gar nicht dazu kam, ihr zu widersprechen. In ihrem Kopf waren tausend Fragezeichen.

Direkt neben der Bibliothek befand sich das Wohnzimmer, darin zwei olivgrüne Samtsofas, übersät mit bunten Kissen. Zwischen den Sitzmöbeln war ein schwarzer Couchtisch platziert, darauf eine riesige afrikanische Holzschale mit Merle bis dato völlig unbekannten Nüssen. Auf dem Boden lag ein schon ziemlich abgetretener Perserteppich. Die Wände waren tapeziert mit gerahmten Fotografien, die meisten von ihnen schienen Reiseaufnahmen zu zeigen, dazwischen vereinzelt moderne Kunst.

«Fast alles Originale», sagte Ella Castello, bevor Merle fragen konnte.

Direkt neben der Tür, über einem hübschen Sekretär aus Walnussholz, hing ein leicht vergilbtes, taschenbuchgroßes Schwarzweißfoto von einem jungen Pärchen. Der schwarzlackierte Bilderrahmen war schon ganz verkratzt. Das konnte sie bestimmt aussortieren, dachte Merle.

Doch Ella schien ihre Gedanken zu erahnen.

«Das Foto ist von Mapplethorpe», sagte sie so beiläufig, als wäre es im Grunde nicht bemerkenswert.

«Von DEM Mapplethorpe?», fragte Merle ungläubig. Sie hatte an der Uni mal eine Vorlesung über den Fotografen besucht, weil sie seine Blumenmotive so mochte. In einer späteren Phase hatte er allerdings vornehmlich Männer im Adamskostüm porträtiert.

«Aber ja! Ich habe es mir selbst … nun ja, *geschenkt*, bei einer Vernissage in New York», stellte Ella trocken fest.

Merle brauchte einen Augenblick, um zu verstehen. «Sie haben es mitgehen lassen?», fragte sie überrascht.

«Sie sollten Ihr Gesicht mal sehen», amüsierte sich Ella. «Das ist doch nichts Besonderes, cara mia. Als ich jung war, haben wir ständig geklaut. Anders hätte ich meine Jugend in Rom gar nicht überstanden. Außerdem war Mapplethorpe damals schon sehr gut im Geschäft und hat es sicherlich gar nicht bemerkt.»

Merle war baff. So viel Chuzpe hatte sie der älteren Dame gar nicht zugetraut. Sie selbst wäre nie auf die Idee gekommen zu stehlen, schon aus Angst vor dem Ertapptwerden. Sie konnte es nicht leugnen: Sie war eine dieser angepassten Frauen, die bloß nicht anecken oder unangenehm auffallen wollten. Genau die Sorte, die Frau Castello vermutlich stinklangweilig fand. Ihre Kundin führte sie weiter in die pastellfarbene Küche, die direkt ins Esszimmer überging. Dort stand ein eleganter Sechziger-Jahre-Esstisch mit dunkelbrauner Tischplatte und dünnen schwarzen Beinen, die sich nach unten verjüngten. Die acht wuchtigen Holzstühle sahen aus, als hätte Frida Kahlo sie höchstpersönlich geschnitzt und bunt verziert. Erstaunlich, dass die beiden grundverschiedenen Stile so gut zusammenpassten. Hinter dem Tisch stand ein ausladender weißer Buffetschrank mit Geschirr. Direkt daneben hing ein braun gemusterter Wandteppich aus grobem Leinen. Merle wandte sich wieder der Küchenzeile zu.

«Darf ich?», fragte sie, und als Ella Castello nickte, öffnete sie einen der mintfarbenen Oberschränke, randvoll mit Geschirr und Vasen, eine schöner als die andere. Merle warf einen kurzen Blick durch die Terrassentür in den Garten. Selbst dort war jedes Detail mit viel Feingefühl ausgewählt. Die weiß lackierten Gartenstühle mit den roten Beinen, die aus einem Bistro an der Côte d'Azur hätten stammen können, waren zwar schon leicht verwittert, doch das machte sie nur noch charmanter. Gelbe Dahlien und violette Astern säumten die Terrasse. Zwischen den Pflanzen und Hecken standen formschöne weiße Steinskulpturen, die nicht sofort preisgaben, was sie darstellen sollten.

Ella Castello schob sich an ihr vorbei und öffnete die Gartentür. Sie schnappte sich die große Messinggießkanne und begann, die Blumen zu gießen.

«Halten Sie das alles alleine in Schuss?», fragte Merle. Sie selbst hatte schon mit ihrer kleinen Wohnung genug zu tun.

«Certo!», sagte Ella Castello bestimmt. «Ich putze selbst und kümmere mich auch um den Garten. Ich habe ja Zeit – und ich mag es nicht, wenn Fremde jeden Stein in meinem Haus umdrehen.»

Merle zuckte zusammen. War sie nicht hier, um genau das zu tun?

Frau Castello wandte sich zu ihr um. Ihr schien erst jetzt bewusst zu werden, was sie gesagt hatte.

«Also von Ihnen mal abgesehen natürlich.» Sie versuchte ein Lächeln, doch es wirkte etwas gezwungen. Nachdem die Blumen bewässert waren, gingen sie weiter von Raum zu Raum. Mit jedem Zimmer eröffnete sich Merle eine neue Welt. Es war ein Sammelsurium der Stile, Epochen und Farben, das im Ganzen ein Kunstwerk ergab. Sie spürte, wie die Phantasie mit ihr durchging und sie sich vorstellte, was all diese Sachen schon gesehen und erlebt hatten. Es schien, als wollten ihr die Möbel, die Lampen, die Kristallgläser, das Silberbesteck und all die vielen anderen Dinge etwas zuflüstern: Geschichten von ausschweifenden Festen, von Liebesnächten und illustren Gesellschaften. Wie gerne wäre sie nur ein einziges Mal Teil davon gewesen!

Während Frau Castello sie durch ihr Heim führte, begriff Merle, dass es hier weit und breit nichts Geschmackloses gab, nichts, was sofort auf Merles innere «Weg damit»-Liste gewandert wäre. Von Ausmisten konnte also keine Rede sein. Es gab keinen «Mist» in diesem Haus, sondern nur kostbare Schätze. Jedes Möbelstück, jede Vase, jedes Bild waren sorgsam und mit Liebe ausgesucht worden.

Und doch: Obwohl es so schön war, konnte sie sich nicht gegen die Ahnung wehren, dass irgendetwas nicht stimmte mit diesem Haus. So viele ästhetische Dinge, und doch schien etwas Wichtiges zu fehlen. Der detektivische Spürsinn, den sie im Zusammenleben mit ihrer Mutter zwangsläufig entwickelt hatte, war ihr geblieben. Und wenn sie eines kannte, dann war es dieses leichte Unbehagen, wenn sich ein Ort zwar voll, aber nicht vollständig anfühlte. Sie würde schon noch darauf kommen, was es war.

Ella Castello führte sie die Treppe hoch. Auf der ersten Etage befand sich ein großes Bad. Als Merle kurz hineinspähte, fiel ihr der Badeanzug auf, den die Hausherrin zum Trocknen über die Armatur gehängt hatte. Neben dem Bad befanden sich ein kleines Gästezimmer und zwei Schlafzimmer, eingerichtet mit erlesenen Antiquitäten.

Eines der Schlafzimmer wirkte, als sei es seit Jahren ungenutzt. Die Gardinen waren eingestaubt, die Kleiderschranktür stand offen und gab den Blick auf das leere Innenleben frei. Vermutlich war das mal das Zimmer von Frau Castellos Mann gewesen. Der andere Schlafraum war mit hellem, hochflorigem Teppichboden ausgelegt. Merle hatte das Gefühl, auf Wolken durch den Raum zu schweben. Ein alter Schminktisch mit großem Spiegel stand neben dem imposanten Doppelbett mit weiß-gold verschnörkeltem Kopfteil. In diesem hochherrschaftlichen Ambiente schlief also die Hausherrin. Auf ihrem Nachttisch lag neben einem kleinen bemalten Stein ein Stapel Bücher. Merle beugte sich darüber und entdeckte diverse italienische Titel. Hier verwahrte Frau Castello also die Bücher in ihrer Muttersprache auf! Von den Covern zu schließen, handelte es sich um Bücher über Astrologie. Interessierte sich Frau Castello etwa für diesen Hokuspokus? Neben den Büchern fand sich auch noch ein Stapel Tarotkarten. Eine der Karten lag auf dem Boden: eine Art Priester mit mehreren goldenen Bechern. Bevor Merle genauer hinsehen konnte, schob sich Ella Castello hastig an ihr vorbei, schnappte sich die Karte und steckte sie mit spitzen Fingern zurück in den Stapel.

«Venga!», sagte sie in so schneidendem Befehlston, dass Merle zusammenzuckte.

Vom Schlafzimmer ging noch eine weitere schmale Tür ab. Frau Castello zögerte kurz und sah Merle vielsagend an, dann drückte sie die Klinke hinunter und stieß die Tür auf. Merle hatte das Gefühl, in das Allerheiligste vorzudringen. Und tatsächlich: Was sich dort verbarg, verschlug ihr den Atem.

Der Raum war weit größer als erwartet. Und das ganze Zimmer war angefüllt mit Kleidern, eines extravaganter als das andere. Merle kam sich vor wie im begehbaren Schrank eines Hollywoodstars. Alles hier verströmte den Glanz einer Oscar-Nacht oder einer High-Class-Poolparty in L. A. Überall schimmerte und glänzte es, Kleider, Röcke, Blusen, Hüte, Schals und Schuhe leuchteten in bunten Farben um die Wette.

«Wow», stammelte Merle, als sie durch den Raum ging. «Das ist ja phantastisch!»

«Nicht wahr?», fragte Ella Castello stolz. «Das meiste hier ist von mir. Dreißig Jahre und älter», erklärte sie.

«Wunderschön», murmelte Merle, während ihre Augen gar nicht genug bekamen von dem Glamour um sie herum. Ella Castello hatte sich eine Art Showroom für ihre früheren Kollektionen eingerichtet. Alles Vintage-Originale, um die sich vermutlich viele Modewütige reißen würden. An sämtlichen Wänden waren Kleiderstangen angebracht. Auf den oberen hingen Blusen und Jacken, weiter unten Röcke und Shirts. Rechts von der Tür waren ausschließlich Kleider und Mäntel zu sehen. Auf zwei Kleiderpuppen, die links und rechts vom Fenster platziert waren, hatte die Designerin besonders schöne Stücke ausgestellt: einen dunkelgrünen Samtblazer mit kunstvoll ziselierten und schon leicht angelaufenen Messingknöpfen, darunter eine cremefarbene Seidenbluse und mehrere lange Goldketten, die über die Brust fielen. Die andere Puppe trug ein Kleid mit gelb-weißem Op-Art-Muster. Zwischen den Puppen stand das Schuhregal, in dem sich vor allem High Heels in jeder nur denkbaren Farbe und Form stapelten. Merle entdeckte auch weiße Schnürstiefel, die eindeutig den frühen Siebzigern entstammten, und einige Modelle mit der damals modernen Plateausohle. Sogar ein Schuh aus Plexiglas stand ganz vorne auf dem untersten Bord. Ein unsichtbarer Schuh. Wie der wohl angezogen aussah?

Der Raum erinnerte Merle an ihren Kleinmädchentraum. Sie hatte es geliebt, die vielen Versandhauskataloge ihrer Mutter durchzublättern und sich vorzustellen, dass all diese schönen Kleider ihr gehörten. Wie eine Königin hätte sie jeden Tag nur noch auszuwählen brauchen, welches sie tragen wollte: das kleine rote mit dem schwingenden Rock? Oder das blau geblümte mit dem weißen Kragen? Doch je mehr ihre Mutter der Kaufsucht verfiel, desto mehr war dieser Mädchentraum in den Hintergrund gerückt, und Merle hatte sich nur noch nach einem gesehnt: nach Überschaubarkeit. Was nützten einem die schönsten Dinge, wenn man gar nicht mehr wusste, was man alles besaß? Ob Frau Castello ihre Sammlung noch überblickte?

Merle fiel ein freistehender Kleiderständer auf, den ihre Kundin direkt vor einem großen Spiegel platziert hatte. Er beherbergte ausschließlich schwarze Blusen, Röcke und Kleider. Das war dann wohl die Trauerkollektion, die sie aktuell trug, vermutete Merle. Sie gönnte diesem Ständer keinen zweiten Blick und wandte sich lieber den Abendkleidern zu. Neugierig trat sie näher heran und ließ ihre Hand durch die edlen Roben gleiten. Die Kleiderbügel aus Metall machten ein klingelndes Geräusch. Am liebsten hätte sie ewig hier herumgestöbert.

Einige der Kleider waren anhand der Schulterpolster eindeutig den Achtzigern zuzuordnen. Sie zog ein knielanges Kleid hervor, ein Traum aus blaugrauer Spitze mit schwingendem Rock. Es sah erstaunlich aktuell aus.

«Ich fürchte, das ist nichts für Sie, Liebes», sagte Ella Castello in einem Ton, als hätte sie Merle gerade ein Kompliment ausgesprochen. «Sie sind ohnehin schon so blass, da brauchen Sie etwas mehr Farbe», stellte sie klar.

Verunsichert dachte Merle an die Farbpalette in ihrem Kleiderschrank. Sie war immer überzeugt davon gewesen, dass Grau ihr gut stand.

«Ich verstehe sowieso nicht, warum ich jemals ein graues Cocktailkleid entworfen habe. Eine Frau, die ausgeht, trägt doch kein Grau! Absurd.» Kopfschüttelnd nahm Frau Castello Merle das Kleid ab und hängte es wieder auf die Stange. Während sie anfing, ihre eigenen Modelle zu betrachten, stieg Merle ihr Parfüm in die Nase, das ihr sofort gefiel. Es war ein süßlicher Duft, der an Jasminblüten und reife Orangen erinnerte.

«Wissen Sie, ich habe jedes meiner Kleider nur zweimal gemacht. Zweimal! Stellen Sie sich das vor! Eines habe ich behalten und eines verkauft», erzählte Frau Castello und untermalte ihre Sätze mit lebhaften Gesten. «Von Massenware halte ich nichts. Ich war immer der Meinung, dass jede Frau im Grund ihres Herzens einzigartig aussehen will und nicht wie das Abziehbild einer anderen. Das Einzige, was Frauen dazu bringt, andere zu kopieren und sich anzupassen, ist die Unsicherheit, ob sie ihren eigenen Kopf haben dürfen oder nicht.»

Merle beobachtete Ella Castello, während sie sprach. Ihre Angespanntheit schien hier, inmitten ihrer Kleider, von ihr abzufallen. Sie hatte eine solche Überdosis an Ausstrahlung und wirkte fast aristokratisch in ihrem Stolz. Ihre Haut war leicht gebräunt, als hätte sie gerade ein Wellness-Wochenende hinter sich. Aber in ihren Augen lag noch etwas anderes, fand Merle. Etwas Melancholisches.

«Die Frauen, die wir heute noch für ihren Stil bewundern, waren einfach nur sie selbst, unvergleichlich, sie haben sich nicht an anderen orientiert. Frauen, die immer nur liebgehabt werden wollen, werden nie wirklich Stil haben.»

Merle schluckte. Sie fühlte sich ertappt.

Ella Castello stöberte weiter in ihren Kleidern, sie schien

etwas zu suchen. Schließlich zog sie einen langärmeligen Einteiler aus nachtblauer Seide hervor und hielt ihn hoch.

«Sehen Sie diesen Overall? Damals in den Siebzigern, als ich ihn entworfen habe, war das nur was für Handwerker oder Soldaten», lachte sie. «Ich war aber schon immer ein Fan von männlichen Uniformen und habe mich davon inspirieren lassen. Kurt hatte einen Flugschein, und wenn er ins Flugzeug stieg, trug er immer einen olivfarbenen Overall. Der spezielle Schnitt ließ seinen Hintern noch besser aussehen.» Bei dem Gedanken huschte ein verschmitztes Lächeln über ihr Gesicht.

«Da waren Sie Ihrer Zeit wohl voraus», sagte Merle. «Und dieses Kleid?», fragte sie und zeigte erneut auf das graue Modell, das es ihr angetan hatte, auch wenn es angeblich nicht zu ihrem Typ passte.

«Wie gesagt: Nichts für Sie, cara mia. Dafür braucht es einen anderen Teint, sonnengeküsst, wenn Sie verstehen, was ich meine.»

«Ich finde, es wirkt sehr modern. Man sieht ihm sein Alter gar nicht an.»

Frau Castello zuckte mit den Schultern.

«So ist das mit italienischer Mode. Sie können heute noch alles tragen, was Armani vor dreißig Jahren entworfen hat. Das sind Klassiker, die werden niemals unmodern.»

Sie hatte ihre Augen in die Ferne gerichtet und schien etwas vor sich zu sehen. Dann blickte sie Merle an.

«Jetzt erinnere ich mich. Es war Anfang der Achtziger. Eine Industriellenwitwe hat das Kleid anprobiert und wollte es zum Abiturball ihres Sohnes tragen. Ich habe es ihr ausgeredet.»

«Ausgeredet? Aber warum? Das war doch Ihr Geschäft?», fragte Merle erstaunt.

«Ma no! Mein Geschäft waren mein guter Geschmack und meine Aufrichtigkeit. Meine Kundinnen haben mir vertraut. Und dieses Kleid war eben nicht für diese Frau bestimmt. Basta.»

Damit war offenbar das letzte Wort zu diesem Thema gesprochen.

Merle sah sich weiter um. «Ich fühle mich gerade an meine Zeit an der Uni erinnert», sagte sie. «Ich habe ein paar Semester Kunstgeschichte studiert.»

Ella Castello schaute sie verwundert an.

«Warum sind Sie dann hier bei mir und nicht in einer Galerie oder einem Museum?»

«Oh, das ist schon in Ordnung so. Es hätte gar nicht besser laufen können. Das hier ist genau das, was ich machen möchte.»

Ella Castello zog ihre Stirn in Falten, ein sicheres Zeichen dafür, dass sie nicht wirklich überzeugt war.

«Na, immerhin haben Sie so viel Kunstverständnis, dass Sie diese Sammlung gleich als das erkannt haben, was sie ist: das Museum meines Schaffens.» Sie sah Merle eindringlich an. «Mein ganzes Herzblut steckt in dem, was Sie hier sehen.»

Genau wie in dem Rest des Hauses, dachte Merle. Es waren ja nicht nur die Kleider, die ihrer Kundin am Herzen lagen. Sie begann zu verstehen, was dieser Ort Ella Castello bedeutete.

Sie zog eine blaue Latzhose vom Bügel und betrachtete sie. Der Jeanslatz war mit kleinen goldenen Sternen bedruckt. Das Muster wirkte handgemacht, wie Kartoffeldruck.

Im gleichen Moment sprang Ella Castello herbei wie ein Känguru auf Beutefang und riss ihr das Teil aus der Hand. Merle wusste nicht, wie ihr geschah.

«Verzeihung, ich wollte nicht ...», stotterte sie verdattert, auch wenn sie nicht wirklich begriff, was geschehen war.

«Aber nein, ich muss mich entschuldigen. Das, äh ... das hängt hier falsch», murmelte Ella Castello, der ihre eigene Reaktion etwas unangenehm zu sein schien. Sie hielt die Hose fest umklammert und wusste anscheinend nicht, wohin damit.

«Haben Sie sich schon überlegt, was Sie mit all den Kleidungsstücken machen wollen?», fragte Merle vorsichtig.

Frau Castello sah sie aufmerksam an.

«Ich hatte gehofft, dass Sie mir das sagen können, cara mia.»

Merle überlegte kurz.

«Tragen Sie denn noch irgendetwas davon?»

Ella Castello wies auf den Ständer mit den tiefschwarzen Klamotten. «Nur das.»

Merle nickte. «Dann geht es Ihnen wie den meisten Menschen. Wir tragen in 80 Prozent der Zeit nur 20 Prozent unserer Garderobe. Das nennt man das Pareto-Prinzip.»

Frau Castello sah sie stirnrunzelnd an. «Nur dass die meisten Menschen keine vollständigen Designer-Kollektionen aus zwanzig Saisons zu Hause hängen haben, inklusive vieler aufwendig genähter und verzierter Einzelstücke», stellte sie trocken fest.

Merle sah verlegen zu Boden. Da hatte sie ihre Kundin wohl an einer empfindlichen Stelle getroffen. Dabei wollte sie doch so gerne alles richtig machen.

«Nein, natürlich nicht. Das hier ist sicherlich eine außergewöhnliche Sammlung. Ich sage ja nur, dass Sie das Wenigste davon noch wirklich nutzen. Aber ich verstehe auch, dass Sie an den Stücken hängen.» Sie sah Ella Castello an. «Wissen Sie, auch wenn Sie nicht alles mitnehmen können, gibt es Möglichkeiten, die Erinnerungen zu bewahren. Unsere Agentur verfährt in der Regel so, dass wir von den Modellen, die aussortiert werden, Fotos machen und auf Wunsch in ein Album kleben. Das macht es leichter, sich von den Kleidern zu trennen …».

Frau Castello seufzte vernehmlich.

«Mi dispiace, cara mia, aber das wird bei mir nicht funktionieren.»

Merle sah sie fragend an.

«Schauen Sie, ich möchte Ihnen etwas erklären», sagte Ella Castello in einem mütterlichen Ton, der Merle störte. Diese Frau nahm sie offensichtlich gar nicht ernst!

«Sie haben doch eben den Bildband von Irving Penn in den Händen gehalten. Ist Ihnen da etwas aufgefallen?», fragte Frau Castello.

«Ja, der Duft, er roch nach Patschuli», brummelte Merle gehorsam. Sie ahnte schon, was jetzt kam.

«Molto bene! Das Buch hat Ihre Sinne berührt! Und zwar nicht nur Ihre Augen, sondern auch Ihre Nase und Ihren Tastsinn – denken Sie nur an die wundervolle Papierqualität und den glatten Einband. Das lässt sich nicht auf einem Foto festhalten. Außerdem müsste ich streng genommen ein Bild von jeder Seite aufnehmen, und das werden wir bei der Menge meiner Bücher wohl nicht schaffen.»

Merle sank das Herz in die Hose. Wer war hier eigentlich

die Aufräumexpertin, sie oder Ella Castello? Und was, wenn die alte Dame sich nicht helfen ließ und alle ihre Methoden ablehnte?

«Mir fällt schon etwas ein, Frau Castello. Lassen Sie uns am besten ganz systematisch vorgehen. Haben Sie einen Grundriss von Ihrem Haus in Rom?»

«Einen Grundriss? Wozu brauchen Sie den denn? Wollen Sie bei mir einziehen?»

Merle rang sich ein höfliches Lächeln ab, obwohl sie nicht zu Scherzen aufgelegt war. «Nur keine Sorge. Anhand der Quadratmeterzahl und der Aufteilung der Räume können wir überschlagen, wie viele von Ihren Sachen Sie in Ihrem neuen Zuhause unterbringen können. Es ist wichtig, dass alles seinen festen Platz hat.»

Ella legte die Hand vor den Mund und dachte angestrengt nach.

«Mi dispiace, aber ich fürchte, den Grundriss müsste ich erst suchen. Im Sortieren von Unterlagen war ich noch nie besonders gut, wenn Sie verstehen.» Sie zuckte mit den Schultern. «Aber so viel vorweg: Es handelt sich nicht um ein Haus, sondern um eine Wohnung. Und was die Größe betrifft: Es sind drei Zimmer und insgesamt um die 70 Quadratmeter.»

Die Zahl traf Merle wie ein Schlag. Ella Castello sprach weiter, doch die Worte kamen nicht bei ihr an. Erst nach und nach tröpfelte die Information in ihr Bewusstsein. Drei Zimmer? Das musste doch ein Irrtum sein! Frau Castello würde gar nicht in einen Palazzo ziehen, sondern in eine kleine Wohnung? Davon hatte Konstanze ihr kein Wort gesagt! Oder hätte sie selbst genauer nachfragen müssen?

Merle schlug das Herz bis zum Hals. Sie fühlte sich wie

eine Versagerin, die sich schlecht vorbereitet hatte. Und das ausgerechnet bei ihrem allerersten Einsatz! Sie war sich auf einmal sicher, dass diese ganze Sache nur schiefgehen gehen konnte. Wie sollten sie denn von dieser übervollen Zehn-Zimmer-Villa so viel aussortieren, dass es in eine kleine Wohnung passte? Und das noch in möglichst kurzer Zeit?

«Ich … verstehe», stotterte Merle. «Aber … Frau Castello, Sie sind sich doch bewusst darüber, dass Sie sich unter diesen Umständen von vielen Sachen trennen müssen, oder?» Es war immer besser, die Dinge beim Namen zu nennen, als lange drumherum zu reden.

«Das sehen wir noch», flötete Frau Castello.

Merle war verwirrt. Was hatte das wieder zu bedeuten?

«Sagten Sie nicht gerade, dass Sie sich auf 70 Quadratmeter verkleinern werden?»

«Ganz recht.»

«Und dieses Haus hat um die 300.»

«Esattamente.»

Merle räusperte sich. «Korrigieren Sie mich, wenn ich falsch liege, aber das bedeutet nach meiner Rechnung, dass Sie drei Viertel Ihres Besitzes zurücklassen müssen. Verstehen Sie mich nicht falsch: Ich bin sicher, es wird Ihnen guttun, sich zu verschlanken. Sie machen das ja ganz bewusst, nehme ich an …» Merle versuchte, dem Ganzen eine positive Note zu geben.

Ella Castello sah ihr direkt in die Augen, als sie ihr antwortete.

«Seien wir doch mal ehrlich, Liebes: Wir wissen beide nicht, was das Schicksal mit mir vorhat. Vielleicht kommt es so, wie Sie sagen, vielleicht nicht … Verstehen Sie? Wenn ich eines im Leben gelernt habe, dann, dass man bestimmte Dinge nicht ändern kann. Man muss sie hinnehmen und damit leben.»

Merle sah Frau Castello entgeistert an. Sie hätte gerne etwas Kluges entgegnet, aber ihr fiel beim besten Willen nichts ein. Wovon sprach sie da überhaupt, und was hatte das mit dem Ausräumen ihres Hauses zu tun?

«Wir sollten für heute aufhören», sagte Frau Castello und schlug sich wie zur Bekräftigung auf die Oberschenkel.

Merle zuckte zusammen. Sie hatte insgeheim gehofft, dass sie doch weitermachen würden, wenn sie nach der Hausbesichtigung erst mal in Schwung gekommen waren.

«Aber warum? Geht es Ihnen nicht gut?»

«Doch, doch. Es ist nur … ach, nicht wichtig. Sie würden es nicht verstehen, glauben Sie mir, Liebes.» Frau Castello vermied es, sie anzusehen, während sie redete.

«Versuchen Sie's», ermunterte Merle sie. «Immerhin arbeite ich jetzt für Sie – und ich schweige wie ein Grab.»

«Das will ich aber auch meinen», sagte Ella und fuchtelte mit ihrem Zeigefinger durch die Luft. «Ist ja teuer genug, Ihr Schweigen.»

Sie schien etwas sagen zu wollen, doch dann überlegte sie es sich doch anders. «Wissen Sie was? Ich erzähle es Ihnen ein anderes Mal. Ich werde heute jedenfalls keinen Finger mehr rühren. Und ich empfehle Ihnen dringend, es mir gleichzutun.» Entschlossen ging sie Richtung Treppe, um Merle zum Ausgang zu begleiten. «Glauben Sie mir, es ist in Ihrem eigenen Interesse.»

Das wagte Merle allerdings zu bezweifeln. Letztlich würde Konstanze sie verantwortlich machen, wenn sie diesen Einsatz unnötig in die Länge zog. Sie folgte Ella Castello nach unten, zog sich ihre Jacke an und streifte die Überzieher von ihren Schuhen.

«Also bis morgen?», fragte sie, als sie durch die Tür trat.

«Wir werden sehen …», sagte die alte Dame.. «Was wissen wir schon von morgen, nicht wahr?»

Sie winkte Merle noch einmal zu und schloss dann die Tür.

Merle lief durch den Vorgarten zu ihrem Fahrrad und schloss es auf. Was in aller Welt war los mit dieser Frau? Und wie sollte sie so mit ihr zusammenarbeiten?

Ella sah der Aufräumberaterin noch einen Moment nach und schloss dann die Tür. Nachdenklich ging sie zurück ins Schlafzimmer und ließ sich erschöpft auf ihr Bett fallen. Sie starrte auf den Stapel Karten neben sich. Erst als sie danach greifen wollte, merkte sie, dass ihre Hände zitterten. Ausgerechnet die fünf Kelche aus der kleinen Arkana hatte sie vorhin gezogen! Das war ihr schon seit Jahren nicht mehr passiert. Vor dieser Karte hatte sie damals schon ihre Nonna gewarnt. An Tagen, an denen diese die Kelche zog, hatte sie das Haus nicht verlassen und sich rein gar nichts vorgenommen. Und sie war auf diese Art immerhin 93 Jahre alt geworden! So falsch hatte sie also wohl nicht gelegen.

Ella zog die Bettdecke hoch bis zum Kinn. Hier würde sie sich heute nicht mehr wegbewegen. Und falls das Haus über ihr einstürzen sollte, dann war das eben so.

Sie hatte gleich eine düstere Vorahnung gehabt, als diese Merle ihr Geburtsdatum genannt hatte. Dasselbe Sternzeichen wie Stella – Ella wusste selbst nicht, warum sie das so angerührt hatte. Auch Merle war also eine Krebsfrau. Und tatsächlich schien sie ihrer Tochter recht ähnlich zu sein: Ihre toughe Schale konnte nicht verbergen, dass sie in Wahrheit ein sensibler und in sich gekehrter Mensch war.

Und sie war so leicht zu verunsichern. Sie schien nicht besonders erfahren in ihrem Job, das hatte Ella gleich gemerkt. Aber diese Sache mit ihrer Mutter … und wie sie davon gesprochen hatte … Ella hatte das sichere Gefühl, dass mehr dahinter steckte. Es konnte doch kein Zufall sein, dass die Sterne ihr diese Frau geschickt hatten.

Sie spürte, wie sie schläfrig wurde, und schloss die Augen. Auch morgen würde es nicht einfach werden. Die Mondphase war alles andere als günstig für ihr Vorhaben – der Vollmond stand kurz bevor. Ein abnehmender Mond wäre besser gewesen. Wenn der loslassen konnte, fiel es auch den Menschen leichter … Aber sie würde sich weiterhin auf ihr Tageshoroskop und das Tarot verlassen, dann würde schon alles gutgehen. Sie wollte es endlich hinter sich bringen.

Kapitel 6

Am nächsten Morgen erwachte Merle nach einer weiteren unruhigen Nacht. Sonst sprang sie morgens direkt aus dem Bett, aber heute fiel es ihr schwer aufzustehen. Sie war zwar früh eingeschlafen, aber immer wieder mit Herzklopfen aufgewacht, weil sie an ihren ersten Tag bei Ella Castello zurückdenken musste. Sie war sich nicht sicher, ob der Start gut gelaufen war oder nicht. Ihre Kundin hatte sie herzlich empfangen, sie wirkte offen und zugewandt, und doch blieb sie irgendwie – unnahbar. Hatte sie einfach nach Hause geschickt, ohne zu sagen, warum. Ob das jähe Ende mit diesen Tarotkarten zusammenhing? Nein, sicher nicht, das wäre völlig absurd. Aber warum sonst hatte Frau Castello die Karte auf dem Boden so schnell verschwinden lassen? Merle rappelte sich auf, blieb jedoch noch einen Moment auf dem Bettrand sitzen.

Da war noch etwas anderes, was sie irritierte. Ella Castello schien in Gedanken ganz woanders zu sein. So als beschäftige sie in Wahrheit nicht ihr Umzug nach Rom, sondern etwas ganz anderes. Nur was? Eins stand fest: Merle musste herausfinden, was die alte Dame wirklich wollte, wenn sie diesen Auftrag erfolgreich erledigen wollte.

Merle trottete verschlafen zu ihrer Küchenzeile und füllte Wasser in ihren Kessel. Gleich würde sie in die Agentur fahren. Wenigstens einmal am Tag sollten sich die Mitarbeiter, die einen externen Auftrag hatten, dort blicken lassen, um ein Protokoll vom Vortag zu schreiben: Wie lief es beim Kunden, wie viel hatte man geschafft, und was blieb noch zu tun? Eine Ausnahme wurde nur gemacht, wenn der Einsatz in einer anderen Stadt erfolgte, dann genügte ein Protokoll per E-Mail.

Merle überlegte, was genau sie in der Agentur von dem gestrigen Tag erzählen sollte. Sie musste ihre Chefin wohl vorwarnen, welche Herausforderungen dieser Einsatz mit sich brachte: eine Kundin, die es womöglich dem «Schicksal» überließ, wann gearbeitet wurde und wann nicht ... So etwas war ihres Wissens bei «Queen of Clean» noch nicht vorgekommen. Dass das neue Heim von Frau Castello in Rom keine prachtvolle Residenz, sondern ein ganz gewöhnliches Apartment war, würde sie lieber für sich behalten. Sie wollte auf gar keinen Fall schlecht vorbereitet oder überfordert wirken.

Merle seufzte. Sie konnte sich die Kommentare von Björn schon lebhaft vorstellen – wenn sie wieder in der Agentur saß und sich um die Pressearbeit kümmerte, bis Frau Castello sich dazu erbarmte, weiterzuarbeiten. Nur was, wenn sie sich endlos Zeit ließ? Oder sich gar nicht mehr meldete?

Merle spürte, wie sich ihr Magen zusammenzog. Ob sie selbst noch mal bei ihr anrufen sollte?

Der Teekessel begann zu pfeifen und riss sie aus ihren Gedanken. Sie warf einen kurzen Blick auf ihr Handy – und erschrak. Sie war viel zu spät dran! Normalerweise ging sie morgens nach einem exakten Zeitplan vor, um pünktlich in der Agentur einzutreffen. Schnell hetzte sie ins Bad. Für den

Tee blieb ihr keine Zeit mehr. Sie hatte gerade noch zehn Minuten, um zu duschen und sich anzuziehen.

Björn saß wie üblich schon an seinem Platz, als Merle die Agentur betrat. Sie wollte ihm gerade von Frau Castello erzählen, als er ihr abwehrend die Hand entgegenstreckte, fast so, als gelte es, sie von einem blutigen Tatort fernzuhalten.

«Stopp, sag nichts, ich weiß Bescheid!» Er machte eine kurze dramatische Pause, um dann fortzufahren.

«Der Auftrag ist schwieriger als gedacht. Es läuft nicht so glatt, wie du dir das vorgestellt hast, und du hast keine Ahnung, wo du ansetzen sollst, richtig?» Björn sah sie erwartungsvoll an. Merle war für einen Moment sprachlos. Er hatte den Nagel auf den Kopf getroffen.

«Keine Sorge, Frischling, das ist ganz normal», dozierte er. «Aller Anfang ist nun mal schwer. Und es ist immer mehr zu tun, als man anfangs denkt. Erinnerst du dich an meine Kundin, bei der ich drei Keller entrümpeln musste anstatt nur den einen, den sie angegeben hatte? Und das in derselben Zeit?»

Merle seufzte. Wie froh sie wäre, wenn Frau Castello lediglich drei Keller hätte …

«Du hast leicht reden. Du hast dir ja schon ein dickes Fell angeschafft», stöhnte Merle.

Björn winkte ab. «Eigentlich ist es doch ganz einfach. Wie sage ich immer so schön?» Er wies mit der ausgestreckten Hand auf Merle, um ihr das Wort zu erteilen.

«Ansage, Ansage, Ansage!», wiederholte Merle das Motto,

das Björn ihr immer wieder eingeschärft hatte. Übersetzt sollte das in etwa heißen: Hab deinen Kunden immer im Griff! Sei bestimmt und gib klare Anweisungen!

«Na also. Und wenn das nicht verfängt, hilft Plan B: loben, loben, loben. Nichts ist so motivierend wie das Gefühl, in einer Sache richtig gut zu sein. Wenn die Kundin glaubt, ein echtes Naturtalent im Entrümpeln zu sein, dann will sie immer mehr davon.»

«Dein Wort in Frau Castellos Ohr», sagte Merle unsicher.

«Mach mir keine Schande», sagte Björn abschließend und wedelte mahnend mit dem Zeigefinger vor seinem Gesicht herum. «Ich muss jetzt weitermachen, die Menschen da draußen brauchen meine Hilfe, wie du weißt.» Und schon wandte er sich wieder seinem Rechner zu.

Merle wusste nicht, ob sie lachen oder fluchen sollte. Björn hatte wirklich ein überausgeprägtes Selbstbewusstsein. Es hätte ihm nicht geschadet, ihr ein bisschen davon abzugeben.

Sie startete den Rechner und öffnete die Dateivorlage für die Protokolle, als Konstanze ins Büro schwebte – tiefenentspannt wie immer, obwohl sie morgens vor dem Dienst schon Yoga machte und ihre Kinder in Kita und Schule abliefern musste. Wie so oft war sie in hellen Farben gekleidet, was ihr als Mutter kleiner Kinder nicht die geringsten Probleme bereitete. Flecken kamen in ihrem Wortschatz gar nicht vor.

«Hallo, Merle! Wie läuft es denn mit deiner ersten Kundin?» Sie lief weiter in ihr Büro und erwartete offenbar, dass Merle ihr folgte. Also sprang Merle auf und erzählte Konstanze im Laufschritt von ihren Startschwierigkeiten mit Ella Castello, von den Unmengen schöner Dinge in ihrem Haus und dem jähen Ende des gestrigen Besuchs. Die Drei-Zimmer-Wohnung und ihren Verdacht bezüglich der Tarotkarten behielt sie wie geplant für sich.

Konstanze nickte ihr aufmunternd zu.

«Manchmal sind die Kunden anfangs schwer einzufangen», sagte sie, während sie ihre Ledertasche abstellte und hinter ihrem Schreibtisch Platz nahm. «Aber Frau Castello scheint doch recht zugänglich zu sein. Dir fällt schon etwas ein, da bin ich ganz zuversichtlich. Du bekommst es doch hin, oder?» Sie sah zu Merle hoch, die noch immer in der Tür stand.

«Natürlich», bekräftigte Merle schnell. Sie wunderte sich, warum Konstanze nicht detaillierter auf ihre Probleme einging. War ihr der Auftrag gar nicht wichtig?

«Nichts anderes habe ich erwartet», sagte Konstanze stattdessen knapp. Sie kramte ein rosafarbenes Kinder-T-Shirt aus ihrer Tasche und hielt es Merle lächelnd hin.

«Das gebe ich heute weiter. Ist von Ralph Lauren und quasi ungetragen.»

Konstanze hatte Merle in letzter Zeit eine Menge Input für ihren Blog geliefert, da sie gerade ihr persönliches Minimalismusprojekt durchzog: Sie verschenkte jeden Tag einen Gegenstand, den sie nicht mehr brauchte. Immer wieder hatte sie in kurzen Beiträgen darüber berichtet, wem sie welchen Gegenstand geschenkt und wie derjenige reagiert hatte. «Meine Tochter zieht schon lange nicht mehr an, was ich ihr hinlege. Eine Zeitlang gab es jeden Morgen Tränen und Geschrei, weil sie mitten im Winter ein Sommerkleid tragen wollte oder einen fleckigen Pullover vom Vortag. Aber inzwischen habe ich das gut im Griff.»

«Wie denn?»

«Ach, ich zeige ihr morgens jeweils zwei Teile: Willst du

das oder das Shirt? Die oder die Hose? Dann zeigt sie auf das, was sie lieber mag, und die Sache ist geritzt. So hat die Kleine das Gefühl, selbst entschieden zu haben. Und es gibt keine Diskussionen mehr.»

«Genial», beschied Merle. Im gleichen Augenblick hörte sie ihr Handy klingeln, das auf ihrem Schreibtisch lag.

«Geh ruhig», sagte Konstanze.

Wie von der Tarantel gestochen lief Merle zu ihrem Arbeitsplatz und riss ihr Telefon hoch.

«Merle Schneider, hallo?», sagte sie keuchend.

«Buongiorno, cara mia! Bei was habe ich Sie denn unterbrochen?»

«Buongiorno ... äh, guten Tag» stotterte Merle. «Ich ... bin in der Agentur.»

«Scheint ja ein schweißtreibender Job zu sein», sagte Ella Castello amüsiert.

«Was kann ich für Sie tun, Frau Castello? Ist alles in Ordnung?»

«Jaja, alles bestens. Also, ich möchte Sie bitten, so schnell wie möglich zu kommen. Heute ist ein überraschend guter Tag zum Aufräumen – und wir haben keine Zeit zu verlieren, giusto?»

Merle war erleichtert – und genervt zugleich. Frau Castello musste ihr nun wirklich nicht erklären, dass Zeit in diesem Fall Geld war. Sie warf Björn, der gespannt lauschte, einen vielsagenden Blick zu. Er formte mit seinen Lippen die magischen drei Worte: Ansage, Ansage, Ansage ...

«Ja, da haben Sie recht, Frau Castello. Ich komme so schnell wie möglich», sagte Merle in professionellem Ton. «Aber nur unter einer Voraussetzung: Sie verraten mir, warum es heute passt – im Gegensatz zu gestern. Wenn ich schon auf Abruf arbeite, sollte ich wenigstens wissen, worum es hier geht, meinen Sie nicht?»

Björn reckte den Daumen nach oben, zumindest er war zufrieden mit ihr. Von Ella Castello aber kam nur beredtes Schweigen. Merle fürchtete schon, zu viel Druck auf sie ausgeübt zu haben.

Doch dann hörte sie endlich ihre Stimme: «Nun, wie ich … gestern schon sagte», erklärte sie zögerlich. «Ich glaube an Schicksal und Vorbestimmung. Ich versuche einfach, vorbereitet zu sein und die ganze Sache etwas … umfassender anzugehen.»

«Umfassender?», fragte Merle nach. Sie verstand mal wieder kein Wort von dem, was Frau Castello sagte.

«Ich nenne es kreative Astrologie», lachte Ella.

«Kreative Astrologie?», wiederholte Merle wenig geistreich. Hatte Frau Castello ihr kreatives Schaffen von der Mode in neue Bahnen gelenkt?

«Nun, es ist ein Mix aus Tarot und klassischer Astrologie. Beide beziehen sich ja auf die vier Elemente, Sie wissen schon: Feuer, Erde, Wasser, Luft. Und für beides braucht man eine gewisse Gabe, um die Bildsprache richtig deuten zu können.»

Merle stöhnte innerlich auf. Es war also tatsächlich Frau Castellos Aberglaube, der sie gestern vom Arbeiten abgehalten hatte! Und nun sollte sie diesen Spleen für die kommenden Wochen ertragen? Was würde als Nächstes kommen? Würde ihre Kundin anregen, ein Schaf zu opfern, um die Götter des Aufräumens milde zu stimmen?

«Klingt ziemlich abenteuerlich, oder?» Frau Castello klang versöhnlich, als hätte sie Merles Gedanken gelesen. «Aber ich fahre gut damit. Also versuchen Sie gar nicht erst, mir das auszureden. Ich weiß, was ich weiß.»

Merle würde den Teufel tun und mit ihrer Kundin über deren Astro-Tick diskutieren. Frau Castello bezahlte schließlich für ihren Service. Daher blieb ihr nichts anderes übrig, als mitzuspielen.

«Nun gut, Frau Castello. Sagen Sie mir rechtzeitig Bescheid, wenn Sie aus irgendeinem, äh … übersinnlichen Grund nicht weiterarbeiten können. Es gibt dann sicher etwas, das ich auch ohne Sie schon vorbereiten kann, sodass die Zeit nicht ungenutzt verstreicht. Wollen wir es so machen?»

«Va bene! Das klingt gut. Dann erwarte ich Sie um zehn Uhr hier.»

Kapitel 7

Diesmal empfing Ella Castello sie nicht im Badeanzug, aber erneut ganz in Schwarz: einem enganliegenden Pullover und einer sportlichen Hose, die ihre tadellose Figur zur Geltung brachten. Das sah gar nicht nach Trauerkluft aus, sondern nach Stilbewusstsein, fand Merle.

«Guten Morgen, Frau Castello. Sie sehen gut aus.»

Gleich mal mit einem Lob ins Haus zu fallen konnte doch nicht falsch sein.

«Grazie, meine Liebe», flötete Ella Castello. Sie schien etwas entgegnen zu wollen, sagte dann aber – nach einem kurzen Blick auf Merle – lieber doch nichts.

Merle schaute an sich hinunter. Sie trug eine dunkelgraue Hose, kombiniert mit einem hellgrau melierten Pullover. Klassisch-schlicht – daran war nichts auszusetzen.

Sie wollte auch nicht darüber nachdenken. Es gab Wichtigeres zu tun.

«Ich habe heute viel vor mit Ihnen», sagte sie zu Frau Castello. «Zunächst mal würde ich gerne das ungenutzte Schlafzimmer frei räumen, um Platz zu schaffen für die Sachen, die Sie mit nach Rom nehmen wollen. Dann haben wir einen besseren Überblick, wie viele Dinge mit der Zeit zusammenkommen. Außerdem ist es immer hilfreich, die Dinge außerhalb ihres gewohnten Kontextes zu sehen; so lässt sich leichter beurteilen, ob man sie wirklich noch haben will oder ob man ihren Anblick einfach gewöhnt ist.»

Frau Castello nickte.

«Va bene, klingt vernünftig.»

Merle war erleichtert. Offenbar wollte ihre Kundin heute wirklich aktiv werden.

Ella Castello ging voraus in den ersten Stock. Bevor sie ihr folgte, nahm Merle das «Queen of Clean»-Werkzeug-Set aus ihrer Tasche, das zur Grundausstattung jedes Mitarbeiters gehörte. Darin waren Schraubenzieher, Zangen, Paketband sowie ein Schweizer Messer, um für alle Gegebenheiten gerüstet zu sein. Normalerweise engagierte die Agentur für gröbere Arbeiten kräftige Helfer, aber Ella hatte ja deutlich gesagt, was sie von fremden Leuten in ihrem Haus hielt. Besser, sie blieben fürs Erste unter sich.

In den nächsten zwei Stunden waren die Frauen damit beschäftigt, den Kleiderschrank und das Bett auseinanderzubauen und die Einzelteile ins Gästezimmer zu tragen. Die hellblau lackierte und mit Messingbeschlägen verzierte Kommode schleppten sie zu zweit ins Nebenzimmer. Merle hatte gehofft, dass sie leer sein würde, aber sie war randvoll mit Tischdecken und Servietten, allesamt ordentlich gefaltet und gestärkt. Merle vermutete, dass es sich um eine Art Aussteuer handelte.

Nachdem alles ausgeräumt und das Zimmer gähnend leer war, sah Merle Frau Castello mahnend an.

«Das ist jetzt unser Lager. Alles, was hier hineinkommt, werden Sie mit in Ihr neues Zuhause nehmen. Überlegen Sie sich gut, was wirklich hierhergehört! Jedes Teil wird in Ihrer neuen Wohnung kostbaren Platz beanspruchen. Seien Sie die Hüterin dieses Platzes», dozierte Merle. Es war wichtig, ihrer Kundin bewusstzumachen, was diese zwanzig Quadratmeter für sie bedeuteten.

«Betrachten Sie diese Tür als das Nadelöhr, durch die jeder Gegenstand, den Sie behalten möchten, hindurchmuss», sagte sie.

Frau Castello nickte, doch sie wirkte irgendwie abwesend dabei.

«Brauchen Sie eine Pause? Oder wollen wir uns jetzt die Bücher vornehmen?», fragte Merle.

Die Bibliothek würde vermutlich viel Zeit in Anspruch nehmen, darum wollte sie die Aufgabe so schnell wie möglich anpacken.

«Lassen Sie mich vorher noch ein Telefonat erledigen», sagte Ella Castello und verschwand, ohne eine Antwort abzuwarten, in ihrem Schlafzimmer.

Merle stand eine Weile unschlüssig im Flur, doch als Frau Castello nicht wieder auftauchte, beschloss sie, sich auf eigene Faust den zweiten Stock anzusehen, den sie gestern nicht mehr geschafft hatten. Etwas zögerlich, weil es mit ihrer Kundin nicht abgesprochen war, schlich sie die Treppe hoch. Vielmehr versuchte sie zu schleichen, doch das Knarzen der Treppenstufen war nicht zu überhören.

Im zweiten Stock befand sich ein riesiges Badezimmer mit einer großen Dusche und einer bezaubernden freistehenden Badewanne auf goldlackierten Füßen. Merle war hingerissen. Am liebsten hätte sie sich sofort Wasser eingelassen. Vom Bad konnte man direkt auf die Dachterrasse treten, von der aus man tatsächlich die Alster sah. Merle blieb einen Moment lang stehen und genoss den Ausblick, dann setzte sie ihren Rundgang fort. Neben dem Bad lag noch ein gemütliches Dachzimmer. Merle fiel auf, dass es ganz anders eingerichtet war als der Rest des Hauses. Fast alle Möbel stammten von Ikea – Billy und seine Brüder standen einträchtig neben einem schlichten alten Bett aus Nussbaum, offensichtlich ein Erbstück. Die Regale und der Kleiderschrank waren leer. Das Zimmer wirkte traurig und verwaist. Wer hier wohl gewohnt hatte?

Ganz in Gedanken wollte Merle sich wieder zurück in den ersten Stock schleichen – doch als sie sich umdrehte, stand Ella Castello vor ihr und sah sie streng an. War sie die Treppenstufen hochgeschwebt?

«Was machen Sie hier? Ich habe doch gesagt, dass ich es nicht mag, wenn Fremde bei mir herumspionieren», sagte sie misstrauisch.

«Äh ja», stotterte Merle, «aber Sie hatten mich doch ausdrücklich davon ausgenommen, oder nicht?» Sie entdeckte einen Kissenabdruck auf Ella Castellos rechter Wange. Hatte sie etwa geschlafen?

«Ich wollte die Zeit nur nutzen, um schon mal das Stockwerk zu inspizieren», sagte Merle versöhnlich und fragte arglos: «Was ist das hier eigentlich für ein Zimmer?»

Ella Castellos Gesicht zuckte fast unmerklich. «Später, Liebes, später. Kümmern wir uns erst mal um die Bücher.»

Mit diesen Worten drehte sie sich um und ging die Treppe hinunter. Merle blieb verunsichert stehen. Dieses Zimmer war ganz offensichtlich ein sensibles Thema. Sie notierte sich innerlich, dass es wohl besser war, wenn sie es sich erst zum Schluss vornahmen.

«Was ist jetzt? Kommen Sie?», rief Ella Castello, ohne sich zu Merle umzudrehen.

Es war bereits Nachmittag, als Frau Castello sich eine Kaffeepause ausbat. Diesmal war Merle mehr als dankbar dafür. Sie war fix und fertig. Am schlimmsten war das Gefühl, dass sie noch immer nichts geschafft hatten. Merle blickte auf die Kisten, die «Queen of Clean» in drei Farben produzieren ließ und von denen sie heute Morgen mit dem Firmenwagen einen ganzen Stoß hergebracht hatte: Blau stand für «Bleiben», Rot für «Raus» und Weiß für «Weiß nicht». Auf dem Aussortierstapel in der roten Kiste lagen gerade mal zehn Bücher, während die blaue und die weiße Kiste fast voll waren. Und das nach vier Stunden! Wenn es in dem Tempo weiterging, waren sie bis Jahresende noch nicht mit den Büchern durch. Was sollte sie bloß tun? Irgendetwas musste sie unternehmen! Völlig entmutigt betrat Merle den Garten und setzte sich auf einen der Stühle.

Im Garten des Nebenhauses saß ein kleines rothaariges Mädchen auf einer Schaukel und schwang sich, so hoch sie konnte. Merle sah ihr eine Weile zu. Das Mädchen trug einen hellblauen Rock, der sich jedes Mal hoch bauschte, wenn sie nach vorne flog. Merle musste an ihr Gespräch mit Konstanze denken und an ihren Kniff, ihrer Tochter das morgendliche Anziehen zu erleichtern.

Plötzlich kam ihr eine Idee. Wie wäre es, wenn sie mit Frau Castello genauso vorging? Warum sollte das Entweder-Oder, das Konstanze mit den Kleidern ihres Kindes anwendete, nicht auch mit Büchern funktionieren? Vielleicht würde es ihrer Kundin die vielen Entscheidungen, die sie zu treffen hatte, erleichtern? Merle würde es zumindest versuchen.

Sie ging ins Haus und fand Frau Castello am Küchentisch sitzend über ein Buch gebeugt, neben ihr eine halbvolle Tasse Cappuccino. Merle hätte jetzt gerne einen Tee getrunken, aber so etwas gab es in einem italienischen Haushalt vermutlich nicht.

«Frau Castello?» Die alte Dame fuhr zusammen. «Dio mio! Haben Sie mich erschreckt!», sagte sie mit belegter Stimme. Sie sah bedrückt aus.

«Ich möchte etwas Wichtiges mit Ihnen besprechen», sagte Merle dennoch bestimmt.

Ella Castello stieß einen tiefen Seufzer aus und legte das Buch aus der Hand, über das sie unmittelbar vor der Pause diskutiert hatten. Es war eine gebundene Ausgabe von «Anna Karenina». Merle hatte es direkt auf den roten Stapel legen wollen, weil es schon sehr abgegriffen war, doch Frau Castello hatte einen Blick hineingeworfen und dann gesagt, dass sie darüber nachdenken müsse. Sie hatte es mit in die Küche genommen – offenbar ließ es sich mit einer Dosis Koffein besser nachdenken.

Als Merle sah, dass Ella Castello sich eine Träne aus dem Gesicht wischte, wurde ihr schwer ums Herz. Sie zog sich einen Stuhl heran und setzte sich neben die alte Dame.

«Wenn das Buch Sie so traurig macht, sollten Sie sich gut überlegen, ob Sie es behalten möchten», sagte sie vorsichtig.

Ella seufzte und streckte ihr dann das Buch entgegen.

«Nehmen Sie. Es kann weg», sagte sie leise.

«Sehr gut, Frau Castello. Jedes Teil zählt», lobte Merle und nahm das Buch entgegen, überrascht, wie leicht das gewesen war. «Lassen Sie uns weitermachen», versuchte sie, ihre Kundin aufzumuntern. «Jetzt wird es schneller gehen, Sie werden sehen.»

«Va bene. Andramo.» Ihre Kundin schlug sich entschlossen auf die Schenkel. «Und dieses ewige ‹Frau Castello› lassen wir jetzt mal sein. Nennen Sie mich Ella. Das Hamburger Sie ist doch eines der wenigen Dinge, das die deutsche Sprache der italienischen voraushat, nicht wahr?»

«Wenn Sie es sagen», sagte Merle. Sie war des Italienischen leider nicht mächtig und konnte das schlecht beurteilen.

«Ach, kommen Sie, geben Sie es zu», sagte Frau Castello, «Italienisch ist eigentlich immer melodischer und attraktiver als das Deutsche. Oder was klingt für Sie besser: Nudeln oder Pasta?» Das letzte Wort sang sie eher, als dass sie es sprach.

«Cannelloni», lachte Merle, wurde aber schnell wieder ernst, als sie sah, dass Ella nicht mitlachte. Auf ihre Muttersprache ließ sie wohl nichts kommen. Merle hätte sich ohrfeigen können für den blöden Witz. «Sie haben recht. Und ich nenne Sie sehr gerne Ella, wenn Sie Merle zu mir sagen», schob sie versöhnlich hinterher.

«Va bene», sagte Ella erfreut. «Ich gehe nur rasch ins Bad, dann machen wir weiter.»

Kaum hatte Ella ihr den Rücken zugedreht, blätterte Merle heimlich in dem Buch und entdeckte vorne eine Widmung: *Per la bella mamma* stand dort in verschnörkelter Schreibschrift. Dahinter hatte jemand eine Rose gemalt, von der einige Blätter herabfielen. Es wirkte wie eine Kinderzeichnung. Hatte Ella das einst ihrer Mutter geschenkt? War es die Erinnerung an sie, die sie so traurig machte?

Als Ella zurück war, wechselten sie in die Bibliothek. Merle bat sie, sich zu setzen.

«Sehen Sie einfach zu und lassen Sie mich nur machen», sagte Merle.

Ella ließ sich auf einem der braunen Ledersessel nieder und nahm die zerschlissene Wolldecke auf den Schoß. Wahllos zog Merle zwei Bildbände aus dem Reiseregal und hielt sie hoch.

«Welches ist Ihnen wichtiger: Das Buch über Rajasthan oder Namibia?»

«Das ist eine merkwürdige Frage, cara mia», sagte Ella verwundert.

«Entscheiden Sie einfach aus dem Bauch heraus: Indien oder Afrika?»

«Was passiert denn mit dem Buch, gegen das ich mich entscheide?», fragte Ella.

Vor dieser Frage hatte sich Merle gefürchtet. Normalerweise brachten sie so große Bücherbestände zu einem Händler, mit dem «Queen of Clean» zusammenarbeitete. Er zahlte den Kunden eine angemessene Pauschale, und «Queen of Clean» bekam eine Vermittlungsgebühr. Doch bei Ella Castello würde sie anders vorgehen müssen, das war Merle bewusst.

«Das sehen wir dann. Erst mal machen wir nur Stapel. Also: links oder rechts?»

Ella überlegte so lange, dass Merle kurz davor war, ihren Plan fallenzulassen. Doch dann zeigte sie tatsächlich auf den farbenprächtigen Bildband über Rajasthan.

«Ich nehme das», sagte sie.

«Sehr gut», lobte Merle und legte die Bücher nebeneinander auf den Boden. Wieder griff sie zwei Bildbände aus dem Regal.

«Route 66 oder Big Sur?»

Ella dachte wieder ausführlich nach, ihr Blick sprang zwischen den beiden Buchcovern hin und her, bis sie schließlich auf das Buch über Kalifornien zeigte.

«Das.»

«Wunderbar.» Merle versuchte, nicht zu viel Euphorie zu zeigen. Aber sie hatte den Eindruck, dass Ella diese Art des Aussortierens wesentlich leichter fiel.

«Route 66 war sowieso nur eine Spinnerei von Kurt», sagte Ella.

«Ihr Mann fuhr Motorrad?», fragte Merle überrascht.

«Exmann. Und: Ja, leider. Che idiota», murmelte Ella, und der Zug um ihre Lippen wirkte auf einmal sehr verkniffen.

«War er jemals dort?», fragte Merle.

«Wo?»

«Na, auf der Route 66!»

«Nein. Wir haben unsere Fernreisen immer gemeinsam gemacht. Und ich konnte mit dieser Rockerromantik herzlich wenig anfangen.» Ella zuckte die Schultern, als müsste sie sich dafür entschuldigen.

So geht es mir mit Surfurlauben, dachte Merle, und konnte sehr gut nachvollziehen, warum sie der Motorradtick ihres Mannes so gestört hatte.

«Warum schauen Sie denn wie ein angeschossenes Bambi, Liebes?», fragte Ella verwundert. «Habe ich was Falsches gesagt?»

Merle winkte ab.

«Nein, schon gut. Ich musste an etwas denken. Nicht weiter wichtig.»

«Und an was, bitte schön? Wenn ich Ihnen die Laune verhagelt habe, möchte ich schon wissen, womit.»

«Mein Freund, er … reist nicht gern. Jedenfalls nicht mit mir. Er geht lieber surfen.»

Ella lachte auf. «Verstehe. Die Leidenschaften der Männer … Sie vertragen sich manchmal schlecht mit der Liebe. Zumindest, wenn sich die wahre Leidenschaft außerhalb der Beziehung abspielt.»

Merle staunte. Offenbar hatte Ella wirklich ähnliche Erfahrungen gemacht wie sie.

«Aber lassen Sie uns fortfahren», unterbrach Ella ihre Gedanken und wippelte ungeduldig mit den Füßen. «Es fängt an, mir Spaß zu machen.» Merle nahm eilig die nächsten beiden Bücher in die Hand. Nach und nach wuchs der Stapel in die Höhe, daraufhin bildete Merle noch drei, vier weitere. Nach drei Stunden waren sie tatsächlich mit dem Reiseregal durch. Merle konnte es gar nicht fassen! Große Büchertürme standen rechts und links von ihr. Nun wandte sie sich dem linken Stapel zu und nahm von oben zwei Bücher, für die sich Ella entschieden hatte, und hielt sie in die Höhe.

«Auf ein Neues», sagte sie aufmunternd. Sie gingen den Bleiben-Stapel durch und dezimierten ihn so auf die Hälfte, danach ein weiteres Mal, bis die übrig gebliebenen Reisebücher in eine Umzugskiste passten.

«Geschafft!», rief Merle aus und hielt einen Daumen hoch. «Diese Kiste mit Ihren Favoriten stellen wir nun in das Zimmer mit den Sachen für Rom. Einverstanden?»

Ella nickte.

«Natürlich bin ich einverstanden. Aber was ist mit dem Rest?»

«Das sind die Bücher, die Ihnen weniger am Herzen liegen als die anderen. Ich würde vorschlagen, sie auf sinnvolle Weise weiterzugeben. Ein Verkauf lohnt sich erfahrungsgemäß kaum und nimmt auch zu viel Zeit in Anspruch. Wir könnten sie einer Bücherei oder Oxfam spenden. Was halten Sie davon?»

Ella überlegte keine Sekunde.

«Nichts.»

«Nichts?»

«Nada. Niente. Nicht das Geringste.»

Merle war perplex.

«Sie können die Bücher nicht alle mitnehmen, Frau Ca… äh, Ella.»

«Ich weiß.»

«Was haben Sie dann damit vor?»

Ella erhob sich aus dem Sessel sah ihr direkt in die Augen. «Non lo so. Das weiß ich selbst nicht. Aber das, was Sie vorschlagen, ist mir einfach zu … anonym. Lo capisce?»

Merle seufzte.

«Nun, dann schlage ich vor, wir vertagen die Entscheidung und bringen erst mal die Kisten mit den Favoriten in unser Lager», sagte Merle vermittelnd. Je schneller sie die Bücher aus Ellas Sichtfeld schafften, desto besser.

«Finalmente!», stöhnte Ella und schüttelte ihre Arme und Beine aus. «Ich drehe durch, wenn ich heute noch irgendein Buch sehen muss.»

Nachdem sie die schwere Kiste in den ersten Stock geschleppt hatten, bereute Merle, das Lager für die ausgewählten Sachen nicht im Erdgeschoss eingerichtet zu haben.

«Ein Argument mehr, so wenig wie möglich von den Büchern mitzunehmen», keuchte Merle. Sie klopfte sich den Staub von ihrer Hose. Als sie wieder aufsah, war Ella schon aus dem Zimmer gegangen. Merle fand sie bei ihren Kleidern. Sie schien etwas zu suchen. Als Ella sie bemerkte, sah sie Merle prüfend an.

«Haben Sie eigentlich eine Farballergie?», fragte Ella.

«Wie bitte?»

«Na, Sie wollen sich ja offenbar unsichtbar machen. Sonst fällt mir wirklich kein Grund ein, warum Sie sich ganz in Grau kleiden sollten», stellte Ella fest.

«Aber … Sie tragen doch selbst immerzu Schwarz», wagte Merle einen halbherzigen Versuch, sich zu rechtfertigen.

Ella verdrehte die Augen und rang die Hände.

«Allora, ich bin fast siebzig! Glauben Sie vielleicht, ich wäre in Ihrem Alter so herumgelaufen? Dann liegen Sie aber falsch, meine Liebe. Außerdem ist Schwarz nicht gleich Schwarz. Es gibt da große Unterschiede.»

Merle lachte unsicher, obwohl sie wusste, dass das keinesfalls ein Scherz sein sollte.

Ella nahm ein Hemdblusenkleid vom Ständer, das Merle an einen Mix aus ungarischer Folklore und Westernlook denken ließ: Der leichte schwarze Stoff war auf Brusthöhe und am Rockteil mit aufwendigen Stickereien verziert.

«Ziehen Sie das doch mal an», forderte Ella sie auf.

Merle winkte ab. «Vielen Dank, das ist ein sehr schönes Kleid, aber … nicht ganz mein Stil. Viel zu … verspielt.»

Ella sah sie forschend an.

«Sie sind ja wahrlich eine mustergültige Hamburgerin, protestantisch durch und durch», sagte sie kopfschüttelnd.

«Soll das heißen, Sie finden mich langweilig?»

«Sagen wir lieber: diszipliniert. Vielleicht ein wenig zu karg. Wissen Sie, ich mochte schon immer lieber die katholischen Kirchen mit ihrem Protz und Prunk und all der Schönheit, die gar nicht daran denkt, sich bescheiden wegzuducken.»

Merle zuckte die Schultern.

«Sie sind es ja auch aus Rom nicht anders gewohnt. Aber

ich halte nun mal nicht viel von dem vatikanischen Gedöns.» In dem Moment, wo sie es ausgesprochen hatte, hätte sie es am liebsten schon zurückgenommen. Hoffentlich war sie Ella jetzt nicht zu nahe getreten!

Doch die schien es mit Fassung zu tragen.

«Kindchen, Sie sind jetzt Mitte dreißig, richtig?», fragte sie, und sah sie forschend an.

«Stimmt», antwortete Merle verunsichert. Aus irgendeinem Grund spürte sie die Tränen in sich aufsteigen. Vielleicht lag es daran, dass Ella sie Kindchen genannt hatte – genau wie ihre Mutter.

«Sie scheinen sich nicht besonders gut zu kennen», stellte Ella fest. Wenn Sie sich mal mit Ihrem Sternzeichen beschäftigen würden, könnten Sie einiges über sich lernen …» Sie sah Merle eindringlich an, die etwas entgegnen wollte, doch Ella winkte ab. «Ich weiß, ich weiß … Zumindest sollten Sie aber in Ihrem Alter wissen, was Ihnen steht und was zu Ihrem Typ passt», sagte Ella, und obwohl sie dabei streng klang, glaubte Merle, eine Spur Mitgefühl in ihren Augen zu entdecken. Dennoch konnte sie sich eine Erwiderung nicht verkneifen: «Nur weil Ihnen mein Stil nicht gefällt, heißt das nicht, dass ich keinen habe», sagte Merle und wunderte sich über den schnippischen Ton in ihrer Stimme.

«Oh doch, genau das heißt es», trällerte Ella. «Vergessen Sie nicht, wen Sie vor sich haben. Also, was ist jetzt? Coraggio, per favore! Ein bisschen mehr Mut!» Sie wedelte mit dem Kleid vor Merles Gesicht hin und her, um ihrer Forderung Nachdruck zu verleihen. Dann nahm sie noch einen passenden schwarzen Hut vom Regal neben sich und erklärte: «Und den probieren Sie noch dazu!»

Seufzend griff Merle sich die Kleidungsstücke und ging damit in das Zimmer, das sie zum Lager erklärt hatte. Wenn Ellas Seelenfrieden davon abhing, probierte sie die Sachen eben an.

Als sie Shirt und Hose ausgezogen und das Kleid übergeworfen hatte, blickte sie in den großen Spiegel an der Rückseite der Zimmertür – und staunte nicht schlecht. Sie hatte das Gefühl, eine Fremde zu sehen. Und diese Fremde sah ziemlich sexy aus, das musste sie zugeben. Tom würde sie so nicht wiedererkennen. Aber er stand sowieso eher auf sportliche Outfits. Dieses Modell dagegen war ausgesprochen weiblich und figurbetont. Ella hatte ein gutes Auge: Das Kleid passte perfekt, der Stoff umspielte ihren Körper. Und trotzdem passte es überhaupt nicht zu ihr. Penelope Cruz hätte so ein raffiniertes Kleid tragen können oder Salma Hayek, aber ganz sicher nicht Merle Schneider. Die mochte es schlicht und einfarbig. Muster und Verzierungen hatte sie noch nie leiden können, sie waren ihr zu unruhig. Und doch: Je länger sie sich vor dem Spiegel drehte und wendete, umso besser gefiel ihr, was sie sah. Auch der Hut stand ihr gut, dabei hatte sie sonst gar kein Hutgesicht, fand sie. Aber sollte sie jetzt die Sachen ihrer Kundin auftragen? Wenn sie dieses Kleid annahm – falls Ella überhaupt vorhatte, es ihr zu geben –, dann würden sich nach und nach immer mehr Dinge aus diesem Haus in ihre Wohnung einschleichen. Das durfte einer Aufräum-Queen nun wirklich nicht passieren! Entschlossen zog sich Merle wieder um und öffnete die Tür.

«Und?», fragte Ella erwartungsvoll.

Merle schüttelte den Kopf und hängte das Kleid zurück an den Ständer. «Es ist wirklich sehr schön, aber es ist ganz und gar nicht für mich bestimmt. Es wartet noch auf seine rechtmäßige Besitzerin.»

Ellas dunkle Augen blitzten. Offensichtlich glaubte sie Merle kein Wort.

«Ich wüsste auch gar nicht, zu welchem Anlass ich es tragen sollte», sagte Merle.

Ella schüttelte den Kopf.

«Peccato! Schade. So ein Kleid kann man immer tragen. Ich halte nichts davon, etwas für besondere Gelegenheiten aufzubewahren und am Ende nie anzuziehen. Das Leben ist zu kurz für solche Sperenzchen. Wir sollten es lieber auskosten!»

Merle musste an ihre Mutter denken, die so viel gekauft und so wenig davon getragen hatte. Hätte sie wenigstens Freude an den Dingen gehabt, für die sie ihr bisschen Geld ausgegeben hatte! Ein bisschen von Ellas Lebenslust hätte ihrer Mutter sicher gutgetan.

«Wenn man etwas liebt, sollte man sich so oft wie möglich damit umgeben», philosophierte Ella weiter und riss Merle aus ihren trüben Gedanken. «Es ist wie mit einem neuen Liebhaber, den möchten wir auch immerzu in unserer Nähe haben, nicht wahr?» Sie lachte über ihren Vergleich. «Da kommen wir gar nicht auf die Idee, uns die Liebe einzuteilen oder aufzusparen, um sie nicht abzunutzen. Vielleicht ist es dann irgendwann vorbei, weil es einfach nicht mehr passt. Aber man hat seine Leidenschaft ausgelebt. Und so ist es auch richtig.»

Merle lächelte. Sie dachte daran, wie traurig Ella vorhin gewesen war, als sie sich von dem Buch mit der Widmung hatte trennen müssen. Hier inmitten ihrer Kleider wirkte sie ganz anders, voller Leben, als hätte man ihr ein besonders wirksames Aufputschmittel verabreicht.

Als sie später die Kleiderkammer verließen und durchs Schlafzimmer hinausgingen, blickte Ella auf ihr Bett und erstarrte.

«Haben Sie den Hut dahin gelegt?», fragte sie tonlos.

«Ja, warum?», fragte Merle.

«Nehmen Sie ihn weg», sagte Ella, als säße ein giftiges Insekt auf ihrer Bettdecke, das sie selbst nicht anzurühren wagte.

Merle hob den Hut hoch und legte ihn zurück ins Kleiderzimmer.

«So besser?», fragte sie.

«Legen Sie nie wieder einen Hut aufs Bett», sagte Ella mahnend. «Sonst werden Sie Ihr blaues Wunder erleben! Wissen Sie denn nicht, dass das Unglück bringt?»

Kapitel 8

Als Merle an diesem Abend wieder zu Hause war, warf sie erst mal einen Blick in ihren Kleiderschrank. War sie wirklich so langweilig? Es zählten doch nicht nur die Farbe, sondern auch der Schnitt und die Beschaffenheit des Stoffs. Sie zog eine anthrazithfarbene Bluse mit Ärmeln aus transparentem Organza heraus. Na bitte! Sie hatte durchaus auch mutigere Teile in ihrem Schrank. Und da: ein Pulli mit Puffärmeln – mutig, eindeutig. Oder die bordeauxfarbenen Schuhe! Da hatte sie mal eine farbliche Ausnahme gemacht, weil der Ton so gut zu ihrer Basisgarderobe passte. Supermutig!

Doch als sie darüber nachdachte, fiel ihr auf, dass sie die Bluse noch kein einziges Mal getragen hatte. Die Puffärmel waren eher angedeutet als wirklich vorhanden. Und wenn sie ehrlich war, dann wirkten auch ihre bordeauxfarbenen Schuhe eher dunkel und wenig peppig. Sie musste der Tatsache ins Gesicht sehen: Das, was sie an Kleidung besaß, war geradezu deprimierend, verglichen mit Ellas Arsenal an stoffgewordenen Farbexplosionen.

Merle ließ sich auf ihr Sofa fallen. Wieso hatte sie sich überhaupt dazu überreden lassen, das Kleid anzuprobieren? Das war nicht ihre Aufgabe! Sie sollte als Beraterin dafür sorgen, dass Ella sich von ihren vielen Besitztümern trennte und sich dabei wohl fühlte. Stattdessen hatte ihre Kundin SIE beraten. Und statt endlich einen Gang hochzuschalten, um das Haus in möglichst kurzer Zeit leer zu räumen, machten sie nach wie vor nur winzig kleine Fortschritte. So würden sie niemals fertig werden.

Merle war auf dem besten Weg, sich einem Abend voller Trübsal hinzugeben, als das Telefon klingelte. «Heike» stand auf dem Display.

«Wie schön! Woher wusstest du, dass ich dich gerade jetzt zum Reden brauche?», fragte Merle zur Begrüßung.

«Tja, vielleicht solltest du mal deine Kamera am Laptop überkleben ... Ich hab mich da reingehackt und immer direkten Blick auf dich und deine Gemütslage.»

«Hm ... mein Laptop liegt aber doch zugeklappt in meiner Handtasche.»

«Kannste mal sehen, wozu ich fähig bin», sagte Heike lachend. «Was ist denn los?»

Merle erzählte ihr die Kurzfassung von ihren Tagen mit Ella.

«Hui, da hast du dir ja einen schwierigen Job geangelt. Entschuldige die Frage, aber warum setzen die da eine Anfängerin dran?»

Genau das hatte sich Merle auch schon gefragt, aber lieber nicht bei Konstanze nachgehakt. Immerhin war das hier ihre heiß ersehnte Chance.

«Es ist eine Herausforderung, ja, aber es wird schon werden», spielte Merle ihre Sorgen herunter.

«Da bin ich ganz sicher, Süße. Ich habe dich ja eigentlich angerufen, um dich um etwas zu bitten», tastete sich Heike vorsichtig vor. «Aber vielleicht hast du gerade keinen Kopf dafür?»

«Unsinn», sagte Merle. «Höre ich mich vielleicht kopflos an? Schieß los.»

Sie hatte schon so eine Ahnung, was ihre Freundin von ihr wollte. Vermutlich würde sie sie bitten, ihre Trauzeugin zu werden.

«Aber wenn es dir nicht behagt, dann sag einfach nein, abgemacht? Ich weiß nicht, ob es …»

«Nun sag schon, worum es geht.»

«Ich wollte dich fragen, ob du auf unserer Hochzeitsfeier das Album betreuen würdest. Du weißt schon: Fotos von den Gästen machen und sie auffordern, etwas dazu in ein Album zu schreiben. Zur Not mit dem Stift hinter ihnen herrennen, bis sie gehorchen. Ich möchte das gerne in verlässliche Hände geben. Mir ist es sehr wichtig, dass das klappt und niemand vergessen wird.»

Es ging also nicht um den Job der Trauzeugin. Merle wartete darauf, dass sich ein Gefühl der Enttäuschung einstellte. Doch eigentlich war sie nur erleichtert. Die Hochzeit war in fünf Wochen, und bis dahin hatte sie weiß Gott genug zu tun.

«Natürlich mache ich das, Süße. Gerne sogar. Ist mir lieber, als mich um deine betrunkenen Cousins an der Bar zu kümmern oder was es sonst noch für reizvolle Aufgaben bei so einer Vermählung gibt.»

Heike lachte. «Na, ich werde dich dran erinnern, wenn es bei dir und Tom mal so weit ist.»

«Pfff», machte Merle, und es klang höhnischer als beabsichtigt.

«Wenn es jemals dazu kommen sollte, wird die Hochzeit vermutlich zwischen zwei perfekten Wellen am Strand abgewickelt.»

Heike kicherte.

«Ich stelle mir das gerade vor: Tom springt vom Board, während er den Kite noch in der Luft hält, streift dir schnell den Ring über und sagt ja – und zurück geht's aufs Meer.»

«Ich denke, das wäre seine Traumhochzeit. Ganz im Ernst», konstatierte Merle trocken.

«Was suchst du dir auch so einen coolen Typen aus?», neckte Heike sie.

«DU hast ihn ausgesucht, wenn ich dich daran erinnern darf», gab Merle zurück.

«Oje, du hast recht», sagte Heike und klang tatsächlich ein wenig schuldbewusst.

«Schon verziehen», sagte Merle und lachte.

Heike hatte sie damals im Sportverein darauf aufmerksam gemacht, dass Tom optische Übereinstimmungen mit Ryan Gosling aufwies – und dass er Merle im Visier hatte.

«Siehst du nicht, dass der dich anflirtet?», hatte Heike sie gefragt. Merle war das damals gar nicht aufgefallen.

Sie sprachen noch eine Weile, Heike erzählte ihr von dem Umbau des Hauses und auf welchen Flohmärkten sie gestöbert hatte, um Möbel für die Einrichtung der Pension zu suchen. Heike hatte ein Händchen dafür, einen Raum schön und behaglich zu gestalten. Und sie machte vieles selbst: Sie war geschickt an der Nähmaschine, und es war für sie ein Leichtes, im Handumdrehen neue Vorhänge oder Kissenbezüge zu nähen. Merle war schon gespannt darauf, was sie sich für die einzelnen Zimmer einfallen lassen würde. Am Tag der Hochzeit würde das ganze Haus für Gäste reserviert werden. Heike schien sich unbändig auf ihren großen Tag zu freuen. Merle konnte das Glück ihrer Freundin förmlich greifen, so fröhlich sprudelten ihre Ideen und Pläne aus ihr heraus. Während sie ihrer Freundin zuhörte, schweiften ihre Gedanken ab zu dem, was Heike über das Album gesagt hatte. Die Erinnerungen bewahren – natürlich, sie waren ja mit das Wichtigste an einer Hochzeit. Genau dafür war dieses Ritual doch da: Wenn die Ehe längst Alltag und womöglich schon etwas fad geworden war, konnte das Paar noch davon zehren, wie romantisch der Antrag gewesen war, wie lustig und chaotisch das Fest und wie glückstrunken – oder volltrunken – die Hochzeitsnacht. Die strahlenden Augen der Eltern, das Lachen der Freunde, die kleinen Blumenmädchen, die schon von ihrer eigenen Heirat träumten. All das wollte Heike in ihrem Album konservieren.

War es bei Ella nicht genauso? Hing sie nicht deshalb an ihren Sachen, weil sie mit schönen Erinnerungen verbunden waren? Die meisten Menschen taten sich schwer mit dem Loslassen von Dingen, weil sie glaubten, damit einen Teil ihrer Identität zu verlieren. Sie konnten sich nicht von den Briefen des Schulschwarms trennen, weil sie fürchteten, die junge Liebe damit irgendwie auszulöschen. Die Briefe, das war materialisiertes Glück. Der Beleg dafür, dass man einst geliebt wurde. Und an dem hielt man fest, um jeden Preis. Auch wenn einem die Geschichte mit Peter aus der Achten sicher auch ohne seine krakeligen Zeilen im Gedächtnis geblieben wäre.

Merle kam ihr Leitspruch in den Sinn, der ihr damals beim Entrümpeln der mütterlichen Wohnung geholfen hatte: Nur Erinnerungen sind Erinnerungen.

Genau das war ihre Aufgabe als Aufräum-Queen: Den Kunden bewusstzumachen, dass es nicht darum ging, möglichst viele Dinge zu horten, sondern lieber schöne Erlebnisse zu sammeln, an die man sich später erinnern konnte. Und dass sie auch ohne die ganzen Altlasten um sich herum sie selbst blieben – vielleicht mehr denn je.

Nachdem Heike ihr das Versprechen abgenommen hatte, sie bald zu besuchen, beendeten sie das Telefonat. Merle sah auf ihr Handy: schon 21 Uhr. Tom würde vermutlich nicht mehr kommen. Eigentlich war ihr das heute ganz recht. Sie würde die Gelegenheit nutzen und früh ins Bett gehen, um noch etwas zu lesen.

Als Merle sich in die Kissen gekuschelt hatte, griff sie nach dem Buch auf ihrem Nachttisch. Ein Hamburg-Krimi, der hauptsächlich in ihrem Viertel Eimsbüttel spielte. Sie hatte das Buch kürzlich aus einer Kiste mitgenommen, die jemand zum Verschenken auf die Straße gestellt hatte. Merle fand, dass das eine der besten Methoden war, die Dinge, die nicht mehr gebraucht wurden, weiterzugeben. Denn als Lohn für das Loslassen der Sachen bekam man das Gefühl, anderen etwas Gutes getan zu haben.

Vielleicht wäre das ein Weg, Ella das Abgeben der aussortierten Bücher zu erleichtern? Sie könnten jeden Tag einige Bücher von dem Stapel nehmen und vor das Haus legen. So erlebte Ella direkt mit, wen sie damit erfreute. Das würde Merle ihr morgen vorschlagen. Sie klappte das Buch auf, aber nach drei Seiten wurden ihre Lider schwer, und sie löschte das Licht.

Kapitel 9

Ella stand auf ihrer Dachterrasse und sah auf die Alster hinunter, die um sieben Uhr morgens noch friedlich und verschlafen wirkte. Einzig ein Entenpaar schwamm bereits am Ufer entlang und tauchte nach Futter. Die Wolken hingen noch tief über dem Wasser, doch nach und nach würde die Sonne durchbrechen.

Wie so oft war Ella aufgewacht und zu unruhig gewesen, um noch im Bett liegen zu bleiben. Sie hatte das kleine Steinherz vom Nachttisch genommen und war die Stufen in den zweiten Stock hochgetappt, geräuschlos, denn sie kannte diese Treppe in- und auswendig. Sie war sie schon hochgeschlichen, als ihre Tochter noch ein Baby war. Damals hatte sie die knarrenden Stellen gemieden, um die Kleine nicht aufzuwecken. Bald würde jemand anders diese Stufen nehmen und nach und nach ihre Geräusche kennenlernen. Ella fröstelte es bei dem Gedanken. Dieses Haus war so sehr ihres, dass es völlig undenkbar schien, jemand anders könnte darin wohnen. Schon die Vorstellung, dass die schönen alten Sprossenfenster dann wahrscheinlich durch neue aus Kunststoff ersetzt werden würden, machte sie ganz krank. Ella seufzte. Im Grunde konnte sie gar nicht allein über den Verkauf des Hauses entscheiden. Kurt hatte in seinem Testament festgelegt, dass das Haus zu gleichen Teilen an Ella und Stella gehen sollte. Ihre Tochter schien jedoch keinerlei Interesse an dem Erbe zu haben.

Ella öffnete ihre rechte Hand und betrachtete den roten Stein. Stella hatte ihn als Kind am Alsterufer gefunden und rot angemalt. Ein Glücksbringer, dachte Ella. Sie sah ihre Nonna vor sich, wie sie ihr eingeschärft hatte, immer etwas Rotes mit sich zu führen. Und sei es auch noch so klein, darauf kam es nicht an. Sie hatte diese Regeln damals als Spinnerei abgetan. Aber inzwischen war sie nicht mehr sicher, ob da nicht doch etwas dran war. Es kam ihr vor, als würde der kleine Stein Wärme auf sie abstrahlen. Aber vielleicht bildete sie sich das auch nur ein. Andererseits: Sie hatte oft genug erlebt, dass die Vorhersagen ihrer Oma stimmten. Und auch heute war sie immer wieder baff, wie sehr sie sich in dem Tageshoroskop von Samantha wiedererkannte. Und das Tarot behielt ohnehin immer recht! Etwa damals nach der Sache mit Kurt … Noch am gleichen Tag hatte sie den Eremiten gezogen, die Karte des Rückzugs. Und es war gut gewesen, danach zu handeln. Sie hätte nicht einfach weitermachen können.

Ella rieb sich mit den Händen übers Gesicht. Sie war noch gar nicht richtig wach, aber ihre Gedanken fuhren schon Karussell. Sie wollte, dass ihre Tochter die Hälfte des Geldes aus dem Hausverkauf bekam. Ella war überzeugt davon, dass sie es gut gebrauchen konnte. Der Notar würde das schon für sie erledigen. Als sie Stella zuletzt gesehen hatte, war sie kurz davor gewesen, ein Studium zu beginnen. Was sich seitdem in Stellas Leben getan hatte, wusste sie nicht. Sie hoffte inständig, dass es ihr gutging.

Fröstelnd zog sie die Strickjacke enger zusammen und

schloss einige Knöpfe. Es war noch frisch an diesem Morgen, und es ging ein leichter Wind. Ella beschloss, wieder ins Haus zu gehen, auch wenn sie das frühe Morgenlicht sehr mochte. Sie brauchte dringend einen Espresso! Sie nahm die Treppen hinunter in die Küche und füllte das feine Pulver in die Maschine. Ihre Gedanken wanderten zu der Aufräumberaterin.

Sie hatte sich gestern wirklich bemüht, Ella das Aussortieren der Bücher leichtzumachen. Trotzdem: eine merkwürdige Frau, diese Merle. Sie kam ihr so unfertig vor. Es wunderte sie, dass Merle in ihrem Alter noch keine Kinder hatte. Krebse waren doch Familienmenschen. Das wusste sie schon deshalb so genau, weil es ihr lange Zeit Hoffnung gemacht hatte. Es schien ihr undenkbar, dass eine Krebsfrau mit der eigenen Mutter brach … Aber was Stella betraf, hatten sich die Sterne wohl geirrt. Ella seufzte.

Sie selbst war mit fünfunddreißig schon Mutter und Unternehmerin gewesen. Sie hatte sich hochgekämpft, ohne groß darüber nachzudenken. Man bekam im Leben nun mal nicht das, was man sich wünschte, sondern nur das, wofür man arbeitete. Merle dagegen wirkte so unsicher, auch wenn sie immer wieder versuchte, Ella mit klaren Anweisungen zu dirigieren. Und sie hatte kein Händchen für Kleidung. Dabei war sie noch so jung! Warum kostete sie das nicht aus und zog sich stattdessen so an, als wollte sie in der Masse abtauchen und bloß nicht auffallen? Ella konnte es kaum ertragen, das mit anzusehen. Wenn sie da an sich selbst dachte … Was für ein Hingucker sie gewesen war – selbst in Rom, wo sich wirklich alle gut anzogen. Für die Römer war es ganz selbstverständlich, dass sie sich Gedanken über ihre Kleidung machten. Bella figura! Sie trugen niemals etwas, das nicht passte oder von schlechter Qualität war. Ihre Mutter hatte sich die Röcke und Blusen, die sie sich im Laden nicht leisten konnte, selbst geschneidert. Und sie hatte Ella als junges Mädchen alles beigebracht: von der Stoffauswahl über unverwüstliche Nähte bis hin zum richtigen Faltenwurf. Sogar Hemden und Hosen hatte Ella irgendwann hinbekommen und war mit den Jahren immer besser geworden. Sie konnte sich noch gut erinnern, wie sie nächtelang an der Nähmaschine gesessen hatte, um am nächsten Morgen mit einem neuen Kleid in der Schule glänzen zu können. Ihre Familie hatte nicht viel Geld gehabt damals. Ihre Mutter schuftete als Putzfrau, ihr Vater war Lehrer an einer Jungenschule, verdiente aber immerhin genug, um die kleine Mietwohnung im Zentrum nach einigen Jahren zu kaufen. Die Wohnung, in die sie nun bald wieder einziehen würde. Es hatte Ella damals nichts ausgemacht, dass sie keine großen Sprünge machen konnte. Sie hatten wirklich nicht viel gehabt, aber war sie deswegen unglücklich gewesen? Nein. Sie konnte es manchmal gar nicht fassen, was sie seitdem an Besitz angehäuft hatte! Und hatte es sie froh gemacht? Manchmal schon, das musste sie sich eingestehen. Sie war mal glücklich gewesen in diesem Haus mit all den schönen Dingen um sich herum. Aber das war lange her. Und nun sollte sie das meiste davon wieder loslassen. Ella seufzte erneut. Ob das Schicksal sie auf die Probe stellen wollte?

Als junge Frau war es ihr einziger Kummer gewesen, dass sie keine Geschwister hatte. Ella nahm sich damals vor, dass sie selbst einen ganzen Stall voll Kinder haben würde, je mehr, desto besser. Sie wollte eine große, lebendige Familie.

Doch Kurt war davon wenig begeistert gewesen. Stellas Existenz war lediglich ihrer Hartnäckigkeit zu verdanken. Und dann war sie so ein Papakind geworden. Vielleicht hatte sie gespürt, dass sie sich mehr um ihn bemühen musste als um sie?

Ellas Blick fiel auf das hellgraue Halstuch, das Merle gestern auf der Küchenanrichte hatte liegen lassen. Dio mio, diese Frau hatte einen ebenso monströsen Dickschädel wie Stella. Auf den ersten Blick wollte das gar nicht zu ihrem Sternzeichen passen. Aber Ella hatte auch dafür eine Erklärung gefunden: Sensible Krebsfrauen neigten eben dazu, sich in ihren Panzer zu verkriechen, wenn sie verletzt wurden. Und durch diesen Panzer war dann kein Durchkommen mehr.

Dabei hatte sie Merle in Sachen Mode nur etwas auf die Sprünge helfen wollen. Aber leider war diese sich zu schade gewesen für eines der außergewöhnlichsten Tageskleider, das Ella je gelungen war. Wie gerne hätte sie die junge Frau darin gesehen. Ella war sich sicher, dass es ihr hervorragend gestanden hätte, passend zu ihrer schlanken Figur und der hellen Haut. Aussortieren würde sie es jedenfalls nicht, da konnte sich die Signorina Aufräumqueen auf den Kopf stellen. Ella nahm einen Schluck von ihrem Espresso – und schüttelte sich. Was für eine Beize! Sie hatte wohl versehentlich zu viel Kaffeepulver genommen. Angewidert schüttete sie die dunkle Brühe in den Ausguss. Der Anblick erinnerte sie an etwas: Sie überlegte kurz, ob sie noch eine Runde in der Alster schwimmen sollte. So wie Kurt das früher häufig mit Stella getan hatte. Ihre Tochter war wie ein Fisch im Wasser gewesen – kein Wunder, als Krebsfrau war Wasser schließlich ihr Element. Ob sie immer noch so gerne schwamm?

Dass sie die Antwort darauf nicht kannte, trieb Ella die Tränen in die Augen. Ach, Stella. Schöne, sture Stella. Warum war es nur so weit gekommen?

Kapitel 10

Als Merle am Morgen den Vorgarten der Villa betrat, wurde sie von dem Huhn begrüßt. Es stand vor der Eingangstür, als hätte es auf Merle gewartet, und schlüpfte wie selbstverständlich an ihr vorbei ins Haus, als Ella die Tür öffnete.

«Ähm … soll ich das Huhn wieder rausbringen?», fragte Merle irritiert.

Ella sah sie erstaunt an. «Gabriella? Ma no, das ist schon in Ordnung. Sie ist weitgehend stubenrein. Ein hübsches Tier, nicht wahr? Sie ist mir vor vier Jahren zugelaufen. Stand einfach so im Garten und pickte vor sich hin. Ich habe erst überlegt, ob ich ein köstliches Pollo al limone aus ihr mache. Mein Zitronenhuhn ist legendär!» Ella entfuhr ein helles Lachen. Sie beugte sich hinunter, nahm das Huhn auf ihren Arm und streichelte ihm über den Rücken. «Tutto è buono. Non ti cucinerò …», murmelte sie beruhigend auf das Tier ein. Dann sah sie Merle an.

«Wissen Sie, ich bin mit Hühnern aufgewachsen. Die Eltern meines Vaters hatten einen Landgasthof bei Siena, ich habe immer die Sommerferien dort verbracht. Die Hühner rannten quer durchs Haus. Ich habe diesen Ort geliebt.» Ella setzte das Huhn wieder auf dem Boden ab. «Außerdem spendiert mir Gabriella regelmäßig ein Ei. So gesehen ist sie mir lieber als manch anderer Mitbewohner. Sie können sich sicher denken, wem sie ihren Namen zu verdanken hat?» Neugierig sah sie Merle an.

Die überlegte angestrengt.

«Eigentlich nicht», gestand sie schließlich.

«Aber von Coco Chanel haben Sie schon gehört?»

Merle schlug sich im Geiste vor die Stirn. Natürlich, die Modeschöpferin, die mit Vornamen eigentlich Gabriella hieß.

Ella schüttelte in gespielter Verzweiflung den Kopf. «Kindchen, Sie haben wirklich viel aufzuholen.»

Merle hätte von ihrem überheblichen Ton genervt sein können. Doch sie hatte es viel zu eilig, Ella von ihren Plänen bezüglich der Bücher zu erzählen. Das Huhn trippelte derweil wie selbstverständlich in Richtung Küche und sah sich dort mit ruckendem Köpfchen um. Die Krallen machten schabende Geräusche auf dem Holzfußboden.

Merle zog ihre blaue Lederjacke aus und die Tüten über die weißen Sportschuhe. Sie hatte sich bemüht, sich heute mal etwas farbenfroher anzuziehen. Währenddessen erzählte sie Ella von ihrem Plan, die Bücher peu à peu «auszusetzen», um anderen damit eine überraschende Freude zu bereiten. Ihre Kundin hörte ihr aufmerksam zu.

Schon kurze Zeit später stand Ella an ihrem Wohnzimmerfenster und sah durch den Feldstecher zur Parkbank hinüber, die etwa zwanzig Meter entfernt auf der anderen Straßenseite stand. Dort hatte Merle einen Pappkarton mit Büchern abgestellt. Zum Glück war das Wetter immer noch relativ freundlich für die Jahreszeit, sodass sie keinen Regen befürchten mussten.

Merle war erleichtert, dass Ella eingewilligt hatte, sich auf diese Weise ihrer Bücher zu entledigen. Vielleicht war es gestern einfach zu viel gewesen für sie, und sie hatte das Ganze erst mal überschlafen müssen.

«Da, jetzt kommt jemand!», rief Ella aufgeregt. Die Nummer mit dem Feldstecher schien ihr wirklich Spaß zu machen. Ihre Begeisterung stand der einer Ornithologin, die gerade einen seltenen Vogel entdeckt hatte, in nichts nach. «Ein junger Mann.»

«Und, nimmt er ein Buch mit?», fragte Merle gespannt. Ella hatte sie bereits angesteckt. Während ihre Kundin durch den Feldstecher spähte, sortierte Merle weitere Bücher vor, um sie anschließend mit Ella durchzugehen. Diesmal würden sie sich die Regale mit den Modebüchern vornehmen. Das würde schwieriger werden, da Ella außer Bildbänden auch Zeitschriften gesammelt hatte. Immerhin schien sie seit Ende der Achtziger damit aufgehört zu haben, denn damit endeten die Jahrgänge von Vogue, Harper's Bazaar und Co. «Er bleibt stehen und sieht sich die Bücher an», berichtete Ella und starrte weiter gebannt auf die andere Straßenseite.

«Und?»

«Er blättert in dem Marokko-Bildband. Merda! Ich hätte ihn nicht weggeben dürfen! Das ist so ein wunderbares Buch. Bekommt man bestimmt gar nicht mehr.»

«Ach, kommen Sie schon», sagte Merle beschwichtigend und ging zu Ella ans Fenster. «Wie oft haben Sie die letzten Jahre hineingesehen? Mal ehrlich?»

Ella stöhnte.

«Sie schon wieder mit Ihrer Vernunft. Na schön, dann soll sich der junge Mann eben daran erfreuen.»

Merle blickte aus dem Fenster und erkannte auch ohne Feldstecher, dass der Mann, der ihnen den Rücken zudrehte, schon zwei Bücher unter dem Arm geklemmt hielt und gerade dabei war, sich ein drittes genauer anzusehen. Dann drehte er sich um und sah zum Haus, als hätte er gemerkt, dass er beobachtet wurde. Merle trat einen Schritt zurück, um nicht ertappt zu werden. Ella aber schaute unerschrocken weiter durch das Fernglas.

«Oh», sagte sie.

Merle sah sie fragend an. Ella ließ ihr Fernglas sinken.

«Was ist los?», fragte Merle. Sie war angespannt, weil sie jede Minute damit rechnete, dass Ella wieder in ihre abwehrende Haltung verfiel.

«Niente», sagte Ella. «Es ist nur ... er erinnert mich an jemanden.»

«Der Mann? An wen denn?»

«Nicht so wichtig», winkte Ella ab. Sie schaute zwar in Merles Richtung, aber ihr Blick war abwesend. Sie verfiel in Schweigen, doch nach einer Weile wandte sie sich erneut an Merle, die schon wieder dabei war, die Modebücher aus den Regalen zu nehmen.

«Tun Sie mir einen Gefallen und bringen Sie noch ein paar von den Büchern zur Bank, ja?», flötete Ella. Sie zeigte auf den Stapel mit den aussortierten Bänden.

Merle wunderte sich. War das die Ella, die sie kannte? Auf einmal konnte sie die Bücher gar nicht schnell genug loswerden? Die Sache war ihr nicht geheuer. Aber wenn es dazu führte, dass noch mehr Bücher aus dem Haus verschwanden, würde sie das nicht näher hinterfragen.

«Aber gerne.»

Merle wuchtete sich einen Stoß Bücher auf den Arm. Sie ächzte – warum waren Bücher nur so furchtbar schwer?

Konnte nicht mal jemand ein leichteres Material erfinden, das das gleiche Leseerlebnis bot wie Papier? Im Flur streifte sie die Überzüge von den Schuhen und ging durch den Garten schräg hinüber auf die andere Straßenseite zu der Bank. Dort stand immer noch der interessierte Leser und hatte sich bereits einen ganzen Stapel Bücher auf den Arm geladen. Typisch, die Leute kannten einfach kein Maß. Statt nur ein oder zwei Bücher mitzunehmen, die sie wirklich lesen würden, nahmen sie gleich den ganzen Haufen. Plötzlich kam der Mann Merle sehr bekannt vor.

«Du?», fragte sie fassungslos, als er sich zu ihr umdrehte. Der Typ mit dem Kater. Ohne sein angeleintes Haustier hatte sie ihn erst nicht erkannt. Was lungerte der schon wieder hier herum?

«So schnell sieht man sich wieder», sagte Leo. Aus irgendeinem Grund schien er gar nicht so überrascht zu sein. Der Typ wurde Merle immer suspekter.

«Heute ohne deinen felligen Freund unterwegs?», fragte sie misstrauisch.

«Ja, ab und an wage ich mich auch ohne Ritchie aus dem Haus», sagte er grinsend. «Sind das deine Bücher?», fragte er neugierig.

«Nicht wirklich. Aber du kannst dich gern bedienen», sagte Merle und legte die Bücher ächzend auf der Bank ab.

«Ganz schön viele. Du sortierst wohl gerade aus», stellte Leo fest.

«Gut beobachtet», entgegnete Merle sarkastisch. «Und du richtest dir eine Bibliothek ein?» Sie blickte auf den Bücherstapel, den er bereits im Arm hielt.

«Erwischt. Büchern kann ich tatsächlich nur schwer widerstehen.» Leo zögerte kurz, dann redete er weiter. «Sonst wäre ich kaum Antiquar geworden.»

«Ach, wirklich?», entfuhr es Merle überrascht. Leo wirkte auf sie nicht wie jemand, der alte Bücher verkaufte. Aber warum eigentlich nicht? Vermutlich hatte sie einfach Klischees im Kopf. Ihr fiel ein, dass Ella sie wahrscheinlich gerade durch ihr Fernglas beobachtete. Sie wollte nicht den Eindruck erwecken, als würde sie während der Arbeitszeit einen Plausch halten.

«Ich muss dann auch mal wieder», sagte sie deshalb und wandte sich zum Gehen.

«Warte mal», hielt Leo sie zurück. «Wie heißt du eigentlich?»

«Warum willst du das wissen?» Der Typ war für ihren Geschmack ein bisschen zu neugierig.

«Immerhin kennst du auch meinen Namen», sagte Leo und lächelte.

Merle fielen die Grübchen auf, die sich dabei auf seinen Wangen bildeten.

«Na schön, ich heiße Merle.»

«Freut mich, Merle. Ich heiße eigentlich Leonard, aber alle nennen mich …»

«Leo, schon klar», kürzte Merle ungeduldig ab. «Ich muss jetzt wirklich los, ich bin im Dienst.»

«Also arbeitest du hier? Dann sehen wir uns ja vielleicht öfter in der Gegend.»

«Lässt sich wohl nicht vermeiden», sagte Merle, hob zum Abschied die Hand und machte auf dem Absatz kehrt.

Zurück im Haus, erwartete Ella sie bereits an der Tür. Sie warf ihr einen prüfenden Blick zu.

«Der Ragazzo scheint Geschmack zu haben», stellte sie fest.

«Wie meinen Sie das?», fragte Merle irritiert.

«Na, es sieht so aus, als wollte er alle Bücher mitnehmen», sagte Ella und schien irgendwie beunruhigt zu sein.

«Ja, sieht so aus», sagte Merle schulterzuckend.

«Sie beide hatten ja einiges zu bereden.» Ella ließ nicht locker. War sie etwa verärgert, weil sie sich mit Leo unterhalten hatte? Das waren doch höchstens zwei Minuten gewesen.

«Ach, nur Smalltalk», gab sie schnell zurück. «Wollen wir uns jetzt den Modebüchern widmen?» Und das Gesprächsthema endgültig beenden, vervollständigte sie den Satz im Kopf. Doch da hatte sie die Rechnung ohne Ella gemacht.

«Ein Mann, der sich für Bücher begeistert, kann doch gar kein übler Kerl sein, meinen Sie nicht?», fragte Ella, während sie Merle in die Bibliothek folgte. Merle sah, wie sie nervös ihre Finger knetete.

«Ist wohl seinem Beruf geschuldet. Er ist Antiquar», sagte Merle betont beiläufig.

Ella, die sich gerade wieder ihrem Feldstecher zugewandt hatte, drehte sich herum. «Was ist er?», fragte sie erstaunt.

«Antiquar», wiederholte Merle und bereute, dass sie es erwähnt hatte. «Anscheinend besitzt er eine Buchhandlung.»

«Soso.» Ella verfiel in ein Schweigen, wie es beredter kaum sein konnte. Es war nicht zu übersehen, dass ihr irgendwas ganz und gar nicht in den Kram passte.

Nach einer Weile sagte sie: «Hören Sie, ich möchte, dass Sie für mich herausfinden, wo dieser Laden genau ist. Können Sie das für mich tun?»

«Sie meinen googeln? Aber ich kenne nicht mal den Nachnamen von diesem Typen.»

«Ich spreche nicht von googeln, cara mia. Ich möchte, dass Sie rausgehen und ihn fragen. Sehen Sie, diese Bücher liegen mir sehr am Herzen, und ich möchte einfach wissen, ob sie in gute Hände kommen», erklärte Ella.

Merle hatte nicht die geringste Lust, noch mal zu diesem Leo zu gehen, um ihn einer Inquisition zu unterziehen. Das war nun wirklich nicht Teil ihres Jobs. Warum fragte ihn Ella nicht selbst, wenn sie unbedingt mehr über ihn wissen wollte …

«Auf keinen Fall», sagte Merle. «Das kostet uns nur wertvolle Zeit. Die Bücher sind bestimmt gut aufgehoben bei ihm.»

Ella lächelte schief. «Dafür klangen Sie vorhin aber wenig begeistert.»

Sie machte eine Pause und schien darauf zu warten, dass Merle tatsächlich hinausging. Doch die stand noch immer unbewegt an ihrem Platz. Sie durfte sich auf keinen Fall von ihrer Kundin herumscheuchen lassen.

«Bitte», sagte Ella mit flehentlichem Blick. «Ich muss es wissen.»

«Na schön», gab Merle nach. Sonst würden sie hier nie weiterkommen. «In Gottes Namen. Aber nur, wenn Sie im Gegenzug schon mal anfangen, die Modebücher durchzugehen und die auszusortieren, die Ihnen am wenigsten am Herzen liegen.»

«Dio», murmelte Ella. «Sie ist wirklich streng mit uns, nicht wahr?», sagte sie zu Gabriella, die gerade an ihr vorbei Richtung Bibliothek eilte, als hätte sie dort einen dringenden Termin.

Merle schluckte. Streng – dieses Wort hatte schon ihre Mutter für sie benutzt, wenn sie Streit hatten. Ja, sie war ihr gegenüber streng gewesen. Es war ihr ja nichts anderes übriggeblieben. Und auch jetzt musste sie es sein. Dafür wurde sie schließlich bezahlt. Sie drehte sich um und wollte gerade das Haus verlassen, als Ella sie zurückhielt.

«Ach, Merle? Fragen Sie ihn doch auch gleich nach seinem Geburtsdatum, ja?» Sie lächelte verlegen.

«Jetzt sagen Sie nicht, dass Sie auch noch sein Sternzeichen brauchen oder dass es Unglück bringt, wenn er am Freitag, den Dreizehnten geboren ist …», sagte Merle fassungslos. In ihrem Kopf hörte sie Björns Stimme: Ansage, Ansage, Ansage …

Ella schüttelte energisch den Kopf. «Wir Italiener glauben nicht an Freitag, den Dreizehnten. Bei uns ist es die 17, die Unglück bringt.»

«Na, dann eben der Siebzehnte. Also, nur dass das klar ist: Ich werde diesem Mann nicht die Bücher wegnehmen, wenn er an einem Siebzehnten geboren ist. Oder wenn er genau 17 Bücher mitnehmen möchte», stellte Merle unmissverständlich klar.

Ella lachte verlegen. «Nein, damit hat es nichts zu tun, versprochen. Aber es ist wirklich wichtig.»

Merle seufzte und öffnete die Haustür. «Ich sehe, was ich tun kann.»

Unwillig ging sie zu der Bank, wo Leo jetzt ein Buch nach dem anderen in seinen Rucksack lud. Der bekam ja wirklich den Hals nicht voll.

«So schnell hätte ich jetzt nicht mit dir gerechnet», witzelte er, als er sie kommen sah. «Heißt es nicht, beim dritten Mal gibt man einen aus?»

«Ich muss dich etwas fragen», sagte Merle. Die ganze Sache war ihr unangenehm. Dabei konnte es ihr eigentlich ganz egal sein, was dieser Katzenheini über sie dachte.

«Nur zu», sagte Leo lächelnd.

«Ähm ... wo genau ist dein Antiquariat?»

«Ist das wichtig?», fragte er zurück.

«Ja. Ich möchte wissen, wohin du die Bücher mitnimmst. Irgendwie hänge ich noch daran», log Merle.

«Ich dachte, sie gehören dir gar nicht?», wunderte sich Leo.

«Tja, in gewissem Sinne ... ich frage sozusagen im Auftrag», stotterte Merle. Sie fing sich schnell wieder und sagte in strengem Ton: «Ich kann dir die Bücher nur geben, wenn ich weiß, wohin du sie bringst.»

Leo schüttelte den Kopf. «Du bist ganz schön schräg.»

Sie spürte, wie ihr Gesicht rot anlief.

«Na, das sagt der Richtige. Ich führe keinen Kater an der Leine spazieren», gab sie verärgert zurück.

Leo lachte. «Das mit der Leine war vielleicht wirklich eine Schnapsidee. Ich hab mich inzwischen schlau gemacht. Man muss die Tiere wohl schon als Kätzchen daran gewöhnen, sonst wird es schwierig. Aber ich denke, ich starte demnächst noch mal einen Versuch.»

Merle trat ungeduldig von einem Bein auf das andere. Warum sagte er ihr nicht endlich, wo sein Geschäft war?

«So ungewöhnlich ist es übrigens gar nicht, mit seinen Haustieren spazieren zu gehen. Anfang des 19. Jahrhunderts, als Hamburg unter französischer Besatzung stand, sind die Lebemänner mit angeleinten Schildkröten über die Straße flaniert. Das galt als Zeichen dafür, viel Zeit zu haben, und damit als Luxus. Habe ich mal gelesen», sagte Leo.

«Schön für die Herrschaften, dass sie so viel Zeit hatten.

Meine dagegen ist leider begrenzt. Also sagst du mir jetzt bitte, wo dein Laden ist, oder ist das ein Geheimnis?», platzte Merle heraus.

Leo warf ihr einen Blick zu, den sie nicht recht deuten konnte.

«Schon gut. Am Mühlenkamp in Winterhude. Aber das Geschäft läuft nicht besonders. Deshalb bin ich immer dankbar, wenn jemand seine Bücher weitergibt, so wie du. Ich bekomme manchmal ganze Nachlässe in den Laden gebracht, da war schon so manches Schätzchen dabei. Kürzlich zum Beispiel …»

«Lass mich raten», unterbrach ihn Merle. «Das ist dann so, als hättest du Geburtstag, nicht wahr?»

«Äh … ja genau», sagte Leo irritiert.

Merle wäre am liebsten in einem Loch versunken. Aber es half nichts. Wenn sie Ella Castello zufrieden stellen wollte, musste sie da durch.

«Und wann ist es so weit? Dein Geburtstag, meine ich?»

«Soll ich dir vielleicht meinen Personalausweis zeigen?», lachte Leo.

Merle lachte verlegen mit.

«Lass mal, nicht so wichtig. Ist nur so eine Marotte von mir. Es interessiert mich einfach, wann die Leute geboren sind», stotterte sie und wurde rot. «Ich … muss jetzt auch wieder los.»

«Dann bis zum nächsten Mal», sagte Leo, er klang enttäuscht. Und schon wieder sah er sie so intensiv an, als wollte er mit einer Art Röntgenblick ihre Gedanken lesen.

«Ja, mal sehen», sagte sie und wandte sich zum Gehen.

«19. März 1982», hörte sie Leo hinter ihr herrufen.

Sie drehte sich noch einmal zu ihm um und winkte, zum Zeichen, dass sie ihn gehört hatte. Dann eilte sie zurück ins Haus. Sie hatte schon viel zu viel Zeit verloren.

Gegen Abend hatten sie es dank Merles eiserner Disziplin tatsächlich geschafft, das gesamte Regal mit Modebüchern durchzugehen und auf zwei Stapel zu verteilen. Der rote «Raus»-Stapel war sogar um einiges höher als der blaue. Ella war in die Küche gegangen, um sich den dritten Espresso zu kochen, und Merle packte ihre Sachen zusammen, als ihr eine Mappe im Regal auffiel, die sie übersehen hatten. Merle stellte sich auf die Zehenspitzen, um sie aus dem obersten Fach herauszufischen.

Sie fühlte sich, als würde sie etwas Verbotenes tun, als sie sich auf den Boden hockte und die Mappe aufschlug. Und als sie sah, was darin war, erst recht: Es waren Fotos, offensichtlich unsortiert, denn sie zeigten Ella in unterschiedlichem Alter und mit verschiedenen Frisuren. Auf den meisten Bildern war sie an der Seite ihres damaligen Mannes zu sehen, auch er mal dicker, mal dünner, mal mit mehr, mal mit weniger Haaren.

Auf einem der Bilder trug Ella ein lila gemustertes Hippie-Kleid, ihre Locken wehten im Wind, und ihre Augen strahlten den Fotografen an. Vermutlich hatte ihr Mann das Bild gemacht. Merle konnte das Foto kaum aus der Hand legen. Sie war völlig gefesselt von dieser Frau mit dem breiten Lachen, die vor Glück nur so sprühte. Je länger sie die junge Ella ansah, desto klarer wurde ihr, wie sehr diese sich seit damals verändert hatte. Auch wenn sie immer noch guter Dinge zu sein schien – dieses Leuchten in ihren Augen war nicht mehr da. Und immer wieder gab es Momente, in denen sie mit ihren Gedanken ganz woanders war.

Vorhin zum Beispiel, als Merle ihr Leos Geburtsdatum mitgeteilt hatte, hatte sich ihr Gesicht auf einmal wie eine Muschel verschlossen. «Dann ist er es nicht», hatte sie gemurmelt und zuerst erleichtert, dann aber sehr traurig gewirkt. Merle konnte sich keinen Reim darauf machen.

Ganz anders die Ella auf diesem Foto: Sie schien regelrecht zu fliegen, ihre Füße schwebten über dem Boden, es fehlten eigentlich nur noch die Flügel. In ihrer Hand hielt sie ein Buch. Merle versuchte zu erkennen, was sie damals gelesen hatte, doch die Schrift war zu verschwommen. Als sie genauer hinsah, fiel ihr auf einmal die Wölbung auf. Merle zuckte zurück. Konnte das wahr sein? Sie hielt das Foto wieder näher ans Gesicht. Nein, sie täuschte sich nicht. Das war eindeutig ein Babybauch. Ella war also schwanger gewesen! Merles Herz pochte laut. Sie hatte das Gefühl, einem Geheimnis auf die Spur gekommen zu sein. Davon, dass Ella ein Kind hatte, war nichts in den Unterlagen zu finden gewesen. Jetzt erst wurde Merle auch bewusst, dass sie noch kein einziges Familienfoto in diesem Haus gesehen hatte. Wie eigenartig. Was wohl aus dem Kind geworden war?

Sie hörte Schritte auf der Treppe. Hastig schlug sie die Mappe zu und konnte sie gerade noch zwischen zwei aussortierte Bildbände schieben, als Ella ins Zimmer trat.

«Was machen Sie denn noch hier? Wollen Sie nicht endlich Feierabend machen und zu ihrem Tom fahren? Es wird Zeit für meinen Aperitivo.»

Merle rappelte sich vom Boden auf. «Ja, natürlich. Ich habe nur schnell meine Sachen gepackt und mir einen Plan für morgen zurechtgelegt. Ich schlage vor, dass wir das Literaturregal und die Deko-Gegenstände durchgehen, dann haben wir diesen Raum geschafft und können uns den Kleidern zuwenden. Was meinen Sie? Sind Sie bereit?»

Ella machte große Augen.

«Meinen Sie mit ‹Deko-Gegenständen› etwa meine unersetzbaren Reiseerinnerungen? Sie ahnen ja gar nicht, welche Werte sich dahinter verbergen!»

Merle seufzte. «Na schön, das klären wir dann morgen. Ich bin pünktlich um zehn Uhr bei Ihnen.»

«Es sei denn … na, Sie wissen schon.»

Und ob Merle wusste. Sie war jeden Morgen aufs Neue nervös, ob Ella nicht wegen einer üblen Vorsehung absagen würde. Bisher war das aber nicht vorgekommen. Wäre sie abergläubisch, hätte sie bei dem Gedanken auf Holz geklopft.

Ella hielt immer noch die Tür auf. Offenbar wollte sie ihren Aperitivo ganz für sich alleine trinken. Merle schnappte sich ihre Tasche und schlüpfte aus dem Raum.

«Buona serata, meine Liebe», rief Ella ihr nach und blieb in der Bibliothek zurück.

Kapitel 11

Am nächsten Tag kurz nach Mittag hatten sie es tatsächlich geschafft: Sie waren sämtliche belletristischen Bücher durchgegangen. Das Projekt Bibliothek war so gut wie abgeschlossen. Ella war in den Garten gegangen, um Gabriella ihr Futter zu geben, während Merle ihr Werk betrachtete. Sie hatte Konstanze morgens erneut den Firmenwagen abgeschwatzt, um noch einen Stapel Kisten herzubringen. Die weißen Kartons mit den schwierigen Fällen waren nun endlich leer und die roten randvoll gepackt. Insgesamt drei «Bleiben»-Kisten hatte sie Ella zugestanden – es war immer gut, den Kunden feste Grenzen vorzugeben. Das hatte sie sich von Björn abgeguckt. Die ausgewählten Bücher schienen auf einmal besonders wertvoll. Sie waren, wie Konstanze es mal formuliert hatte, die Essenz, eine kleine, feine Sammlung, die viel darüber verriet, was für ein Mensch Ella war.

«Meine Lebensbücher», hatte Ella vorhin mit einem Blick auf die blauen Kisten gesagt. Merle griff nun wahllos hinein und zog einen Bildband mit Fotos von Brigitte Bardot hervor. Auf dem Cover war die Schauspielerin mit einem ähnlichen Badeanzug abgebildet, wie Ella ihn bei ihrer ersten Begegnung getragen hatte. Merle hatte Ella seitdem nie wieder schwimmen gesehen, und es war auch kein Wort mehr darüber gefallen.

Beim Aussortieren war sie erstaunt gewesen, dass Ella außer Bildbänden und anspruchsvoller Literatur offenbar auch trivialere Romane las. Sie hatten einen ganzen Stapel an Liebesromanen durchgesehen und fast komplett aussortiert. Schwieriger war es gewesen, die Erinnerungsstücke von ihren Reisen anzugehen. Ella konnte sich von nichts trennen. Nicht einmal die gesprungene japanische Teeschale durfte Merle in die rote Kiste legen.

«Wissen Sie nicht, dass beschädigte Objekte in Japan als besonders schön gelten?», hatte Ella entrüstet gefragt und sich mit beiden Händen ans Herz gefasst, als wollte Merle es ihr rausreißen. «Manchmal werden die Risse sogar mit Gold ausgefüllt, um sie besonders zu betonen. Perfektion wird in unserer Kultur völlig überschätzt. Dabei ist nichts perfekt, keiner von uns.»

Merle musste zugeben, dass dieser Gedanke wirklich schön war. Trotzdem war sie erleichtert gewesen, als die Schale immerhin in der «Weiß-nicht»-Kiste gelandet war, was zu der Hoffnung Anlass gab, dass sie im nächsten Schritt aussortiert würde.

Befriedigt sah Merle auf die leeren Regale. Das ‹Entsorgen› der aussortierten Bücher hatte sie allerdings noch vor sich: Irgendwann hatten sie nicht mehr in die Kisten gepasst und standen zu wackligen Wolkenkratzern aufgetürmt im ganzen Raum verteilt. Selbst wenn sie jeden Tag ein oder zwei Fuhren auf die Bank legte, würde es ewig dauern. Zu gerne hätte sie den Raum ganz frei gehabt, um Ella ein Gefühl dafür zu geben, wie viel sie schon geschafft hatten. Und auch um auszuschließen, dass nach und nach doch wieder ein paar Bücher in die blauen Kisten wanderten.

Merle schnappte sich die gelbe Ikea-Tasche, die sie von zu Hause mitgebracht hatte, und packte wahllos so viele Bücher hinein wie möglich. Am Ende konnte sie den Beutel kaum anheben. Ächzend zog sie ihn wie einen Seesack hinter sich her, aus der Haustür heraus durch den Vorgarten bis auf die Straße. Mit jedem Schritt schien die Tasche schwerer zu werden. Als sie endlich die Bank erreicht hatte, lief ihr der Schweiß den Rücken herunter. Sie griff die Bücher stapelweise mit beiden Händen und verteilte sie auf der Bank. Einige besonders schöne Ausgaben stellte sie aufrecht an die Lehne. Dabei fiel ihr ein handgroßes Messingschild auf, das dort angebracht war. Das hatte sie bisher wohl übersehen. Auf dem Schild waren nicht etwa die Namen der Stifter eingraviert, sondern ein Spruch. *This too shall pass*, stand in Schnörkelschrift darauf. Auch das wird vorübergehen. Seltsam. Wer hatte das Schild dort angebracht? Und warum ausgerechnet hier? Zurück im Haus, kam ihr Ella bereits entgegen, Gabriella auf dem Arm, die ihr Köpfchen an Ellas Brust schmiegte. Dieses Huhn war wirklich der reinste Schoßhund.

«Da sind Sie ja!», rief Ella aufgeregt. «Wir haben uns schon Sorgen gemacht.» Sie schien Gabriella da mit einzubeziehen.

«Ich habe noch ein paar Bücher hinausgebracht. Gehen Sie doch schon mal vor ins Kleiderzimmer, ich komme gleich nach», sagte Merle.

«Nichts da, ich brauche erst mal meinen Nachmittagscappuccino», verkündete Ella und zog Richtung Küche ab. Merle wollte gerade in die Bibliothek gehen, um ihre Handtasche zu holen, als Ella ihr hinterherrief: «Möchten Sie nicht doch mal einen mittrinken? Sie werden es nicht bereuen!»

Merle stutzte. Sie trank seit Jahren keinen Kaffee mehr. Das zählte zu ihren Grundsätzen – Teetrinken war schließlich viel gesünder. Aber vielleicht würde es wirklich nichts machen, dieses eine Mal …

«Liebend gerne», hörte sich Merle sagen.

Sie folgte ihrer Kundin in die Küche und sah zu, wie sie mit geschickten Handgriffen ihre kleine Espressomaschine anwarf.

«Früher hatte ich eine richtige Profimaschine. Kurt hat sie damals für viel Geld aus Rom kommen lassen.» Lächelnd holte Ella zwei Tassen aus dem Oberschrank. «Er wollte, dass ich in Hamburg alles habe, was ich sonst an meiner Heimat vermisst hätte. Darum hat er versucht, es mir so römisch wie möglich zu machen. Er hat auch die Palmen eingepflanzt, weil auf der Dachterrasse meiner Eltern welche standen.»

Während sie erzählte, sah sie zu, wie der Espresso in die erste Tasse lief.

«Von meinem ersten selbstverdienten Geld habe ich mir eine Vespa gekauft und bin damit durch Hamburgs Straßen geknattert. Beinahe jeden Abend wurde bei uns italienisch gekocht. Und unsere römischen Nächte waren in der ganzen Stadt berühmt.»

Merle konnte an Ellas Gesicht ablesen, wie sie die Erinnerung an diese Abende genoss. Sie rückte sich einen der bunten Stühle am Esstisch zurecht und hörte von dort aus weiter zu.

«Unsere Freunde aus Rom sind nur für diese Nächte hierhergeflogen. Diese Menschen waren wirklich – lebensfroh, wenn Sie verstehen, was ich meine.» Merle nickte, auch wenn sie nicht ganz sicher war, dass sie verstand.

«Rom war damals eine einzige, große Party.» Ella schien sich an etwas zu erinnern und lachte auf. «Haben Sie schon mal von den goldenen Insekten gehört?»

«Nein», antwortete Merle.

«In Rom war es in den Siebzigern Mode, Käfer mit Goldfarbe anzusprühen und wie lebendige Schmuckstücke über den Esstisch laufen zu lassen. *Pezzi d'oro* habe ich sie genannt, die kleinen Goldstücke – sie waren eine Zeitlang DER Partygag. Für die Tiere war das sicherlich kein Vergnügen, aber daran haben wir keinen Gedanken verschwendet. Wir hatten diese Sehnsucht nach Schönheit, verstehen Sie? Alles sollte sich unserem Bedürfnis nach Ästhetik unterordnen.» Ella schien nicht wirklich eine Antwort zu erwarten, sie war nun ganz versunken in die Bilder, die in ihrem Inneren abliefen.

«Als wir das mit den Käfern in Hamburg versucht haben, hetzte man uns gleich den Tierschutzverein auf den Hals. Die Hamburger waren mit dieser Form der Exaltiertheit völlig überfordert. Im Rückblick hatten sie natürlich recht. Wenn ich mir vorstelle, jemand würde meine Gabriella bemalen …» Ella schüttelte sich bei dem Gedanken. «Das waren verrückte Zeiten damals. Lange her. Sehr lange.»

Nachdenklich goss sie aufgeschäumte Milch in die Tassen und setzte sich dann Merle gegenüber an den Esstisch. «Immerhin haben mich die Käfer zu einer meiner ersten Kollektionen inspiriert.» Sie lachte ausgelassen. «Goldene Insekten auf schwarzem Satin – ein wunderschöner Stoff. Ich kann Ihnen die Hose und den Tellerrock noch zeigen, die ich daraus gemacht habe, sie hängen oben.»

«Gerne», sagte Merle. «Hatten Sie oft Heimweh?»

«Oh ja. Wissen Sie, der Ort, an dem man aufgewachsen ist,

lässt einen niemals los. Palmen hin oder her.» Ella war nun in ihrem Element, sie wurde immer lebhafter und gestikulierte wild, während sie sprach. «Selbst wenn man den Espresso mit der gleichen Maschine zubereitet: Er schmeckt vollkommen anders, wenn man ihn an der Theke einer kleinen römischen Bar trinkt, mit dem Stimmengewirr um einen herum. Und mit der Vespa durch die engen Gassen von Rom zu fahren und die warme Luft im Gesicht zu spüren, diese Luft, die so aufgeladen ist mit Energie, ist nicht zu vergleichen mit einer Fahrt durch Hamburg mit seiner frischen Brise und dem Sprühregen.» Merle wollte erneut protestieren. Das mit dem schlechten Wetter war doch nur ein Vorurteil. Doch Ella sprach bereits weiter.

«Nur eine Sache ist hier ebenso gut wie in Italien ...»

«Und die wäre?»

Ella machte eine kurze Kunstpause.

«Ragù alla bolognese», sagte sie und betonte dabei jede Silbe, als würde sie das Wort von einem Papier ablesen. «Das Rezept habe ich von meiner Mutter geerbt. Und ich beherrsche es aus dem Effeff. Ein besseres Ragù werden Sie nirgends bekommen.»

«Ragù? Sie meinen Spaghetti Bolognese?»

Ella schnalzte tadelnd mit der Zunge. «Dieses Gericht gibt es in Italien nicht. Bei uns heißt es Ragù, und es wird niemals mit dünnen Spaghetti serviert, sondern mit Tagliatelle oder Penne, die das Ragù gut aufnehmen können.»

Merle staunte. Ella schien keine Kompromisse zu machen, wenn es um die Gerichte ihrer Heimat ging.

Merle musste grinsen. Sie war selten einer Frau begegnet, die so von ihren Fähigkeiten überzeugt war wie Ella. Diese

Eigenschaft kannte sie sonst eher von Männern, von Björn zum Beispiel. Andererseits stand ihm Konstanze da in nichts nach. Merle fragte sich, wie man es schaffte, so unangreifbar zu werden.

Sie nahm den ersten Schluck von dem Cappuccino – und hätte beinahe laut aufgeseufzt. Ein Traum! So kräftig im Geschmack und die Milch so feinschaumig, als würde man seinen Mund in Watte tauchen. Auch Ella gab sich für einen kurzen Moment schweigend dem Genuss hin.

«Was für ein Gedicht!», schwärmte Merle. Ella lächelte wissend.

«Meine Mutter hat ihre Rezepte alle aufgeschrieben – bis auf das Ragù. Die Soße war ihr bestgehütetes Geheimnis, sie hat die Zutaten nur mündlich an mich weitergegeben», knüpfte sie wieder an das Thema an. Sie stand auf und öffnete die Türen des weißen Buffetschrankes. Merle erhaschte einen Blick auf Regalborde voller alter Kochbücher. Innerlich stöhnte sie auf. Noch mehr Bücher. Ella griff zielsicher nach einem schwarzen Heftchen, das sich als handgeschriebene Rezeptsammlung ihrer Mutter entpuppte.

Sie hielt es Merle hin, nicht ohne den Hinweis, sie solle sich vorher die Hände am Geschirrtuch abwischen. Während Merle durch die Seiten blätterte, befiel sie auf einmal ein ungutes Gefühl. Zunächst hielt sie es für Ehrfurcht vor diesem Zeitdokument, doch dann traf sie die Erkenntnis wie ein Schlag.

Die Mappe!

«Entschuldigen Sie, ich muss mal eben …» Merle sprang auf und lief in die Bibliothek. War sie wirklich so gedankenlos gewesen? Über dem ganzen Aufräumen und Sortieren hatte sie die Mappe mit den alten Fotos ganz vergessen, die sie zwischen die Bücher gesteckt hatte. In welchem Stapel war das nur gewesen? Suchend ging Merle mit dem Finger die Reihen entlang, doch die Mappe war nicht zu finden. Das konnte nur eins bedeuten: Sie hatte die Bilder auf die Parkbank gelegt! Wenn Ella das erfuhr, würde sie sie womöglich feuern – und das zu Recht! Merle nahm ihr Mobiltelefon aus der Handtasche und rief Richtung Küche, dass sie ein kurzes Telefonat führen müsse. Dann eilte sie aus dem Haus, ohne die Plastiküberzieher von ihren Schuhen zu streifen. Entsetzt stellte sie fest, dass ein stämmiger, älterer Mann bereits dabei war, sich die Bücher anzuschauen. Und noch entsetzter war sie, als sie entdeckte, dass die Mappe mit Ellas Fotos unter seinem Arm klemmte.

«Verzeihen Sie! Hallo!», rief sie schon von weitem. Der Mann mit der Statur eines Gérard Depardieu sah sie unverwandt an. «Entschuldigung, aber die Mappe ist versehentlich zwischen die Bücher geraten. Sie ist nicht zu verschenken. Tut mir leid.»

Der Mann warf ihr durch seine Hornbrille einen herablassenden Blick zu.

«Da kann ja jeder kommen. Woher soll ich denn wissen, dass die Bilder wirklich Ihnen gehören?», grunzte er.

Panisch überlegte Merle. Sie konnte schlecht Ella ins Feld führen, denn sie durfte auf keinen Fall Wind von der Sache bekommen.

«Glauben Sie, ich denke mir das aus? Das sind private Bilder, und ich möchte sie wiederhaben. Sofort», versuchte es Merle auf die autoritäre Art. Doch damit biss sie bei dem Muskelmann auf Granit.

«Ich denke gar nicht daran. Beweisen Sie mir, dass Sie die Besitzerin sind, ansonsten lassen Sie mich gefälligst in Ruhe.» Damit wandte er sich ab und blätterte weiter in einem Buch über den Architekten Frank O. Gehry.

Gerade als Merle angestrengt nach Beweisen suchte, hörte sie hinter sich Leos Stimme.

«Geben Sie der Dame ihre Fotos zurück.»

Der Riese drehte sich langsam um und sah fassungslos auf den deutlich schmaleren Leo hinunter, der dort mit Ritchie an der Leine stand und ein böses Gesicht zog. Der Anblick war so absurd, dass Merle beinahe losgelacht hätte, wenn die Lage nicht so ernst gewesen wäre.

«Wer hat Sie denn gefragt? Das geht Sie gar nichts an, also halten Sie sich gefälligst raus.»

Leo räusperte sich. «Sie irren sich, das geht mich sehr wohl was an. Die Dame ist eine Freundin von mir, und ich bin im Haus ihrer Familie zu Gast. Gerade wird dort die Bibliothek umsortiert, daher diese wunderschönen Bücher, die man netterweise anderen Menschen wie Ihnen zur Verfügung stellt, ohne einen Cent dafür zu verlangen. Eine gewisse Dankbarkeit wäre also angebracht und ganz sicher nicht so ein frevelhaftes Benehmen, wie Sie es an den Tag legen.»

Der Mann rümpfte die Nase.

«Ich glaube Ihnen kein Wort», polterte er.

«Nun, ich kann Ihnen die Fotos gerne beschreiben, wenn Sie mir nicht glauben.» Leo warf Merle einen etwas unsicheren Seitenblick zu, während er weiterredete. «Auf einem Bild ist eine sehr schöne, lachende Frau in einem bunten Kleid zu sehen, auf einem anderen ein Mann mit breiten Koteletten und eng anliegendem Hemd aus goldfarbenem Polyester.»

Der Mann sah prüfend in die Mappe. Er ließ sich provozierend viel Zeit, die Fotos unter die Lupe zu nehmen.

Merle warf Leo einen beunruhigten Blick zu.

Der räusperte sich demonstrativ.

«Guter Mann, wenn Sie die Fotos nicht sofort zurücklegen, sehe ich mich gezwungen, meinen Kater auf Sie zu hetzen. Und das könnte unangenehm für Sie werden», sagte er in entschlossenem Tonfall.

Der Mann sah ihn an, und für einen Moment befürchtete Merle, er würde Leo einfach am Kragen packen und in hohem Bogen in die Alster befördern. Doch stattdessen blickte der Mann sie an und die blauen Plastiktüten über ihren Schuhen und warf die Mappe dann mit Wucht zurück auf die Bank. Dabei fielen einige Bilder heraus auf den Boden.

«Sie sind ja völlig gaga. Alle beide. Da haben Sie Ihre wertvollen Fotos. Wollte sie eh nicht haben.»

Schimpfend zog er ab, den Gehry-Bildband in der Hand.

Merle sammelte hektisch die Fotos vom Boden auf und legte sie zurück in die Mappe. Dann schob sie sie in ihren Hosenbund und ließ die marineblaue Bluse darüber hängen. Ella durfte nichts von der Sache mitbekommen.

«Danke für deine Hilfe, das war sehr nett», sagte Merle, noch ganz außer Atem vor Aufregung.

Leo stieß einen erleichterten Seufzer aus. «Puh, gerade noch mal gutgegangen. Auch wenn man's mir nicht ansieht: Ich bin nicht sehr erfahren in Prügeleien.»

Merle musste lächeln. «Ich schätze, die Drohung mit dem Kater hat gewirkt.»

Leo grinste. «Ja, Ritchie kann wirklich furchteinflößend sein.»

«Woher wusstest du, was auf den Bildern ist?», fragte Merle.

Leo zog eine Augenbraue hoch. «Na, woher wohl? Ich bin vorhin schon hier gewesen und habe sie mir angesehen. Aber dann wollte Ritchie weitergehen, und es ist wirklich schwierig, ihn zurückzuhalten. Seine Leine ist ein bisschen zu groß, und ich muss aufpassen, dass er sich nicht einfach herauswindet. Deshalb laufe ich nach Möglichkeit dahin, wo er mich hinzieht.»

Merle blickte zu Ritchie, der ein so unschuldiges Gesicht aufsetzte, als könne er kein Wässerchen trüben.

«Tja, deinen Konkurrenten hast du jedenfalls in die Flucht geschlagen. Jetzt kannst du die restlichen Bücher für dich haben», stellte Merle fest.

«Verdammt, du hast mich durchschaut. Komme ich jetzt nicht mehr wie der selbstlose Retter rüber?»

Merle lachte, und Leo strahlte überrascht, als wäre er es nicht gewohnt, dass man ihn amüsant fand.

«Darf ich dich trotzdem um etwas bitten?», fragte er.

«Kommt drauf an», sagte Merle und linste dabei unruhig auf ihre Uhr. Sie musste dringend zurück. Ella würde sich wahrscheinlich schon wundern, wie lange ihr Telefonat dauerte.

«Ist die Quelle an Büchern jetzt versiegt, oder sind da, wo diese herkommen, womöglich noch mehr?»

Merle zögerte. «Schon möglich, dass es da noch mehr gibt.» Sie wusste nicht recht, worauf er hinauswollte.

«Wäre es dann für uns beide nicht einfacher, wenn ich mir die Bücher direkt vor Ort und in einem Schwung abhole? Dann musst du sie nicht einzeln hierhertragen, und ich verpasse keins. Das möchte ich nämlich ungern. Das sind wirklich ganz phantastische Exemplare.»

Merle überlegte. Sie war sich nicht sicher, ob Ella sich darauf einlassen würde, aber einen Versuch war es wert.

«Das kann ich nicht entscheiden, aber ich kläre das mit der Besitzerin ab und sage dir Bescheid. Hast du eine Karte?»

Leo kramte sein Portemonnaie aus seiner Jackentasche, klappte es aber schnell wieder zu.

«Leider keine Karte dabei, aber du kannst mir gerne deine Telefonnummer geben, wenn du magst.»

«Don't call us, we call you», sagte Merle lächelnd. «Gib mir lieber deine Nummer.» Leo ging noch ein Stück mit ihr in Richtung Villa, während er ihr die Zahlen diktierte. Ritchie lief derweil aufgeregt von links nach rechts, spielte mit der Leine und brachte sein Herrchen ein paarmal fast zu Fall. Als sie vor Ellas Haus ankamen, blieb Merle stehen.

«Ich werde ein gutes Wort für dich einlegen und lasse bald von mir hören. Danke noch mal für deine Hilfe.»

«Da nich für», sagte Leo. Im gleichen Moment riss sich Ritchie los und sauste im Eiltempo davon.

«Ritchie!», schrie Leo und rannte hinter ihm her, doch der Kater war schneller: Er bog um die nächste Straßenecke und war nicht mehr zu sehen.

«Verdammt!», schrie Leo. «Ich muss ihn wieder einfangen. Hilfst du mir?» Und damit verschwand er ebenfalls. Merle wusste nicht, was sie tun sollte. Sie musste dringend zurück zu Ella. Gleichzeitig fühlte sie sich bei Leo in der Schuld. Als sie ihm gerade folgen wollte, um ihm suchen zu helfen, hörte sie, wie Ella einen gellenden Schrei ausstieß.

Kapitel 12

Erstaunlich, wie es in der Kommunikation doch auf Feinheiten ankam. Merle hatte mal gelesen, dass Menschen anhand kleinster mimischer Abweichungen in der Lage waren, ein falsches Lächeln zu erkennen. Ebenso hatte sie in dem Moment, als sie Ellas Schrei hörte, sofort gewusst, dass diese sich nicht nur geschnitten oder den Zeh angestoßen hatte. Der Schrei kam aus dem Garten und klang so verzweifelt, dass Merle der Schrecken in alle Glieder fuhr. Blitzschnell rannte sie ums Haus herum und sah mit einem Blick, was los war: Ritchie und Gabriella standen sich wie zwei Kampfhähne gegenüber, einander fixierend und bereit zum Angriff. Ritchie machte einen Buckel und fauchte das Huhn an, das wiederum den Eindringling gackernd und flatternd in die Flucht schlagen wollte. Gabriella blutete am Hals, und neben ihr auf dem Rasen waren ein paar weiße Federn verstreut. Ritchie hatte also schon zugeschlagen. Merle wollte gerade auf die Tiere zurennen, um sie zu trennen, als Ella mit einer Forke aus dem Haus kam und mit hasserfülltem Gesicht auf Ritchie losging.

«Maledetto! Verdammter Kater!» Ella fluchte und fuchtelte mit ihrer Forke herum, während Gabriella immer wilder flatterte. Ritchie fauchte und versuchte, Ellas Waffe auszuweichen. Das Huhn hatte sich jetzt für die Flucht nach vorn entschieden und ging auf den Kater los. Es pickte wild mit dem Schnabel in der Luft herum, traf den Gegner aber nicht. Der wurde jetzt erst richtig wild und schlug mit den Krallen um sich. Dazwischen Merle, die verzweifelt nach Ritchie zu greifen versuchte, um ihn vor Ellas Forke zu bewahren. In all dem Chaos bog Leo um die Ecke. Als er sah, was sich abspielte, riss er panisch die Augen auf.

«Ritchie! Schluss! Aus!», rief er, als wäre Ritchie ein ungezogener Hund.

In dem Moment bekam Merle den Kater zu fassen, gerade als der sich mit einem Krallenhieb gegen Gabriella verteidigen wollte.

«Au, verdammt!», schrie sie. Aus ihrem Unterarm tropfte Blut, Ritchie hatte sie voll erwischt. Leo sprang hinzu und nahm den Kater an sich. Merle sah, dass das Tier eine Wunde am Rücken hatte.

«Ist das etwa Ihre Katze?», schrie Ella außer sich. «Das wird ein Nachspiel haben! Lassen Sie sich bloß nie wieder hier blicken! Und sperren Sie dieses gemeingefährliche Tier weg. Wissen Sie nicht, dass schwarze Katzen Unglück bringen?»

Sie nahm die aufgeregt gackernde Gabriella auf den Arm. «Alles wird gut, wir verarzten dich jetzt erst mal», redete Ella beruhigend auf das Huhn ein und ging davon. «Kommen Sie, Merle!»

Merle blieb unschlüssig stehen und klopfte sich den Dreck von der Hose.

Leo sah sie schuldbewusst an.

«Es tut mir leid, ich …»

Merle sah ihn eindringlich an. «Geh jetzt lieber. Und lass Ritchie besser nicht mehr raus.»

Mit den Worten ließ sie ihn stehen und ging zum Haus. Sie wollte Ella nicht warten lassen. Als sie sich an der Tür noch mal zu ihm umdrehte, winkte ihr Leo zu, auf dem linken Arm hielt er den Kater. Merle hatte einen dicken Kloß im Hals.

Was für ein Mist! Nach der Aktion konnte sie Ella unmöglich vorschlagen, Leo die Bücher abholen zu lassen. Dabei wäre das die einfachste und schnellste Lösung gewesen, um das Zimmer frei zu bekommen. Auf die Bank legen durfte sie unter den Umständen wohl auch nichts mehr, schließlich wusste Ella, dass die Bücher auch dann wieder bei Leo landen würden. Merle stöhnte, als sie in die Küche eintrat. Ihr Arm schmerzte.

«Kommen Sie, ich desinfiziere Ihre Wunde», sagte Ella mit besorgtem Blick.

Erst jetzt fiel Merle die Mappe wieder ein, die sie unter ihrer Bluse versteckt hielt.

«Ähm, gerne … ich müsste nur vorher noch auf die Toilette», stotterte sie.

«Ach was, nun kommen Sie schon, das geht schnell», sagte Ella. Sie griff Merle am unverletzten Arm und zog sie hinter sich her die Treppe hoch Richtung Badezimmer.

«Sie haben meine Gabriella gerettet», sagte sie und sah Merle dankbar an, während sie die Stufen nahmen.

«Ich bin mir gar nicht sicher, wen ich gerettet habe, den Kater oder das Huhn», sagte Merle. «Gabriella war auch nicht gerade ein Friedensengel.»

«Gabriella könnte keiner Fliege was zuleide tun», wehrte Ella ab und schob Merle ins Badezimmer. «Sie hat sich nur verteidigt. Dieses Mistvieh wollte sie umbringen!»

Merle sah das anders, aber sie verkniff sich jedes weitere Wort. Es machte keinen Sinn, darüber zu diskutieren.

Ella schaute ernst. «Nein, wirklich. Grazie tanto. Das war sehr mutig, dazwischenzugehen. Zum Glück hat Gabriella nur einen kleinen Kratzer. Nicht auszudenken, was hätte passieren können!»

Merle spürte den Druck von Ellas Hand auf ihrer Schulter und setzte sich auf den Badewannenrand. Sie hörte, wie die Fotomappe an ihrem Bauch ein Knickgeräusch machte. Doch Ella schien nichts zu bemerken. Sie tupfte mit einem Wattebausch eine rostrote Flüssigkeit auf ihre Wunde. «Ich hoffe, Sie sind gegen Tetanus geimpft?»

Merle nickte. Sie starrte auf die Wölbung unter ihrer Bluse. Wenn Ella nur nichts mitbekam!

«War das eben im Garten nicht der Mann, der meine Bücher mitgenommen hat?», fragte Ella.

Merle nickte erneut. «Ja, der Antiquar.»

Ella sah sie eindringlich an. «Schwarze Katzen bringen nichts als Unheil, Merle, und ihre Besitzer auch. Halten Sie sich lieber von ihm fern.»

Merle wollte widersprechen, aber sie konnte ihrer Auftraggeberin unmöglich davon erzählen, wie Leo ihr geholfen hatte. Vermutlich hatte er das ohnehin nur aus einem Grund getan: Um an die Bücher zu kommen, auf die er so scharf war.

«Ist das auch *kreative Astrologie?*», fragte sie.

«Wie ich schon sagte: Ich weiß, was ich weiß», antwortete Ella mit geheimnisvollem Lächeln und klebte ihr noch ein Pflaster auf den Arm. Dabei schwebte ihre Hand direkt über der Ausbuchtung von Merles Bluse.

Merle schloss die Augen und merkte, wie ihr der Schweiß auf die Stirn trat.

«Ist Ihnen nicht gut?», fragte Ella besorgt.

«Doch, doch, alles bestens. Ich muss jetzt nur wirklich auf die Toilette», krächzte Merle. Sie hielt es nicht mehr länger aus, sie wollte endlich die Mappe loswerden.

«Na dann los, worauf warten Sie denn?», fragte Ella verständnislos. «Ich gehe schon mal vor zu den Kleidern.»

Mit den Worten verließ sie endlich das Badezimmer.

Merle atmete tief aus. Das war gerade noch mal gutgegangen. Sie schloss die Tür ab, zog die Mappe unter ihrer Bluse hervor und versteckte sie vorerst hinter dem Badezimmerschrank. Bei passender Gelegenheit würde sie sie an einen anderen Platz legen. Ihre Hände zitterten. Dabei war es eigentlich sogar gut für sie gelaufen: Dank der Sache mit Ritchie hatte sie jetzt auf ewig einen Stein im Brett bei Ella.

Sie strich über das Pflaster auf ihrem Unterarm und musste unwillkürlich lächeln. Es war lange her, dass sich jemand so um sie gesorgt hatte.

Kurz überlegte sie, Leo eine WhatsApp-Nachricht zu schreiben und zu fragen, wie es Ritchie ging. Doch dann fand sie es irgendwie unpassend und ließ es sein.

Kapitel 13

Am nächsten Morgen stellte Merle erschöpft ihr Fahrrad vor Ellas Haus ab. Mit Mühe und Not hatte sie sich hergeschleppt, jeder Tritt in die Pedale war ihr schwergefallen. Sie ging nun schon seit fünf Jahren zu dem Morgenkurs mit dem merkwürdigen Namen «Der frühe Yogi turnt den Wurm». Früher hatte sie sich nach den Übungen erfrischt und gestärkt gefühlt. Doch seit einiger Zeit war das Gegenteil der Fall. Ihre Yogastunden erschienen ihr auf einmal so kräftezehrend. Immer häufiger kam es jetzt vor, dass sie nicht mehr konnte und eine Pause brauchte. Dann rollte sie sich in der Kindshaltung auf ihrer Matte zusammen und atmete durch. Früher hatte sie sich in dieser Position geborgen gefühlt, doch jetzt wurde sie oft von einem Gefühl der Einsamkeit heimgesucht, das vom Bauch auf ihren ganzen Körper ausstrahlte. Irgendetwas hatte sich verändert. Aber was?

Mit wackligen Knien ging sie durch den Garten auf Ellas Haus zu. Gabriella hatte sich, nachdem sie gestern vor Schreck das Futter verweigert hatte, von der Begegnung mit Ritchie erholt und pickte munter im Garten herum. Sie hielt ihren Schnabel in die Wasserschale, die Ella ihr hingestellt hatte, und streckte dann ihr Köpfchen mit dem knallroten Kamm nach oben, um das Wasser die Kehle herabrinnen zu lassen. Eigenartig. Machten das alle Hühner so?

Die Amseln auf dem Dach der Villa zwitscherten so aufgeregt, dass Merle für einen Moment nach dem Kater Ausschau hielt. Doch Leo würde sich bestimmt nicht so bald wieder sehen lassen. Schon gar nicht mit Ritchie. Es gab ja auch keinen Grund dafür: Leo konnte sich denken, dass sie nach dem gestrigen Ereignis keine weiteren Bücher mehr auf der Bank ablegen würde. Stattdessen musste sie sich nun einen anderen Plan überlegen, die tonnenschweren Papierberge loszuwerden.

Erst mal würde sie sich jetzt mit Ella den Kleidern zuwenden. Sie wusste, das war der schwierigste Teil. Sie konnte nur hoffen, dass sie sich ein bisschen von dem Schwung, den sie bei den Büchern entwickelt hatten, auch bei den Kleidern erhalten konnten. Merle drückte den Klingelknopf und tastete mit der anderen Hand nach ihrer Tasche. Sie hatte vorsichtshalber die Kamera aus der Agentur mitgenommen, falls Ella doch ein paar Erinnerungsfotos von den Kleidern haben wollte.

Merle klingelte erneut. Im Haus rührte sich nichts. Seltsam. Es war schon nach zehn. Als sie an die Tür klopfen wollte, sprang diese einen Spalt auf. Zögernd betrat sie den Flur und zog die Schutzhüllen über die Schuhe.

«Ella?», rief sie. Keine Antwort. Stattdessen ein Rascheln aus einem der oberen Stockwerke. Ächzend schleppte Merle sich die Treppe hinauf. Die Kamera war schwer, und ihre Beine schmerzten. Ella war nicht zu sehen, aber aus der Kleiderkammer kamen Geräusche.

«Ella?», rief Merle erneut und klopfte an die Tür der Kleiderkammer. Von innen hörte sie ein lautes Seufzen. Langsam öffnete sie die Tür.

In der Mitte des Raums saß Ella auf dem Boden, umgeben von zerwühlten Kleiderhaufen. Ihr Existenzialistenlook aus schwarzem Rolli und schwarzer Hose bildeten den größtmöglichen Gegensatz zu den bunten Stoffen um sie herum. Sie sah nicht zu Merle auf.

«Ich kann das nicht. Ich kann das einfach nicht», murmelte sie. Merle wagte nicht einzutreten. Sie fühlte sich wie ein Eindringling. Doch als Ella weiterhin keine Anstalten machte, sie reinzubitten, fasste sie sich ein Herz und ging zu ihr hin. Sie beugte sich hinunter und schob einige Kleider zur Seite, um sich im Schneidersitz neben Ella niederzulassen. Sie spürte ein Ziehen in ihren Knien. Ella schien sie gar nicht zu bemerken.

«Ich kann mir vorstellen, wie schwer es für Sie ist, sich von alldem zu trennen», sagte Merle leise.

«Das glaube ich kaum», schniefte Ella.

«Mögen Sie mir erklären, was das für ein Gefühl ist?»

Ella sah sie mit verweinten Augen an. «Ach Kindchen, verzeihen Sie, wir Südländer sind einfach nah am Wasser gebaut … Wollen Sie wirklich wissen, wie ich mich fühle?»

Merle nickte. «Und ob.»

Ella strich über die Stoffe, die sie umgaben. «All das hier wegzugeben … das ist … als würde mir bei lebendigem Leib die Haut abgezogen.»

Merle sah sie entsetzt an. War das jetzt auch südländische Dramatik, oder litt sie wirklich so sehr?

«Ich weiß, es klingt drastisch, aber so empfinde ich es nun mal», sagte Ella, als hätte sie Merles Gedanken gelesen. Das hier ist viel mehr für mich als Stoff und Nähte, verstehen Sie? Mit diesen Kleidern habe ich mich vor mehr als vierzig

Jahren selbst erfunden. Durch sie bin ich ein anderer Mensch geworden. Wer bin ich dann noch, ohne sie?»

Merle spürte, wie die Angst in ihr hochkroch. Wollte Ella jetzt etwa alles abblasen und den Auftrag beenden? Hatte ihr Tageshoroskop ihr womöglich abgeraten, auch nur eins von den Kleidern herzugeben? Bei ihr wusste man nie, woran man war … Merle musste es schaffen, sie zu motivieren! Aber es war nicht nur ihr Job, den sie gut machen wollte. Da war noch etwas anderes. Ella tat ihr wirklich leid, wie sie da vor ihr saß, so ängstlich und verletzlich, und sie wollte ihr gerne helfen.

«Diese Kleider hier sind meine Geschichte, mein Leben», sprach Ella weiter.

«Jedes einzelne?», fragte Merle vorsichtig nach. Sie konnte sich nicht vorstellen, dass es nicht auch Stücke gab, die mit weniger Bedeutung aufgeladen waren.

Statt zu antworten, griff Ella in den Stoffberg neben sich und zog ein Kleid hervor. Es war aus strahlend violettem Seidenstoff mit einer knallbunt gestreiften Schluppe.

«Das hier ist das allererste Kleid, das ich verkauft habe. Ich trug es auf einer Filmparty, zu der ich Kurt begleitet habe.» Sie drückte den Stoff an ihr Gesicht und sog die Luft tief ein. «Che buon odore …» Sie sah Merle an, schien aber in Gedanken ganz weit weg. «Mir fehlte zu dem Anlass ein passendes Outfit, und in den Hamburger Geschäften gab es nichts, was mir gefiel. Also habe ich mir selbst etwas genäht. Ich stand auf enge, figurbetonte Kleider. Aber nicht so züchtig bis zum Knie, wie Sophia Loren sie trug. Nein, ich wollte es verboten kurz. Damals hatte ich schließlich noch die Beine dafür!» Ella lächelte.

«Gleich am Eingang haben mich zwei Frauen angesprochen. Sie wurden meine ersten Kundinnen. Mona und Lisa. Ich weiß noch, wie wir über die Namen gelacht haben.»

Merle kicherte leise. Mona und Lisa. Ob sie mit diesen Frauen wohl noch Kontakt hatte? «Diese Kreation war das erste Stück in meiner ersten Kollektion. Sehen Sie hier, das eingenähte Schild mit meinem Schriftzug? Ella Castello, in pinkfarbener Schrift auf Dunkelgrün. Das habe ich damals gemeinsam mit meiner Freundin Marlene entworfen, wir hatten schon ziemlich viel Prosecco getrunken ... Die gute Marlene. Sie hat mir manchmal im Laden ausgeholfen.» Bevor Merle nachfragen konnte, was aus Marlene geworden war, durchwühlte Ella schon wieder den Stoffberg. Ein Rock aus Schlangenleder tauchte auf.

«Nicht echt», sagte Ella, um möglicher Kritik zuvorzukommen. «Auch wenn ich Schlangen noch nie leiden konnte. Aber Sie glauben gar nicht, wie großartig dieser Rock an meiner Freundin Karo aussah. Sie war eine Naturschönheit, groß und schlank wie eine Gazelle. Und wie sie damit über den Laufsteg tanzte ... es war eine Show.»

Ella schien mit den Händen die Umrisse ihrer Freundin nachzuzeichnen, während sie in Erinnerungen schwelgte.

«Ihre Freundin Karo hat für Sie gemodelt?», fragte Merle.

«Nicht nur sie. Richtige Mannequins konnte ich mir anfangs gar nicht leisten. Also habe ich meine Freundinnen gefragt. Ich kannte sie über Kurt, sie waren wie wir in Hamburgs besseren Kreisen unterwegs. Die Frauen waren alle schlank und schön, das war damals nicht anders als heute, das gehörte zum guten Ton. Glauben Sie mal nicht, dass es früher noch keine Selbstoptimierung gab. Frauen haben sich schon immer Druck gemacht, was ihr Aussehen betrifft. Ich dagegen habe mir meine Pasta nie nehmen lassen.» Ella klopfte sich lachend auf ihren nicht vorhandenen Bauch.

Merle musste grinsen.

«Und hier …» Aufgeregt zog Ella ein weiteres Kleidungsstück heraus, das Merle erst auf den zweiten Blick als Schlaghose erkannte, aus einem festen, dunkelgrünen Samtstoff. «Diese Hose war mein Verkaufsschlager. Alle wollten sie haben. Eines der wenigen Stücke, das ich in Großproduktion gegeben habe. Die halbe Stadt ist in grünen Hosen rumgelaufen.» Ellas Augen blitzten vor Stolz. «So was ist ja heute gar nicht mehr möglich. Es gibt keine echten Trends mehr, alles ist erlaubt. So schön das ist – ich finde, damit ist auch etwas verlorengegangen.» Sie bedachte Merle mit ihrem berüchtigten Scannerblick. Merles klassischer blauer Blazer, der niemandem weh tat und immer passte, ging Ella bestimmt wieder gegen den Strich, aber sie hatte beschlossen, die Kritik an ihrem Stil nicht mehr persönlich zu nehmen.

Ella hatte bereits das nächste Kleid in der Hand. Und diesmal war Merle wirklich überrascht, denn das rostbraune Etwas wirkte unförmig wie ein Sack.

«Ich wollte nichts weniger als ein Kleid entwerfen, in dem man wohnen kann», schwärmte Ella dazu.

Zumindest zelten konnte man darin, dachte Merle. Aber wahrscheinlich hatte sie einfach keine Ahnung von Mode.

Ella war jetzt richtig in Fahrt. Sie präsentierte ihre Entwürfe, und Merle hörte interessiert zu. Je mehr Ella erzählte, desto mehr fühlte Merle sich wie eine Geheimnisträgerin: Sicherlich gab es nicht viele Menschen, die all diese Geschichten kannten. Außerdem war es schön zu sehen, wie Ella ihre Reise in die Vergangenheit genoss. Merle fragte sich wieder einmal, warum sie mit dem Modedesign aufgehört hatte, wenn die Arbeit sie so glücklich gemacht hatte. Aber sie wagte nicht zu fragen. Sie wollte nicht zu neugierig wirken. Womöglich hatte sich die Linie ja nicht mehr verkauft? Über eine Pleite hatte sie in ihren Unterlagen zwar nichts gefunden, aber Ellas Rückzug war auf jeden Fall überraschend gekommen. Oder spielte womöglich damals schon ihr Astro-Tick eine Rolle?

An den Schultern einer nachtblauen Uniformjacke, die Ella gerade hochhielt, entdeckte Merle schimmernde Silberfäden.

«Ist das Lametta?», fragte sie erstaunt.

«Und ob! Es war eine verrückte Zeit, Schätzchen», antwortete Ella kess. Sie wirkte so ausgelassen, als wäre sie wieder in ihren Dreißigern. Ella drückte die Nase in den Stoff der Jacke und atmete tief ein.

«Madonna, der Geruch von Lametta weckt in mir so viele Erinnerungen an die Weihnachten meiner Kindheit», schwärmte sie. «Wussten Sie eigentlich, dass Andy Warhol ein Parfüm immer nur exakt drei Monate lang trug, um hinterher von dem Duft an eine bestimmte Zeit seines Lebens erinnert zu werden? Ich finde das genial.»

Merle dachte daran, was Ella am ersten Tag zu ihr gesagt hatte, über die Sinnlichkeit von Dingen und dass man sie nicht auf einem Bild festhalten konnte. Die Fotokamera hatte sie wohl vergeblich hierher geschleppt.

Merle hob nun ebenfalls ein Kleid vom Boden auf. Es war in einem glänzenden Beigeton gehalten und hatte Spitzeneinsätze an der Brust. Sehr romantisch – und untypisch für ihre Auftraggeberin.

«Das ist ausnahmsweise nicht von mir», sagte Ella nachdenklich und strich über den zarten Stoff. «Es war ein Geschenk.»

«Von Ihrem Mann?», fragte Merle.

Ella zögerte, bevor sie antwortete.

«Von einem Mann, ja, aber nicht von meinem.» Sie schien sich wieder ganz in ihrer Erinnerung zu verlieren. «Er sagte, in dem Kleid solle ich ihn heiraten ...»

Merle sah überrascht auf. «Wie bitte? Aber Sie waren doch schon verheiratet?»

«Tja ...» Ella lächelte geheimnisvoll.

Merle war neugierig, aber Ella schien nichts mehr dazu sagen zu wollen.

«Wie hat eigentlich Ihr Mann damals auf Ihren Erfolg reagiert?»

«Kurt? Er hat mich anfangs sehr unterstützt, das muss ich schon sagen. Stellen Sie sich vor, nach meiner ersten Modenschau hat er mich doch tatsächlich mit einem Album überrascht, in das er sämtliche Fotos und Zeitungsartikel über mich eingeklebt hatte. Ein wunderbares Geschenk», sagte Ella nachdenklich und erzählte dann weiter von ihren Anfangsjahren in Hamburg.

Merle hätte ihr gerne noch stundenlang zugehört. Doch so spannend das alles war, sie machten keine Fortschritte. Es war bereits nach elf. Sie musste Ella ins Handeln bringen.

«Ella, sind Sie sicher, dass Sie das alles hier wirklich wollen?», unterbrach sie Ellas Redefluss.

Diese warf ihr einen überraschten Blick zu. «Was meinen Sie?»

«Na, umziehen aus diesem wunderschönen Haus in eine

sehr viel kleinere Wohnung in Rom und dafür auf große Teile Ihres Besitzes verzichten.»

«Natürlich will ich das. Was für eine Frage! Glauben Sie, ich mache das hier zum Spaß?», antwortete Ella kopfschüttelnd. «Ich habe meine Gründe, glauben Sie mir.»

Merle nickte. «Davon gehe ich aus. Wenn Sie es also wirklich wollen, dann denken Sie immer an dieses Ziel. Und lassen Sie uns ganz strategisch vorgehen.» Merle kramte Notizbuch und Stift aus ihrer Tasche. «Sie haben ja leider keinen Grundriss von der neuen Wohnung. Aber können Sie sagen, wie groß in etwa das Schlafzimmer ist?»

Ella überlegte. «Aspetta … ich schätze, es sind zwischen 15 und 20 Quadratmeter.»

Merle notierte die Werte. «Und wo wird Ihr Kleiderschrank stehen?» Sie zeichnete ein Rechteck in das Notizbuch und reichte Ella danach den Stift.

Die zeigte auf eine Seite des eingezeichneten Schlafzimmers.

«Dort steht der Kleiderschrank. Ein echtes Schmuckstück übrigens, schwarz lackiert mit golden eingefassten Spiegeln auf den Türen. Meine Eltern haben ihn damals in den Sechzigern angeschafft, als es ihnen finanziell besserging.»

«Die Wohnung ist möbliert?», fragte Merle erstaunt.

Ella sah sie nicht minder überrascht an. «Aber sicher. Es ist doch unsere alte Familienwohnung. Sie ist unverändert geblieben, seit meine Eltern nicht mehr sind.»

Merle konnte nur mit Mühe an sich halten, am liebsten hätte sie sich auf den Boden geworfen und mit den Fäusten auf den Boden getrommelt. Ella zog in die Wohnung ihrer Kindheit zurück? Das bedeutete ja, dass sie auch kaum Möbel mit nach Rom nehmen konnte! Es wurde immer unwahrscheinlicher, dass sie den Auswahlprozess schnell über die Bühne bekommen würden. Wirklich geschickt von Ella, die Agentur unter diesen Umständen pauschal zu bezahlen. Aber vielleicht wollte sie ja auch einen Teil der Möbel in Rom austauschen? Es gab noch viel zu besprechen, das war klar.

«Gibt es noch mehr, was ich wissen sollte über Ihre neue Wohnung?», fragte Merle und konnte sich den genervten Ton nicht ganz verkneifen.

Ella überlegte. «Nein, Sie wissen alles, denke ich.»

Merle seufzte und ermahnte sich selbst zur Ruhe. Sie würde sich einfach auf ihre Stärken besinnen und bei ihrer Systematik bleiben.

«Na schön. Also diese Wand – und damit auch der Schrank – sind etwa vier Meter lang, richtig?»

Ella nickte.

«Gut, dann wissen wir nun, wie viel Platz uns zur Verfügung steht. Ich schlage vor, dass Sie eine Hälfte des Schrankes für die Sachen nutzen, die Sie wirklich anziehen. Und die andere Hälfte für Erinnerungsstücke aus Ihrer Kollektion. Was meinen Sie?»

Ella nickte erneut.

Merle überschlug grob, wie viele Sachen sie auf zwei Metern würde unterbringen können. Sie kam auf etwa dreißig Kleider und bat Ella, zunächst ihre Top Ten, dann die Top Zwanzig und schließlich die Top Dreißig ihrer Kleider auszuwählen. So konzentrierte sie sich auf die Schätze, die sie behalten konnte, und nicht auf die, die sie gehen lassen musste. Den meisten Menschen half es, auf diese Weise auszusortieren.

Zu den Kleidern kam natürlich noch eine überschaubare Zahl an Blusen, Hosen und Pullis, außerdem Schuhe, Taschen und Tücher, die in die oberen Schrankfächer wandern würden. Sie sprachen noch nicht darüber, was mit dem aussortierten Rest geschehen sollte. Das würde sich finden, hoffte Merle.

Ella machte sich schweigend an die Arbeit, zog weitere Kleider von den Stangen, während Merle einige «Queen of Clean»-Säcke bereitlegte, um die Sachen zuordnen zu können.

Sie sah sich in dem Raum um. Ellas Trennungsschmerz konnte sie nachvollziehen. Es war wirklich schade um die Sammlung. Sie hatte bereits im Netz recherchiert, ob es noch Ella-Castello-Fans gab, die auf der Suche nach Einzelstücken aus ihren Kollektionen waren. Fehlanzeige – das Ganze war wohl einfach zu lange her. Immerhin gab es eine Fanseite bei Facebook, doch die schien einigermaßen verwaist. Außer einigen Bildern von alten Modenschauen war dort nicht viel zu finden.

Sie dachte darüber nach, was Ella gesagt hatte. Die Kleider standen für ihren Neuanfang damals in Hamburg. Für alles, was sie aus sich gemacht hatte. Doch nun würde sie nach Italien zurückkehren, und sie wusste vermutlich nicht, was dort auf sie zukam. Auch wenn es ihre Heimat war, so war sie doch lange fort gewesen. Merle konnte sich nur schwer vorstellen, was für ein Leben Ella in Italien geführt hatte.

Offensichtlich fürchtete sie, dass alles, was in den Jahren hier passiert war, einfach ausgelöscht werden könnte, wenn sie ihre Sachen weggab. Dass sie die Person, die sie heute war, in Hamburg zurücklassen würde. Oder hatte sie in Wahrheit mehr Angst davor, nach ihrer Rückkehr wieder die Alte zu werden?

Merle dachte an die alte Binse, dass man sich auf jede Reise selbst mitnahm. Das bedeutete doch wohl auch, dass man sich als Persönlichkeit nicht verlor, nur weil man das Land wechselte.

Sie beobachtete Ella dabei, wie sie die Kleider auf Haufen sortierte. Ihr trauriger Gesichtsausdruck tat Merle in der Seele weh. Es musste doch möglich sein, das Loslassen der Kleider zu einem positiven Erlebnis für sie zu machen. Zu etwas, das sie im besten Fall sogar bereichern würde. Die Frage war nur: wie?

Am Abend radelte Merle in gemächlichem Tempo an der Alster entlang Richtung Jungfernstieg. Der Tag hatte sich endlos hingezogen. Sie war mit Ella etwa die Hälfte ihrer Kleider durchgegangen. Am Ende hatten sie vor einem chaotischen Haufen Stoff gestanden und alles Weitere auf morgen vertagt. Wie sollten sie das jemals sortiert bekommen?

Ihr Handy vibrierte in der Jackentasche. Wahrscheinlich eine Nachricht von Tom, der auf sie wartete. Aber sie hatte keine Lust, nach Hause zu fahren. Seltsam, sonst freute sie sich immer darauf, Tom zu sehen. Doch je mehr sie über Ella und Kurt erfuhr, desto unspektakulärer kam ihr ihre eigene Beziehung vor. Ellas Mann hatte alles dafür gegeben, um die Frau seiner Träume von Rom nach Hamburg zu locken, sie hatten ein aufregendes Leben geführt, vermutlich sogar ein Kind gehabt. Und Tom war nicht mal bereit, mit ihr zusammenzuziehen. Kurt hatte Ella mit einem selbstgemachten Album überrascht, er hatte mitgefiebert, als es um ihren Start im Modebusiness ging. Auf so eine Idee wäre Tom nie gekommen.

Ella und Kurt, das musste eine große Sache gewesen sein, eine Liebe, für die sie sogar ihre Heimat verlassen hatte.

Was das wohl für ein anderer Mann war, den Ella heute erwähnt hatte? Vielleicht war ihre Ehe ja turbulenter gewesen, als Merle bisher angenommen hatte. Denn das, was Ella durchblicken ließ, klang nach einem intensiven Leben voller Abenteuer. Sie selbst fühlte sich dagegen wie eine graue Maus. Und ihre Beziehung bekam einen schalen Beigeschmack. Vielleicht tat sie Tom aber auch unrecht, und sie hatte nur einen ihrer melancholischen Tage …

Spontan trat sie in die Bremse und bog an der Ampel rechts in die Colonnaden ab, statt weiter Richtung Eimsbüttel zu fahren. Sie würde dem Trödelladen ihres Vertrauens einen Besuch abstatten. Das half meistens, wenn sie sich so verloren fühlte. Sie hatte dem Händler damals die wenigen wertvollen Dinge gebracht, die ihre Mutter hinterlassen hatte: ein abstraktes Gemälde, mehrere alte Bücher, darunter einige Erstausgaben, sowie ein Set antiker Messerbänkchen. Und dann waren da noch die Ohrringe mit den Mondsteinen.

Nach dem Tod ihrer Mutter hatte sie hin und her überlegt, ob sie die Schmuckstücke behalten sollte. Sie wusste, sie würde sie niemals tragen. Also hatte Merle sie in einem Schmuckkästchen arrangiert und ein Bild davon gemacht, zur Erinnerung. Dann hatte sie die Ohrringe zusammen mit den anderen Sachen zum Trödler gebracht.

Eigentlich war er ein Pfandleiher, doch Merle fand es unfreundlich, ihn so zu nennen. Ihre Mutter hatte ihm einige Male aus Geldnot altes Porzellan oder Schmuck gebracht. In dem prallgefüllten Laden voll ausgesuchter antiker Lampen, Möbel und anderer Dinge von Wert war sie dann jedes Mal schwach geworden. Als Merle bemerkt hatte, dass ihre Mutter immer öfter mit alten Büchern, Dosen oder Puppen nach Hause kam, ging sie zum Ladenbesitzer und klärte ihn über ihre Mutter auf. Reinhold Rehmann, den sie schon bald darauf duzte, war ein gutherziger älterer Herr mit weißen Haaren, die leicht verstrubbelt vom Kopf abstanden wie ein Strahlenkranz. Und weil er ihre Mutter offenbar mochte und die Situation nicht ausnutzen wollte, durfte Merle ihm die gekauften Sachen zurückbringen. Von da an redete er ihrer Mutter alle Käufe aus, wenn sie zu ihm in den Laden kam, und lenkte sie ab, indem er einen Kaffee mit ihr trank. Nach diesen Nachmittagen war sie immer ganz beschwingt gewesen. Kein Kauf der Welt hätte sie glücklicher machen können als die Gespräche mit Reinhold und die Zeit, die er sich für sie nahm. Merle rechnete es ihm hoch an, dass er aus Anstand auf ein gutes Geschäft verzichtet hatte. Er war einer der wenigen Menschen, die zur Beerdigung ihrer Mutter gekommen waren. Später, als alle anderen schon gegangen waren, hatte er ihre Hand gedrückt und gesagt, wie freundlich ihre Mutter gewesen sei und wie gern er sie gehabt habe. Dafür würde Merle ihm ewig dankbar sein. Und so hatte sie nicht lange überlegt, zu wem sie ihre Fundstücke bringen sollte, und natürlich auch nichts dafür verlangt.

«Merle, wie schön! Wir haben uns ja ewig nicht gesehen», begrüßte Reinhold sie herzlich, als sie die Ladentür mit einem Klingelgeräusch öffnete. Ein muffiger Geruch schlug ihr entgegen. Im Vorbeigehen sah sie einen antiken Vogelkäfig, ein Kinderbänkchen mit alter Bauernmalerei und hüfthohe Kerzenständer aus Messing. Die Krönung war eine buntbemalte Holzkatze, die aus einem Arztkoffer herauslugte. Wer in aller Welt kaufte so etwas? Und warum hatte Reinhold es in Zahlung genommen? Merle hegte den Verdacht, dass er für diesen Beruf etwas zu gutmütig war. Sie sah jedenfalls nur selten Kunden bei ihm.

«Willst du mal wieder deine Ohrringe besuchen?», fragte Reinhold lächelnd.

Merle sah ihn tadelnd an. «Das sind nicht mehr meine, das weißt du doch. Hast du sie immer noch nicht verkauft?»

Er schüttelte den Kopf. «Dabei habe ich sie sogar in der Auslage. Einige Kunden haben schon danach gefragt, aber wenn sie den Preis hören, winken alle ab.» Er wies auf einen antiken Schaukasten mit Glasdeckel im Fenster, in dem er die Schmuckstücke präsentierte.

«Echte Mondsteine sind nun mal äußerst selten. Die meisten, die für Schmuck verwendet werden, sind Fälschungen. Aber diese hier sind Originale, das erkennt man daran, dass sie fluoreszieren. Mal sind sie blau, mal orange, mal eher weißlich, je nach Lichteinfall.»

Merle musste lächeln. Genau das hatte sie an den Ohrringen immer gemocht: Dass sie immer wieder anders aussahen.

«Willst du sie nicht doch behalten?», fragte Reinhold und sah Merle prüfend an.

Doch sie winkte ab. «Nein, wirklich nicht. Ich trage ja kaum Schmuck. Und ich behalte nur Dinge, die ich auch benötige.»

Reinhold seufzte. «Du bist schon ein merkwürdiges Mädchen, Merle.» Er lachte auf eine so mitreißende Art, dass sie ihm das «Mädchen» verzieh und einfach mitlachte.

«Ach, Reinhold. Ich würde dich eigentlich gerne öfter besuchen. Aber ich bin gerade sehr eingespannt», sagte Merle und erzählte ihm von ihrer Kundin – natürlich ohne Ellas Namen zu nennen. Sie erzählte auch von all den einzigartigen Kleidern und dass sie noch nicht wusste, in welche Hände sie diese Schätze geben sollte.

Reinhold horchte auf. Er selbst nahm keine Kleider in Zahlung. Aber er war bestens vernetzt.

«Die Kleider sind Vintage, sagst du? Und es ist eine vollständige Sammlung?»

«Ja, echte Raritäten. Die meisten Kleider wurden nur einmal verkauft, das jeweils zweite Exemplar ist im Besitz meiner Kundin.»

«Hmmm, wäre das nicht was für eine Auktion? Ich arbeite viel mit den Oppenheims zusammen, beliefere sie regelmäßig mit besonderen Stücken.»

Merle versuchte sich vorzustellen, wie der Vorschlag bei Ella ankommen würde.

«Das klingt spannend. Aber meine Kundin wird es kaum gutheißen, wenn ihre geliebten Kleider bei einer gewöhnlichen Auktion unter den Hammer kommen. Und ich habe auch keine Ahnung, wie so etwas abläuft.»

«Das ist kein Problem, das erledigt alles das Auktionshaus. Wenn die bei Oppenheim ein gutes Geschäft wittern, stellen sie dir innerhalb von einer Woche eine Modenschau auf die Beine. Das machen die regelmäßig, wenn wieder eine reiche Reedersgattin abtritt.»

«Dahinsegelt, meinst du wohl», kicherte Merle. «Aber im

Ernst: Das wusste ich nicht. Diese Welt ist mir eher fremd.» Bei dem Wort Modenschau hatte sie jedoch aufgehorcht! Das klang schon eher wie etwas, das nach Ellas Geschmack war. Und nach der Schau könnten die Kleider dann an den Meistbietenden verkauft werden. «Das ist eine tolle Idee, Reinhold. Wenn ich dich nicht hätte!»

«Nicht so voreilig», dämpfte er ihre Begeisterung und staubte derweil mit einem kleinen Pinsel eine alte Uhr ab. «Als Neuling da hereinzukommen ist schwierig. Es wäre wohl besser, wenn ich den Kontakt zu Oppenheims herstelle», bot er an. «Wenn die Empfehlung von mir kommt, hast du zumindest schon einen Fuß in der Tür.»

Merle war drauf und dran, ihm um den Hals zu fallen.

«Danke, du bist ein Schatz! Das klingt nach einem guten Plan. Ich bespreche das mal mit meiner Kundin und melde mich bei dir.»

In dem Moment vibrierte ihr Handy, und sie zuckte vor Schreck zusammen. Sie kramte in ihrer Jackentasche und linste auf das Display. Eine Nachricht von Tom. «Wo bleibst du, Baby? Ich hab Sushi besorgt!!»

Merle seufzte. Schon wieder Sushi. Sie wusste selbst nicht, warum ihr plötzlich alles gegen den Strich ging, was Tom betraf. Vielleicht musste sie ja auch selbst wieder ein bisschen Schwung in die Beziehung bringen. Immerhin verweigerte sie sich seiner Surfleidenschaft – da war es ja kein Wunder, wenn sie sich auseinanderlebten.

Auf einmal wusste sie, was sie tun würde: Wenn Tom morgen an die Nordsee fuhr, kam sie einfach mit! Das hatte sie ewig nicht gemacht. Tom sollte nicht das Gefühl haben, dass sie sich nicht für das interessierte, was ihm so wichtig war.

Bei dem Gedanken an Strand und Meer und Toms Freude über ihre Gesellschaft besserte sich ihre Laune. Auf einmal wollte sie ganz dringend nach Hause. Sie verabschiedete sich von Reinhold, der etwas enttäuscht war, dass sie nicht länger blieb. Sie versprach ihm, bald wieder reinzuschauen. Im Gehen warf sie noch einen Blick auf die Ohrringe. Sie sahen wunderschön aus in dem Schaukasten aus dunklem Holz, der mit grünem Samt ausgelegt war. Merle konnte nicht anders, als den Deckel aufzuklappen und mit den Fingerspitzen über die Schmuckstücke zu streichen. Die Mondsteine schillerten jetzt in einem leuchtenden Korallton. Merle dachte an die Märchenbücher, die sie als kleines Mädchen gelesen hatte. Darin gab es verzauberte Gegenstände, die denjenigen, der sie berührte, an einen anderen Ort versetzten. So ähnlich erging es ihr gerade auch.

Sie erinnerte sich an den Abend, an dem ihre Mutter die Ohrringe getragen hatte. Es war eines der wenigen Male gewesen, dass sie ausgegangen war. Merle war damals etwa zehn oder elf Jahre alt gewesen. Ihre Mutter arbeitete als Sekretärin an einer Berufsschule. Sie wollte mit einem Mann aus dem Kollegium tanzen gehen und hatte sich hübsch gemacht für den Abend. Merle sah sie noch vor sich, in ihrer schwarzen Seidenbluse und dem roten Bleistiftrock, wie sie ihre Haare mit Lockenwicklern aufgedreht und dunklen Lidschatten aufgetragen hatte. Und ihren Kopf erst nach rechts, dann nach links geneigt hatte, um die Ohrringe anzulegen. Schön wie eine Göttin war sie Merle erschienen. Sie war ein wenig eifersüchtig gewesen. Sie hatte sich damals nicht vorstellen können, dass es später auch mal Männer geben würde, die sich um sie bemühen würden. Denn sie fand sich überhaupt nicht hübsch mit ihrer großen Nase und den etwas zu strammen Waden, mit denen sie in Röcken wie ein Trampel aussah. Inzwischen hatten sich die Proportionen zurechtgewachsen, auch wenn sie immer noch gerne längere Beine gehabt hätte.

Was hatten diese Ohrringe wohl alles mit ihrer Mutter erlebt? Was hatten sie gesehen, was Merle verborgen geblieben war? Für einen Moment wünschte sie, die Schmuckstücke könnten sprechen. Traurigkeit stieg in ihr auf, doch sie schluckte das Gefühl sofort hinunter. Nein, sie würde nicht schwach werden und sie mitnehmen. Sie hatte nun mal ihre Prinzipien. Was wäre sie auch für eine Aufräumberaterin, wenn sie sich selbst nicht an die Regeln hielt? Merle klappte den Deckel des Kästchens herunter, winkte Reinhold noch einmal zu und verließ den Laden.

Ganz in Gedanken schloss sie ihr Fahrrad auf. Wie schade, dass ihre Mutter ihr nicht mehr von sich erzählt hatte. Und sie selbst hatte sie zu wenig gefragt. Sie wusste so gut wie nichts von ihrem Leben, bevor sie Mutter geworden war.

Vermutlich würde sie in den nächsten vier Wochen mehr über Ella erfahren als über ihre eigene Mutter. Ihre Kleider und die Erlebnisse, die sie mit ihnen verband, ließen die Worte nur so aus ihr heraussprudeln. Merle kam eine Idee: All diese Erinnerungen durften auf keinen Fall verlorengehen. Sie würde Ella vorschlagen, zu jedem Kleid einige Zeilen aufzuschreiben und an das betreffende Stück zu heften! Wenn sie die Sachen wirklich versteigerten, könnte so eine persönliche Note den Preis womöglich noch erhöhen! Die Erinnerungen blieben bewahrt und erfreuten die nächste Besitzerin der Kleider. Merles Herz klopfte laut. Sie war sich auf einmal sicher, dass das die Lösung war. Nun musste sie nur noch Ella überzeugen. Sie schwang sich aufs Rad, blickte noch einmal ins Schaufenster des Trödlers und bedankte sich innerlich bei den Ohrringen, dass sie letztlich doch noch zu ihr gesprochen hatten.

Kapitel 14

Am Montag war Merle beinahe froh, dass sie wieder zur Arbeit konnte. Das Wochenende war nicht so verlaufen wie erhofft.

«Du willst mit an die Nordsee? Warum denn das auf einmal?», hatte Tom etwas entgeistert gefragt, als sie ihm von ihren Plänen erzählt hatte.

Angesichts seiner Reaktion hätte sie am liebsten einen Rückzieher gemacht. Aber die Alternative, wieder ein Wochenende allein in Hamburg zu verbringen, war wenig reizvoll.

Zwar beteuerte Tom später noch, dass er sich freue, doch auf der Hinfahrt unterhielt er sich dann ausschließlich mit Kai über den Laden und bezog sie kaum ein. Die beiden saßen vorne im Bus, und Merle kam sich hinten zwischen all dem Surfgerümpel überflüssig vor. Immerhin traf es sich gut, dass Kai sich an einem der letzten Wochenenden eine junge Surfschülerin angelacht hatte und bei ihr übernachten wollte. So hatten Tom und sie den Bus ganz für sich. Besser gesagt: Merle hatte ihn für sich, denn Tom war so gut wie nie da. Kaum hatten sie den Bulli auf dem Campingplatz am Ordinger Strand geparkt, quetschte er sich in seinen Neopren-Anzug und verbrachte den Rest des Tages auf dem Wasser. Nachdem sie ihm eine Weile zugesehen hatte, wie er über die Wellen ritt und neue Sprünge übte, vertrieb sie sich die Zeit mit langen Spaziergängen am endlos erscheinenden Strand. Es war leicht bedeckt und windig, und sie genoss es, sich mal wieder so richtig durchpusten zu lassen. Sie schaffte es bis ins Ortszentrum und aß noch ein Fischbrötchen im Gosch. Als sie abends wieder zum Bus zurückkam, war Tom völlig erledigt. Sie saßen eingewickelt in Decken vor dem Bus und tranken Bier, ohne viel zu reden. Der Himmel färbte sich rot, und auf einmal hatte Merle das sichere Gefühl, es würde alles wieder gut werden. Sie nahm Toms Hand, und sie schauten einträchtig auf den weiten Horizont, als Tom sagte: «Weißt du, was ich mir am meisten wünsche?»

Merle war wie vom Donner gerührt. Es kam so selten vor, dass Tom ihr einen Einblick in seine Gefühlswelt gewährte, dass sie immer ganz aufgeregt war, wenn es passierte.

«Nein, was denn?», fragte sie gespannt. Ihre Gedanken überschlugen sich. Was für einen Wunsch er ihr wohl enthüllen würde? War er womöglich selbst zu der Überzeugung gekommen, dass es schön wäre, mit ihr zusammenzuleben?

Auf einmal stieg eine Ahnung in ihr auf, und ihr Puls beschleunigte sich: Würde er ihr womöglich sogar einen Antrag machen? Nein, das war nicht möglich, seine abwehrende Reaktion auf Heikes und Jens' Einladung hatte Bände gesprochen. Oder hatte ihn die Romantik des Sonnenuntergangs umgestimmt?

Tom sah sie verträumt an. «Einen eigenen Bus. Dann wäre ich nicht von Kai abhängig und könnte hierherfahren, wann immer ich will.»

Bäm. Der Schlag traf Merle mitten in die Magengrube. Obwohl sie sich keinen Illusionen hingegeben hatte, war sie doch enttäuscht.

«Nicht dein Ernst, oder?»

«Wieso, was dachtest du denn?», fragte Tom verblüfft.

«Ach, nichts», grummelte sie. «Vielleicht solltest du ja ganz hierherziehen, wenn du es an den Wochenenden nicht in Hamburg aushältst.»

«Gute Idee. Aber was würde dann aus dem Laden?»

Der Laden, der Laden – sie konnte das Wort nicht mehr hören. Und was war mit ihr? Wäre es ihm egal, wenn er sie nicht mehr sehen würde? Merle wollte sich gerade aufregen, als sie das Zucken um Toms Mund entdeckte.

«Sehr lustig», brummte sie.

Um zehn Uhr legte sich Tom ins Bett, und Merle ging noch mal zum Strand, füllte ihre Lungen mit der kühlen Luft und schaute in das vollkommene Schwarz. Momente wie diese machten sie sonst glücklich, sie erfüllten sie mit einem Prickeln, mit einer Energie, als könnte sie jetzt und hier ein neues Leben beginnen, einfach durchbrennen und von vorne anfangen. Auch wenn sie es dann doch nicht tat – schon die Vorstellung verlieh ihr eine Art Frischekick. Diesmal wollte sich der Effekt jedoch nicht so recht einstellen. Sie war mit den Gedanken ganz weit weg und fühlte sich nicht so eins mit dem Meer und den Wellen wie sonst. Als sie zurück zum Bus kam, schlief Tom schon tief und fest. Sie dagegen lag noch stundenlang wach.

Auch am Sonntag bekam sie Tom kaum zu Gesicht. Sie nahmen ein schnelles Frühstück, bei dem er schon unruhig auf seinem Campingstuhl hin und her ruckelte. Nachdem Kai vorbeigekommen und mit ihm zum Meer losgezogen war, packte sie ihre Schwimmsachen und marschierte erneut in den Ort. Dort in der Therme streckte sie sich nach einem

Saunagang und einigen Bahnen auf einer Liege aus und beobachtete die kreischenden Kinder und genervten Eltern. Wie sie diese Familien beneidete. Bei all dem Stress wussten sie wenigstens, wo sie hingehörten und zu wem. Sie fühlte sich gerade so fremd im eigenen Leben und hätte am liebsten losgeheult. Was war nur los mit ihr?

Manchmal beschlich sie der Verdacht, dass die Abwesenheit ihres Vaters eine größere Lücke hinterlassen hatte, als sie immer angenommen hatte. Eine Lücke, die sie nur selten bewusst spürte, die aber umso mehr schmerzte, wenn sie zutage trat. Es waren meist kleine Auslöser, etwa wenn sie bei gutem Wetter durch eine Wohnsiedlung ging und eine Familie sah, die ihren Grill aufbaute. Dann fühlte sie sich plötzlich ausgeschlossen, und eine unstillbare Sehnsucht überkam sie, eine Sehnsucht nach Geborgenheit, nach Zugehörigkeit. Sie hatte eben keine Familie, die sie einladen konnte.

Tom sagte sie lieber nichts davon, als sie am Nachmittag zurückkam. Er hatte glücksstrahlend am Bus auf sie gewartet und von dem tollen Wind geschwärmt. Sie hatte ihm die Laune nicht auch noch verderben wollen. Tapfer lächelnd hörte sie zu, welche Abenteuer er beim Kiten erlebt hatte.

Doch auf der Rückfahrt war es mit ihrer Beherrschung vorbei gewesen. Tom und sie hatten sich über eine Kleinigkeit gestritten, an die sie sich jetzt, am Montag, gar nicht mehr erinnern konnte. Ihr ganzer Frust und ihre Traurigkeit waren aus ihr herausgebrochen, und Tom, der grundsätzlich keine Lust auf Stress hatte, war nicht darauf eingegangen. In Hamburg hatte Kai sie schließlich alleine zu Hause abgesetzt. Tom wollte nach dem Knatsch lieber in seiner eigenen Wohnung schlafen. Und so hatte sie zuerst wütend, dann grübelnd in ihrem Bett gelegen und war irgendwann im Morgengrauen endlich eingeschlafen.

Entsprechend zerknittert erschien sie bei Ella. Das Erste, was sie erblickte, als die Hausherrin in adretter schwarzer Kluft die Tür öffnete, waren ein paar vollgepackte blaue Bleibe-Kisten. Sie standen nebeneinander im Flur und schienen auf sie zu warten. Ella schaute Merle triumphierend an.

«Na, was sagen Sie jetzt? Ich habe am Wochenende schon mal alleine weitergemacht. Mit dem Geschirr in der Küche. In den Kisten ist alles, was ich nach Rom mitnehmen möchte. Wenn Sie mit anfassen, können wir sie gleich hochtragen. Den Rest dürfen Sie dann entsorgen.» Ella zeigte auf die Kisten wie die Glücksfee beim Glücksrad und schien Beifall zu erwarten, doch Merle konnte sich über ihren plötzlichen Aktivismus nicht so recht freuen. Es war offensichtlich, dass sie nur vor der Auseinandersetzung mit ihren Kleidern geflohen war. Und das war alles andere als gut.

«Wissen Sie, wie man das nennt?», fragte Merle, während sie ihre Jacke an der Garderobe aufhängte.

«Wie man was nennt?»

«Was Sie getan haben.»

«Ähm … packen?», fragte Ella mit einem Blick, der überdeutlich machte, für wie sinnlos sie die Frage hielt.

«Der Fachbegriff dafür ist Prokrastinieren. Sie laufen vor Ihrer eigentlichen Aufgabe davon, weil sie Ihnen so schwerfällt, und stürzen sich stattdessen auf etwas anderes. Oder liege ich falsch?»

Ella stemmte die Hände in die Hüften.

«Also, wie auch immer Sie das nennen: Es dürfte ja wohl

nicht schaden, dass ich schon mal das Geschirr aussortiert habe, nur weil ich Ihre Reihenfolge nicht einhalte.»

«Natürlich nicht», versicherte Merle hastig und kam sich plötzlich zu kleinkariert vor. «Ich bin sehr froh, dass wir einen Schritt weiter sind. Ich glaube nur, wir müssen jetzt an den Kleidern dranbleiben und eine Lösung dafür finden. Ich hätte da auch schon einen Vorschlag.»

Sie erzählte Ella von Reinhold Rehmann und seinem Laden, von der Möglichkeit einer Modenschau und von ihrer Idee mit den Erinnerungskärtchen, die sie an die Kleider heften könnten.

Doch Ella machte eine abwehrende Handbewegung. «Auf keinen Fall. Das sind alles private Dinge. Ich möchte nicht, dass irgendetwas davon nach außen dringt, capisce?» In ihren Augen lag ein bedrohliches Funkeln, das Merle noch nicht an ihr gesehen hatte. Es ging ihr durch und durch.

«Selbstverständlich. Alles, was hier besprochen wird, bleibt unter uns, darauf können Sie sich verlassen. Verschwiegenheit ist die Geschäftsgrundlage unserer Agentur», betete sie die Worte herunter, die Konstanze ihren Mitarbeitern eingeschärft hatte.

«Allora, dann sind wir uns ja einig», flötete Ella sichtlich erleichtert. «Darauf erst mal un caffè.» Schon war sie in Richtung Küche unterwegs.

«Lassen wir die Kärtchen mal beiseite», sagte Merle, während sie ihr folgte. «Aber was halten Sie generell von einer Modenschau mit Versteigerung? Es wäre eine gute Möglichkeit, die Kleider zu Höchstpreisen zu verkaufen und noch mal auf Ihr Werk aufmerksam zu machen – vielleicht findet sich ja sogar jemand, der die gesamte Sammlung übernimmt! Das wäre doch wunderbar, wenn alles in einer Hand bliebe, oder nicht?»

«Ma no», winkte Ella erneut ab, während sie die Espressomaschine befüllte. «Wenn ich die Kleider schon abgeben muss, dann sollen sie auch getragen werden und nicht zum nächsten Sammler wandern. Ich will nur, dass sie in gute Hände kommen, zu Frauen, die sie wirklich zu schätzen wissen.»

«Dann wäre eine Modenschau doch perfekt! Und das Auktionshaus Oppenheim ist angeblich die beste Adresse hier in Hamburg. Damit würden wir genau die richtige Klientel von Modeliebhabern erreichen», sagte Merle triumphierend. «Was meinen Sie?»

Ella zögerte. «Unter einer Voraussetzung», sagte sie. «Sie arrangieren das alles und sind bei der Schau vor Ort. Ich werde mich da bestimmt nicht blicken lassen.»

«Sind Sie sicher? Das ist doch ein einmaliges Erlebnis.» Merle wunderte sich. «Es könnte eine Art später Triumph werden.»

Ella lächelte melancholisch. «Ich werde lieber in aller Stille von meinen Kleidern Abschied nehmen. Außerdem mag ich es nicht, wenn Aufhebens um mich gemacht wird.»

Merle zog die Stirn in Falten.

«Ich verstehe» sagte sie. «Sie wollen also einen polnischen Abgang machen.»

«Wie bitte?»

«Einen polnischen Abgang. So nennt man es, wenn jemand einfach geht, ohne sich zu verabschieden. Sich einfach wegschleichen. Ich wusste nicht, dass man das auch in Italien so macht.»

Ella winkte ab.

«Ich weiß, was Sie vorhaben. Sie wollen mich nur provozieren. Aber das zieht bei mir nicht. Ich habe in Hamburg genug Unheil angerichtet. Und ich werde still und leise von hier verschwinden. Basta.»

«Früher standen Sie mal gerne im Mittelpunkt. Sie waren doch viel unter Menschen», sagte Merle.

«Früher ist lange her», murmelte Ella und schien sich gerade wieder in Erinnerungen verlieren zu wollen.

«Na schön», sagte Merle schnell. «Wenn Sie einverstanden sind, würde ich Reinhold also bitten, den Kontakt zu Oppenheim möglichst bald in die Wege zu leiten, damit noch genügend Zeit bleibt, um die Modenschau zu organisieren und bekanntzumachen.»

«Va bene, tun Sie das», antwortete Ella und goss den fertigen Espresso in ihre Tasse. «Machen wir jetzt mit den Kleidern weiter, oder wollen Sie mir nur beim Älterwerden zusehen?»

Schweigend gingen sie ihrer Arbeit nach. Ella streifte ein Kleidungsstück nach dem anderen vom Bügel und sortierte die Sachen auf den üblichen drei Stapeln.

Merle überschlug derweil die Menge an Kleidern und Accessoires, die verkauft werden könnten.

Aus dem Augenwinkel beobachtete sie Ella, wie diese andächtig über die Stoffe strich und sich ab und zu vergewisserte, dass die sorgsam sortierten Kleiderstangen immer leerer wurden.

«Wissen Sie, wie ich auf die Idee mit den Erinnerungskärtchen gekommen bin?», fragte Merle. Einen Vorstoß wollte sie noch wagen.

«Sie werden es mir bestimmt gleich sagen», seufzte Ella.

«Als meine Mutter gestorben ist, musste ich mich von fast allem trennen, was sie besessen hat. Es ist mir unglaublich schwergefallen zu entscheiden, was ich aufheben sollte und was nicht. Und es wäre so viel leichter gewesen, wenn ich mehr über die Dinge gewusst hätte und darüber, welche Bedeutung sie für meine Mutter hatten.»

Ella hörte zu, ohne eine Miene zu verziehen.

«Da gibt es zum Beispiel diese Ohrringe, die sie immer getragen hat», fuhr Merle fort. «Sie sind aus Messing und mit Mondsteinen besetzt.»

Ella horchte auf. Sie hängte das Kleid, das sie gerade von der Stange genommen hatte, wieder zurück und ging zu einer weißen Kommode neben der Tür. Sie zog die oberste Schublade auf, griff hinein und nahm ein großes Paar Ohrringe hoch. «Meinen Sie so etwas hier?»

Merle folgte ihr und warf einen Blick in die Schublade. Auf schwarzem Samt waren Ringe, Ketten, Armbänder und Ohrschmuck unterschiedlichster Art drapiert. Perlen und farbige Steine reflektierten das Licht der Deckenstrahler und funkelten um die Wette. Diese Schublade war die reinste Schatzkiste! Ella reichte ihr die Ohrringe. Tatsächlich hatten sie eine gewisse Ähnlichkeit mit denen ihrer Mutter, sie waren jedoch nicht aus Messing, sondern aus Silber.

«Wunderschön», sagte Merle bewundernd.

«Sie haben die Ohrringe Ihrer Mutter hoffentlich aufbewahrt?», fragte Ella.

Merle schüttelte den Kopf. «Ich habe sie Reinhold gegeben, weil ich sie selbst nie tragen würde.»

Ella schlug dramatisch die Hände über dem Kopf zusammen.

«Che disastro! Warum denn das?», fragte sie verständnislos. «Was war denn so falsch an ihnen?»

Merle überlegte. Die Ohrringe ihrer Mutter waren zu groß, zu auffällig für ihren Geschmack. Sie schrien geradezu: Hier bin ich, schaut mich an! Und das war ganz und gar nicht ihre Art.

«Nichts, gar nichts», sagte sie. «Sie passten nur einfach nicht zu mir.»

Ella schüttelte den Kopf. «Schon erstaunlich, was alles nicht zu Ihnen passt, meine Liebe.»

Offenbar spielte sie auf das bestickte Kleid an, das Merle anprobiert und dann zurückgehängt hatte.

«Also, wenn Sie meine Meinung hören wollen: Die meisten Ohrringe sind eher zu klein als zu groß», sagte Ella und fuchtelte mit den Händen. «Wenn ich schon diese winzig kleinen Steckerchen sehe … Warum sollte man denn Schmuck tragen, den niemand sieht und der nicht auffällt? Ohrringe müssen wie ein Verkehrsschild sein: absolut unübersehbar! Genau das soll Schmuck doch bewirken – dass wir uns lebendiger fühlen. Bei mir hat es immer funktioniert. Sehen Sie nur diesen wundervollen Ring mit dem großen Amethyst …»

Ella nahm einen goldenen Fingerring aus der Schublade.

«An dem Lila kommt keiner vorbei, ohne von ihm Notiz zu nehmen. Hab ich nicht recht, cara mia? Also ich kann beim besten Willen keinen Grund finden, warum eine Frau auf diesen Effekt verzichten sollte. Das hat auch etwas mit Macht zu tun, wissen Sie.»

Merle dachte an die zierlichen Kettchen, die sie besaß, eines in Silber und eines in Gold. Sie mochte dieses weniger Eindeutige, Intimere. In einem Punkt hatte Ella allerdings recht: Es gab eigentlich keinen Grund, warum sie nicht auch mal klotzen statt kleckern sollte. Und ja, sie hatte durchaus das Bedürfnis, gut auszusehen und sich zurechtzumachen. Aber sie wollte eben nicht, dass man sie anschaute. Auch wenn es wie ein Widerspruch klang, genau so war es. Sie fand es unangenehm, beachtet zu werden. Zumindest von fremden Menschen. Tom dürfte sie gerne ein bisschen mehr beachten.

«Wissen Sie, es gibt in meinem Leben kaum Anlässe, zu denen ich so auffälligen Schmuck tragen könnte. Obwohl ...» Sie dachte an Heikes Hochzeit.

«Obwohl?», fragte Ella.

«Na ja ... meine beste Freundin heiratet demnächst.»

Ella blickte sie überrascht an. «Und das sagen Sie erst jetzt? Fantastico! Was werden Sie anziehen? Doch nicht wieder Grau?»

Merle zuckte die Schultern. «Ehrlich gesagt, habe ich mir das noch nicht überlegt.»

Ella wirbelte durch den Raum. «Wir finden etwas Schönes für Sie», sagte sie und suchte geschäftig in ihren schon aussortierten Sachen. Nach einer Weile zog sie ein Kleid hervor.

«Wie finden Sie das hier?», fragte sie stolz. Sie war sich bewusst, dass sie einen absoluten Traum in den Händen hielt. Es war ein langes, schlichtes Kleid aus altroséfarbener Seide. Der einfache Schnitt ohne jedes Chichi gefiel Merle sofort.

«Bellissima», entfuhr es ihr. Wenn sie noch lange mit Ella

zusammenarbeitete, würde sie immer mehr zur Italienerin werden … «Aber ich kann das nicht annehmen. Ich bin doch nicht hier, um mich einzukleiden, sondern –»

Doch Ella unterbrach sie. «Eins kann ich Ihnen verraten, cara mia. Mit Bescheidenheit kommen Sie im Leben nicht weiter. Sie müssen den Leuten schon sagen, was Sie wollen! Sonst stehen Sie am Ende da und wundern sich, warum Ihr Leben nicht so gelaufen ist, wie Sie das wollten. Ich weiß, ihr Krebsfrauen denkt immer, ihr müsstet es jedem recht machen. Nur niemanden verärgern oder gar etwas fordern. Aber nehmen die anderen auch so viel Rücksicht auf euch? Wohl kaum.»

Merle musste an Tom denken und daran, dass er sein Leben so lebte, wie er es für richtig hielt, ohne sich von ihr oder sonst jemandem beirren zu lassen.

Ella hielt ihr das Kleid hin.

«Ziehen Sie es an. Ich bestehe darauf. Und diesmal möchte ich Sie darin sehen. Ich werde nicht länger dulden, dass Sie sich verstecken. Avanti!»

Als sich Merle kurz darauf in dem fließenden Seidenstoff präsentierte und Ella sie begutachtete, kam sie sich merkwürdig vor. Sie fand, dass sie noch nie so gut ausgesehen hatte wie in diesem Kleid, der Roséton passte perfekt zu ihren bernsteinfarbenen Augen. Aber sie fühlte sich immer noch nicht wohl dabei, sich von Ella ausstatten zu lassen. Ihre Auftraggeberin schaute anerkennend, als Merle vor sie hintrat.

«Mamma mia!» Ella schnalzte mit der Zunge. «Sie sehen gar nicht mal so übel aus.» Sie warf Merle einen spitzbübischen Blick zu, der sie zum Lachen brachte.

«Vielen Dank auch, Sie verstehen was von Komplimenten.»

Doch Ella ließ sich nicht beirren.

«Ich kann es tatsächlich immer noch …», murmelte sie, während sie das Kleid an Merles Schultern zurechtzupfte.

«Was können Sie noch?» Merle war dankbar, von ihrer Verlegenheit ablenken zu können.

«Das perfekte Kleid für eine Frau finden», sagte Ella lächelnd.

Merle nickte. «Sie würden eine gute Stilberaterin abgeben. Vielleicht wäre das noch eine zweite Karriere für Sie?»

Doch Ella lächelte nur.

Merle drehte sich vor dem großen Wandspiegel. «Na schön, ich gebe zu: Die Vorstellung, in dem Kleid zu der Hochzeit zu gehen, ist wirklich verführerisch …»

«Wie ich schon sagte: Ich bin froh, wenn meine Kleider in gute Hände kommen», unterbrach Ella sie. «Und in diesem Fall bin ich davon überzeugt. Sie tun mir einen Gefallen, wenn Sie es nehmen. Allora, keine Widerrede.»

Der Fall war für sie erledigt. Ohne eine Antwort abzuwarten, verschwand sie im Badezimmer.

Merle wollte sich gerade wieder umziehen, als es an der Tür klingelte.

«Ella?», rief sie.

«Sehen Sie nach, wer es ist!», schallte es aus dem Bad.

«In diesem Aufzug?», fragte Merle zurück. Doch es kam keine Antwort mehr. Vermutlich war es sowieso nur die Post.

Vorsichtig, um nicht auf den edlen Seidenstoff zu treten, nahm Merle die Treppe nach unten, öffnete die schwere Holztür – und zuckte vor Schreck zurück. Dort stand nicht etwa der Briefträger, sondern Leo! Er war völlig durchnässt und sah irgendwie rührend aus: Seine sonst so wuscheligen

Haare klebten ihm am Kopf und tropften auf seine ohnehin schon nasse Jacke. Erst jetzt bemerkte Merle, dass es in Strömen regnete. Das hatte sie in der Kleiderkammer gar nicht mitbekommen. Als wäre sie dort von der Außenwelt abgeschnitten gewesen.

«Wie siehst du denn aus?», fragte sie.

Leo starrte sie wortlos an und schien nach einer passenden Entgegnung zu suchen.

«Das könnte ich dich genauso fragen», sagte er schließlich. «Wobei – eigentlich kenne ich die Antwort schon. Du siehst … wunderschön aus.»

«Danke», sagte Merle und spürte, wie sie rot wurde. Zum ersten Mal fielen ihr seine feinen Gesichtszüge und die hohen Wangenknochen auf, die ihm zusammen mit seiner schlanken Figur etwas von einem französischen Adligen verliehen. Merle bemerkte, dass er eine Plastiktüte umklammert hielt, in der sich etwas Eckiges zu befinden schien.

«Ist die Dame des Hauses da?», fragte Leo und klappte den Kragen seiner Jacke hoch, um sich gegen den Regen zu schützen.

«Äh, nein, also ja, aber sie kann gerade nicht», stotterte Merle verlegen. Was sollte sie auch sagen? Sie konnte ihn ja schlecht hereinbitten, es war schließlich nicht ihr Haus. Und Ella würde sich kaum freuen, ihn zu sehen.

Für einen kurzen Moment standen sie unschlüssig voreinander, Leo trat von einem Fuß auf den anderen und wurde immer nasser. In Merles Kopf überschlugen sich die Gedanken. Gabriella, die Leos Stimme gehört hatte, rannte und flatterte kreuz und quer im Flur herum. Vermutlich fürchtete sie, dass jeden Moment sein Kater um die Ecke kommen würde.

Auch Merle war es gar nicht recht, dass Leo hier einfach so aufkreuzte. Was wollte er überhaupt von ihrer Auftraggeberin? Als sie ihn genau das gerade fragen wollte, hörte sie hinter sich Ellas aufgeregte Stimme.

«Sie? Was suchen Sie denn hier? Sie haben doch nicht etwa Ihr Katzenvieh dabei?»

Leo, der so direkte Ansagen anscheinend nicht gewohnt war, zuckte zusammen und stellte sich kerzengerade hin.

«Nein, Signora Castello, ich kann Ihnen versichern, Ritchie befindet sich in Sicherheitsverwahrung zu Hause. Vermutlich würde er sich auch gar nicht mehr hertrauen.»

Er schien auf eine Reaktion zu warten, doch Ella stand nur da mit vor der Brust verschränkten Armen und sah ihn an.

«Ich komme, um mich zu entschuldigen», sprach er weiter. «Und um die Sache wiedergutzumachen, habe ich Ihnen etwas mitgebracht.» Er reichte ihr die regennasse Plastiktüte.

Ella zögerte kurz, dann nahm sie die Tüte entgegen und griff hinein. Sie zog ein Messingschild hervor und hielt es etwas von sich weg, um lesen zu können, was darauf stand. Merle lugte ihr über die Schulter und erkannte eine eingravierte Zeichnung: ein Huhn, das einige Ähnlichkeit mit Gabriella aufwies. Daneben stand in verschnörkelter Schrift: «Vorsicht, bissiges Huhn! Betreten auf eigene Gefahr.»

Merle hielt sich die Hand vor den Mund, um nicht loszukichern. Sie sah Leo an, der angespannt auf Ella blickte. Die starrte noch immer auf das Schild und wirkte unschlüssig, was sie von diesem Versöhnungsangebot halten sollte. Doch dann fing sie auf einmal herzlich an zu lachen.

«Fantastico! Buona idea! Soll das meine Gabby sein?», fragte sie amüsiert.

«Äh ja, ich weiß, sie ist nicht perfekt getroffen, aber so eine komplexe Persönlichkeit ist ja auch nicht so leicht einzufangen», sagte Leo mit verschmitztem Lächeln. «Ich habe mein Bestes gegeben.»

«Soll das heißen, Sie haben das Schild selbst gemacht?», fragte Ella ungläubig.

Leo wurde ein wenig rot. «Ist so etwas wie ein Hobby von mir.»

«Schilder gravieren? Was für ein seltsames Hobby», bemerkte Ella kopfschüttelnd. «In Rom hatten wir einen Nachbarn, der Gravuren anbot. Er lebte davon mehr schlecht als recht.»

«Na ja, bei mir ist es eher so eine Art Street-Art. Klingt etwas merkwürdig, schon klar.» Es war ihm sichtlich unangenehm, darüber zu sprechen. Schade, Merle hätte gerne mehr über seine künstlerischen Ambitionen erfahren. Doch Ella winkte ab.

«Glauben Sie mir, ich habe schon wesentlich Merkwürdigeres gehört», antwortete sie trocken und legte Leo die Hand auf den pitschnassen Ärmel. «Ich danke Ihnen, das ist wirklich ein wunderbares Geschenk. Trotzdem: Halten Sie Ihren Unglückskater bitte in Zukunft fern von meinem Garten.» Sie sah ihn noch einmal eindringlich an, als wollte sie sich sein Gesicht einprägen. «Leben Sie wohl, junger Mann», sagte sie dann und wollte schon die Tür schließen, als Merle eine Idee kam. Das hier war ihre Chance!

«Nicht so schnell!», sagte sie und drückte die Tür wieder ein Stückchen auf. «Also, eigentlich könnten wir doch gerade eine helfende Hand gebrauchen, nicht wahr?» Sie schaute Ella an und nickte unauffällig zu Leo hin. «Da gibt es einige schwere Kisten hochzutragen. Es wäre wirklich nett, wenn Sie kurz mit anpacken», sagte sie zu ihm. Vor Ella wechselte sie lieber zum förmlichen Sie, um nicht zu vertraut mit Leo zu wirken.

«Ma sì», sagte Ella, als sei es eine Selbstverständlichkeit. «Venga! Kommen Sie rein! Oder wollen Sie sich den Tod holen?» Mit energischem Griff zog sie Leo am Ärmel ins Haus.

Ein wenig überrumpelt trat er ein.

«Äh ... ja, danke. Ich helfe natürlich gerne», stotterte er. «Ich kann auch das Schild für Sie anbringen, wenn Sie möchten.»

«No, grazie. Lieber nicht», sagte Ella. «Sie machen mir nur meine Tür kaputt.»

«Aber nein, das geht ganz ohne Bohren. Ich benutze einen Spezialkleber, der keine Spuren hinterlässt», beteuerte Leo und zwinkerte Merle unauffällig zu.

Als er seine nasse Jacke auszog, wehte der Duft seines Waschmittels zu ihr herüber. Der Geruch erinnerte sie an ihre Kindheit, an die Waschtage ihrer Mutter. So ungern diese auch Hausarbeit erledigt hatte: Wäsche waschen hatte sie gemocht. «Das ist ein bisschen wie einkaufen», hatte sie einmal gesagt. Denn nach dem Trocknen und Bügeln waren ja wieder neue Sachen im Schrank.

«Sie tragen Ihren Pullover falsch herum, junger Mann», mahnte Ella und zeigte auf das außen sichtbare Schild. «Da ist es ja wirklich kein Wunder, dass es regnet.» Sie klang regelrecht verärgert.

Leo sah Merle fragend an. Die zuckte nur mit den Schultern – vermutlich war das wieder irgendein obskurer italienischer Aberglaube.

Leo zog sich den Pullover über den Kopf aus, wie nur Männer es taten. Zum Vorschein kam ein lockeres weißes Shirt, das ihm ausgesprochen gut stand. Merle spürte, wie sich ihr Herz vor Aufregung glatt überschlug. Was in aller Welt hatte das denn jetzt zu bedeuten? Dieser Leo war doch gar nicht ihr Typ! Das lag alles nur an dem verkorksten Wochenende in St. Peter-Ording. Wäre sie bloß nicht mitgefahren!

Sie sah Leo zu, wie er sich die erste Kiste schnappte und Ella in den ersten Stock folgte. Ella redete auf ihn ein wie ein Wasserfall, dann verschwanden sie in dem zum Lager umfunktionierten Zimmer. Merle hörte Ella lachen und beschloss, den beiden lieber zu folgen. So richtig über den Weg traute sie Leo nicht. Es war doch seltsam, dass er hier einfach so auftauchte.

Während sie die ersten Stufen nahm, kam Leo ihr schon wieder entgegen, um die nächste Kiste zu holen.

«Fasst du mal mit an?», fragte er gut gelaunt und hob eine besonders volle Kiste hoch.

«Äh, klar», sagte Merle und sah an sich hinunter. Sie trug noch immer Ellas Kleid.

Leo folgte ihrem Blick und musste lachen.

«Du kannst dich auch gerne vorher umziehen.» Merle musste mitlachen.

«Dann mache ich das mal lieber.»

Während sie die Treppe hochging, um die Klamotten zu wechseln, versuchte sie, ihr Herz zur Ruhe zu mahnen. Aber es funktionierte nicht. Ganz und gar nicht.

Ella kam aus der Kammer und rief zu Leo hinunter:

«Wo Sie hier schon so tüchtig mit anpacken: Was halten Sie von Ragù alla bolognese, junger Mann?»

«Ist das eine allgemeine Frage oder ein Angebot?», fragte Leo.

«Das dürfen Sie als Einladung verstehen», sagte Ella.

«Glauben Sie mal nicht, ich würde jetzt aus Bescheidenheit ablehnen», hörte sie Leo antworten. «Eine gute Pasta ist immer eine Sünde wert!»

Ella kicherte. «Na, dann sichern Sie sich schon mal einen Termin für die Beichte.»

Kapitel 15

Ella hielt die große Keramikschüssel unter den Wasserhahn und beobachtete, wie der Spülschaum langsam in den Ausguss lief. Ihre Mutter hatte die Schüssel mit den gelben Streifen selbst bemalt, als Ella noch ein Kind war. Sie sah sie noch vor sich, wie sie am Küchentisch saß mit ihrer roséfarbenen Schürze, die langen dunklen Haare zum lockeren Dutt hochgesteckt. Leise singend hatte sie nicht nur die Schüssel mit dem sonnigen Gelb bepinselt, sondern auch Teller, Tassen und Eierbecher. Danach war Ella die spärlich eingerichtete Küche gleich viel freundlicher erschienen. Sie stellte die Schüssel auf der Spüle ab. Die würde sie auf jeden Fall mit nach Rom nehmen. Für eine große Portion Pasta hatte sie genau die richtige Größe.

Beim Gedanken an das Abendessen lief ihr schon wieder das Wasser im Mund zusammen. Dabei hatte sie drei Teller von dem Ragù verspeist! Dio mio! Das Gericht war ihr sensationell gelungen. Das war vor allem diesem speziellen Rotwein zu verdanken, den sie ihren Gästen zu Ehren aus dem Keller hochgeholt hatte. Sie hatte schon lange niemanden mehr bekocht, da wollte sie nichts dem Zufall überlassen. Der Wein gab dem Ragù die leicht säuerliche Würze. Luigi, ein befreundeter Koch aus Trastevere, hatte ihr einst diese Geheimzutat verraten, unter der Bedingung, sie niemals weiterzusagen. Und sie hielt sich daran, auch wenn sie nicht wusste, ob Luigi überhaupt noch lebte. Woher auch? Schließlich war sie seit mehr als zwanzig Jahren nicht mehr in Rom gewesen. Was sie dort wohl erwartete, wenn sie wieder in ihre alte Wohnung zog? Konnte sie überhaupt noch mal von vorn anfangen, in ihrem Alter? Sie hatte noch so gar keine Vorstellung, was sie in Rom tun würde. Als Stilberaterin arbeiten, wie Merle vorgeschlagen hatte? Sicher nicht. Mit der Mode hatte sie schon lange abgeschlossen. Aber ihr würde bestimmt etwas einfallen, schließlich rieten ihr die Sterne nicht ohne Grund zu dem Umzug. Sie rief sich in Erinnerung, was der Immobilienastrologe gesagt hatte: Die Sterne deuteten auf einen Neuanfang hin, der aber gleichzeitig einen starken Bezug zur Vergangenheit hatte. Und damit konnte doch nur Rom gemeint sein – ihr Venusort!

Ihre Arme fühlten sich auf einmal ganz taub an. Sie schnappte sich ein Geschirrtuch und trocknete die Schüssel ab, stellte sie in den Buffetschrank und schloss die Schranktür mit etwas zu viel Schwung, als wollte sie die Geister der Vergangenheit endgültig wegsperren.

Würde sie sich in Rom überhaupt noch zu Hause fühlen? Ihre Eltern waren lange tot, die alten Freunde hatten sie womöglich längst vergessen. Aber hier in Hamburg hatte sie auch niemanden mehr. Umso schöner war der gestrige Abend gewesen. Vorher hatte sie fast vergessen, wie erfüllend es sein konnte, Gäste zu haben und sie zu bekochen. Gutes Essen öffnete die Herzen, man kam ganz anders ins Gespräch.

Wie sich die jungen Leute auf ihre Pasta gestürzt hatten! Ella entfuhr ein Lachen bei der Erinnerung. Wie hungrige Wölfe. Merle hatte während des Essens immer wieder nach

Zutaten und Gewürzen gefragt. Gut, die beiden hatten auch schwere Kisten ins obere Stockwerk geschleppt, das machte Appetit. Trotzdem schrieb es Ella eher ihrem vorzüglichen Ragù zu, dass die beiden so zugelangt hatten.

Vor dem Essen hatte Merle natürlich noch ihr Seidenkleid ausgezogen. Dieses Mädchen war so diszipliniert, man konnte sich nicht vorstellen, dass sie jemals die Kontrolle verlor. Ob ihr bewusst war, dass sie wie eine Göttin aussah in dem Kleid? Leo war es jedenfalls nicht entgangen, das hatte Ella an seinen Blicken gesehen, die er Merle zugeworfen hatte. Ein merkwürdiger Mann. Tauchte einfach bei ihr auf, mit diesem selbstgemachten Schild. Gabriella, das Wachhuhn. Ella lachte erneut beim Gedanken daran. Wie aufs Stichwort hörte sie Gabriella an der Terrassentür kratzen. Als sie den verschnörkelten Messinggriff herunterdrückte und ihr öffnete, schlüpfte das Tier so schnell herein, als wäre es schon wieder auf der Flucht. Ella schüttelte den Kopf. So richtig schlau wurde sie nicht aus diesem Huhn. Sie trat hinaus auf die Terrasse und sah nach oben. Wie immer war der Nachthimmel nicht richtig schwarz. In Hamburg war er eher dunkelblau – eine Farbe, die sie Anfang der Achtziger zu einer ganzen Kollektion inspiriert hatte. Overalls, Blusen und Military-Jacken, alle in Nachtblau und mit Schultern, die jeden Türsteher auf der Reeperbahn hätten neidisch machen können. Auf welchen Stapel hatte sie eigentlich die Jacke mit dem Lametta gelegt? Die durfte sie auf gar keinen Fall weggeben, sie war unersetzlich. Wobei: Das traf eigentlich auf jedes ihrer Stücke zu. Seufzend ließ sich Ella auf einen der Gartenstühle sinken. Zum Glück waren sie trocken geblieben, dank des großen Balkons darüber. Früher hatte sie oft Lampions an der Decke aufgehängt, wenn sie ihre Freunde zum Sommerfest geladen hatten. Wunderschön hatte das ausgesehen, das bunte Licht, die Palmen ... fast wie auf ihrer Dachterrasse in Rom. Nur der Blick auf den Petersdom fehlte. Ella zog die Schultern hoch und schlang die Arme um sich selbst. Nachts wurde es jetzt ziemlich frisch, die feuchte Kälte kroch ihr in jede Pore.

Leo hatte sie beim Essen regelrecht ausgefragt. Ein typischer Fische-Mann: mit einer großen Neugier für alles und jeden ausgestattet und dabei so charmant ... Sie war es gar nicht mehr gewohnt, dass man ihr so viel Aufmerksamkeit schenkte. Gut, Merle hatte sich auch immer interessiert gezeigt, doch bei ihr war sie nicht sicher, ob das nicht auch beruflich motiviert war. Aber gestern war so eine besondere Atmosphäre entstanden, so wohlwollend, als würden sie alle drei sich schon ewig kennen. Und so hatte sie im Laufe des Abends mehr erzählt, als ihr im Nachhinein angemessen erschien. Während die jungen Leute ihr andächtig lauschten, hatte sie von der inspirierenden Aufbruchsstimmung in ihrer Anfangszeit als Designerin geschwärmt. Dank Kurts finanzieller Unterstützung konnte sie ihre Kreativität damals frei entfalten – eine Gabe, die sie selbst überrascht hatte. Ja, sie hatte schon vorher Kleider genäht, aber dass eine Designerin in ihr schlummerte, war ihr bis dahin verborgen geblieben. Ein Feuerwerk an Ideen war aus ihr herausgebrochen, und sie hatte sich weder davor noch danach je so lebendig und beseelt gefühlt wie in dieser Zeit. Ihre Philosophie? Eifere niemandem nach! Sei einzigartig! Das war schon immer ihre Überzeugung gewesen. Und Intrigen? Ja, die hatte es gegeben, auch weil sich manche Männer, die sie für Freiwild gehalten hatten, von ihr abgewiesen fühlten und gekränkt schlechte Kritiken schrieben oder bei Lieferanten verbreiteten, ihr Stern sinke bereits. Aber solche Angriffe hatten sie nur stärker gemacht. Feindselige Menschen hatte sie mit Ignoranz gestraft und einfach ihre Arbeit gemacht. Natürlich war sie anfangs unsicher gewesen. Aber ihre Mutter hatte ihr früher eingeschärft, dass es manchmal auch reichte, Selbstbewusstsein vorzutäuschen. Kopf hoch, Brust raus. Irgendwann hatte sie dann selbst an ihr Talent geglaubt und sich von keinem mehr etwas anderes erzählen lassen. Zehn Jahre lang war ihr Label ein Erfolg gewesen, sie hatte gebrannt für ihre Sache. Und dann war es vorbei, von einem Tag auf den anderen, einfach so.

Erst jetzt merkte Ella, dass sie zitterte. Schnell stand sie auf und ging ins Haus. Es war schon nach eins. Eilig löschte sie das Licht und stieg die Treppe hoch zu ihrem Schlafzimmer.

Womöglich sollte sie ihre Erinnerungen ja doch aufschreiben, wenn sie für die jungen Leute so spannend waren? Sie hatte noch viel zu erzählen … Merle hatte nicht unrecht: Wenn sie sich schon von ihren Schätzen trennen musste, konnte sie wenigstens ihre Lebensgeschichte vor dem Vergessen bewahren.

Kurz entschlossen ging Ella durch ihr Schlafzimmer und öffnete die Tür zur Kleiderkammer. Auf der Kommode links von ihr waren noch die leeren Zettelchen, die Merle dort hatte liegen lassen, zusammen mit einem Stift – wohl in der Hoffnung, Ella würde sich doch noch entschließen, sie zu beschriften. Clever war sie ja. «Wer nicht nach vorn schaut, wird irgendwann stolpern», hatte Merle ganz am Anfang zu ihr gesagt. Erst hatte Ella gelacht, aber im Grunde war es genau das, was sie wollte: nach vorne schauen. Diese junge Frau war weiser, als ihr selbst bewusst war. Nur was Männer betraf, schien sie auf dem falschen Dampfer zu sein. Hatte den armen Leo kaum eines Blickes gewürdigt. Dabei passte er perfekt zu ihr: Fische und Krebse waren wie füreinander geschaffen, beide so romantisch und zärtlich … Außerdem war Leo ein hübscher Bengel, seine schönen Hände waren ihr direkt aufgefallen. Hatte sie sich deswegen verleiten lassen, ihm all ihre Bücher zu schenken? Im Grunde wusste sie doch wenig über ihn. Nur dass er ein Antiquariat hatte. Für Männer, die Bücher liebten, hatte sie schon immer eine Schwäche gehabt. Aber da war noch etwas anderes: Leo erinnerte sie an Edgar. Die Ähnlichkeit mit ihm hatte sie gleich beim ersten Mal bemerkt, als sie Leo durch das Fernglas beobachtet hatte. Einen Moment lang hatte sie sogar geglaubt, seinen Sohn aus erster Ehe in ihm erkannt zu haben, von dem er ihr damals erzählt hatte. Aber Leos Alter passte nicht.

Ella platzierte die Zettel auf ihrem Nachttisch, legte sich ins Bett und kuschelte sich unter die Decke. Ach, Edgar. Damals, als sie sich nach der Trennung von Kurt im freien Fall befand, hatte er sie aufgefangen. Er war ihr Netz, ihr doppelter Boden. Dass er sieben Jahre jünger war, hatte sie nicht gestört. Warum auch? Sie war so ausgehungert gewesen nach Liebe und Zuwendung … Ella seufzte. Er hatte es ernst mit ihr gemeint, sehr ernst sogar. Wie er ihr vor dem dritten Treffen das Kleid geschickt hatte, mit diesem unverfrorenen Antrag dazu … Ja, er hatte sie beeindruckt mit seiner Chuzpe. Ein bisschen wie Leo heute. Aber ihr Herz war noch besetzt gewesen damals. Es wäre nicht gegangen. Schon wegen Stella.

Ella spürte wieder dieses Kribbeln in den Armen. Ein taubes Gefühl, als würden sie langsam absterben. Sie kannte das bereits, und sie wusste, was sie zu tun hatte. Es würde nicht besser werden, wenn sie hier herumlag. Sie musste etwas tun. Sie setzte sich auf, stopfte das Kissen hinter ihren Kopf, griff nach den Zetteln und dem Stift und begann zu schreiben.

Kapitel 16

Merle kuschelte sich unter ihre Bettdecke und strich sich über den Bauch. Trotz ihres leichten Katers konnte sie noch immer das wohlige Gefühl spüren, das sich gestern nach dem Essen in ihr ausgebreitet hatte. Dieses Ragù! Ein solches Aroma – wie hatte Ella das nur hingekriegt? Sie glaubte, Kardamom herausgeschmeckt zu haben. Oder war es Muskat? Rundum satt und zufrieden hatte sie sich gefühlt und so wohl wie schon lange nicht mehr. Eigentlich aß sie so schwere Sachen nicht gern, schon gar nicht abends, aber die ganze Stimmung, die Gespräche, die gutgelaunte Ella … sogar Kerzen hatte sie angezündet. Alles zusammen trug dazu bei, dass sie einfach nur den Moment genießen konnte. Ella hatte freimütig aus alten Zeiten erzählt. Und wie sie von Italien geschwärmt hatte! Merle war ganz sehnsüchtig geworden nach diesem Rom, das Ella so bildhaft beschreiben konnte, die schwülen Sommernächte, in denen sie mit Freunden auf ihren Mofas durch die Straßen gekurvt war, um den kühlen Fahrtwind zu genießen, die warmen Cornetti, die sie dem Bäcker mitten in der Nacht durch das Fenster der Backstube abgeschwatzt hatten. Merle konnte die süße Himbeerfüllung fast schmecken und den Klang der Gitarre hören, die Ellas Freund Alessandro im Park für sie gespielt hat. Seine raue Stimme, mit der er die melancholischen Lieder von Francesco De Gregori sang, die weiße Katze, die dabei um ihre Knie streifte, und das Kichern der Paare, die sich im Schutz der Dunkelheit ihren Umarmungen hingaben … Merle wäre am liebsten gleich ins Flugzeug gestiegen, um all das zu erleben. Ella war so gelöster Stimmung gewesen und hatte so viel gelacht, dass Merle kurz den Verdacht hegte, sie stünde unter Drogen. Aber es war wohl doch nur der Wein. Ella hatte einen hervorragenden Roten aus dem Keller geholt, einen Primitivo, der schon beim ersten Schluck so süchtig machte, dass Merle nicht protestierte, als Leo ihr immer wieder nachschenkte. Zum Glück hatte er genauso viel getrunken wie sie und konnte sich vermutlich nicht mehr allzu deutlich an das Ende des Abends erinnern. Das hoffte sie jedenfalls.

Leo und sie hatten sich verabschiedet, als Ella zu später Stunde immer ausdauernder gegähnt hatte. Erst jetzt fiel Merle wieder ein, wie sie beim Verlassen des Hauses fast die Treppe hinuntergestolpert wäre. Selbst jetzt noch, einen Tag später, wäre sie vor Scham am liebsten in einem Loch versunken. Wie peinlich! Leo hatte sie gerade noch rechtzeitig am Arm festgehalten und sich, ganz Gentleman, jede blöde Bemerkung verkniffen. Eine Weile waren sie unschlüssig vor dem Haus gestanden, in der Hoffnung, ein Taxi würde vorbeikommen. Sie hatten nicht gewusst, was sie sagen sollten, und sich stattdessen hin und wieder verstohlen zugelächelt. Merle zog sich die Decke über den Kopf, als sie an die merkwürdige Spannung dachte, die zwischen ihnen zu spüren gewesen war. Irgendwann waren sie dann einfach losgelaufen, in Richtung der nächstgrößeren Straße. Um das Schweigen zu durchbrechen, hatte Merle drauflosgeredet.

«Jetzt hast du es also doch noch geschafft.»

«Was meinst du?», fragte Leo.

«Na, an die Bücher zu kommen, dank deines Versöhnungsgeschenks und der Hilfe mit den Kisten ...»

Leo sah sie mit gerunzelter Stirn an. «Das mit den Kisten war doch deine Idee», widersprach er.

«Stimmt, und sie hat gut funktioniert, oder nicht?»

«Funktioniert? Inwiefern?»

«Na, ich habe dich natürlich nicht ohne Hintergedanken reingebeten. Wir haben doch alle was davon: Du hast die Bücher, Ella weniger Ballast, und ich bin meinem Auftragsziel ein gutes Stück nähergekommen.»

«Was für ein Auftragsziel?», hatte Leo verständnislos gefragt. Erst da war ihr klargeworden, dass sie auf dem besten Wege war, sich um Kopf und Kragen zu plappern. Dieser verdammte Wein! Merle wälzte sich im Bett und fasste den unumstößlichen Vorsatz, nie wieder Alkohol beim Kunden anzurühren, ganz egal, zu welcher Tages- und Nachtzeit oder wie die Umstände auch sein mochten.

«Ach, nichts weiter. Ich helfe ihr halt ein wenig beim Umzug», hatte sie gestottert. Zum Glück hatte Leo nicht weiter insistiert.

«Warum zieht Ella eigentlich aus? Das Haus ist doch wunderschön.»

«Ich glaube, das fragst du sie lieber selbst», wich Merle aus. Er musste ja nicht wissen, dass sie den Grund für Ellas Umzug selbst nicht kannte. Dass es dabei nur um die Rückkehr nach Rom ging, glaubte sie längst nicht mehr.

«Wenn ich mein Traumhaus malen sollte, sähe es genauso aus wie ihres», stellte Leo fest. «Und ich mag ihren Stil, all die schönen Dinge, die sie gesammelt hat.»

Merle nickte. «Ja, das reinste Museum.»

Leo blieb stehen und sah sie nachdenklich an.

«Vielleicht ist es ja gerade der goldene Käfig, aus dem sie fliehen will. Ich schätze, ab einem gewissen Alter geht es mehr darum, sein Leben zu sortieren. Und um Erinnerungen», sagte er. Merle sah ihn überrascht an. Es war geradezu unheimlich, wie genau er ihre Gedanken formulierte.

«Was aber nicht heißt, dass man nichts mehr erleben kann. Ich finde es schade, dass sie sich so zurückgezogen hat», sagte Merle und ging langsam weiter. «Sie scheint gar keine Freunde zu haben.»

«Vielleicht lässt sich daran ja was ändern?», überlegte Leo. «Sie ist doch eigentlich sehr lebenslustig.»

Sie kamen an der Parkbank vorbei, auf der sie immer die Bücher abgelegt hatte. Leo sah sie von der Seite an.

«Wollen wir uns kurz setzen? Es ist so eine schöne Nacht.»

Merle musste lachen. «Es hat in Strömen geregnet! Die Bank ist sicher klitschnass.»

«Ich habe auch nicht das Wetter gemeint, das die Nacht so schön macht», sagte Leo und lächelte hintergründig.

Charmeur, dachte sie, ließ sich aber sanft von ihm zur Bank führen. Leo zog seine Jacke aus und breitete sie auf der Sitzfläche aus. «Ist dir nicht kalt?», fragte Merle.

Doch Leo winkte ab.

«Nachdem ich es geschafft habe, mich bei Ella Castello zu entschuldigen, kann mich nichts mehr erschüttern.»

Merle kicherte. «Ja, sie kann echt einschüchternd sein.»

Leo nickte. «Eine faszinierende Frau. Aber so viel sie auch erzählt, hat man nicht das Gefühl, dass sie einen wirklich an sich heranlässt.»

«Warum sollte sie auch? Sie kennt dich doch gar nicht.»

«Natürlich, das stimmt.»

«Warum bist du überhaupt so interessiert an ihr?», forschte Merle nach.

Leo zuckte mit den Schultern. «Du hast es doch erlebt: Sie kann einen mit ihren Geschichten ganz schön in Bann ziehen.» Merle nickte lächelnd.

Leo lehnte sich nach vorn, und ihr Blick fiel auf das Schild hinter ihm an der Lehne. Sie kniff die Augen zusammen, um die Gravur auf dem Schild im Halbdunkel zu entziffern. *This too shall pass*, las sie. Richtig, das war ihr doch kürzlich schon aufgefallen. Erst jetzt wurde ihr der Zusammenhang klar.

«Ist das eins von deinen Werken?», fragte Merle und zeigte auf den gravierten Spruch.

«Erwischt», sagte Leo und lächelte. «Ein altes Sprichwort aus Persien, das ich sehr mag.»

«Warum machst du das eigentlich? Ich meine, das ist doch bestimmt verboten, einfach Schilder anzukleben, oder?»

«Machst du denn nie was Verbotenes?», fragte Leo zurück. Merle spürte, wie sie errötete. Zum Glück war es stockdunkel. Sie fühlte sich ertappt.

«Na ja, hin und wieder gehe ich über Rot», machte sie sich über sich selbst lustig, etwas verlegen, dass sie nichts Aufregenderes in petto hatte.

Leo lächelte. «Da bin ich aber froh, dass du mir jetzt keinen Bankraub gestehst.»

Um abzulenken, kam Merle schnell zu ihrer eigentlichen Frage zurück. «Also – warum die Sache mit den Schildern?»

Leo wippelte nervös mit den Füßen.

«Es fing vor fünf Jahren an, auf dieser Bank», erzählte er.

«Dann ist das hier also dein allererstes Schild?», sagte Merle erstaunt.

Leo nickte. «Es war nicht gerade die beste Zeit meines Lebens. Meine Eltern wohnten hier in der Nähe, und ich habe mich immer mal wieder raus auf diese Bank geflüchtet, wenn ich die Stimmung zu Hause nicht mehr ausgehalten habe», fuhr er fort.

«Was ist denn passiert damals?», fragte Merle.

«Meine Schwester ist gestorben», antwortete Leo leise. «An Krebs.»

«Das tut mir leid», sagte Merle ehrlich erschrocken. Sie musste an ihren Job als Simulationspatientin denken, wie zynisch sie und ihre Kollegen manchmal über schlimme Krankheiten gesprochen hatten.

«Es war wirklich nicht leicht.» Er machte eine Pause, dann sagte er leise: «Genau genommen war es kaum auszuhalten. Vor allem für meine Eltern.» Merle legte ihm eine Hand auf den Arm. Durch den Wollstoff des Pullovers fühlte sie die Wärme seiner Haut. Er lächelte sie an.

Es musste hart sein, ein Geschwister zu verlieren. Als Kind hatte sie sich sehnlichst gewünscht, kein Einzelkind zu sein. Eigentlich bis heute. Wie viel einfacher wäre es gewesen, das alles nicht allein durchmachen zu müssen. Und wie schlimm musste es erst sein, wenn einem die Schwester wieder genommen wurde.

«Na ja, und dann saß ich also hier auf dieser Bank und habe gedacht, wie seltsam es doch ist, dass sich später andere Menschen hierhin setzen und wir nichts voneinander wissen», sprach Leo weiter. «Dass es keine Verbindung gibt zwischen ihnen und mir. Ich fand das auf einmal ganz furchtbar, nicht zu wissen, was die anderen Leute so beschäftigt. Mit welchen Problemen sie zu kämpfen haben. Und ob sie wohl genau wie ich Zuflucht suchen auf dieser Bank.»

Leo redete, ohne sie anzusehen, als habe er Merles Anwesenheit vergessen.

«Tja, und so habe ich dann beschlossen, Botschaften zu hinterlassen, Sätze, die ich auf irgendeine Art tröstlich fand. Und habe mir vorgestellt, wie andere sie lesen und darüber nachdenken. Das hat mir wirklich geholfen.»

Unsicher sah er sie an.

«Du findest das seltsam, oder?»

«Überhaupt nicht», sagte Merle ernst. Sie dachte daran, wie einsam sie sich selbst oft gefühlt hatte, als sie noch bei ihrer Mutter lebte. Vielleicht war Leos Idee vergleichbar mit dem, was sie beim Anblick der Mondsteinohrringe gespürt hatte: die Sehnsucht danach, sich mit jemandem auszutauschen – selbst wenn es unmöglich und nur in Gedanken war.

«This too shall pass», murmelte sie. «Geht es denn wirklich vorbei?», fragte sie ihn.

Leo sah geradeaus ins Dunkle, dorthin, wo die Rasenfläche und die Alster nur zu erahnen waren.

«Der unerträgliche Schmerz lässt irgendwann nach, ja», sagte er mit einem traurigen Lächeln. «Zumindest bei mir. Meine Eltern allerdings … sie trauern seit fünf Jahren ohne merkliche Verbesserung. Und ich kann nichts für sie tun.»

«Sie sind bestimmt froh, dass sie dich haben», antwortete Merle und stieß einen tiefen Seufzer aus. «Falls es dich tröstet, meine eigene Familiengeschichte ist auch nicht gerade zum Lachen.»

Sie erzählte ihm von ihrer Mutter und davon, dass sie nie einen Vater gehabt hatte. Während sie sprach, nahm er ihre Hand in seine. Sie wollte sie wegziehen, aber der Wein machte sie wehrlos. Oder waren es seine Blicke? Leo sah sie an und einfach nicht wieder weg. Es kam ihr wie eine Ewigkeit vor, dass sie so saßen und einander ansahen, wie hypnotisiert. Sie wusste, dass sie spätestens jetzt hätte erwähnen müssen, dass sie einen Freund hatte. Doch bevor sie auch nur ein Wort sagen konnte, stand Leo auf und zog sie sanft mit sich.

«Lass uns gehen», sagte er leise, und Hand in Hand gingen sie weiter zum Schwanenwik. An der vielbefahrenen Straße würden sie bestimmt ein Taxi finden. Merles Knie zitterten. Die Luft war so feucht, dass sich Tropfen auf ihre Haut legten. Leo streichelte mit dem Daumen über ihre Hand. Sie wagte kaum, es sich einzugestehen, aber ein Teil von ihr wünschte sich, dass er stehen bleiben und sie umarmen würde. Aber nichts dergleichen geschah. In der Ferne sahen sie ein Taxi kommen, und Leo hob die freie Hand, um es anzuhalten.

«Das haben wir ja toll hingekriegt», sagte er leise.

«Was meinst du?»

«Na ja, diesen schönen Abend so tieftraurig enden zu lassen», sagte Leo und lächelte sie etwas verlegen an.

Merle lächelte zurück.

«Das heißt ja nicht, dass es nicht trotzdem schön war», sagte sie.

Leo nickte. «Weißt du, was besonders schön ist? Dass ich diese Bank jetzt wieder mit etwas Gutem verbinden kann», sagte er, ohne seine Augen von ihr abzuwenden.

Er überließ ihr das erste Taxi und hielt ihr sogar die Tür auf. Sie nahm hinten auf den Ledersitzen Platz, der Wagen fuhr los – und wenn Merle jetzt daran dachte, war sie erleichtert, dass nichts passiert war, was sie hätte bereuen müssen. Sie hatten einfach nur einen netten Abend gehabt, der eben ein wenig vertraulicher geworden war als geplant. Was denn auch sonst? Leo war bloß ein Fremder mit einem Katzentick, der sie bislang eher genervt hatte. Gut, er hatte ihr Mitgefühl geweckt, weil seine Schwester gestorben war. Aber das war auch schon alles.

Ein Blick auf die Uhr verriet ihr jetzt, dass sie dringend aufstehen musste, wenn sie rechtzeitig bei Ella auf der Matte stehen und vorher noch in der Agentur vorbeischauen wollte. Als Erstes würde sie so schnell wie möglich den Abtransport der Bücher organisieren.

Was hatte sie sich gefreut, als ihre Rechnung tatsächlich aufgegangen war und Ella Leo die Bücher angeboten hatte. Nachdem die Kisten im ersten Stock verstaut waren, hatte Merle Leo wie zufällig in die Bibliothek geführt. Wie erwartet war er begeistert gewesen von Ellas literarischen Schätzen. Beim Essen hatte er dann so mitreißend davon geschwärmt, dass ihre Auftraggeberin gar nicht anders konnte, als sie ihm anzubieten.

Wenn sie jetzt darüber nachdachte, schien es ihr, als wäre er fast ein wenig überrumpelt gewesen von Ellas Freigiebigkeit. Er schien sich gar nicht zu freuen über das Büchergeschenk. Vermutlich hatte er einfach nicht damit gerechnet, dass er so schnell zum Ziel kommen würde. Und als sie am Abend die Sprache darauf brachte und mehr über sein Antiquariat wissen wollte, hatte er nur ausweichend geantwortet. Wie auch immer, die Bücher mussten so schnell wie möglich aus dem Haus, bevor Ella es sich anders überlegte.

Ächzend schwang Merle sich aus dem Bett und schleppte sich ins Bad.

Das Erste, was Merle bemerkte, als Ella die Tür öffnete, war ihr Outfit. Sie trug nicht das übliche Schwarz, sondern eine lilafarbene Bluse zu einer – Merle konnte es kaum glauben – blauen Jeans. Seit ihrem Auftritt im Badeanzug hatte sie Ella nicht mehr so farbenfroh gekleidet gesehen.

«Steht Ihnen gut, diese Farbe», lobte Merle.

«Mille grazie!» Ella nahm das Kompliment stolz entgegen und eilte voraus in Richtung Kleiderkammer. An der Tür hatte sie das rosafarbene Seidenkleid aufgehängt, sorgsam in Folie gehüllt, damit Merle es unbeschadet mitnehmen konnte. Merle war gerührt.

Als sie sich gerade bedanken wollte, fiel ihr Blick auf die beschrifteten Zettel, die über den ganzen Boden verteilt waren. Einige hatte Ella sogar bereits an die entsprechenden Kleider geheftet! Merle konnte es kaum fassen. Auch wenn sie in einem verborgenen Winkel ihres Herzens gehofft hatte, dass Ella sich eines Besseren besinnen würde, hatte sie doch nicht wirklich damit gerechnet.

«Ella!», rief sie überrascht. «Sie haben es getan!»

«Sie meinen die Zettel? Allora, das ist keine große Sache. Ich konnte gestern nicht einschlafen und wollte die Zeit nicht ungenutzt lassen, das ist alles», spielte Ella die Sache herunter.

Merle schüttelte den Kopf. «Sie haben Ihre Erinnerungen aufgeschrieben, das ist sehr wohl eine große Sache. Denn es zeigt, dass sie alle in Ihrem Herzen sind. Und dort bleiben sie auch, selbst wenn Sie Ihre Kleider nicht mehr in Ihrer Nähe haben.»

Ellas Augen glänzten feucht. Doch diesmal wollte sie sich wohl keine Blöße geben. «Na, nun kriegen Sie sich mal wieder ein, meine Liebe», räusperte sie sich. «Das war ja nun kein Hexenwerk. Aber ich muss zugeben, dass die Idee gar nicht so übel war. Als ich erst mal losgeschrieben hatte, konnte ich kaum mehr aufhören. Ich hoffe, ich komme mit den restlichen Zetteln überhaupt aus.»

Merle lachte. «Wenn ich gewusst hätte, dass Sie so produktiv sind, hätte ich direkt Nachschub mitgebracht.»

Ella gähnte. Sie sah übernächtigt aus.

«Wie lange haben Sie denn noch gearbeitet?», fragte Merle. Die alte Dame überlegte. «Aspetta ... es muss so 4 Uhr gewesen sein ... ich habe nicht auf die Uhr geschaut.»

Merle nickte. «Ein gutes Zeichen, wenn man die Zeit vergisst.»

Sie hob einen der Zettel vom Boden auf und sah Ella an. «Darf ich?»

Ella rollte melodramatisch die Augen. «Certo! Warum sollten Sie es nicht lesen, wenn ich demnächst vor der ganzen Welt mein Innerstes nach außen kehre?»

«Na ja, das stimmt ja nicht ganz ...», besänftigte Merle.

«Es spielt auch keine Rolle mehr. Wir machen das jetzt und basta.» Ella schlug sich klatschend auf den Oberschenkel, zum Zeichen ihrer Entschlossenheit. «Aber es hat sich merkwürdig angefühlt, so als würde ich über eine andere Person schreiben und nicht über mich selbst. Das ist alles schon so lange her.»

«Ihr Leben gäbe wirklich genug her für einen ganzen Roman», sagte Merle nachdenklich. «Haben Sie mal überlegt, ein Buch zu schreiben?»

Ella schüttelte vehement den Kopf. «Dio, das fehlte noch! Der ganze Wirbel mit dem Umzug ist schon schlimm genug, da muss ich nicht unbedingt noch meine Memoiren schreiben.»

«Sie könnten es ja einem Ghostwriter überlassen.»

Ella lachte auf.

«Hören Sie bloß auf. Sie ahnen ja nicht, wie viele Schreiberlinge sich schon bei mir gemeldet haben, die unbedingt ‹mein Buch› schreiben wollten. Mein Buch! Aber ohne mich.»

Merle war überrascht. Dann war Ella Castello also doch noch nicht ganz in Vergessenheit geraten! Doch die Sache mit dem Buch schien nicht gerade ein Lieblingsthema von ihr zu sein, daher ließ sie es auf sich beruhen.

Sie brauchten jetzt erst mal eine Lösung für die Bücherstapel in der Bibliothek. Die mussten endlich weg – nur wie? Dummerweise war der Agenturlieferwagen in den nächsten Tagen schon belegt, wie sie vorhin von Björn erfahren hatte. «Queen of Clean» besaß lediglich diesen einen Sprinter, da sie hauptsächlich mit professionellen Speditionen zusammenarbeiteten. Nur kleinere Zwischentransporte erledigten sie selbst, was aber nicht allzu häufig vorkam. Der Transport zu Leos Antiquariat musste also noch etwas warten. Es sei denn, sie bat Kai, den Partner von Tom, um seinen Bulli. Sie wusste von Björn, dass auch er manchmal seine privaten Kontakte nutzte, wenn es bei «Queen of Clean» Engpässe gab. So viel Engagement kam sogar besonders gut an bei den

Kunden. Allerdings traute sie sich nicht hinter das Steuer des Bullis. Sie würde einfach Tom fragen, ob er die Lieferung zum Mühlenkamp für sie übernehmen würde.

Aber konnte sie ihn überhaupt darum bitten, obwohl zwischen ihnen gerade so angespannte Stimmung herrschte? Sie würde morgen Abend einfach zu ihm fahren. Dann könnten sie in Ruhe reden und die Sache hoffentlich aus der Welt schaffen.

Merle atmete geräuschvoll aus. Tom, Leo, der Job – das alles brachte sie völlig durcheinander. Sie versuchte, ihr Herz zu ignorieren, das beim Gedanken an Leo schon wieder aus dem Takt gekommen war.

«Ich schlage vor, dass Sie mit dem Beschriften und Anheften der Zettel weitermachen», sagte sie zu Ella. «Ich verpacke dann schon mal die Sachen, die Sie mitnehmen möchten. Einverstanden?»

Ella blickte hoch und sah sie erstaunt an. «Madonna! Was ging Ihnen denn gerade durch den Kopf? Sie sind ja rot wie ein Schulmädchen.»

Merle lachte verlegen und spürte die Röte in ihrem Gesicht. «Vielleicht sind das ja schon die ersten Hitzewallungen. Mir ist auf einmal so warm.»

Ella blickte sie skeptisch an. «Mit Mitte dreißig? Da wären Sie aber früh dran.» Sie widmete sich wieder ihren Kleidern, aber es war zu spüren, dass sie über etwas nachdachte.

«Er gefällt Ihnen wohl?», fragte sie nach kurzem Schweigen.

«Wer?», fragte Merle, die ein paar Kleiderhüllen aufschüttelte, um die teuren Roben darin zu verstauen.

«Na, nun tun Sie mal nicht so unschuldig», lachte Ella.

«Leo? Überhaupt nicht. Und selbst wenn dem so wäre: Ich bin mit Tom zusammen.»

Ella bedachte sie mit diesem speziellen Blick, der einen an der eigenen Intelligenz zweifeln ließ.

«Korrigieren Sie mich, wenn ich mich irre, aber Ihr Tom scheint mir eine ziemliche Pfeife zu sein, oder etwa nicht?», sagte sie mit süffisantem Unterton.

Merle staunte mal wieder, wie direkt Ella bei all ihrem Charme manchmal sein konnte.

«Wie kommen Sie denn darauf?», fragte sie.

«Na, ich habe doch Augen im Kopf. Sie wirken nicht gerade, als schwebten Sie auf Wolke sieben.»

«Das kann man auch nach fünf Beziehungsjahren nicht mehr verlangen, oder?», verteidigte sich Merle, ohne recht zu wissen, warum.

«Sie tun ja gerade so, als stünden Sie kurz vor der Goldenen Hochzeit», bemerkte Ella trocken.

Doch Merle war nicht zum Lachen zumute.

«Tom ist keine Pfeife, er hat nur ein sehr großes Bedürfnis nach persönlicher Freiheit», verteidigte sie ihren Freund. «Und das ist eben manchmal nicht ganz einfach für mich.»

So, jetzt war es raus – und das Thema damit hoffentlich beendet.

Ella horchte auf.

«Wann hat denn Ihr Tom Geburtstag?»

Merle machte eine abwehrende Handbewegung.

«Lassen Sie es gut sein. Ich glaube nicht an Sternzeichen, das wissen Sie doch.»

«Ich dafür umso mehr. Nun sagen sie schon.»

Merle stöhnte genervt. «Er ist Wassermann.»

Ella schlug die Hände über dem Kopf zusammen.

«Dio mio! Krebs und Wassermann! Das wird nicht einfach, meine Liebe …»

«Das reicht, ich will nichts mehr hören von dem weltfremden Kram», sagte Merle verärgert. «Sie reden schon wie meine Mutter.»

Ella runzelte die Stirn. «Aus Ihrem Munde scheint das kein Kompliment zu sein.»

«Na ja … nein … das hängt ein bisschen davon ab …», stotterte Merle. Sie wollte nicht über ihre Mutter reden. Schon gar nicht mit diesem Kloß im Hals.

«Sie hatten es nicht leicht mit ihr, oder?», fragte Ella mitfühlend.

«Sagen wir so, sie war nicht gerade eine Mutter aus dem Bilderbuch. Und sie konnte Tom nicht ausstehen, weil er nicht so erpicht aufs Heiraten ist wie sie sich das gewünscht hätte.»

«Ha!», rief Ella. «Das kenne ich gut. Die Männer in meiner Jugend … Sie können es sich nicht vorstellen. Un disastro!» Sie verdrehte genervt die Augen. «Anfang der Siebziger, als es für mich ernst wurde, wollte sich plötzlich keiner der Herren, die mich vorher umschwärmt hatten, mehr festlegen. Heiraten, Kinder, etwas zusammen aufbauen – all das war Teufelswerk und den meisten zuwider. Darum war ich auch so froh, als Kurt aufgetaucht ist.»

Merle horchte auf.

«Wie haben Sie ihn denn kennengelernt, Ihren Kurt?», fragte sie möglichst beiläufig. Nicht nur, dass sie neugierig war auf diese Liebesgeschichte – sie konnte damit auch gleich von Tom ablenken.

«*Mein Kurt* … Das klingt wie in einem dieser Frauenromane», stellte Ella vorwurfsvoll fest und hing dann ihren eigenen Gedanken nach.

«Er war ein echter Künstler, wissen Sie?», sagte sie nach einer Weile.

Merle nickte. Sie hatte Kurt Kitters bereits gegoogelt. Er hatte damals in Rom mehrere Kunstfilme produziert, die von der Kritik gut aufgenommen wurden, am Markt jedoch nur mittelmäßig erfolgreich gewesen waren. Zurück in Deutschland, hatte er sich dann auf Werbefilme spezialisiert – vermutlich mit weitaus mehr Erfolg, wenn er sich diese Villa hatte leisten können.

«Ich habe damals in einem Café gekellnert, auf der wunderschönen Piazza Navona. Ich habe das gern gemacht, da war immer was los, es gab viel Trinkgeld, vor allem von den männlichen Gästen.» Sie kicherte.

«Und eines Tages saß er da an einem meiner Tische, dieser blasse Deutsche zwischen all den braungebrannten Italienern. Er fragte mich, ob ich ihm Modell stehen wolle. Dazu müssen Sie wissen, dass er nicht nur als Filmemacher sehr begabt war, sondern auch als Maler und Bildhauer. Und so bin ich am Tag darauf zu ihm gegangen, und er hat mich in Gips geformt. Übrigens nicht nackt, falls Sie das denken sollten.»

Sie hob mahnend den Zeigefinger, dabei hatte Merle nichts dergleichen gedacht. Nun gut, vielleicht für eine Sekunde.

«Ich hatte immer Stoff um mich drapiert. Und Kurt war ein Kavalier. Das hat mich wirklich beeindruckt.»

Ella ließ das Kleid sinken, das sie gerade hatte wegsortieren wollen, und gab sich ihren Erinnerungen hin.

«Und wie er mich geformt hat! Ich wusste ja, dass ich ein Feger war, aber so wie Kurt hatte mich noch niemand gesehen. Er schuf mich als in sich ruhende Göttin, die sich ihrer ganzen Kraft bewusst ist. Den Kopf erhoben, die Schultern stolz nach hinten gezogen.» Während sie erzählte, stellte sich Ella in Position, so aufrecht wie eine Primaballerina. «Können Sie sich vorstellen, was das in mir ausgelöst hat? Er hat mich quasi neu erfunden.»

Merle lauschte ihr fasziniert.

«Sind die Skulpturen im Garten also von ihm?», fragte sie.

Ella nickte. «Ja. Aber ich mag sie nicht besonders. Die schönsten hat er damals mitgenommen, und ich habe es nicht fertiggebracht, die übrigen einfach wegzugeben.»

Das wiederum wunderte Merle nicht. «Was wurde denn aus Ihrer Gipsfigur?»

«Die ist verloren gegangen. Er hat sie bei der Trennung mitgenommen. Seitdem habe ich sie nie wiedergesehen», sagte Ella mit traurigem Lächeln.

Merle konnte es sich nicht verkneifen, noch weiterzubohren. Sie wollte unbedingt noch mehr erfahren.

«Nach allem was Sie erzählt haben, klingt es, als sei Kurt ein wunderbarer Mann gewesen – aber nicht einer, der heiraten und Kinder kriegen möchte. Künstler gelten da ja eher als schwierig …»

Ella nickte. «Anfangs hatte ich das auch nicht erwartet. Aber er kam aus vornehmem Hause, die Eltern besaßen ein Anwesen im schicken Sülldorf und hatten ihren einzigen Sohn auf ein englisches Internat geschickt. Als er mir davon erzählte, wurde mir klar, dass er sich nach einer Familie sehnte. Nun ja, zumindest nach einem Zuhause, wo jemand auf ihn wartete. Sonst wäre wohl nichts aus uns geworden damals. Seine Mutter fiel fast in Ohnmacht, als er mich aus Italien mitbrachte. Sie hatte sich etwas anderes für ihn vorgestellt. Andererseits …» Ella machte eine bedeutungsschwere Pause. «Womöglich war ich am Ende doch das kleinere Übel.»

«Wie meinen Sie das?»

Ella wischte mit der Hand durch die Luft, als könnte sie das Gesagte so aus der Welt schaffen. «Non importa, das ist alles Vergangenheit. Wissen Sie, das war wie eine Erweckung, als ich Kurt kennenlernte. Ich, die kleine Kellnerin, verkehrte plötzlich mit den Intellektuellen aus der Filmbranche, mit all diesen interessanten Menschen. Ich habe mich gefühlt wie Dornröschen, die endlich wach geküsst worden war. Und als mich Kurt dann fragte, ob ich ihn heiraten will – das war …» Ella hielt inne, als würde sie Merle jetzt erst bemerken.

«Ach, was erzähle ich Ihnen das überhaupt. Das muss sie ja zu Tode langweilen», unterbrach sie sich.

Merle wollte protestieren, schluckte die Worte dann aber doch herunter. Sie wollte sich ihre Neugier nicht anmerken lassen. Warum hörte Ella immer dann auf zu erzählen, wenn es spannend wurde? Sie hätte so gerne gewusst, wie es mit Kurt weitergegangen war. Und was es mit Ellas Schwangerschaft auf sich hatte. Auch ihre Chefin Konstanze hatte ihr dazu nichts sagen können. Sie hatte es auch nur beiläufig gefragt, denn eigentlich war es für den Auftrag nicht von Belang. Wobei sie sich schon wunderte, dass Ella, falls es ein oder mehrere Kinder gab, nicht zumindest einen Teil ihrer Sachen an sie weitergeben wollte.

Sie setzte an, ihre Kundin doch noch weiter auszufragen, doch die hatte sich auf einem Stuhl niedergelassen und kritzelte wieder auf einem Zettel herum. Die Chance, mehr zu dem Thema zu erfahren, hatte Merle verpasst.

Ella zog sich zu einer Kaffeepause in die Küche zurück. Merle kuschelte sich solange auf einen Ledersessel in der Bibliothek, um sich ein wenig auszuruhen. Nachdem sie die Kleider verpackt und aufgehängt hatte, war sie vorhin eine Runde durchs Haus gegangen. Sie hatte überlegt, bei welchem Zimmer sie als Nächstes ansetzen sollte. Im Wohnzimmer mit den vielen Fotografien? Oder im Keller, in dem sich die Kisten bis zur Decke stapelten? Doch dann hatte sie im Schlafzimmer die Kommode geöffnet, die sie an ihrem ersten Arbeitstag aus dem Gästezimmer herübergetragen hatten, und sich Ellas Aussteuer darin genauer angesehen. Es handelte sich um wunderbare alte Leinenstoffe, Geschirrtücher, Tischdecken, Bettwäsche, mal bunt bestickt, mal schlicht, aber auch weiße Damast- und farbige Wollstoffe, die schon lange aus der Mode waren. Einige der Sachen waren über die Jahre unansehnlich geworden, aber die meisten hätte man noch ohne weiteres verwenden können. Und natürlich waren es wieder viel zu viele! Ella würde auch hier eine Auswahl treffen müssen. Aus ihrer Reaktion damals hatte Merle unschwer erkennen können, dass sie sehr an den Stoffsachen hing. Vermutlich waren es Erbstücke. Sie musste sich also etwas ausdenken, um Ella zu überzeugen.

Während sie die Textilien durchsah und Löchriges oder Verfärbtes aussortierte, versuchte sie, sich die Sachen in Ellas künftiger Wohnung vorzustellen. Sie sah einen langen Esstisch vor sich, mit einer der Leinentischdecken bedeckt, die alte Küche mit den rot karierten Geschirrtüchern und das Schlafzimmer mit dem mondänen Kleiderschrank und der edlen weißen Bettwäsche. Die Wohnung lag an der Piazza Navona, an dem berühmten römischen Platz, wo Ella früher im Café gearbeitet hatte. Ihren Erzählungen nach handelte es sich um ein ganz einfaches Apartment, das schon ihre Eltern über Jahrzehnte bewohnt hatten. Offenbar stand es seit ihrem Tod leer, eine Nachbarin sah nur ab und zu nach dem Rechten. Vermutlich war es ganz schön heruntergekommen. Wie es sich wohl anfühlte, in der Wohnung zu leben, mitten im Zentrum von Rom? Merle stellte sich vor, wie Ella frühmorgens von den Geräuschen der Händler erwachte, die auf dem Platz ihre Stände aufbauten. Sie würde sich ihren geliebten Espresso kochen, mit einer dieser kleinen Kannen auf dem Gasherd, und ihn dann auf der Terrasse trinken. Dort oben im fünften Stock hatte sie einen weiten Blick über die Dächer der Stadt … Merle musste sich zwingen, aus ihrem Tagtraum zurückzukehren. Sie hatte auf einmal den starken Drang, in den Süden zu fliegen, einfach abzuhauen aus dem verregneten Hamburg und alles hinter sich zu lassen. Um diese Jahreszeit war es bestimmt noch angenehm mild in Rom.

Aber die Wirklichkeit sah anders aus. Nicht sie würde durchbrennen, sondern Ella. Es war ein richtiger Neubeginn für sie. Wie befreit sie sich wohl fühlen würde, wenn sie in ihrer neuen, alten Wohnung angekommen war und nur noch die Dinge besaß, die sie wirklich brauchte! Ohne den ganzen Ballast aus ihrer Vergangenheit! Merle konnte regelrecht fühlen, wie federleicht Ellas Leben in Zukunft war.

Merle fröstelte. Sie wickelte die weiche Kaschmirdecke

um sich und war gerade dabei einzunicken, als ihr plötzlich die Eingebung kam, was sie mit all den schönen Stoffen aus der Kommode machen würden. Morgens beim Frühstück hatte sie gelesen, dass Alfred Biolek, der frühere Moderator und Fernsehkoch, einen Ring besaß, in den er ein Stück Holz von seinem alten Küchentisch hatte einarbeiten lassen. An dem Tisch hatte er viele schöne Abende erlebt, und jetzt im Alter trug er die Erinnerungen mit dem Ring immer bei sich. Diese Idee hatte ihr gefallen.

Nach dem gleichen Prinzip konnte sich Ella doch eine Patchworkdecke aus ihren Erbstücken nähen lassen! Und die Kaschmirdecke mit ihren leuchtend bunten Farben, die sie gerade zu der Idee inspiriert hatte, würden sie auch gleich mit einarbeiten. Solch ein Andenken war wesentlich sinnlicher als ein schlichtes Foto. Ella konnte die Stoffe weiterhin fühlen, sehen, riechen, ohne bergeweise Haushaltswäsche verstauen zu müssen. Noch dazu sah das bestimmt hübsch aus. Merle jubelte innerlich – diese Idee war einfach genial! Sie wusste auch schon, wen sie wegen des Patchworks fragen würde.

Kapitel 17

Heike war bester Laune, als Merle sie abends auf dem Weg zu Tom anrief. Sie saß in der U-Bahn, denn es regnete noch immer wie aus Kübeln. Ihre Freundin erzählte ihr von dem Abendessen, das sie gerade für Jens kochte, doch Merle hörte nur mit halbem Ohr zu. Sie kam schnell auf den Grund ihres Anrufs zu sprechen.

«Ich soll eine Patchworkdecke nähen? Ausgerechnet jetzt? Ich bin mitten in den Hochzeitsvorbereitungen, und so ganz nebenbei richte ich auch noch eine Pension ein», sagte Heike gespielt vorwurfsvoll und so laut, dass Merle befürchtete, die anderen Fahrgäste könnten jedes Wort mithören.

«Und wenn ich dir beim Nähen helfe?», schlug Merle in gedämpftem Ton vor. «Ich könnte an einem Wochenende nach der Modenschau zu euch kommen, und wir machen das mit der Decke zusammen. Was meinst du?»

«Das klingt schon besser», sagte Heike lachend. «Es ist zwar schade, dass ich erst eine Decke nähen muss, um dich mal wieder zu Gesicht zu kriegen, aber ich freue mich trotzdem. Und Jens bestimmt auch, wenn ich ihm nicht dauernd mit meinen Ideen für die Hochzeit auf die Nerven gehe.» Sie lachte auf eine so herzliche Art, wie nur Heike es konnte. Merle sah sie förmlich vor sich, wie sie mit ihrem geliebten Milchkaffee am weiß lasierten Küchentisch saß, mit einem flauschigen Schal um den Hals und den wilden blonden Locken, die darüberfielen.

«Ich tue dir also einen Gefallen? Dann ist das gebongt», sagte Merle, jetzt ebenfalls lachend, weil sie gar nicht anders konnte, wenn Heike vor Freude so übersprudelte.

Sie wusste, dass ihre Freundin Handarbeiten liebte. Vielleicht konnte sie Ella ja sogar noch zu einem kleinen Zusatzhonorar für Heike überreden. Immerhin ging es darum, eine Decke aus ihren Erinnerungen zu nähen, die sie wärmen würde, wenn sie Heimweh nach Hamburg und ihrem alten Haus bekam. Heute Nachmittag hatte sie Ella zunächst ermutigen wollen, die Decke selbst zu schneidern. Als ehemalige Designerin wäre das ein Leichtes für sie gewesen, und sie hätte während des Nähens Abschied von ihren Stoffen nehmen können. Aber die emotionale Hürde schien Ella zu hoch zu sein. Zumal Merle vorsichtig angedeutet hatte, sie könnten ja auch Teile der Kaschmirdecke mit verwenden.

«Ich weiß, sie ist ein Lieblingsstück von Ihnen, aber so hätten Sie gleich einen Ersatz für sie und könnten sich weiterhin an ihren wundervollen Farben und dem weichen Stoff erfreuen. Genau wie Sie es wollen», hatte sich Merle vorgewagt.

«Non lo so …» Unsicher hatte Ella den Kopf geschüttelt. Sie schien in ihrem Kopf ganze Dialoge zu führen über das Für und Wider. Nach einer vollen Stunde Bedenkzeit, in der sie sich dem Aussortieren von alten Modezeitschriften gewidmet hatten, die Ella in einer großen Bodenschale aus Rattan aufbewahrte, stimmte sie schließlich unvermittelt zu.

«Wissen Sie was? Die Idee mit dem Patchwork ist gut», gab sie zu. «Aber ich werde da nicht selbst Hand anlegen, das bringe ich nicht fertig. Und ob ich die Kaschmirdecke opfere, weiß ich noch nicht.»

«Das verstehe ich», sagte Merle. Zum Glück hatte sie Ella mit Heike schon einen Plan B präsentieren können. «Ihre Erbstücke sind bei ihr in den besten Händen, das versichere ich Ihnen.»

Sie war sich sicher gewesen, dass Heike zusagen würde. Sie war eine zu gute Freundin, um Merle im Stich zu lassen. Sie selbst hätte im Gegenzug ja nicht anders gehandelt: Wenn Heike sie brauchen würde, hätte sie alles stehen und liegen lassen, das war Ehrensache.

Die U-Bahn tauchte aus dem Tunnel und fuhr durch die verregnete Uhlenhorst, vorbei an Altbauhäusern und kleinen Parks. Während sie weitertelefonierte, sah Merle drei Kinder, die in einer großen Pfütze um die Wette platschten. Menschen ohne Regenschirm hielten sich ihre Taschen über den Kopf und hasteten zum nächsten Unterstand. Heike erzählte ihr währenddessen, dass sich gerade die erste Reisejournalistin angekündigt habe, um einen Artikel über die Pension zu schreiben. Und wie gespannt sie war, wie der Test wohl ausfallen würde. Alles musste perfekt vorbereitet werden!

Merle hörte ihr zu, bis die Bahn in Barmbek einfuhr, und verabschiedete sich dann von ihrer Freundin. Tom wohnte nur zwei Straßen von der Station entfernt, und sie wollte sich noch kurz sammeln, bevor sie bei ihm aufkreuzte. Schließlich hatte sie ein paar wichtige Dinge mit ihm zu klären.

«Einsam ist, wer für niemanden die Nummer eins ist.» Der Spruch, den sie mal irgendwo aufgeschnappt hatte, wollte ihr in letzter Zeit nicht aus dem Kopf gehen. Sie war sich nicht mehr sicher, ob sie für Tom wirklich die Nummer eins war oder ob sie nicht gegen das Surfen den Kürzeren ziehen würde. Vielleicht war es genau das, was sie immer schlechter ertrug.

Sie näherte sich seinem Haus und sah nach oben. Das Licht war an, also war er zu Hause. Normalerweise schloss sie auf, aber da sie sich nicht angekündigt hatte, drückte sie lieber auf die Klingel. Nach wenigen Sekunden ertönte der Summer, und sie nahm die Treppen in den zweiten Stock. Je näher sie kam, desto deutlicher hörte sie Stimmen aus der Wohnung kommen. Ausgerechnet heute. Tatsächlich empfing nicht Tom sie an der Tür, sondern Kai.

«Hallo, Merle! Das ist ja eine Überraschung.»

«Hoffentlich eine angenehme», sagte Merle, ihre Enttäuschung verbergend, und umarmte ihn zur Begrüßung. Sie ging ins Wohnzimmer, wo sich Tom auf seiner Ledercoach lümmelte. Neben ihm saß eine sehr junge, sehr blonde Frau. Das musste Nina sein, die Praktikantin aus dem Surfladen. Beflissen sprang sie auf und streckte ihr die Hand entgegen.

«Hallo, Merle! Schön, dich endlich mal kennenzulernen.» Nina lächelte, und auf ihren Wangen bildeten sich die niedlichsten Grübchen, die Merle je gesehen hatte. Mit einem Seitenblick registrierte sie, dass Tom und Kai sich vielsagende Blicke zuwarfen. Sie hatte das unangenehme Gefühl, zu stören. Endlich rappelte sich auch Tom auf und begrüßte sie mit einem flüchtigen Kuss auf die Wange. Der Marzipangeruch seiner Haut wehte ihr in die Nase.

«Ich wollte mal mit dir sprechen», raunte sie ihm ins Ohr und legte ihm ihre Hände auf die Oberarme.

«Später», sagte er und machte sich von ihr los. «Willst du was trinken?»

Merle ließ sich ein Bier bringen und setzte sich in einen Sessel. Tom, Kai und Nina stießen kurz mit ihr an und redeten dann weiter über einen schwierigen Kunden, der sie heute im Laden lange beschäftigt und dann doch nichts gekauft hatte.

«Der war schon dreimal da. Jedes Mal lässt er sich beraten – und am Ende bestellt er online, da gehe ich jede Wette ein», sagte Kai frustriert.

«Ja, diese Typen kenne ich. Haben teure Klamotten an, um anzugeben, aber bei anderen Sachen drehen sie jeden Cent um», sagte Tom.

Offenbar war der Tag nicht gut gelaufen. Kein passender Zeitpunkt, um mit ihm zu reden. Andererseits: Sie musste ihn zumindest fragen, ob er mit dem Bulli die Bücher abholen würde. So gesehen kam es ihr gut zupass, dass auch Kai da war. Und direkt neben ihr saß.

«Sag mal, könntest du mir nächsten Freitag mal deinen Wagen leihen? Ich müsste da etwas ausliefern, was Berufliches …», fragte sie ihn.

«Klar, warum nicht?» Kai war sofort einverstanden. Merle sah Tom an, der nur mit halbem Ohr zugehört hatte.

«Tom? Würdest du den Wagen fahren? Ich möchte das lieber nicht, ich fahre doch so selten Auto», bat sie.

«Wann soll denn das sein?», fragte Tom sichtlich lustlos.

«Am Freitag.»

Tom verzog das Gesicht. «Ausgerechnet Freitag … da soll es guten Wind geben, und ich will nicht zu spät nach St. Peter-Ording. Stimmt's, Kai?» Toms Geschäftspartner nickte und warf Merle dabei einen unsicheren Seitenblick zu.

«Geht es nicht auch an einem anderen Tag?», beharrte Tom.

Merle zuckte die Schultern. «Ich frage Leo, wann es ihm passt. Das ist der Typ, der die Bücher bekommt. Ich wollte erst mal wissen, ob ich überhaupt mit dem Wagen rechnen kann.»

«Klar!», sagte Kai wieder. Tom nickte. «Von mir aus.» Er wollte sich erneut seiner Mitarbeiterin zuwenden, als Merle sich sagen hörte: «Kommst du mal kurz mit in die Küche?»

«Meinetwegen», seufzte er, rappelte sich von seinem Sofa hoch und folgte ihr in den Nebenraum.

Wortlos öffnete er den Kühlschrank, nahm eine Flasche Bier heraus, öffnete sie lässig mit einem herumliegenden Feuerzeug und trank sie laut glucksend zur Hälfte leer. Er sah wahnsinnig attraktiv aus, wie er so dastand in seinem hellgrünen Shirt, die blonden Haare zerwühlt, als wäre er gerade erst aus dem Bett gekommen. Merle sehnte sich danach, sich an ihn zu schmiegen und in seine durchtrainierten Arme zu kuscheln … Aber irgendetwas hielt sie davon ab. Und das war nicht die Tatsache, dass da noch zwei andere Menschen im Wohnzimmer saßen.

«Wir sollten uns unterhalten, findest du nicht?», tastete sie sich vorsichtig vor.

«Klar», sagte Tom und nickte.

«Also, wegen des Wochenendes … hast du eigentlich eine Ahnung, warum ich am Ende so sauer auf dich war?», fragte sie.

Tom stellte sein Bier auf die Arbeitsplatte und vergrub die Hände in seinen Jeans.

«Ich weiß nur, dass du am Ende unausstehlich warst. Dabei hatten wir es doch gemütlich im Bus. Und du hattest viel Zeit für dich, nachdem du die letzten Tage so viel gearbeitet hast …»

«Vielleicht wollte ich ja gar nicht so viel Zeit für mich. Ich hab uns vermisst an diesem Wochenende. Da warst du, und da war ich, aber weit und breit kein Wir. Ich hab mich sehr allein gefühlt. Und dann noch die ganzen Familien um mich herum …»

Tom sah sie jetzt direkt an.

«Baby, du wusstest, dass ich da zum Surfen hinfahre. Da kannst du doch nicht erwarten, dass ich mit dir spazieren gehe und Kuchen esse und einen auf family mache. «

Merle stöhnte auf.

«Nenn mich nicht Baby. Und gibt es denn wirklich nichts Wichtigeres für dich als das Surfen? Die Welt besteht doch noch aus mehr als Wellen und Boards.»

«Kann es sein, dass du eifersüchtig bist? Darauf, dass ich eine Leidenschaft habe und du nicht?», fragte Tom in provozierendem Ton.

Merle spürte, wie die Wut in ihr hochkochte.

«Nein, das kann nicht sein», gab sie gereizt zurück. «Ich möchte mich nur nicht jedes Wochenende als Single fühlen, nur weil du immer ans Meer musst. Ist das alles, was du im Leben willst? Oder hast du irgendeinen Plan, von dem ich nichts weiß?»

Dass sie lauter geworden war als gewollt, merkte sie daran, dass es auf einmal ganz still war im Wohnzimmer. Ihre Gäste hatten wohl mitbekommen, dass in der Küche dicke Luft herrschte.

Tom blickte sie ernst an. «Ich bin immer noch derselbe wie vor fünf Jahren», sagte er und sah ihr fest in die Augen.

«Siehst du, und ich eben nicht», antwortete sie traurig. «Ich habe mich verändert, und ich möchte wissen, wie es weitergeht mit uns.»

«Musst du denn immer alles planen? Das ist ja schon ein regelrechter Kontrollwahn», beschwerte sich Tom.

Merle konnte es nicht fassen.

«Wie bitte? Kontrollwahn?»

«Na, was denn sonst? Schau doch mal dein Leben an, deine Wohnung, deinen Job ... Wo lässt du denn mal los? Wann schlägst du mal über die Stränge oder bist einfach mal spontan ...»

«Heute Abend zum Beispiel», unterbrach sie ihn. «Oder hast du mich etwa erwartet? Außerdem könnte ich dir im Gegenzug auch deinen Freiheitswahn vorwerfen. Bloß nicht auf irgendwas oder irgendwen festlegen! Immer schön alles offenhalten, man könnte ja einen Fehler machen oder sich eingeengt fühlen ...»

«Was ist dagegen zu sagen? Ich führe das Leben, das ich leben möchte. Und natürlich lege ich mich auch mal fest – mit dem Laden zum Beispiel, in dem meine ganzen Ersparnisse stecken.»

Merle stieß ein bitteres Lachen aus.

«Ja, der Laden. Aber wenn es um uns geht, fällt es dir schwer, Nägel mit Köpfen zu machen. Nicht mal eine Wohnung mit mir anschauen willst du. Und schiebst es dann auf meinen unsicheren Job.»

«Du kannst mir nicht die Schuld dafür geben, dass die Mieten in Hamburg so teuer sind. Ich versuche nur, vernünftig zu sein», grollte Tom.

Beide schauten zu Boden und schwiegen. Jedes weitere Wort musste gut überlegt werden, denn sie bewegten sich bereits in gefährlichem Fahrwasser. Nach einer Weile sagte Tom:

«Nina macht am Wochenende eine Party, das wird sicher lustig. Kommst du mit?»

Merle zuckte mit den Schultern. Sie fühlte sich auf den Partys von Toms Freunden meist fehl am Platz, wenn alle nur vom Kiten redeten, von ihren Reisen und ihrem ungebundenen Lebensstil.

«Aber du willst doch an die See?», fragte sie.

«Ich komme am Samstag zurück.»

«Für die Party? Dann muss sie dir ja wirklich wichtig sein.»

«Na ja, so viele Feiern gibt es ja nicht mehr, jetzt, wo wir in das gesetzte Alter kommen ...»

Tom sah zu ihr hoch und setzte sein Dennis-Quaid-Grinsen auf, mit dem er sie immer um den Finger wickeln konnte. Merle spürte, wie sie schwach wurde. «Schön wär's», brummelte sie und spürte gleichzeitig, wie ein Lächeln in ihr aufstieg.

Vielleicht hatte er recht, sie war wirklich sehr kontrolliert. Manchmal wäre sie gerne ein bisschen wie Ella, die sich keinen Kopf gemacht, sondern sich einfach in die Modewelt gestürzt hatte. Sie hatte etwas riskiert und viel gewonnen. Auch wenn sie jetzt im Alter sehr isoliert war, was Merle nach wie vor nicht verstand. Irgendetwas musste geschehen sein – und zwar etwas Gravierendes, so viel war klar.

Tom ging zu ihr und nahm sie in die Arme. Seine Wärme breitete sich in ihr aus. Sie umschlang seine Taille und drückte ihr Gesicht in sein Shirt. Für einen Moment vergaß sie alle und alles um sich herum, Nina, Kai, ja sogar Ella und ihren Auftrag ... Sie war ganz im Jetzt und atmete Toms Duft ein.

«Hör mal, Süße. Wie wär's, wenn wir zusammen wegfahren, wenn du deinen Auftrag hinter dir hast? Nur wir beide?»

Merle lockerte ihre Umarmung und sah ihn an. «Aber nicht an die Nordsee.» Tom grinste.

«Kein Problem, gibt ja noch andere schöne Surfspots.»

Merle ballte zum Spaß die Faust und wedelte ihm damit vor der Nase herum.

Nein, sie würde es nicht wie ihre Mutter machen und immer gleich alles hinwerfen, wenn es in einer Beziehung schwierig wurde. Tom und sie würden es schon schaffen. Solange sie miteinander lachen konnten, war doch alles gut.

«Ich würde gerne nach Italien», sagte Merle, einer spontanen Eingebung folgend. «Nach Rom.»

«Willst du etwa deine Auftraggeberin besuchen?»

Merle schüttelte den Kopf. «Nein, aber sie hat mich daran erinnert, dass ich da immer schon hinwollte.»

Tom drückte ihr einen Kuss auf die Stirn. «Schauen wir mal», sagte er. «Bleibst du heute hier?»

Merle nickte, und sie gingen wieder zu den anderen.

Kapitel 18

Am nächsten Morgen auf dem Weg zur Arbeit sah Merle aus dem Fenster der U-Bahn. Es regnete zwar nicht mehr, und der Himmel war so hell, dass er sich im Lauf des Tages bestimmt blau färben würde. Doch ihr Fahrrad stand im Keller in Eimsbüttel, und sie hatte bei Tom übernachtet, sodass sie die Bahn nehmen musste. Sie hasste den Berufsverkehr am Morgen, wenn die Menschen mit schlechtgelaunten Mienen auf ihre Handys starrten. Und diese Enge! Wie gerne wäre sie jetzt in ihrer aufgeräumten Wohnung gewesen statt in diesem proppenvollen Waggon. Noch schlimmer war es nur am Wochenende, wenn die Leute mit riesigen Tüten aus der Stadt kamen, die Augen leer von der sinnlosen Konsumschlacht. Dabei wussten sie zu Hause nicht, wohin mit ihrem ganzen Kram.

Merle dachte an den gestrigen Abend mit Tom. Es hatte sich noch eine Weile hingezogen, bis Kai und Nina endlich gegangen waren. Später im Bett hatte Tom noch einen Annäherungsversuch unternommen, aber ihr war ganz und gar nicht nach Sex zumute gewesen. Hundemüde war sie sofort eingeschlafen und hatte sich heute Morgen sogar noch an ihren Traum erinnern können: Sie war auf Heikes Hochzeit – nur dass diese vor dem Petersdom in Rom stattfand und nicht wie geplant an der Ostsee. Sie hatte das Seidenkleid getragen und die Ohrringe mit den Mondsteinen von ihrer Mutter. Beim Gedanken daran musste sie schlucken. Was hatte das jetzt zu bedeuten? Ella hätte es zweifellos gefallen, dass sich die Schmuckstücke hinterrücks in ihre Träume geschlichen hatten …

Ach, Heike. Es war ein echter Lichtblick gewesen, ihre Stimme zu hören. Ein Leben ohne ihre Freundin konnte sie sich gar nicht vorstellen. Wie es Ella wohl aushielt, so ganz ohne Kontakte? Sie musste sich doch schrecklich einsam fühlen, ohne einen Menschen, dem sie vertraute. Merle dachte an ihre Mutter. Vielleicht sollte sie Ella ebenfalls ans Herz legen, sich bei Facebook oder einem Nachbarschaftsnetzwerk anzumelden? Gut, vielleicht unterschätzte sie ja auch Ellas soziales Umfeld, aber ihre Kundin wirkte auf sie schon sehr vereinsamt. Die Innigkeit, mit der sie an Gabriella hing, sprach doch Bände. Und wie häufig sie ihre alten Freundinnen erwähnte … Bei dem Abendessen mit Leo hatte sie gleich mehrmals von ihnen gesprochen: Mona, Lisa, Karo, Marlene – es war offensichtlich, dass die Frauen in Ellas Leben eine große Rolle gespielt hatten. Möglicherweise hatten sie sich über die Jahre einfach aus den Augen verloren. Aber ihr Gefühl sagte Merle, dass es einen anderen Grund geben musste, warum es keinen Kontakt mehr zu den Frauen gab.

Ob die Freundinnen ahnten, dass Ella schon bald nach Italien zog? Sie wollte einfach aus Hamburg weggehen, ohne sich zu verabschieden. Das konnte sie doch nicht machen! Es passte auch gar nicht zu ihr, zumindest nicht zu der Frau, die Ella laut ihren Erzählungen früher mal gewesen war. Nein, nach all den Jahren brauchte es auf jeden Fall einen würdigen Abschied.

Vielleicht ließ sich ja im Rahmen der Modenschau ein Wiedersehen mit den Freundinnen arrangieren? Hatte Ella nicht erzählt, dass die Frauen früher für sie gemodelt hatten? Zumindest in der Anfangszeit, als sie sich noch keine teuren Mannequins leisten konnte, waren ihre Freundinnen in ihren Entwürfen über den Laufsteg stolziert. Was, wenn sie auch diesmal ihre Kleider vorführen würden? Gut, die Damen dürften inzwischen im gesetzten Alter sein. Aber die Kleider selbst waren ja auch Vintage. Vermutlich war auch die Kundschaft nicht mehr blutjung. Merle überlegte. Was, wenn sie die alten Freundinnen ohne Ellas Wissen kontaktierte und Ella auf der Modenschau damit überraschte? Die Aktion barg natürlich ein gewisses Risiko. Aber wieder einmal sagte sie sich, dass ein Aufräumcoach eben auch ein Stück weit Psychologe war.

Da gab es nur ein Problem: Sie kannte die Nachnamen der Frauen nicht. Ella einfach auszuhorchen kam nicht in Frage, sie würde sofort Verdacht schöpfen. Also musste sie auf anderem Weg an die Namen kommen. Aber selbst wenn sie sie herausfand, war es noch fraglich, ob die Frauen so einfach im Internet zu finden waren. Und ob sie überhaupt noch in Hamburg wohnten.

Und da war noch eine Schwierigkeit: Ella hatte gar nicht vor, bei der Modenschau zu erscheinen. Das hatte sie ihr gegenüber mehrfach betont. Merle musste sich also noch etwas einfallen lassen, um sie zu überreden. Denn was war schon eine Modenschau ohne die Schöpferin? Wenn dagegen in der Zeitung stand, dass sie höchstpersönlich anwesend sein würde …

Merle schüttelte über sich selbst den Kopf. Was machte

sie sich überhaupt vor? Ob Ella nun dabei war oder nicht, der Ansturm würde sich vermutlich in Grenzen halten. Wer erinnerte sich schon noch an die flippige Italienerin, die den Hamburger Frauen den Glamour gebracht hatte? Mehr als vierzig Jahre war das jetzt her – in der Modebranche eine lange Zeit. Es mochte noch einige alte Fans geben, aber sicherlich keine Unmengen. Sie bereiteten hier schließlich keine Chanel-Show auf den Champs-Élysées vor.

Als sie sich wenig später Ellas Haus näherte, atmete sie tief durch, um den Stress und die wirren Gedanken der Bahnfahrt abzuschütteln. Es wird schon alles gut laufen, sagte sie wie ein Mantra vor sich hin.

Das mit der Modenschau schien jedenfalls zu klappen: Reinhold hatte ihr heute Morgen auf die Mailbox gesprochen, dass die Oppenheims interessiert seien und gerne Fotos von den Kleidern sehen wollten. Nun, nichts leichter als das. Sie würde mit ihrer Kamera ein paar Aufnahmen machen und an Reinhold schicken. Die Sammlung sprach für sich – Merle war sicher, dass sich das niemand entgehen lassen würde. Und um Ellas Wiedersehen mit ihren Freundinnen würde sie sich auch noch kümmern.

Sie schloss die Haustür auf – inzwischen hatte Ella ihr einen Schlüssel gegeben, um nicht ständig die Treppe rauf- und runterrennen zu müssen – und trat in den Flur.

Ella war nicht zu sehen. Vermutlich war sie schon in der Kammer bei ihren Kleidern, um weiter zu sortieren. Das war *die* Gelegenheit! Bevor Merle zu ihr gehen würde, wollte sie die Gunst der Stunde nutzen und endlich die Mappe mit den Fotos, die noch hinter dem Badschrank versteckt lag, an eine weniger verdächtige Stelle bringen.

Merle schlich die Stufen hoch in den ersten Stock, bog nach links ins Badezimmer und schloss sich ein. Dann rückte sie das Schränkchen ein Stück nach vorn. Die Mappe fiel mit einem klatschenden Geräusch auf den Boden. Schnell steckte sie sie unter ihren Pullover und schlich zurück ins Erdgeschoss. Sie musste sich beeilen. Jeden Moment konnte Ella auftauchen. Merle öffnete die untere Tür des Buffetschranks und sah hinein. Sie schob die Mappe einfach zwischen die Kochbücher. Die musste Ella ohnehin bald durchsehen, bevor Tom die Bücher abholte.

Als Merle die Schranktür gerade schließen wollte, fiel ihr ein Büchlein ins Auge, das ganz an die Seite gedrängt stand. Sie zog es heraus. «Adressen» stand in Goldprägung auf dem dunkel glänzenden Leder. War das etwa …? Vorsichtshalber sah sie sich noch mal um. Ella hatte die unangenehme Angewohnheit, sich in den unpassendsten Momenten anzuschleichen.

Neugierig schlug Merle das Büchlein auf. Von Hand waren zahlreiche Namen und Nummern darin notiert. Aufgeregt blätternd suchte sie nach dem Namen Mona – und hätte am liebsten laut losgejubelt: Da stand sie, Mona Mitscherlich, damals wohnhaft in der Milchstraße. Merle konnte ihr Glück gar nicht fassen! Unter der Straße stand noch die alte Postleitzahl 2000. Die Telefonnummer stimmte wahrscheinlich auch nicht mehr, aber einen Versuch war es wert. Merle nahm ihr Handy aus der Hosentasche und machte ein Foto von der Seite. Hektisch schlug sie auch die anderen Frauennamen nach. Sie fand noch die Einträge von Lisa und Marlene und fotografierte sie. Karo fehlte. Vielleicht war sie ja erst später zu dem Frauentrio gestoßen.

Merle legte das Adressbuch an seinen Platz zurück und wagte erst wieder zu atmen, als sie die Schranktüren geschlossen hatte. Geschafft! Jetzt musste sie Ellas alte Freundinnen nur noch überreden, einen Ausflug in ihre Vergangenheit zu unternehmen.

Als sich Merle gerade von den Knien hochgeächzt und den Staub von der Hose geklopft hatte, platzte Ella in die Küche, eine Tasse in der Hand und das Huhn im Schlepptau.

«Dio mio!», rief sie und griff sich mit der Hand an ihr Herz. «È pazza? Sind Sie verrückt geworden, mich so zu erschrecken?»

«Verzeihen Sie, das wollte ich nicht», stotterte Merle. Das war wirklich nur um Haaresbreite gutgegangen!

«Schon gut. Ich habe Sie einfach nicht kommen hören», beschwichtigte Ella. «Ich wollte mir gerade noch einen Espresso machen. Möchten Sie auch?»

«Nein danke, ich bleibe bei Tee.»

Ella schnalzte missbilligend mit der Zunge und ging zu ihrer Kaffeemaschine. Das Huhn blieb in ihrem Windschatten.

«Haben Sie sich eigentlich schon überlegt, was aus Gabriella wird, wenn Sie umziehen?», fragte Merle.

«Die nehme ich natürlich mit! Ich werde es ihr auf der Dachterrasse nett machen, damit sie scharren und picken kann», sagte Ella.

Merle lachte. Sie hatte sich ja wirklich einiges vorgenommen.

Ihre Gedanken wanderten zurück zu Ellas Adressbuch. Ob sie die Freundinnen ausfindig machen würde? Gleich heute Abend wollte sie ihr Glück versuchen.

Als sie nach der Arbeit endlich zu Hause war, zog Merle sich bequeme Sachen an und kochte einen Tee. Dann lümmelte sie sich mit ihrem Laptop aufs Sofa.

Was für ein Tag! Morgens hatte sie, noch während Ella ihren Kaffee trank, die Fotos von den Kleidern gemacht und an Reinhold gemailt. Keine Stunde später hatte sie ein gewisser Herr von Lukowitz vom Auktionshaus angerufen. Sie hatte seiner Stimme angehört, dass er versuchte, seine Begeisterung vor Merle herunterzuspielen.

«Die Sammlung sieht ja recht vielversprechend aus», sagte er etwas geschwollen. «Und da Reinhold Rehmann für Sie bürgt, bin ich schon fast überzeugt. Aus welchen Jahren stammen die Stücke, sagten Sie?»

«1976 bis 1986», antwortete Merle. «Und es wird noch besser: Frau Castello hat sämtliche Teile mit persönlichen Erinnerungen und der Jahreszahl der jeweiligen Kollektion versehen.»

«Tatsächlich? Das ist ja eine wunderbare Idee», lobte Herr von Lukowitz und klang jetzt ganz unverhohlen erfreut. «Das verleiht den Stücken eine noch individuellere Note.» Er räusperte sich. «Also von unserer Seite steht einer Auktion nichts im Wege. Wie ich gehört habe, eilt es bei Ihnen etwas?»

Merle pries Reinhold in Gedanken, der offenbar Wort gehalten und um einen schnellen Termin gebeten hatte.

«Ja, Frau Castello möchte so bald wie möglich nach Rom umziehen, die Modenschau müsste also zeitnah über die Bühne gehen.»

«Kein Problem, das ist unser tägliches Geschäft – auch wenn es sich bei dieser Sammlung natürlich um etwas ganz Besonderes handelt.» Herr von Lukowitz räusperte sich erneut. «Wenn Sie einverstanden sind, würde ich gleich heute die für den Verkauf bestimmten Stücke abholen lassen. Wir haben bei uns eine Mitarbeiterin, die auf Vintagemode spezialisiert ist und eine wunderbare Schau zusammenstellen wird. Außerdem machen wir Fotos von den Kreationen und stellen eine Vorschau davon ins Internet. Das gehört bei uns zum Service.»

Merle jubelte innerlich. Das lief ja wie geschmiert!

Sie hatte den Auktionator nach dem Auflegen noch eine halbe Stunde zappeln lassen, um sich Ellas Einverständnis für den schnellen Abtransport der Kleider zu holen. Die hatte zwar schwer geschluckt, sich dann aber klaglos in ihr Schicksal ergeben.

Als Merle Herrn von Lukowitz die gute Nachricht überbrachte, stellte er noch einmal in Aussicht, was für eine einzigartige Veranstaltung es werden würde.

«Am Freitag in der kommenden Woche können wir Ihnen einen Termin am Vormittag anbieten. Da ist uns eine andere Auktion weggebrochen. Ein Kunstsammler, der sich umentschieden hat und seine Stücke nun doch lieber behalten möchte.»

Merle hatte im Kopf nachgerechnet. Freitag in einer Woche – das war schon in acht Tagen! Das kam ihr gerade recht. Je eher sie die Sache hinter sich brachten, desto weniger Gelegenheit würde Ella haben, es sich wie dieser Kunstsammler womöglich noch anders zu überlegen …

«Wir nehmen den Termin», hatte Merle bestätigt. «Ich

hätte da aber noch einen Sonderwunsch.» Und dann hatte sie mit Herrn von Lukowitz über Ellas Freundinnen gesprochen …

Nun galt es nur noch, die Damen selbst zu überzeugen.

Merle nahm einen tiefen Atemzug und klappte ihr Laptop auf. Sie war so gespannt, ob die Frauen überhaupt noch in Hamburg lebten – und ob sie sich optisch als Models eigneten! Der Reihe nach gab sie die Namen in die Suchmaschine ein. Sie hatte Glück: Die Frauen trieben sich alle noch in der Hamburger Gesellschaft herum, sodass sie schnell auf aktuelle Bilder von irgendwelchen Events stieß. Bis auf Lisa schienen sie seit den späten Siebzigern kaum ein Gramm zugenommen zu haben. Aber auch die mollige Lisa war ein echter Hingucker mit ihren roten Locken. Merle konnte sich gut vorstellen, dass sie in einigen von Ellas Kleidern bombastisch aussehen würde. Zum Glück hatte sie als Designerin ja nicht nur Frauen mit Größe 36 ausstaffiert.

Erneut atmete Merle tief ein, dann nahm sie ihr Telefon in die Hand. Jetzt kam es drauf an. Zuerst versuchte sie es bei Mona. Die alte Nummer aus dem Adressbuch war nicht mehr vergeben, aber im Internet fand sie die aktuelle sofort. Merle spürte ihr Herz laut pochen, als sie die Nummer eintippte und das Freizeichen hörte …

«Mitscherlich?» Die Stimme klang jünger, als Merle erwartet hatte.

«Guten Tag, mein Name ist Merle Schneider, Sie kennen mich nicht, aber ich bin eine Mitarbeiterin von Ella Castello.»

Merle hörte Mona vor Schreck tief einatmen.

«Ella? Ja, ist sie denn noch hier?», fragte Mona überrascht.

«Ich dachte, sie wäre längst nach Italien zurückgegangen. Davon hat sie früher jedenfalls immer gesprochen.»

«Nein, sie lebt noch in Hamburg», antwortete Merle, «aber sie zieht tatsächlich demnächst nach Rom. Wann haben Sie sie denn zum letzten Mal gesehen?»

«Oh, das muss lange her sein. Bestimmt zwanzig Jahre. Ich hätte nie gedacht, dass ich noch mal was von ihr höre. Sie hat sich ja damals einfach nicht mehr gemeldet. Wie schön, dass sie noch an mich denkt!»

Merle hörte die Spitze in Monas Worten. Offenbar hatte Ellas Rückzug sie ziemlich verletzt.

«Sie spricht häufig von Ihnen, Mona. Erst kürzlich hat sie mir von den Modenschauen erzählt, auf denen Sie für sie gelaufen sind – das muss damals ja ein echtes Ereignis gewesen sein.»

«Und ob!», sagte Mona lachend. «Sie hätten uns sehen sollen … wir standen noch voll im Saft.» Sie kicherte. «Ella war so lebensfroh, sie hatte dieses italienische Flair, einfach unwiderstehlich. Aber sie war auch ein Miststück …»

«Wie meinen Sie das?»

«Na ja, von einem Tag zum anderen ist sie von der Bildfläche verschwunden. Hat uns einfach sitzenlassen. Nicht, dass ich das nicht verstehen könnte. Die Sache mit Kurt hat sie damals ganz schön mitgenommen. Aber nur, weil sich der Mann von einem trennt, muss man doch nicht gleich alles hinwerfen und zur Einsiedlerin werden!»

Merle hatte sich schon so was gedacht. Also hatte Ellas Rückzug aus der Modewelt tatsächlich mit der Trennung zu tun. Aber warum hatte sich Ella einfach davongestohlen? Irgendwie sah ihr das ähnlich. So wie Merle sie einschätzte, verschloss sie gern die Augen vor schmerzhaften Ereignissen und befragte stattdessen Tarot & Co. Vermutlich war auch der Umzug nach Rom nur eine weitere Etappe ihrer Flucht.

«Das war bestimmt hart für Sie damals, und ich könnte verstehen, wenn Sie nie wieder etwas mit Ella zu tun haben wollten. Aber ich bin sicher, dass sie sich freuen wird, Sie wiederzusehen», stammelte Merle unsicher. Hoffentlich war das alles wirklich eine gute Idee.

«Sie klingen sehr jung, Frau Schneider. Vermutlich können Sie sich nicht vorstellen, wie enttäuschend das für mich war. Wir hatten zusammen so eine herrliche Zeit erlebt, voller Aufbruchstimmung und Entdeckergeist! So frei und unbeschwert. Davon zehre ich noch heute. Ella und ich waren eng befreundet, immer im Höhenflug. Und dann die harte Bruchlandung. Plötzlich war alles vorbei.»

Mona machte eine kurze Pause, dann lachte sie auf einmal auf.

«Aber die Bilder von mir als Mannequin, die hängen noch in meinem Wohnzimmer. Damit meine Enkel sehen, wie flott ihre Oma früher aussah.»

Merle erzählte Mona von ihrem Plan für die Modenschau. Ob sie nicht als Model dabei sein wolle, um Ella vor ihrem Abschied aus Hamburg eine Freude zu machen? Mona schwieg so ausdauernd am anderen Ende der Leitung, dass Merle schon befürchtete, sie hätte aufgelegt.

«Meinen Sie das ernst?», fragte Mona unsicher, als befürchte sie, auf einen Telefonstreich hereingefallen zu sein.

«Absolut ernst», bestätigte Merle. «Ich finde, das wäre eine schöne Überraschung für Ella. Und es würde auch den

Kreationen mehr als gerecht, wenn sie von ihren damaligen Musen getragen würden.»

«Na, nun übertreiben Sie mal nicht», sagte Mona und lachte. «Aber das ist wirklich eine schöne Idee. Ach, was sage ich: Es ist eine großartige Idee! Sie können sich gar nicht vorstellen, wie ich mich freue!» Merle hielt den Hörer ein wenig weg, als Mona tatsächlich aufjauchzte, als wäre sie noch immer ein junges Hippiemädchen. «Ehrlich, das macht mich richtig glücklich. Ich bin auf jeden Fall dabei!»

Die Telefonate mit Lisa und Marlene verliefen ähnlich: Nach anfänglicher Überraschung waren die Damen ganz begeistert und sagten ihr Kommen zu. Merle würde ihre Kontaktdaten an Herrn von Lukowitz weitergeben, damit sie vor der Auktion schon zu einer Anprobe vorbeikommen konnten. So hatte sie es mit ihm abgesprochen. Mona hatte Merle auch die Nummer von Karo gegeben, doch diese nahm nicht ab, und Merle konnte ihr nur auf die Mailbox sprechen. Dann ließ sie sich tiefer in die Sofakissen sinken und schloss die Augen. Die Anspannung des Tages fiel langsam von ihr ab. Es war viel passiert: das Verstecken der Fotomappe, der überraschende Fund von dem Adressbuch, die Packer, die am Nachmittag gekommen waren und Ellas Kleider in kürzester Zeit in den Lieferwagen verfrachtet und weggefahren hatten – und Ellas Gesicht, als sie vor der leeren Kammer gestanden hatte. Sie hatte einmal tief Luft geholt und die Augen geschlossen, als könnte sie so besser verdauen, was gerade passiert war.

Merle war so erschöpft, dass sie am liebsten drei Tage lang durchgeschlafen hätte. Aber die Gespräche mit Ellas alten Freundinnen lösten auch eine aufgeregte Vorfreude in ihr aus: noch acht Tage bis zur Modenschau. Ella würde Augen machen!

Kapitel 19

Pünktlich zum Wochenende klarte das Wetter auf. Es war zwar kühler geworden, doch die Sonne schien über der Alster, als Merle Freitagmorgen am Wasser entlang zur Arbeit radelte.

Gestern hatte sie sich mit Ella zusammen den Keller vorgenommen. Hauptsächlich lagerten darin Kurts Sachen. Er hatte sie dort untergestellt und nie mehr abgeholt: Motorradersatzteile, alte Anzüge und ähnlich sinnvolles Zeug. Merle schlug vor, die Kisten nicht mehr einzeln durchzusehen. Eine Aufräumregel besagte, dass alles aussortiert gehörte, was man ein Jahr oder länger nicht gebraucht oder vermisst hatte. Doch Ella bestand darauf, sich jedes einzelne Teil anzuschauen. Also holte Merle die Rollen mit den farbigen Säcken aus ihrer Tasche, und mit viel gutem Zureden landete nach und nach fast alles auf dem «Raus»-Stapel. Insgesamt zehn rote Säcke trugen sie bis zum Abend nach oben. Das hätten sie auch schneller haben können, dachte Merle, aber die Hauptsache war, dass Ella ein gutes Gefühl dabei hatte.

Immerhin hatten sie bei der Aktion auch eine hübsche dunkle Holzkiste gefunden, die Ellas Mutter einst mit einem bäuerlichen Blumenmuster bemalt hatte. Sie sah wie eine Schatzkiste aus, weshalb Merle vorschlug, sie aufzubewahren, um Erinnerungsstücke wie Fotos oder Briefe darin aufzuheben. Ella war sofort angetan von der Idee und trug die Kiste eigenhändig ins Lager.

Merle hatte außerdem beschlossen, die aussortierten Sachen künftig in der Bibliothek zu sammeln. In wenigen Stunden würde dort gähnende Leere herrschen, denn Tom hatte versprochen, die Bücher am frühen Nachmittag abzuholen. Auch Leo hatte gestern noch per WhatsApp zugesagt, dass er früh genug da sein werde, um die schweren Kisten ins Auto zu tragen.

Merle fühlte sich etwas unbehaglich bei der Vorstellung, dass die beiden Männer anschließend zusammen zu Leos Laden am Mühlenkamp fahren würden. Es war erst wenige Tage her, dass sie mit Leo auf der Bank gesessen und Händchen gehalten hatte. Sie schrieb das immer noch dem Wein zu, doch ob Tom das als Entschuldigung gelten lassen würde? Sie wollte es lieber nicht ausprobieren. Letztlich hatte es nichts zu bedeuten, also warum die Pferde scheu machen? Leo gegenüber hatte sie noch immer kein Wort über Tom verloren. Sie nahm sich fest vor, ihn heute Nachmittag aufzuklären, wer der Mann war, der die Bücher zu ihm kutschierte.

Sie hatte Tom angeboten, die beiden zu begleiten, wenn sie zu Leos Laden fuhren, aber Tom wollte direkt im Anschluss Kai aufsammeln, der nicht weit vom Mühlenkamp entfernt wohnte, und nach St. Peter-Ording durchstarten.

Merle trat noch ein bisschen schneller in die Pedale. So konnte sie sich einreden, dass ihr Herz vor Anstrengung raste und nicht wegen der Ereignisse, die heute noch auf sie zukamen.

Leo traf schon etwas früher ein als vereinbart. Merle hatte es gerade noch geschafft, mit Ella die Kochbücher aus dem Buffetschrank auszusortieren. Dabei war auch die Mappe mit den Fotos zum Vorschein gekommen. Ella hatte kurz gestutzt, sie dann aber wortlos an sich genommen. Merle hatte in der Hektik nicht verfolgt, wo Ella die Mappe letztendlich abgelegt hatte. Vermutlich im Gästezimmer, bei den Dingen, die mit nach Rom sollten.

Merle hatte befürchtet, dass es vielleicht unangenehm werden könnte, Leo wiederzubegegnen. Doch er gab ihr keinen Grund, verlegen zu sein, indem er sich hauptsächlich auf Ella konzentrierte. Vermutlich war es ihm selbst peinlich, was vorgefallen war, und er gab sich deshalb alle Mühe, ihr aus dem Weg zu gehen. Es blieb ihm auch kaum etwas anderes übrig, denn Ella nahm ihn sofort in Beschlag und verwickelte ihn in ein Gespräch über den richtigen Schliff von Kristallgläsern.

«Wussten Sie, dass die Venezianer diese Schleiftechnik erfunden haben?», fragte sie und hielt eines ihrer Gläser aus dem Buffetschrank ins Licht.

Leo nahm das Glas in die Hand und betrachtete es genau. «Ich habe gelesen, dass der spezielle Glanz dieser Gläser durch Bleioxid erzeugt wird», sagte er.

Merle verdrehte die Augen. War er jetzt auch noch auf diesem Gebiet Fachmann? Vielleicht las er ja den ganzen Tag in seinen alten Büchern und konnte deshalb zu allem etwas Kluges sagen?

«Da haben sich ja zwei gefunden», brummelte sie und verzog sich in die Bibliothek. Sollten die beiden doch alleine fachsimpeln. So lange konnte sie schon mal die Bücherstapel in Kisten packen, damit alles bereit war, wenn Tom kam. Gabriella hatte sich auch schon in den Garten verzogen. Ihr war hier vermutlich entschieden zu viel Rummel.

Doch als Merle gerade nach den ersten Büchern griff, kam Leo in die Bibliothek. «Warte, ich helfe dir», sagte er und sprang herbei, um ihr die Bücher abzunehmen. Dabei berührte er sie wie beiläufig, und sie spürte, wie sie rot anlief.

«Ach, nicht nötig, du darfst die Kisten dafür gleich zum Wagen schleppen», witzelte sie, um den peinlichen Moment zu überspielen.

«Du meinst, weil ich so kräftig bin?» Er ließ zum Schein die Muskeln spielen. «Ob du es glaubst oder nicht: Als Kind wollte ich Stuntman werden», erzählte er. «Ich habe jede Gelegenheit genutzt zu trainieren: Mal habe ich versucht, die Wand hochzulaufen, mal bin ich vom Kleiderschrank gesprungen oder habe einen Köpper über eine hohe Hecke gemacht. Ich kann gar nicht mehr zählen, wie oft ich im Krankenhaus war.»

Merle lachte.

«Und warum bist du dann kein Stuntman geworden?»

«Tja, genau genommen war ich schon nach der Grundschule ein Pflegefall. Aber zum Packen reicht es noch», beteuerte er grinsend und fing an, die Bücher in die Kisten zu legen. «Ich möchte dir noch danken für deine Hilfe. Auch wie du Ella zur Hand gehst, finde ich toll – das ist ja nicht selbstverständlich», fügte er hinzu. Er sah sie erwartungsvoll an, aber Merle setzte statt zu antworten lieber ein Lächeln auf.

«Unglaublich, dass sie mir die Bücher einfach so überlassen will. Eigentlich darf ich das gar nicht annehmen. Hoffentlich kann ich mich bei ihr revanchieren», sagte Leo.

Merle nickte.

«Da wird dir schon was einfallen. Das mit dem Schild war ja schon mal ein Volltreffer.»

Leo schien noch etwas sagen zu wollen, ließ es dann aber sein.

Eine Weile arbeiteten sie schweigend vor sich hin. Sie machten die Kisten jeweils nur halb voll, damit sie überhaupt noch zu heben waren.

Merle wagte es kaum, Leo anzusehen. Als er sich wieder zu einer Kiste hinunterbeugte, fiel ihr Blick auf seine Socken. Auf dem dunkelgrünen Stoff prangte ein Bild vom kleinen Prinzen. Sie musste grinsen. Sie hatte sich schon oft gefragt, wer eigentlich so etwas trug: Pullover mit Teddys auf der Brust, Krawatten mit Hunden oder eben Socken mit dem kleinen Prinzen. Irgendwie rührte sie seine kindliche Ader. Vielleicht waren die Socken ja ein Geschenk seiner Mutter? Oder seiner Freundin?

Sie spürte einen Kloß im Hals. Der Gedanke, dass Leo eine Freundin haben könnte, war ihr noch nicht gekommen. Die Vorstellung gefiel ihr nicht – und dass sie ihr nicht gefiel, gefiel ihr noch weniger. Sie hatte nun wirklich nicht das Recht, eifersüchtig zu sein. Während sie noch überlegte, ob sie ihn wegen der Socken aufziehen sollte, brach Leo das Schweigen.

«Warst du neulich auch so verkatert?», fragte er.

«Hör bloß auf. Ich musste die Erinnerung an den Abend erst mal wieder zusammensetzen», sagte Merle lachend.

Leo grinste. «Schwieriger als jedes Puzzle.»

Ihre Blicke trafen sich und blieben etwas zu lange aneinander hängen. Merles Herz machte einen Satz.

«Äh, übrigens – ich muss dir noch etwas sagen …» Sie

wollte ihm wegen Tom gerade reinen Wein einschenken, als sie von draußen ein lautes Hupen hörte.

War das tatsächlich schon Tom? Merle sah auf die Uhr. Falls ja, war er zwanzig Minuten zu früh. Wahrscheinlich wollte er nur sichergehen, rechtzeitig in St. Peter-Ording anzukommen, um noch aufs Board zu steigen.

«Ich mache auf», sagte Leo beflissen und rannte zur Tür.

Verdammt. Sie hatte den richtigen Moment verpasst. Jetzt konnte sie nur noch hoffen, dass Leo sich auf der Fahrt nicht verplapperte.

«Hallo, Baby», stürmte Tom auf sie zu, als sie gerade den Deckel der letzten Kiste zuklappte. Er gab ihr einen schnellen Schmatz auf den Mund und schnappte sich einen Karton. «Dann wollen wir das mal schnell hinter uns bringen», sagte er.

Sein Bizeps hob sich deutlich unter dem weißen Langarmshirt ab. Als er mit der Kiste gerade durch die Tür wollte, kam ihm Leo entgegen. Er sah Tom hinterher und wandte sich dann an Merle.

«Hilfst du mir mit den Kisten? Ich bin nicht ganz so durchtrainiert wie unser Fahrer», sagte er und zog eine Augenbraue hoch. Merle konnte nicht deuten, ob er es spöttisch oder bewundernd meinte.

«Ähm, das war es, was ich dir gerade sagen wollte, also der Fahrer …», fing sie an, während sie die andere Seite der Kiste anfasste. Doch schon stand Tom wieder vor ihnen.

«Lass uns die Kisten erst mal im Flur stapeln und dann raustragen», schlug er vor. «Außerdem brauche ich eine Unterlage, damit der Bulli nichts abkriegt.»

Was an ein paar Bücherkisten so bedrohlich war, dass man sich um den Lieferwagen sorgen musste, würde wohl Toms

Geheimnis bleiben. Aber er blickte sich bereits suchend um. Dann lief er energisch zum Ledersessel und griff nach der Kaschmirdecke.

«Den Lumpen hier kann ich nehmen, oder? Der ist ja sowieso schon ziemlich durch», stellte er fest.

Als hätte ein inneres Alarmsystem sie hergelockt, stand plötzlich Ella im Raum. «Cazzo! Sind Sie von allen guten Geistern verlassen? Die Decke bleibt, wo sie ist», sagte sie in so bestimmtem Ton und gestikulierte so wild mit den Händen herum, dass Tom die Decke für eine Sekunde schützend vor sich hielt.

«Also, ich nehme die Kisten nur mit, wenn sie eingepackt und festgemacht sind», brummte er. «Der Wagen gehört meinem Kumpel, und der bringt mich um, wenn da nur der kleinste Kratzer drankommt.»

Das entsprach zwar nicht der Wahrheit – Kai war wesentlich entspannter mit seinem Bulli als Tom –, aber vermutlich wollte er sich von Ella einfach nichts sagen lassen. Die kam näher und wollte ihm die Decke entreißen. Doch Tom hielt sie fest. Merle traute ihren Augen nicht, als die beiden allen Ernstes Tauziehen spielten, Ella mit so kämpferischem Gesichtsausdruck, als ginge es um Leben und Tod, Tom eher überrascht und ohne große Kraft aufwenden zu müssen.

«Lassen Sie los, Sie ungehobelter Kerl», schimpfte Ella.

«Ich denke gar nicht dran. Lernen Sie erst mal, wie man sich anderen Leuten gegenüber benimmt.»

«Das sagen Sie mir?» Ella kreischte jetzt fast. «Sie haben ja keine Ahnung, an was Sie da gerade herumreißen! Diese Decke hat mehr gekostet als Ihr fahrender Schrotthaufen da draußen!»

«Das ist ein tadelloser T4!», entrüstete sich Tom, und Merle fragte sich wieder einmal, ob er sie wohl auch so leidenschaftlich verteidigt hätte.

«Und das hier ist reines Kaschmir! Außerdem …» Alle starrten sie an, in dem sicheren Gefühl, dass sie nach der Kunstpause etwas Wichtiges sagen würde.

«Außerdem habe ich meine Tochter früher in diese Decke gewickelt, wenn ich sie gestillt habe. Und ich würde niemals zulassen, dass jemand seine Kisten darauf abstellt. Oder daran herumschnibbelt.»

Letzteres sagte sie mit einem Seitenblick auf Merle. Die hielt vor Schreck die Luft an. Jetzt war es also raus! Ella hatte eine Tochter!

Tom ließ die Decke los.

«Das konnte ich ja nicht wissen», sagte er.

«Sie hätten ja fragen können. Platzen hier einfach herein …», murrte Ella und drückte den weichen Stoff an sich.

Merle schluckte. Auch sie war wegen der Decke ganz schön vorgeprescht und hatte Ella womöglich völlig überrumpelt. Sie würde sich in einem ruhigeren Moment bei ihr entschuldigen und versuchen, mehr über den Verbleib ihrer Tochter zu erfahren.

Derweil betätigte sich Leo als Friedensstifter: Er hob beschwichtigend die Hände und blickte zwischen dem kräftigen Tom und der schmalen Ella hin und her. «Bevor Sie sich noch an die Gurgel gehen und einen – wie ich fürchte, sehr ungleichen – Kampf ausfechten: Ich hätte da eine Idee.»

Zum Glück hatte Leo noch eine Decke in seinem Auto, das um die Ecke geparkt war. Vermutlich hatte er zuvor seine Eltern besucht, und es stand deshalb dort. Genervt, dass er durch die Aktion noch länger warten musste, nahm Tom die Decke widerwillig entgegen und legte sie um die Kisten, um anschließend alles mit Spannbändern festzuzurren. Sein Verhalten war Merle unangenehm, zumal Ella ihr immer wieder vielsagende Blicke zuwarf. Über ihrem Kopf schien eine Sprechblase zu schweben, in der Merle das Wort «PFEIFE» zu lesen glaubte.

«Lassen Sie mich raten ... Sie sind Ende Januar geboren», sagte Ella, als Tom sich gerade hinters Steuer setzen wollte.

Der staunte nicht schlecht. «Stimmt! Woher wissen Sie das?»

«Mir wurde heute eine unangenehme Begegnung vorhergesagt – mit einem Wassermann ...», brummelte sie, als wäre es nicht weiter erstaunlich, wie genau das Horoskop gestimmt hatte.

Tom schlug genervt die Tür zu, und Leo setzte sich neben ihn auf den Beifahrersitz. Davon, dass Tom und Merle ein Paar waren, hatte er wohl nichts mitgekriegt. Es ging ihn ja im Grunde auch nichts an. Das, was er wollte, hatte er bekommen: die Bücher. Und er konnte mehr als dankbar sein, dass er sie sogar noch geliefert bekam! Trotzdem blieb Merle mit einem diffus schlechten Gewissen zurück, als die Männer abfuhren.

Viel Zeit, darüber nachzudenken, hatte sie jedoch nicht. Um bei Ella erst gar keine Wehmut angesichts der leeren Bibliothek aufkommen zu lassen, überredete sie ihre Kundin, gleich mit dem Dachboden weiterzumachen. Ebenso wie der

Keller war das eine verhältnismäßig leichte Aufgabe, denn die Sachen dort hatte Ella schon seit Jahren nicht mehr angesehen, geschweige denn vermisst. So konnten sie ein wenig durchatmen, nachdem sie dic schwierigen Aufgaben – Kleidung und Bücher – bewältigt hatten. Auch auf dem Dachboden lagerten noch viele Sachen von Kurt. In puncto Sammelwut hatte er Ella offenbar noch um Längen geschlagen. In den Truhen und Reisekoffern fanden sie Filmrequisiten aus den siebziger Jahren, einen tragbaren Plattenspieler sowie einige italienische LPs mit den Konterfeis langhaariger, schnauzbärtiger Sänger, die Ella sofort aussortierte. In einer Reisetasche lagen noch zwei Flugtickets von Rom nach Hamburg, datiert auf Juni 1974. Ella nahm sie an sich und steckte sie ein. Merle sah sie fragend an.

«In dem Sommer haben Kurt und ich uns kennengelernt», sagte Ella mit einem traurigen Lächeln.

Merle gab sich einen Ruck.

«Ella, Sie können wirklich stolz auf sich sein. Sie haben Ihre Bücher gehen lassen, das ist ein Riesenschritt. Und mit jedem Schritt, den Sie gehen, wachsen Sie weiter über sich hinaus.»

Sie beobachtete Ella, doch die starrte nur geradeaus auf die Reisetasche.

«Mir ist aber wichtig, dass Sie sich mit dem Prozess des Loslassens nicht überfordern, sondern immer wohl fühlen. Falls ich da zu forsch war, möchte ich mich bei Ihnen entschuldigen. Natürlich rühren wir Ihre Kaschmirdecke nicht an, wenn Sie das nicht möchten. Da bin ich wohl übers Ziel hinausgeschossen. Verzeihen Sie bitte.» Ella legte ihre Hand auf Merles Arm und lächelte sie an.

«Ist schon in Ordnung. Sie machen Ihre Sache doch ganz ordentlich, Kindchen», sagte sie.

Auch wenn das alles andere als überschwänglich klang, wagte sich Merle weiter vor.

«Meinen Sie nicht doch, dass wir Ihre Tochter in diesen Prozess mit einbinden sollten?», fragte sie und sah Ella an. Irgendetwas stimmte nicht mit dieser Familie, sie musste behutsam vorgehen.

Ella sah sie ernst an und schüttelte den Kopf.

«Nein, meine Tochter können Sie in dieser Angelegenheit ganz außer Acht lassen. Sie möchte … also, sie wünscht keinen Kontakt mehr zu mir. Wenn Sie verstehen, was ich meine.»

Merle seufzte. «Ehrlich gesagt, nein», gestand sie. Wieso ging es ihre Tochter nichts an, wenn beinahe das gesamte Hab und Gut der Eltern weggegeben wurde? Was war nur vorgefallen zwischen Ella und ihr?

«Sind Sie ganz sicher? Vielleicht möchten Sie ja doch das ein oder andere Teil an sie weitergeben …»

Doch Ella hob abwehrend die Hände.

«Lassen Sie es gut sein. Meine Tochter tut hier nichts zur Sache. Können wir jetzt weiterarbeiten?»

«Natürlich», sagte Merle eingeschüchtert. Sie zog eine weiße Kunststoffkiste näher an sich heran.

«Das ist meine alte Nähmaschine», sagte Ella.

«Wirklich? Die wollen Sie doch sicher behalten!» Merle staunte, dass Ella so ein wichtiges Stück auf dem Dachboden lagerte.

«Ach, das alte Ding», winkte Ella ab. «Meine Mutter hat sie mir geschenkt. Aber ich wollte sie nicht mehr vor Augen haben. Irgendwie … hat sie mich unter Druck gesetzt.»

«Warum haben Sie überhaupt aufgehört zu nähen?»

«Ich hatte meine Gründe, glauben Sie mir.»

«Also soll sie wirklich weg?»

Ella sah den Kasten an, in dem sich die Maschine verbarg.

«Na schön, stellen wir sie erst mal runter, ich werde darüber nachdenken.»

Merle nickte und wandte sich wieder Kurts Nachlass zu.

Die meisten seiner Sachen waren noch gut erhalten. Das brachte Merle auf eine Idee:

«Wie wäre es, wenn wir die Requisiten einem Fundus spenden?», schlug sie vor. «Vielleicht tauchen sie dann sogar eines Tages wieder in einem Film oder einem Theaterstück auf.»

Ella war einverstanden, und Merle beschloss, die Kisten gleich nächste Woche, wenn der Agenturlieferwagen wieder verfügbar war, zu der alten Lagerhalle im Oberhafenquartier zu bringen. Dort befand sich eine Sammelstelle für Requisiten.

Auch die Truhen waren in einwandfreiem Zustand.

«Kurt hat damals eigenhändig neue Beschläge darauf befestigt», erzählte Ella. «Er war sehr geschickt und hat vieles selbst gemacht. Und ich habe ihm das Grobe gerne überlassen. So war das ja damals. Frauen wurden zur Unselbständigkeit erzogen und waren eher fürs Feinmotorische zuständig.»

«Aber Sie waren doch alles andere als unselbständig, Ella. Immerhin haben Sie Ihr eigenes Unternehmen gegründet!»

«Das stimmt», sagte Ella nachdenklich, als wäre es eine ganz neue Erkenntnis. «In den Kreisen, in denen wir uns bewegt haben, war es auch nicht wichtig, ob Frau oder Mann.

Hauptsache, man hatte Talent und die Fähigkeit, etwas daraus zu machen.»

Merle dachte nach.

«Also, ich finde, es spielt im Berufsleben schon noch eine Rolle, ob man eine Frau oder ein Mann ist. Manchmal fühle ich mich bei der Arbeit nicht so richtig ernst genommen. Ein Mann hat da automatisch gewisse Vorteile, glaube ich.» Sie erwähnte lieber nicht, dass ihr das zu Beginn auch bei Ella so gegangen war. Die nickte.

«Natürlich hatte ich auch zu kämpfen. Aber ich habe mir nie etwas bieten lassen. Und das sollten Sie auch nicht.»

Merle erinnerte sich an die Geschichten, die Ella beim Abendessen mit Leo erzählt hatte. Und sie konnte sich bestens vorstellen, dass sie Gegenspieler mit ihrer italienischen Autorität in ihre Schranken verwiesen hatte. Ihr selbst fiel das ziemlich schwer.

«Wissen Sie was? Wir ziehen jetzt eine Tarotkarte für Sie.» Ella sprang auf und zog Merle ebenfalls hoch.

«Für mich? Aber ich glaube doch gar nicht an so was», protestierte Merle zaghaft, denn sie wusste: Wenn Ella zu etwas entschlossen war, half ohnehin keine Gegenwehr.

Ella lief schnurstracks die Treppen hinunter in ihr Schlafzimmer, griff nach den Tarotkarten und setzte sich auf den Bettrand. Sie klopfte neben sich, zum Zeichen, dass Merle sich neben sie setzen sollte. Dann mischte sie die Karten und hielt sie Merle aufgefächert hin.

«Ziehen Sie eine!»

Merle zögerte einen Moment, dann griff sie in die Mitte und zog eine Karte.

«Darf ich sie umdrehen?»

«Sì, sì, va bene», sagte Ella ungeduldig. «Zeigen Sie schon.»

Merle sah sich die Karte an und erstarrte. Was sie erblickte, war ein Skelett in Ritterrüstung. Darunter stand «Der Tod».

«Na wunderbar, jetzt geht es mir gleich viel besser. Schönen Dank auch», sagte Merle entsetzt. «Ich glaube, die Deutung möchte ich lieber gar nicht hören.»

Ella lachte.

«Nun drehen Sie mal nicht gleich durch. Man könnte ja meinen, Sie seien Italienerin! Außerdem dachte ich, Sie glauben nicht ans Tarot … «

Merle atmete tief durch. «Na schön, Sie haben gewonnen. Dann lassen Sie mal hören: Was will mir diese Karte sagen?»

Gegen Abend, Merle hatte gerade ganz in Gedanken ihre Wohnungstür aufgeschlossen, rief Tom an.

«Ist ja ’n ganz schöner Nerd, dieser Leo», stellte er fest.

«Wieso? Was ist passiert?», fragte Merle beunruhigt.

Während sie sprachen, hörte sie im Hintergrund die typischen Campingplatzgeräusche: Klirrende Bierflaschen, schrammelige Rockmusik aus schlechten Bluetooth-Boxen, dazwischen Kai, der einem Bekannten etwas zurief.

«Na, der hat mir erst mal von seiner Katze erzählt und wie ihr euch kennengelernt habt», sagte Tom. Merle hielt die Luft an. Leo hatte doch nicht etwa …?

«Komischer Vogel. Ich hatte schon fast Bedenken, mit ihm in diesen dunklen Keller runterzugehen», sagte Tom und lachte.

«Was für ein Keller? Wart ihr nicht in seinem Laden?», fragte Merle.

«Laden? Nein, wir haben alle Kisten in einen Kellerraum gestellt. Schien eher privat zu sein. Da stand sonst nicht viel drin, nur ein ziemlich abgewetzter Kratzbaum und ein Cello.»

Tom schien bester Stimmung. Die Vorhersage für guten Wind war wohl wirklich eingetroffen.

«Aha», wunderte sich Merle. Vielleicht hatte Leos Geschäft ja keinen Lagerraum, und er nutzte für Bücherlieferungen seinen Keller. Zumindest bedeutete das wohl, dass er am Mühlenkamp nicht nur arbeitete, sondern auch wohnte. Und dass er mal Cello gespielt hatte.

«Was hat er denn erzählt?», fragte sie vorsichtig.

«Ach, ich weiß nicht, meine Schöne, hab schon alles wieder vergessen», sagte Tom. «Aber diese Ella Castello ist ja wirklich eine verrückte Alte.»

«So schlimm ist sie eigentlich gar nicht. Ich glaube, sie hat einfach viel zu verlieren», verteidigte Merle ihre Auftraggeberin – und dachte im gleichen Moment, dass Ella womöglich schon mehr als eine Kundin für sie war.

Was sie heute aus der Tarotkarte gelesen hatte, hatte Merle wirklich berührt. Es ging gar nicht um den Tod an sich, sondern darum, dass sich Merle von etwas trennen sollte, was ihr Leben zu sehr beherrschte. Das konnte ein Mensch sein, aber auch eine Verhaltensweise oder eine Einstellung. Merle dachte seitdem darüber nach, was es wohl war, von dem sie sich so dringend trennen sollte. Um Gegenstände würde es sich bei ihr kaum handeln.

Eins stand für Ella jedenfalls fest: Letztlich deutete die Karte – nach vollzogener Trennung – auf einen Gewinn für ihr Leben hin. Und das war doch eine beruhigende Nachricht.

Als Merle sich nach kurzem Gespräch von Tom verabschiedet hatte, kam ihr auf einmal die Eingebung. Natürlich, das war es! Und so naheliegend! Sie schnappte sich ihr Laptop und schritt zur Tat.

Kapitel 20

«Im Ernst? Sie wollen dieses Ungetüm mit nach Rom nehmen?» Merle stand in Ellas Wohnzimmer vor der großen Regalwand aus den sechziger Jahren und starrte auf den Briefpapierbogen, den Ella darangeklebt hatte. «ROM» stand in großen Lettern darauf.

«Wissen Sie, was dieses Regal gekostet hat, meine Liebe?», fragte Ella mit unüberhörbarem Vorwurf in der Stimme.

«Das mag ja sein. Aber Sie möchten doch selbst noch in der Wohnung wohnen und nicht nur Ihre teuren Sachen dort unterstellen, oder?»

Ella seufzte. Aber Merle ließ nicht locker.

«Das Geld ist kein Argument, denn was Sie ausgegeben haben, kommt nicht zurück, indem Sie weiter an dem Regal festhalten. Im Gegenteil: Ich wette, Sie können das gute Stück noch gewinnbringend verkaufen.»

Ella zuckte bei dem Wort «verkaufen» kurz zusammen, nahm aber schnell wieder ihre kämpferische Körperhaltung ein: die Beine breit aufgestellt, die Hände in die Hüften gestemmt und mit entschlossener Miene. «Sie wollen ja nur, dass Ihr Reinhold diese wertvollen Stücke bekommt. Aber es ist nun mal ein Andenken an unseren Besuch beim schwedischen Filmfest. Damals haben wir die Regalwand in einem Stockholmer Laden gesehen. Ich war sofort hin und weg.»

«Sie leben in der Vergangenheit, Ella.»

«Und das ist nicht das Schlechteste, glauben Sie mir. Was soll in meinem Alter noch groß kommen?»

Merle mochte es nicht, wenn Ella so redete, als sei ihr Leben schon zu Ende.

«Na, einiges!», versuchte sie, sie aufzumuntern. «Immerhin gehen Sie doch zurück in Ihre Heimat. Vielleicht gilt es ja jetzt, sich für die schöne Zeit zu bedanken, die Sie mit diesem Regal haben durften. Und auch dankbar zu sein dafür, dass Sie künftig mit weniger Ballast durchs Leben gehen werden.»

Zu dem Thema hatte sie mal einen Blogartikel geschrieben, der bei den Leserinnen sehr gut angekommen war. Ella jedoch sah sie nur skeptisch an.

«Und ausgerechnet Sie finden, Astrologie sei weltfremd?»

Merle musste lachen. Sie zupfte an ihrer gelben Bluse, die sie im Internet gekauft hatte, nachdem das Tarot ihr eine Neuorientierung verordnet hatte. Sie würde künftig auch mal andere Farben tragen, das war ihr neuer Vorsatz. Und sie fühlte sich tatsächlich ganz anders in diesem satten Gelb. Auch Ella hatte sie heute Morgen schon enthusiastisch empfangen: «Il sole! Da geht ja die Sonne auf.» Und obwohl Merle so viel Aufmerksamkeit sonst nicht mochte, hatte sie sich gefreut.

«Na schön, 1:0 für Sie», sagte sie nun versöhnlich. «Schauen wir uns erst mal die anderen Zimmer an und machen eine Liste von den Möbeln, die Sie behalten möchten, dann sehen wir weiter.»

Doch im ersten Stock, wo sie zunächst in Ellas Schlafzimmer gingen, erwartete sie der gleiche Anblick: Ella hatte sämtliche Möbel mit dem Briefpapier beklebt.

«Sie können unmöglich das gesamte Schlafzimmer mitnehmen, Ella», mahnte Merle ungeduldig. Sie stand kurz vor der Schnappatmung. «Denken Sie an meinen Leitsatz: Nur Erinnerungen sind Erinnerungen.»

Ella nickte und ließ sich dann auf ihr opulentes Bett sinken.

«Haben Sie darum die Ohrringe Ihrer Mutter nicht behalten?», fragte sie, und Merle bemerkte einen traurigen Zug um ihren Mund.

«Ich habe sie weggegeben, weil ich sie nicht brauche. Und weil mit ihnen nicht nur gute Erinnerungen verknüpft sind, sondern auch sehr traurige, die ich lieber nicht in meinem Leben haben möchte.»

Ella schüttelte den Kopf.

«Ihre Mutter muss ja die reinste Hexe gewesen sein, wenn Sie den Gedanken an sie so meiden wie der Teufel das Weihwasser.»

Merle verschränkte die Arme. Sie wollte nicht über sich und ihre Mutter sprechen, schließlich ging es hier um Ellas Probleme und nicht um ihre. Doch Ella ließ nicht locker. Das Thema schien sie brennend zu interessieren.

«Gibt es denn gar nichts Gutes, an was Sie sich in Bezug auf Ihre arme Mamma erinnern?», bohrte sie nach.

«Hmm …», überlegte Merle. So seltsam das klang: Darüber hatte sie noch nie nachgedacht. Sie war so auf die Probleme in ihrer Familie fixiert gewesen, dass sie das Gute ganz aus den Augen verloren hatte. All die vielen guten Dinge, die ihr gerade so partout nicht einfallen wollten … Sie ließ sich neben Ella auf der Bettkante nieder.

«Andiamo. Es muss doch auch schöne Momente gegeben

haben. Sie sind doch eigentlich ganz gelungen, da kann Ihre Mutter nicht alles falsch gemacht haben», drängte Ella.

Merle überhörte das versteckte Kompliment. In ihrem Kopf ratterte es, aber ihr wollte nichts Erzählenswertes einfallen. Ihr Blick fiel auf die Kleiderkammer, die bis auf die Kleidersäcke mit Ellas Alltagsgarderobe leer geräumt war. Plötzlich stand ihr ein Bild vor Augen, wie sie als Sechsjährige in den Schuhen ihrer Mutter herumgestakst war und sich ihre Kleider und Hüte übergeworfen hatte.

«Wir haben Verkleiden gespielt», verkündete sie zu ihrer eigenen Überraschung. Daran hatte sie ewig nicht mehr gedacht! Ihre Mutter und sie hatten regelrechte Verkleidungsorgien veranstaltet. Schließlich war der Fundus ihrer Mutter recht üppig gewesen, und Merle hatte es genossen, sich an ihrem Kleiderschrank zu bedienen. Meist suchte sie sich eine farblich irrwitzige Kombination aus, und ihre Mutter nahm dann Gürtel und Tücher zur Hilfe, um die Sachen für das kleine Mädchen passend zu machen. Merle spürte einen Kloß im Hals, als sie daran dachte, wie sie neben ihrer Mutter vor dem Spiegel posiert und sich auf den Tag gefreut hatte, an dem sie endlich erwachsen wäre und all diese schönen Dinge tragen würde. Am liebsten hätte sie sich Dünger in die Schuhe gestreut, um ihr Wachstum zu beschleunigen. Wenn ihre Mutter besonders gut drauf war, hatte sie ihr sogar noch ein Make-up verpasst – ein wesentlich besseres, als Merle es mit ihrer Grundschulfreundin Svenja hinbekommen hatte. Statt knallrotem Lippenstift und grünem Lidschatten wählte ihre Mutter Farben, die zu Merles braunen Haaren passten: Weinrot für die Lippen und ein Kupferton für die Augen. Merle fühlte sich dann jedes Mal sehr erwachsen.

«Aber eigentlich bist du dafür noch ein bisschen zu jung, Mäuschen. Du hast so eine wunderschöne Haut und brauchst gar keine Schminke. Das kommt noch früh genug», hatte ihre Mutter sie beschworen. Und tatsächlich hatte Merle nie ein übermäßiges Faible für Make-up entwickelt.

«Allora, von dieser Verkleidungslust ist jedenfalls nicht viel übrig geblieben», unterbrach Ella ihre Gedanken. «Heute muss man Sie ja fast zwingen, mal was anzuprobieren.»

Merle lachte. Dabei war es gar nicht so lustig, wenn sie daran dachte, wie ihr mit der Zeit die Lust an dem Spiel vergangen war. Sie hatte es immer verstörender gefunden, wie viel Geld ihre Mutter in ihre Garderobe investierte. Sogar so viel, dass kaum genug für Essen übrig gewesen war. Doch das spielte keine Rolle mehr. Sie hatte es überstanden und war jetzt für sich selbst verantwortlich. Und Ella musste von alldem nichts wissen.

«Ich bin eben keine sechs Jahre mehr. Und ich habe meinen Stil gefunden», antwortete sie.

«Sie kennen meine Meinung dazu», brummte Ella.

«Ich weiß, ich weiß: Ich soll mich nicht verstecken», winkte Merle ab. Plötzlich fiel ihr ein, was sie vorgestern im Internet gelesen hatte. Nach der Geschichte mit der Tarotkarte war sie neugierig geworden und hatte nachgesehen, was Ella eigentlich für ein Sternzeichen war. Ihr Geburtsdatum stand in den Unterlagen: 4. August, sie war also Löwe. Oder sagte man Löwin? Auf einer Horoskopseite hatte sie gelesen, dass es Menschen dieses Sternzeichens lieben, im Rampenlicht zu stehen … Vielleicht war das ein Weg, Ella zu überzeugen, doch noch zu der Modenschau zu kommen!

«Was man predigt, muss man aber auch selbst befolgen», sagte Merle daher jetzt und sah Ella fest an. Diese schwieg.

«Mag sein, dass Sie in meinem Alter modemutiger waren. Dafür machen Sie sich heute umso unsichtbarer. Dabei hilft es nichts, sich vor der Welt zu verkriechen. Sie findet einen immer», sagte Merle. «Selbst wenn einem das nicht in den Kram passt.»

Ella verdrehte die Augen. «Nun kommen Sie mal zum Punkt, Sie Philosophin. Was möchten Sie mir sagen?»

«Dass Sie sich nicht vor der Modenschau drücken sollten.»

Ella zuckte mit den Schultern.

«Ich habe aber keine Lust, Zeugin zu sein, wie sich die Meute auf meine Kleider stürzt.»

Eine Meute würde es wohl kaum werden, dachte Merle.

«Warum eigentlich nicht?», hakte sie nach. «Wenn es stimmt, was die Astrologen sagen, müssten Sie als Löwe-Frau eigentlich Ruhm und Aufmerksamkeit genießen.» Sie machte eine bedeutungsvolle Pause und sah Ella an. «Früher hätten Sie sich gefreut, wenn Sie viele Kleider verkauft hätten. Das ist doch ein Kompliment.»

«Damals war das etwas anderes», murmelte Ella.

«Das sehe ich nicht so. Sie haben diese Kleider doch nicht kreiert, damit sie bis in alle Ewigkeit in Ihrer Kammer hängen. Sie sollen Frauen schmücken, oder etwa nicht? Meinen Sie nicht, es wäre befriedigend für Sie, zu sehen, wer die Stücke in Zukunft tragen wird?»

Ella wollte gerade antworten, als Merles Telefon klingelte. Sie zog ihr Handy aus der Tasche, murmelte eine Entschuldigung und ging ran.

«Schneider?»

«Guten Tag, hier ist Karoline Hebestreit. Sie haben versucht, mich anzurufen.»

Karo! Mit der hatte sie gar nicht mehr gerechnet. Ausgerechnet jetzt rief sie an, wo Ella direkt neben ihr saß.

«Hallo? Sind Sie noch dran?», fragte die Anruferin.

«Ja, einen Augenblick, bitte», beschwor Merle sie aufgeregt und verließ hektisch das Schlafzimmer, gefolgt von Ellas erstauntem Blick.

Beinahe wäre Merle dabei noch über Gabriella gestolpert, die vor der Tür herumlungerte, als hätte sie gelauscht. Erst als sie ein Stockwerk tiefer in der Bibliothek stand und die Tür hinter sich geschlossen hatte, traute Merle sich wieder zu reden.

«Verzeihen Sie, ich war gerade in einem Termin. Genau genommen bin ich gerade bei Ella Castello und …»

«Ella??», kreischte Karo in ihr Ohr. «Ella Castello? Wollen Sie mich veräppeln?»

Merle brauchte eine Weile, um Karo davon zu überzeugen, dass sie sich weder einen Scherz erlaubte noch etwas Böses im Schilde führte.

«Wir sind nicht im Guten auseinandergegangen, wissen Sie», sagte Ellas ehemalige Freundin.

«Das dachte ich mir schon», antwortete Merle. «Aber das ist alles furchtbar lange her. Und Sie waren doch mal sehr eng mit ihr, nicht wahr?»

Nach einer Pause sagte Karo: «Inzwischen haben wir uns aber sehr entfernt, und ich habe nicht das geringste Bedürfnis, sie wiederzusehen.»

Merle spürte, dass es zu nichts führen würde, sie zu bedrängen. «Denken Sie wenigstens darüber nach. Es wäre doch immerhin schön, die anderen Frauen zu treffen, oder?»

«Ja, das wäre wirklich schön. Mona und Lisa habe ich seit Jahren nicht mehr gesehen, Marlene begegne ich ab und zu auf Gesellschaften.»

«Na, sehen Sie. Ich würde mich wirklich freuen, wenn Sie dabei wären. Und Ella auch.»

«Das sehen wir dann», brummelte Karo.

«Ich muss jetzt auch Schluss machen, sonst fragt sich Ella, wo ich bleibe. Es soll ja eine Überraschung für sie sein. Bitte geben Sie mir oder Herrn Lukowitz bis morgen Bescheid, ob wir mit Ihnen rechnen können», verabschiedete sich Merle und gab ihr noch die Nummer des Organisators.

Nur noch vier Tage bis zur Modenschau. Und es lag nun nicht mehr in ihrer Hand, wie die Sache verlaufen würde.

Auf dem Nachhauseweg hielt Merle an einem Kiosk im Heußweg, stellte ihr Fahrrad neben der Tür ab, schnappte sich eine Abendpost aus dem Zeitungsständer und ging hinein. Mit nervösem Blick auf ihr Rad, das sie vor lauter Ungeduld nicht abgeschlossen hatte, drückte sie dem Verkäufer zwei Euro in die Hand und blätterte dann hektisch zum Veranstaltungskalender. Mit dem Finger fuhr sie die einzelnen Ankündigungen entlang – und stoppte dann bei der Überschrift «Große Vintage-Modenschau mit Versteigerung». Sie unterdrückte ein Jubeln. Walter von Lukowitz hatte Wort gehalten! Der Termin war tatsächlich groß in den Wochenhinweisen – sogar mit einem Foto von Ellas Kleidern. Er hatte ihr heute in einer Mail mitgeteilt, dass ein Journalist der Abendpost anwesend sein würde, um von der Modenschau zu berichten. Wenn Ella sich nur durchringen könnte zu erscheinen und die Schau genügend Käufer anzog ... Dann könnte es fast eine Art Comeback für sie werden. Zumindest aber ein würdiger Abschied von Hamburg.

Die Freundinnen und Laienmodels hatte von Lukowitz in seiner Nachricht leider nicht erwähnt. Merle war so gespannt, ob die Frauen wirklich dabei sein würden oder nicht. Aber sie wagte nicht, selbst bei ihnen anzurufen und nachzufragen. Sonst übte sie womöglich zu viel Druck auf sie aus.

Merle schwang sich auf ihren Sattel und radelte weiter. Bis zu ihrer Wohnung war es nicht mehr weit.

Gestern waren die Packer von «Queen of Clean» mit dem Agenturlieferwagen gekommen und hatten die Sachen vom Dachboden und aus dem Keller mitgenommen und einen Teil davon direkt in die Hafencity gebracht. Das aussortierte Geschirr aus der Küche hatte ein Umsonstladen abgeholt. Nach und nach wurde das Haus immer leerer. Einerseits war es befriedigend zu beobachten, dass sie echte Fortschritte machten. Hin und wieder befiel Merle aber auch eine gewisse Melancholie, wenn sie daran dachte, wie wundervoll stimmig das Haus in seinem Ursprungszustand gewesen war. Gleichzeitig erschrak sie über den Gedanken. Eine solche Gefühlsregung konnte sie sich in ihrem Job nicht leisten!

Was noch beunruhigender war: Je mehr Zeit sie in Ellas Haus verbrachte, desto leerer kam ihr die eigene Wohnung vor – leer an Dingen und leer an ... Leben.

Sie fragte sich, warum sie nicht mehr persönliche Dinge besaß, die sie glücklich machten, wenn ihr Blick sie zufällig streifte. So wie das Automatenfoto von Heike und ihr, das sie an einem Wochenende in Amsterdam aufgenommen hatten. Sie staunte jedes Mal, wie strahlend und erwartungsvoll sie darauf aussahen! So als hielte das Leben tausend Wunder für sie bereit, die es nur noch zu genießen galt. Doch vieles würde sich für sie womöglich gar nicht erfüllen. Langsam dämmerte ihr, dass sie nicht nur wenig Persönliches besaß, sondern auch eine Beziehung führte, die nicht besonders tief ging. War Tom ihr jemals wirklich nahegekommen? Kannte sie seine geheimsten Gedanken und Wünsche? Gab es so etwas bei ihm überhaupt, oder war er einfach zufrieden mit seinem Leben, so wie es war?

Merle dachte an Leo. Sie hatte ihn seit dem Abtransport der Bücher nicht mehr gesehen. Vermutlich hatte er genug damit zu tun, die Berge an Neuzugängen einzusortieren. Sie hätte gern mehr über ihn gewusst. Wie sein Laden wohl aussah? So verkramt, wie man es von einem Antiquariat erwartete? Oder eher modern und übersichtlich, wie es ihrem Geschmack entsprechen würde? Irgendwie konnte sie sich Leo immer noch nicht so recht in einem Buchladen vorstellen. Merle nahm sich vor, bei ihm vorbeizuschauen – spätestens, wenn ihr Auftrag bei Ella erledigt war. Wenn dann nicht gleich der nächste Auftrag begann, hatte sie ein bisschen mehr Zeit.

Sie schluckte bei dem Gedanken, dass sie nur noch wenig Zeit mit Ella verbringen würde. Auf einmal kam ihr das fast unmöglich vor. Sie hatte sich an die quirlige alte Dame gewöhnt.

Nach Ellas Umzug würde sie sich auf den nächsten Kunden einlassen müssen. Wobei Konstanze noch kein Sterbenswörtchen dazu gesagt hatte, wie es bei «Queen of Clean» für sie weiterging. Sie konnte sich jedenfalls nicht vorstellen, wieder den Blog zu betreuen. Merle würde beweisen, dass sie mehr konnte, als nur in der Theorie übers Entrümpeln zu schreiben. Sie war jetzt eine vollwertige Aufräum-Queen!

Seltsam. Der Gedanke erfüllte sie mit weit weniger Befriedigung, als sie gehofft hatte. Sie wusste gar nicht mehr, wo ihr der Kopf stand. Was wollte sie eigentlich?

Sie war so vertieft in ihre Gedanken, dass sie beinahe an ihrem Haus vorbeigefahren wäre. Sie legte eine Vollbremsung hin und wäre fast von dem Radfahrer hinter ihr über den Haufen gefahren worden. Mit zitternden Knien schob sie ihr Rad in den Vorgarten.

Kapitel 21

Merle sah nervös auf ihr Handy. Es war bereits halb elf, pünktlich um elf sollte die Modenschau beginnen. Von Ella noch keine Spur. Sie hatte bis zuletzt offengelassen, ob sie kommen würde oder nicht.

Zu Merles Enttäuschung hatte sie außerdem im letzten Moment noch interveniert und die Kärtchen wieder von den Kleidern entfernen lassen. Sie wollte wohl ganz sichergehen, dass ihre Erinnerungen nicht in falsche Hände gerieten.

Merle strich ihren Rock glatt und zupfte ein paar Flusen von dem Wollstoff. Sie hatte lange überlegt, was man zu einer Modenschau anziehen sollte. Erst wollte sie zu ihrer Business-Uniform greifen – einem blauen Hosenanzug. Mit ihm fühlte sie sich bei beruflichen Anlässen immer richtig angezogen. Doch dann dachte sie an die Tarotkarte und ihren Vorsatz, etwas modemutiger zu sein. Also hatte sie ihre transparente Bluse mit einem hellgrauen Rock und den bordeauxroten Schuhen kombiniert. Aufgeregt trommelte sie mit den Fingern auf ihrem Telefon herum und starrte in die Richtung, aus der Ella kommen würde.

Die Eingangstür des Auktionshauses war noch verschlossen. Etwa zehn Menschen standen davor und warteten. Merle hatte gehofft, dass sie eine Schlange von Ellas alten Bewunderern vorfinden würde. Doch nach einem großen Andrang sah es bisher nicht aus. Überhaupt war die Location weitaus sachlicher, als Merle sie sich vorgestellt hatte. Oppenheims residierten in einem freistehenden Backsteinhaus aus den zwanziger Jahren. Ein schwarzes Schild hing neben dem Eingang, darauf stand der Firmenname in verschnörkelter goldener Schrift. Durch die hohen Fenster konnte sie in einen Saal mit hohen Decken und schlichten weißen Deckenlampen sehen.

Sie gähnte. Vor Aufregung hatte sie mal wieder kein Auge zugemacht. Immer wieder waren Schreckensszenarien vor ihrem inneren Auge abgelaufen: Dass niemand kommen würde oder dass Ella ihre alten Freundinnen einfach stehen ließ, weil sie ganz und gar nicht erpicht auf ein Wiedersehen war … Es war alles möglich.

Endlich erschien ein Mitarbeiter und öffnete die schwere Eingangstür aus lackiertem Eichenholz. Die ersten Gäste strömten in den Saal. Merle sah sich noch einmal um, doch Ella war nicht zu sehen. Seufzend ging auch sie hinein.

Der Saal war recht klein. Merle zählte zwanzig Sitzreihen mit etwa dreißig Stühlen. Aber wo war der Laufsteg? Auf der schlichten Bühne entdeckte sie ein kleines weißes Podest neben dem Pult des Auktionators. Vermutlich würden dort die Kleider präsentiert.

Merle nahm in der zweiten Reihe ganz außen Platz, sodass sie jederzeit aufstehen und rausgehen konnte, falls etwas Unvorhergesehenes geschehen sollte. Nach und nach füllte sich der Saal dann doch, das Stimmengewirr um sie herum wurde lauter. Sie schnappte Satzfetzen auf: «Als Schülerin hatte ich diese grüne Samthose, ich war untröstlich, als sie verschlissen war …»

«Ich muss dieses weiße Kleid haben, damals in den Siebzigern habe ich meine Mutter angebettelt, es mir zu kaufen, aber keine Chance ...»

«Wusste bis gestern gar nicht, dass die Castello noch lebt ...»

Ein Pressefotograf brachte sich am Bühnenrand in Stellung. Ein großer, hagerer Mann in blauem Anzug und Fliege erschien auf der Bühne. Das musste Herr von Lukowitz sein. Die Geräusche verstummten, doch er blätterte nur in einigen Unterlagen, legte sie auf dem Pult ab und verschwand wieder hinter den Kulissen. Es war zehn vor elf. Merle wandte ihren Kopf und sah, dass fast alle Plätze besetzt waren. Die meisten Anwesenden waren Frauen jenseits der vierzig, einige hatten ihre Partner mitgebracht. Rein optisch entsprachen sie keiner bestimmten Zielgruppe: Von der betuchten Arztgattin bis hin zum flippigen Althippie schien alles vertreten zu sein. Der Geruch von schwerem Parfüm lag in der Luft. Hinten im Saal entdeckte sie Reinhold. Sie winkte ihm zu, er winkte etwas schüchtern zurück.

Um Punkt elf ertönte ein klassisches Musikstück. Rechts neben der Bühne kamen drei junge Frauen durch eine Tür und setzten sich an drei kleine Tische mit Telefonen darauf. Sie würden offenbar die telefonischen Gebote entgegennehmen. Unter Applaus kam nun auch von Lukowitz wieder auf die Bühne und nahm das Mikro vom Pult.

«Sehr verehrte Damen und Herren, ich darf Sie ganz herzlich begrüßen zu einer ganz besonderen Modenschau», sagte er. «Was Sie gleich hier zu sehen bekommen, sind Raritäten, Einzelstücke in neuwertigem Zustand. Der Name Ella Castello wird den Anwesenden vielleicht vertraut sein, lassen Sie mich dennoch ein paar Worte zu dieser Ausnahmedesignerin sagen.»

Merle hörte, wie sich die Eingangstür öffnete, und noch bevor sie sich umdrehte, hatte sie sie an ihren entschlossenen Schritten erkannt: Ella. Und wie! Merle hätte sie fast nicht erkannt: Sie trug einen breitkrempigen weißen Hut, um den ein violettes Seidentuch wehte, dazu eine dunkle Sonnenbrille und ein eng anliegendes, cremefarbenes Kostüm. Ihre violetten High Heels machten klackende Geräusche auf dem alten Parkettboden. Sie sah atemberaubend aus!

Von Lukowitz lächelte zufrieden, und mit einer kleinen Verbeugung sagte er: «Die Künstlerin ist anwesend. Herzlich willkommen, Ella Castello.» Mit einer großen Geste wies er auf sie. Applaus brandete auf, als Ella schnell an Merle vorbeischlüpfte, um sich auf den Stuhl neben sie zu setzen. Der Fotograf drückte auf den Auslöser, auch einige Zuschauer hoben ihre Handys und machten Schnappschüsse von der Designerin. Sie hatte ihr strahlendstes Lächeln aufgesetzt und schien es zu genießen. Aber Merle ahnte, wie es wirklich in ihr aussah.

«Ist Ihr schwarzes Kleid in der Reinigung?», flüsterte Merle ihr zu.

Ella warf ihr einen gespielt bösen Blick zu.

«Obacht, ich kann Sie immer noch rausschmeißen», raunte sie zurück und zog dabei die Augenbrauen hoch wie die Queen persönlich, wenn der Butler ihr die falsche Bluse rausgelegt hatte. Merle lachte.

«Nein, im Ernst: Sie sehen großartig aus, Ella. Der Hut ist ein Knaller … Haben Sie ihn selbst entworfen?»

Ella lächelte. «Denken Sie wirklich, ich würde hier in etwas anderem als einer Eigenkreation erscheinen?»

Merle staunte mal wieder über Ellas Courage. Obwohl

sie den Zuschauern hinter ihr die Sicht stahl, dachte sie gar nicht daran, ihren riesigen Hut abzusetzen.

«Sophia Loren hat mich zu ihm inspiriert», raunte ihr Ella zu. «Sie kennen doch die Loren?»

Merle schnalzte vorwurfsvoll mit der Zunge. Ella glaubte wohl, sie lebte hinterm Mond!

«Nun, dann erinnern Sie sich sicher, mit welcher Grazie sie in ihren Filmen solche Hüte tragen konnte. Sie tat immer so züchtig, dabei war sie ein echter Vamp. Fantastico!»

Währenddessen war der Applaus verebbt, und von Lukowitz sprach weiter: «Nichts Geringeres als Kunst ist es, was Ella Castello mit ihrer Mode geschaffen hat», sagte er. «Heute ist der Kunstbegriff ja längst nicht mehr so eingeschränkt, dass damit nur Gemälde und Skulpturen gemeint sind. In den vergangenen Jahren haben Auktionshäuser mit Vintage-Mode Höchstpreise erzielt, gerade wenn es sich um Originale aus den sechziger oder siebziger Jahren handelte. Und es macht ja auch Sinn: Besser als in Vintage-Mode können Sie Ihr Geld kaum anlegen. Es sind Einzelstücke, echte Raritäten, die im Wert noch steigen. Sie sind nicht nur wunderschön, sondern sie erzählen uns etwas über ihre Zeit, sie tragen Geschichten in sich, die es lohnt, zu bewahren.»

Von Lukowitz machte eine Kunstpause und strich sich die Fliege zurecht. Er sah kurz zu Merle und Ella und warf ihnen einen zuversichtlichen Blick zu. Dann sprach er weiter:

«Meine Damen und Herren, Sie haben heute die einmalige Gelegenheit, Teile aus Ella Castellos Kollektionen von 1976 bis 1986 zu erwerben. Noch ein Wort zur Präsentation: Wir haben heute leider keine Models, um die Kleider vorzuführen.»

Er sah Merle direkt an, der das Herz in die Hose rutschte. Keine Models? Aber das hier war doch als Modenschau deklariert! War demnach keine der Frauen erschienen? Sie spürte, wie sich Enttäuschung in ihr breitmachte. Vor allem war sie traurig, weil die Überraschung für Ella gescheitert war.

«Statt professioneller Mannequins haben wir heute ganz besondere Laienmodels engagiert, die Ella Castellos Entwürfe noch aus erster Hand kennen. Lassen Sie sich überraschen.» Von Lukowitz zwinkerte Merle zu, die erleichtert aufatmete. So viel Schalk im Nacken hatte sie ihm gar nicht zugetraut! In gespielter Entrüstung stemmte sie die Hände in die Hüften und grinste dem Auktionator zu. Ella sah verwundert zwischen ihm und Merle hin und her.

«Wir präsentieren Ihnen die Stücke chronologisch, beginnend mit Ella Castellos allerersten Kollektion aus dem Frühjahr 76», sagte von Lukowitz, sich nun wieder ans Publikum wendend.

Hinter dem Auktionator trat eine zierliche ältere Dame mit schulterlangen blonden Haaren und rot geschminkten Lippen auf die Bühne und ging geradewegs auf das Podest zu, auf dem sie sich drehte und wendete. Merle wusste sofort, dass es Marlene war, auch wenn sie Ellas Freundin nur von Fotos aus dem Internet kannte. Gespannt sah sie nach links zu Ella. Doch falls sie die Frau auf der Bühne erkannt hatte, ließ sie es sich nicht anmerken. Mit unbewegtem Gesicht starrte sie geradeaus.

«Sehen Sie hier das Los mit der Nummer 1 Strich 1. Ein Cocktailkleid aus reiner Seide in Schwarz, Größe 36. Unser Model ist 1,70 Meter groß. Das Mindestgebot ist 500 Euro.» Lukowitz' Stimme hallte durch den Saal. Die ersten nummerierten Schilder wurden hochgehalten.

«500 zum Ersten, 600 hier vorne, noch jemand 600, 700 dort hinten, 700, 800, 900, 1000 da drüben, noch jemand 1000, 1200, 1400, danke, 1400, noch jemand 1400 ...» So ging es immer weiter, es wurde geboten und geboten, Ella und Merle warfen sich erstaunte Blicke zu. «2400, 2500, noch jemand 2500 ... 2500 zum Ersten, zum Zweiten und ... zum Dritten, vielen Dank.»

«Dio mio!», entfuhr es Ella. Merle sah die Augen des Auktionators leuchten. 2500 Euro für eines der schlichtesten Kleider in der Sammlung – das war sensationell! Welche Beträge würden dann erst die aufwendigen Roben erzielen? Das Herz schlug ihr bis zum Hals.

Marlene war wieder abgegangen, und der Saal summte regelrecht vor Spannung und Energie. Eine andere Frau betrat die Bühne, auch sie war sehr schlank und hatte kurzes dunkles Haar. Mona! Jetzt fiel auch bei Ella der Groschen: Sie schlug die Hände vor den Mund und unterdrückte einen Schrei. Merle hätte jubeln können. Das lief ja wie geschmiert! Mona trug ein lila gemustertes Kostüm, das an die Klassiker von Chanel erinnerte. In der Hand hielt sie einen farblich passenden Hut mit schmaler Krempe, den sie erst aufsetzte, als sie das Podest erreicht hatte. Sie legte die Hände an die Taille und blickte kess ins Publikum. Der Auftritt schien ihr sichtlich Spaß zu machen.

«Das Ensemble mit der Nummer 1 Strich 2, ein Gemisch aus Merinowolle und Kaschmir, Größe 34, dazu der passende Hut. Das Mindestgebot beträgt 600 Euro», rief von Lukowitz ins Publikum, und wieder schraubten sich die Gebote in die Höhe, bis sie bei 2200 Euro angekommen waren. Wenn das so weiterging, würde Ella sich heute eine goldene Nase verdienen. Das war immerhin ein Trost dafür, dass sie sich von ihren geliebten Kleidern trennen musste.

Wieder hörte Merle die Eingangstür hinten im Saal. Als sie sich umwandte, sah sie, wie Leo versuchte, möglichst unauffällig hereinzuschleichen. Sie merkte, wie ihr Gesicht heiß wurde, und drehte sich schnell wieder nach vorn. Was in aller Welt machte er denn hier? Interessierte er sich neuerdings auch noch für Mode?

Sie zwang sich, sich auf das Treiben auf der Bühne zu konzentrieren. Dort lief es nach wie vor wie am Schnürchen: Vor allem die Kleider gingen für viel Geld weg. Die Hosen und Schuhe waren weniger gefragt, vermutlich, weil man mit der Größe dabei ein Risiko einging. Die grüne Samthose war allerdings ein Renner, an die sich wohl noch einige Nostalgiker erinnerten. Die Damen überboten sich so schnell, dass Merle kaum noch mitkam. Am Ende freute sich eine junge Frau mit pink gefärbten Haaren und reckte die Siegerfaust, als sie den Zuschlag bekam.

Auch Lisa hatte inzwischen einige Auftritte gehabt. Mit ihren Kurven und den feuerroten Haaren war sie eine echte Erscheinung. Bei ihrem ersten Lauf trug sie ein weißes Hippiekleid und einen großen bunten Schal, den sie um Kopf und Hals geschlungen hatte. Sie erinnerte sich offenbar noch gut an die alten Zeiten: Auf dem Podest lief sie zu Hochform auf, streckte ihre Brust heraus und zeigte nicht ohne Provokation, was sie hatte. Die Zuschauer hielten den Atem an, und den Männern fielen fast die Augen aus dem Kopf. Ella stieß Merle den Ellenbogen in die Seite und sah sie mit stechendem Blick an.

«Ist das Ihr Werk?»

«Was meinen Sie?»

«Na, was wohl? Lisa, Mona, Marlene … das ist doch kein Zufall.»

Jetzt war es an Merle, geheimnisvoll zu lächeln und sich jeden Kommentar zu verkneifen. Ella verdrehte die Augen.

«Madonna! Sie hätten mich wenigstens vorwarnen können. Oder wollen Sie, dass ich einen Herzinfarkt erleide?» Ella fuchtelte vor Merles Gesicht herum.

In dem Augenblick trat Mona auf die Bühne, begleitet von vielen Ohs und Ahs im Publikum. Sie trug ein champagnerfarbenes Seidenkleid – Merle erkannte es erst auf den zweiten Blick. Es war das Kleid, das Ella einst von dem anderen Mann geschenkt bekommen hatte, offenbar begleitet von einem Heiratsantrag. Und das, obwohl sie zu dem Zeitpunkt noch verheiratet gewesen war. Merle versuchte, sich Ella in dem Kleid vorzustellen. Bestimmt hatte sie perfekt darin ausgesehen mit ihren dunklen Locken. Von der Seite beobachtete sie, wie Ella sich mit der Hand über die Augen wischte.

«Keine Sorge, cara mia. Das sind nur Glückstränen», behauptete sie schniefend.

«Warum haben Sie denn ausgerechnet dieses Kleid weggegeben?», wunderte sich Merle.

«Das hat schon seine Richtigkeit. Sie haben doch gesagt, ich soll mich von allem trennen, was mich belastet.»

«Schon, aber ich dachte, es wären schöne Erinnerungen, die Sie damit verbinden?», fragte Merle erstaunt.

Ella schüttelte den Kopf.

«Es erinnert mich eher an verpasste Chancen.»

Merle nickte. «Ich verstehe. Dann ist es gut, dass Sie es loslassen.»

«Wenn Sie das sagen. Sie sind die Fachfrau.»

Mona sandte ein strahlendes Lächeln ins Publikum, während die Gebote abgegeben wurden. Sie sah phantastisch aus in dem Traum aus Seide. Der fließende Stoff betonte ihren schmalen Körper und ihre geraden Schultern. Als der Hammer fiel, ging das Kleid für satte 5000 Euro weg – ein telefonischer Bieter hatte es ersteigert.

Das gefiel Ella gar nicht. Unruhig zappelte sie auf ihrem Stuhl herum.

«Nun weiß ich nicht mal, wer es in Zukunft tragen wird», schimpfte sie.

Merle fühlte ihr Handy in der Jackentasche vibrieren. Verstohlen schielte sie aufs Display. Es war Karo. Schnell steckte sie das Telefon zurück in die Tasche. Vermutlich wollte Karo absagen und hatte sich dafür einen merkwürdigen Zeitpunkt ausgesucht. Tatsächlich erhielt sie eine Minute später eine SMS von ihr.

«Es tut mir leid, ich kann das nicht. Es ist zu viel passiert. K.»

Während Merle las, sah sie aus dem Augenwinkel, wie Ella auf das Display schielte. Merle beschloss, Ella reinen Wein einzuschenken, und hielt ihr das Handy hin.

«Von Ihrer alten Freundin Karo. Sie kommt leider nicht», flüsterte sie. «Aber die anderen warten nachher auf Sie.» Ellas Gesicht hellte sich auf, doch ihre Augen verrieten auch eine Prise Ängstlichkeit. Merle hoffte inständig, dass das Treffen gut laufen würde.

Die Auktion war schon seit mehr als einer Stunde im Gange. Auf die Kleidungsstücke folgte eine Reihe von Accessoires. Ein aufwendig bestickter Schal ging für stolze 800 Euro weg.

«Das hat er nicht mal neu gekostet», flüsterte Ella fassungslos.

Merle überschlug im Kopf, was bisher zusammengekommen war, und kam auf eine sechsstellige Summe. Als schließlich das letzte Teil, ein cremeweißer Hosenanzug mit Gürtel versteigert wurde, tippte ihr jemand von hinten auf die Schulter. Leo. Merles Herz sprang ihr fast aus der Brust.

«Da bist du ja», flüsterte er ihr ins Ohr. «Komm doch mal kurz mit, ich muss dir etwas zeigen.»

Merle sah Ella fragend an.

«Vada, vada! Gehen Sie nur, ich bin ein großes Mädchen», sagte Ella und machte eine wedelnde Handbewegung, als dulde sie in dieser Angelegenheit kein Zögern.

Kapitel 22

Ella blickte sich etwas unschlüssig um. Die Auktion hatte sämtliche Erwartungen übertroffen, und Herr von Lukowitz hatte Ella zusammen mit seinen dreißig besten Kunden in einen Nebenraum gebeten. Während seiner kurzen Dankesrede versuchte sie, sich ihre Anspannung nicht anmerken zu lassen. Unruhig wippelte sie mit den Füßen. Sie hörte kein Wort von dem, was der Auktionator erzählte. Ihm standen die Eurozeichen auf die Stirn geschrieben, so viel Provision würde er kassieren. Nicht ganz unverdient, schließlich hatte er mit seinen Kollegen offenbar die ganze Schau auf die Beine gestellt. Natürlich mit Unterstützung von Merle. Sie und Leo hatten sich noch nicht blicken lassen. Stattdessen würden gleich ihre alten Freundinnen durch diese Tür kommen. Die Frauen, mit denen sie ihre schönsten Jahre in Hamburg geteilt hatte. Wie sie eben über die Bühne stolziert waren, in den Kleidern, die sie selbst einst entworfen hatte! Es war, als wäre sie in einer Zeitmaschine vierzig Jahre zurückgereist. Sie fühlte sich einerseits überrumpelt von Merles Aktion, aber sie war auch so aufgeregt, als würde ihr Herz jeden Moment in tausend Stücke zerspringen.

Sie hatte damals gar nicht vorgehabt, sich so lange zurückzuziehen. Nach der Trennung von Kurt brauchte sie Zeit für sich. Und dann hatte das Tarot ihr geraten, noch eine Weile allein zu bleiben. «Der Eremit» hieß die Karte, die sie darin bestärkt hatte, ihre Verluste lieber ganz für sich zu verarbeiten. Danach gab es irgendwie kein Zurück mehr. Ihre Freundinnen lebten ihr Leben weiter, und sie war außen vor, in ihrer eigenen Welt. Wie hätte sie ihre Freundinnen auch wiedersehen sollen, ohne ihnen alles erklären zu müssen? Die ganze Sache mit Kurt und Stella …

Lukowitz hatte gerade seine letzten Worte gesprochen, als drei kichernde Frauen den Raum enterten. Ella duckte sich unwillkürlich hinter den Stehtisch, an dem sie sich schon seit einer Weile festhielt. Sie kannte ja niemanden hier. Vorsichtig lugte sie unter dem Tisch hervor und beobachtete die drei Frauen. Ihre Gesichter hatten sich verändert, waren ebenso wie ihr eigenes um einige Falten reicher. Aber im Kern schienen sie die Gleichen zu sein: Die fröhliche Lisa strahlte bis über beide Backen, die elegante Mona hatte noch immer die aufrechte Haltung einer Ballerina, und der frechen Marlene blitzte der Schalk aus den Augen.

«Lisa, deine Haare sind aber lang geworden», hörte sie Marlene sagen. «Lässt du sie wachsen, oder ist dein Friseur gestorben?»

Lisa verdrehte die Augen. «Immer noch das alte Biest.»

«Ich? Wer hat mir denn damals immer die Kerle ausgespannt?»

«Na, ich sicher nicht. Oder meinst du etwa René? Der zählt nicht, der war doch eh verheiratet.»

Während Lisa sprach, drehte sie sich plötzlich in Ellas Richtung, als hätte sie ihre Blicke gespürt.

«Ella!», rief sie. «Was machst du denn unter dem Tisch? Hast du es im Kreuz?»

Peinlich berührt schnellte Ella nach oben und tat, als hätte sie nur etwas vom Boden aufgehoben.

«Ciao, Lisa! Che bello!», begrüßte sie ihre alte Freundin und strahlte sie an. Überrascht stellte Ella fest, dass sie sich gar nicht dazu zwingen musste.

Lisa lief ihr entgegen und fiel ihr um den Hals, als hätten sie sich gestern zum letzten Mal gesehen. Sie roch nach dem Haarspray, das sie schon in den Achtzigern verwendet hatte. Mona war zurückhaltender, sie gab ihr die Hand, ebenso Marlene. Alle drei blickten sie erwartungsvoll an, doch Ella lächelte nur und bekam kein Wort heraus. Was sollte sie ihnen schon sagen? Es war kaum zu entschuldigen, dass sie sich nie mehr bei ihnen gemeldet hatte.

«Wie schön, dich zu sehen, Ella. Du siehst phantastisch aus! Und du hast dich kaum verändert», sagte Mona. «Was hast du in all den Jahren getrieben?»

Ella überlegte kurz. «Ich bin früh schlafen gegangen», antwortete sie schulterzuckend.

Mona schaute verdutzt. Dann hellte sich ihr Gesicht auf.

«Moment mal, das ist doch aus diesem Film … Es war einmal in Amerika!»

Ella staunte: Sie erinnerte sich tatsächlich noch!

«Du hattest schon damals eine Schwäche für Robert de Niro», kicherte Mona, und Ella musste lachen. Sie fühlte sich wieder wie Ende zwanzig, wie damals, als sie die Nächte hindurch genäht und am nächsten Tag wieder in der Boutique gestanden hatte. Sie hatte kaum Schlaf gebraucht. Es war eine so aufregende Zeit gewesen. «Und du für Richard Gere.»

«Das weißt du noch?», kreischte Mona.

«Ma certo!», lachte Ella. «Es hingen ja überall Bilder von ihm in deiner Wohnung, als wärst du noch ein Teenager. Ich erinnere mich noch an den Schlüsselanhänger mit seinem Konterfei, der am Rückspiegel in deinem Auto baumelte …»

Mona schlug sich mit der Hand vor die Stirn.

«O mein Gott, wie peinlich! Das hatte ich ganz verdrängt. Ich hoffe, das ist nicht das Einzige, was du mit mir verbindest.»

Ella wurde ernst.

«Natürlich nicht. Ich erinnere mich noch an alles. Vor allem daran, dass wir viel Spaß hatten. Bis zum Schluss.»

Mona sah sie eindringlich an.

«Du meinst, bis Kurt gegangen ist?»

Ella schüttelte abwehrend den Kopf. «Lass uns nicht mit den alten Geschichten anfangen.»

Lisa und Marlene, die gerade noch ins Gespräch vertieft waren, schalteten sich jetzt ein.

«Das kam damals so überraschend!», stellte Lisa fest. «Kurt und du, ihr wart doch immer das Traumpaar. Dass es da hinter den Kulissen nicht stimmte, hat wirklich niemand geahnt.»

Ella setzte ihr rätselhaftes Lächeln auf.

«Was ist denn eigentlich passiert? Es gab so viele Gerüchte damals», fragte Marlene.

«Ich kann wirklich nicht darüber reden», sagte Ella. Merkte Marlene nicht, dass sie sich unwohl fühlte bei dem Thema?

«Aber Kurt ist doch schon lange tot. Jetzt kannst du es doch sagen», bohrte Marlene nach.

«Marlene!», schimpfte Mona. «Das geht uns nichts an.»

Ella atmete auf. Marlene schaute beleidigt aus der Wäsche.

In dem Augenblick platzte Leo herein, mit einem Tablett leerer Gläser auf der rechten und einer Sektflasche in der linken Hand. Er sah aus wie ein Profikellner, nur ohne Livree.

«Guten Tag, die Damen! Wie wär's mit einem Schlückchen zu diesem besonderen Anlass?», rief er in die Frauenrunde. Hinter ihm betrat nun auch Merle den Raum.

Lisa klatschte in die Hände vor Begeisterung.

«Junger Mann, Sie kommen wie gerufen. Das ist genau das, was wir jetzt brauchen», jubilierte sie. «Ist ja nicht so, als hätten wir eine Sektallergie.» Leo sah Ella an, und erst als sie nickend ihre Zustimmung gab, ließ er den Korken knallen. Ella konnte nicht anders, als zu lächeln. Wieder so ein Moment, in dem er sie an Edgar erinnerte. Der Mann, der ihr damals schlaflose Nächte bereitet hatte, war Schauspieler gewesen und hatte Charme im Überfluss. Ebenso wie Leo. Auch er hatte offensichtlich keine Probleme damit, Menschen um den Finger zu wickeln. Merle dagegen hielt sich mal wieder dezent im Hintergrund. Ella hatte den Eindruck, dass sie lieber mit ihm allein gewesen wäre. Vielleicht wollte sie auch einfach nicht stören bei der Wiedervereinigung der alten Freundinnen, die sie ja immerhin selbst in die Wege geleitet hatte. Nachdem Leo eingeschenkt hatte, verteilte er die Gläser und rief noch ein «Zum Wohl», dann zog Merle ihn weg und ging mit ihm hinaus.

Da stand Ella nun, im Kreise ihrer alten Freundinnen, die sie seit Jahrzehnten nicht gesehen hatte, das volle Glas in der Hand, und auf einmal wurde ihr ganz feierlich zumute. Mona ging es offenbar nicht anders, sie hob ihr Glas und sah in die Runde.

«Cin Cin! Auf unser Wiedersehen und darauf, dass es uns

alle noch gibt. Hätte ja auch anders kommen können», stellte sie fest.

Lisa nickte. «Meine beste Freundin ist vor einem Jahr gestorben.»

«Das tut mir leid, Lisa», sagte Marlene und sah Lisa mitfühlend an.

«Früher war ich mal deine beste Freundin, weißt du noch?», fragte Mona nachdenklich.

Lisa lächelte ertappt. Zwischen Mona und ihr war der Kontakt also auch eingeschlafen.

Ella räusperte sich.

«Allora – grazie molto, dass ihr gekommen seid. Und sogar als Models zur Stelle wart, wie in alten Zeiten. Es war einfach wunderbar, wieder im alten Team mit euch zu spielen.»

«Hört, hört!», sagte Marlene lachend.

«Gern geschehen!», rief Lisa.

Die Frauen stießen an.

Für einen Moment war Ella glücklich und mit allem versöhnt. Das hier war das Beste, was ihr seit langem passiert war. Und das hatte sie nur Merle zu verdanken.

Die nächste Stunde waren sie miteinander ins Gespräch vertieft, alle versuchten, sich auf den aktuellen Stand zu bringen und nachzuholen, was sie verpasst hatten. Was natürlich nicht möglich war. Aber allein der Versuch erfüllte sie mit unendlich viel Energie.

Marlene ließ das Thema Kurt zum Glück ruhen und erzählte von ihren Jahren als Kunstlehrerin. Sie hatte, nachdem sie ihrem Mann begegnet war, ihr Paradiesvogeldasein beendet und mit Anfang dreißig ein Studium begonnen.

Lisa, die früher im wilden Schanzenviertel gewohnt hatte,

lebte jetzt im Blankeneser Treppenviertel. Sie hatte vermögend geheiratet und jedes Jahr zwei Kilo zugelegt.

«Und du willst wirklich nach Rom ziehen?», fragte sie Ella ungläubig. «Wirst du denn Hamburg gar nicht vermissen?»

Ella schob ihr Heimweh nach Italien vor, das von Jahr zu Jahr stärker geworden sei. Den wahren Grund für ihren Ortswechsel brauchte ja niemand zu erfahren.

«Also, ich finde, du solltest lieber hierbleiben und wieder als Designerin arbeiten», sagte Mona. «Schau doch, wie verrückt die Leute nach deinen Entwürfen sind!»

«Wir fungieren auch gerne wieder als deine Musen», kicherte Marlene. «Das wär's doch überhaupt: eine Linie für modemutige Seniorinnen!»

«Mit viel Glitter!», fiel Lisa ein. «Ich finde, in diesen Zeiten brauchen wir viel mehr Glitter! Schlichtheit ist ja ganz schön, aber mal ehrlich – ich habe diese dauernde Kombination aus Pulli und Hosen satt.»

«Und ich hasse das Wort Seniorin», brummte Mona. «Heute scheinen nur noch diese blutjungen Frauen bei Instagram zu bestimmen, was hip ist. ‹Influencerin› – wenn ich das Wort schon höre!», stöhnte sie.

«Genau! Werde doch Oldfluencerin, Ella. Zeig diesen jungen Dingern, was 'ne Harke ist», feuerte Marlene sie mit in die Luft gereckter Faust an. Die Frauen kicherten, und Ella machte mit. Und doch wunderte sie sich: War diesen Frauen nie etwas Schlimmes zugestoßen? Keine Schicksalsschläge oder Krankheiten? Oder steckten sie so etwas einfach besser weg?

Sie selbst konnte damals von einem Tag zum anderen keine Kleider mehr entwerfen. Mit Kurt und Stella war auch die

Inspiration aus ihrem Leben verschwunden, sie hatte keine Visionen mehr und auch keine Kraft, sie umzusetzen. Aber das konnte sie den Frauen nicht erklären, sie würden es nicht verstehen.

Während die drei immer weiterquasselten und Pläne schmiedeten, wurde Ella bewusst, dass sie sich noch lange an das hier erinnern würde, wenn sie in Rom wäre. Sie würde sich diesen Moment aufheben, die Gesichter und Stimmen der Frauen, die Begeisterung, mit der sie Ella überzeugen wollten, ins Leben und zu ihrer Berufung zurückzukehren. Sie hatten ihr einfach so vergeben, waren noch nicht mal ein bisschen nachtragend. An diese Großzügigkeit würde sie gerne zurückdenken.

«Wir könnten auch ein Buch schreiben über die wilde Zeit damals», sagte Mona lachend. «Heute ist alles so freudlos, die Jugend ist so ängstlich und lässt es nicht mehr krachen, probiert sich nicht mehr aus. Wir haben früher noch richtig was riskiert! Vielleicht sollten wir denen zeigen, wie Leben geht? Was meint ihr?»

Lisa warf vor Begeisterung ihre rote Mähne zurück und klatschte in die Hände.

Ella musste an Merle denken, die ihr auch schon mit der Idee zu einer Biographie gekommen war. Und sie war nicht die Erste. In all den Jahren hatte sie immer wieder Anfragen von Verlagen und Autoren bekommen, die sich für ihre Lebensgeschichte interessierten. Aber ein Buch? Sich vor all den Menschen, die das lasen, nackt ausziehen? Nein, das war nichts für sie. Sicher, sie hatte viel zu erzählen und einiges an Lebenserfahrung weiterzugeben. Andererseits gab es auch ein paar Dinge, auf die sie so gar nicht stolz war. Allen voran die

Sache mit Stella. Nein, das wollte sie wirklich mit niemandem teilen. Zum Glück hatte sie noch rechtzeitig veranlasst, dass die Erinnerungskarten abgenommen wurden.

Marlene schenkte sich zum dritten Mal Sekt nach und verschüttete vor Aufregung die Hälfte.

«Vergiss nicht, zwischen den Schlucken auch mal Luft zu holen», kommentierte Lisa. Marlene starrte sie entgeistert an.

«Das war für den Friseur eben», bemerkte Lisa trocken und grinste.

«Apropos Friseur», schaltete sich Mona ein und fragte Ella: «Wie geht es eigentlich deiner Tochter?»

Genau dieser Frage hatte Ella aus dem Weg gehen wollen – und natürlich kam sie von Mona. Sie hatte früher oft auf Stella aufgepasst, wenn Ella und Kurt Abendtermine hatten. Und ihre Tochter hatte zu Mona aufgeschaut. Mona, die Tolle, die Freie, die Künstlerin mit ihrem Bohemeleben, die scheinbar nie in Stress geriet und einfach so durchs Leben flog.

«Gut geht es ihr, danke», stotterte Ella.

«Ich habe sie nämlich kürzlich gesehen», sprach Mona weiter, ohne zu merken, dass für Ella gerade die Welt einstürzte.

«Wirklich?», fragte sie möglichst beiläufig und zwang sich zu einem Lächeln.

«Ja, sie saß bei dem Friseur am Gänsemarkt, wo ich früher auch Stammkundin war. Wisst ihr noch? Ferdi? Zu dem sind wir doch eine Zeitlang alle gegangen.»

Mona und Lisa kieksten vor Vergnügen.

«Ja, natürlich! Ferdi mit dem Vokuhila. Jahrelang war ich bei dem – und dann zieht der einfach nach Berlin! Ich wusste gar nicht wohin mit mir und meinen Haaren», erinnerte sich Lisa und schauderte bei dem Gedanken.

«Und jetzt ist dir auch noch einer weggestorben, du Arme», murmelte Marlene in Lisas Richtung. Die boxte sie in die Seite.

«Na ja, jedenfalls saß sie da, direkt am Fenster, ich ging auf der anderen Straßenseite und habe sie sofort erkannt», erzählte Mona weiter. Ella war wie versteinert. Sie hörte ihre alte Freundin Dinge sagen, die ihr den Boden unter den Füßen wegzogen. Wie sollte sie das verarbeiten? Sie brauchte doch schon all ihre Kraft, um weiterzuatmen und nicht in Tränen auszubrechen. Ella fühlte ihre Beine nicht mehr. Ausgerechnet jetzt passierte das. Sie musste sich zusammenreißen. Ein Fuß vor den anderen.

«Ella? Was ist denn los? Ist dir nicht gut?», hörte sie Mona fragen. Aber sie wollte nichts mehr hören und sehen und kein Wort mehr sagen. Nur noch raus hier, raus, raus, raus.

Kapitel 23

Die Überraschung war Leo wirklich gelungen: mit drei Flaschen Sekt bei der Auktion aufzutauchen, um mit ihr und Ella anzustoßen. Und das, obwohl er von dem eigentlichen Höhepunkt nichts geahnt hatte – dem Wiedersehen des legendären Damenkleeblatts, das vor vierzig Jahren die Nacht zum Tag gemacht hatte.

Die Zusammenführung schien geglückt zu sein, so wie Ella eben mit den Frauen dagestanden und gekichert hatte. Zu gern hätte Merle Mäuschen gespielt und an den Erinnerungen der Frauen teilgehabt. Leo schien genau das vorgehabt zu haben, wollte sich nach dem Einschenken der Sektgläser zur Runde gesellen und mittrinken. Doch Merle hatte ihn unauffällig weggezogen. Dieser Moment gehörte allein den vieren. Da störten sie nur.

Nun saß sie mit Leo draußen auf den Stufen zum Innenhof, der weitaus schöner und begrünter war, als die Front des Auktionshauses vermuten ließ. Hier waren sie völlig ungestört. Am Himmel zog ein Schwarm Vögel vorbei, wie an einer Perlenkette aufgereiht. Es war mild, Merle schätzte es auf fünfzehn Grad, sie trugen nur dünne Jacken und tranken den Sekt direkt aus der Flasche. Leo hatte sich so nah neben sie gesetzt, dass er sie bei jeder Bewegung leicht berührte. Sie fühlte sich schon reichlich beschwipst, nicht nur vom Alkohol, auch von der Euphorie über die gelungene Schau und das viele Geld, das Ella mit ihren Kleidern erzielt hatte. Und wenn sie ganz ehrlich war, hatte ihre Hochstimmung wohl auch mit Leo zu tun.

Die Leute, die Kleider ersteigert hatten, waren mit glücklichen Gesichtern nach Hause gegangen. Auch Ella hatte zufrieden gewirkt, obwohl ihr das Loslassen sicher schwergefallen war. Aber im Tausch gegen die Kleider hatte sie nicht nur Geld, sondern vor allem ihre Freundinnen wiederbekommen, und das wog den Verlust auf, fand Merle.

Sie dachte an ihre Mutter, die durch ihre Kaufsucht und die Schulden nach und nach all ihre sozialen Kontakte verloren hatte. Was hatten ihr die Dinge genutzt, die sie angehäuft hatte? Sie konnte sie mit niemandem teilen und genießen. Seltsam, dass Ella in der gleichen Falle gelandet war, wenn auch auf andere Weise.

In «Psychologie bringt dich weiter» hatte Merle gelesen, dass es unter Therapeuten eine Theorie gab: Unter den Bergen von Sachen, die ein Mensch im Laufe der Jahre ansammelt, schlummern seine Hoffnungen und Ängste. Es gilt also, erst den Ballast wegzuschaffen, um sich seinen Dämonen stellen zu können. Kein Wunder, dass es den meisten Leuten schwerfiel, kompromisslos auszumisten. Wer wollte schon seinen Ängsten direkt ins Auge blicken?

«Erde an Merle, Erde an Merle», holte Leo sie aus ihren Gedanken zurück. Als sie ihn verdattert anblickte, reichte er ihr lächelnd die Sektflasche. «Wo warst du denn gerade?»

«Entschuldige, ich musste nur an etwas denken.»

«Verrätst du mir, woran?»

Merle errötete. «Das klingt jetzt bestimmt blöd, aber … ich habe an meine Mutter gedacht», gab sie zu.

Leo nickte und sah sie an. «Warum sie wohl immer so dringend etwas kaufen musste?»

Merle winkte ab. «Darüber habe ich schon so viel nachgedacht. Ich denke, es war vielleicht eine Art Liebesersatz für sie. Sie hatte ja niemanden mehr.»

Leo nahm ihre Hand, und Merle durchfuhr es wie ein Blitz, der mitten in ihren Unterleib zielte. Sie hatte dieses Gefühl schon fast vergessen, diese unvermittelte Sehnsucht, jemandem nah zu sein.

«Sie hatte dich», sagte Leo.

Merle schüttelte den Kopf.

«Ich habe sie enttäuscht. Vor allem zum Schluss. Ich habe sie allein gelassen, weil ich sie und ihre Hilflosigkeit nicht mehr ertragen habe.»

«Und jetzt tut es dir leid?»

Merle nickte. Sie spürte, wie die Tränen in ihr aufstiegen. Leo sah sie mitfühlend an. «Ich finde, sie hat großes Glück gehabt mit dir. Du hast dich doch um sie gekümmert, dein Leben lang. Dabei hätte sie eigentlich für dich da sein sollen. Und jetzt hast du auch noch ein schlechtes Gewissen, weil du dich irgendwann abgenabelt hast.»

Merle schluckte. Sie wollte nichts mehr sagen, sonst würde sie losheulen. Leo strich leicht mit seinem Daumen über ihre Hand.

«Ich weiß genau, wie sich das anfühlt. Ich hatte nach dem Tod meiner Schwester das Gefühl, ich müsste meine Eltern darüber hinwegtrösten. Aber es ist sinnlos. Unsere Eltern haben ihr eigenes Leben, mit dem sie zurechtkommen müssen.

Das können wir ihnen nicht abnehmen, und wenn wir es noch so gern wollen. Und es ist auch gar nicht unsere Aufgabe.»

Merle nickte wieder. Allmählich fühlte sie sich etwas besser. Sie drückte Leos Hand. «Vermisst du sie?», fragte sie.

«Wen?»

«Deine Schwester?»

Leo nickte. «Schon, ja. Aber wenn es ganz schlimm wird, habe ich einen Trick. Ich denke daran, dass noch etwas von ihr hier ist.» Er lächelte. «Hast du schon mal etwas von Argon gehört?»

«Dem Edelgas?», fragte Merle. «Gehört schon. Aber Chemie war in der Schule nicht unbedingt meine Stärke.»

«Das Besondere an Argon ist, dass es sich kaum mit anderen Elementen verbindet. Wenn wir es also mit der Atemluft aufnehmen, dann atmen wir es genauso wieder aus. Ist das nicht unglaublich?», fragte Leo mit einer Stimme, als hätte er ihr gerade verkündet, er werde demnächst Papst.

Merle nickte, obwohl sie nur Bahnhof verstand. Was hatte dieses Gas mit seiner Schwester zu tun?

«Wenn man das weiterdenkt, bedeutet es, dass wir die gleichen Argon-Teilchen einatmen wie schon die Steinzeit-Menschen, wie Madonna, George Clooney oder eben meine Schwester. Es gibt Leute, die ausgerechnet haben, dass wir alle vier Stunden Moleküle einatmen, die auch Julius Cäsar eingeatmet hat.»

Merle staunte. Von diesem Phänomen hatte sie noch nie etwas gehört. Tatsächlich hatte die Vorstellung etwas Tröstliches, dass jeder auf diese Weise unsichtbare Spuren hinterließ, die für immer bleiben würden.

Für eine Weile tranken sie schweigend ihren Sekt. Es kam leichter Wind auf, und Merle zog mit der rechten Hand ihre Jacke enger um sich. Die linke hielt noch immer Leo.

«Und jetzt kümmerst du dich also um Ella», sagte er. «Woher kennst du sie eigentlich?», fragte er. Merle hatte schon befürchtet, dass diese Frage kommen würde.

«Das äh … das darf ich eigentlich nicht sagen», stotterte sie. «Aber egal, ich …» Gerade wollte sie ihm von ihrem Auftrag erzählen, da polterte hinter ihnen ein Mann durch die Tür und schlug Leo klatschend auf die Schulter. Vor Schreck ließ Leo Merles Hand los.

«Leo, alter Verwalter! Wusste ich's doch, dass du es bist!», sagte er in übertriebener Lautstärke. Sein Gesicht war knallrot und aufgedunsen, obwohl er kaum älter als vierzig war. Seine Augen glänzten wässrig, er wirkte angetrunken. Unter seinem ausgebeulten Parka zeichnete sich eine deutliche Wampe ab.

«Bodo …», sagte Leo.

«Leo, der rasende Reporter! Bist du etwa immer noch bei der Abendpost? Ich habe ja damals rechtzeitig den Abflug gemacht. Bei der Morgenpostille ist es aber auch nicht viel besser, so viel kann ich dir verraten», grölte er wichtigtuerisch, als spräche er vor unsichtbarem Publikum. Er nahm einen Zug aus seiner E-Zigarette und stieß eine Wolke aus, die ihn für eine Weile fast komplett einhüllte.

Leo hatte sich zu seinem Kollegen umgedreht und starrte ihn an wie einen Marsmenschen. Dann sah er Merle an, mit einem Blick, der alles gestand.

«Du bist Journalist?», fragte sie ungläubig. «Ich dachte, du verkaufst alte Bücher?»

Leo sagte nichts, stattdessen schaltete sich sein Kollege ein. «Bücher? Nee, Mädel, vor dir steht einer der begabtesten Reporter, die Hamburg je gesehen hat. Was wir alles erlebt haben, oder, Leo? Weißt du noch, unsere Recherche in der Herbertstraße auf'm Kiez? Das war doch legendär damals …»

Leo stoppte ihn mit einer Handbewegung.

«Nicht jetzt, Bodo. Lass uns bitte allein. Wir reden später.»

Der Kollege wirkte eingeschnappt, trollte sich aber, während er etwas wie «Ist sich wohl zu fein …» murmelte.

Leo sah Merle traurig und zugleich schuldbewusst an.

«Du hast also gar kein Antiquariat?», fragte sie leise. Ein wenig seltsam war es ihr ja gleich vorgekommen, als Tom erzählt hatte, dass sie Ellas Bücher nicht in ein Geschäft, sondern in einen leeren Keller getragen hatten. «Was soll denn das? Und wieso muss ich das von deinem triefäugigen Kollegen erfahren?»

«Ich wollte nicht … also, das hat nichts mit uns beiden zu tun …», stotterte Leo.

«*Uns beide* gibt es nicht», unterbrach ihn Merle mit zornrotem Kopf. «Und wird es auch nie geben. Sag mir einfach nur, warum du Ella ihre Bücher abgeschwatzt hast, wenn du gar kein Händler bist?»

«Ich habe ihr nichts abgeschwatzt», protestierte Leo. «Sie hat mir die Bücher doch fast aufgedrängt.»

Aber Merle war in Gedanken bereits woanders. Ihr kam ein erschreckender Verdacht. «Wolltest du dich etwa bei Ella einschleichen? Wegen eines Artikels? Ging es darum?»

Leo senkte den Blick und sagte nichts. «Ich fasse es nicht, Leo!» Sie sprang von der Treppenstufe auf und schnappte nach Luft.

«Es tut mir leid, das war eine blöde Idee», sagte er und stand ebenfalls auf. Beschämt sah er sie an. «Es war nicht alles gelogen, ich verkaufe tatsächlich gebrauchte Bücher im Internet, um meinen Eltern etwas unter die Arme zu greifen. Sie sind seit dem Tod meiner Schwester in Frührente und haben nicht viel Geld.»

«Mach jetzt bloß keinen auf Mitleid!», schimpfte Merle. «Also, Butter bei die Fische: Was hattest du mit Ella vor?»

Leo atmete laut aus.

«Also gut, ich arbeite für die Abendpost und soll einen Artikel über Ella schreiben. Es gibt da diese Rubrik, ‹Was macht eigentlich …?›. Ella steht schon lange auf der Liste der Kandidaten, aber niemand ist je an sie herangekommen. Nicht mal Weggefährten kann man befragen, weil sie jeden Kontakt zu der Branche abgebrochen hat. Tja, der perfekte Auftrag also, um mich ins Messer laufen zu lassen. Mein Chef sucht schon seit einer Weile einen Grund, um mich loszuwerden, weil ich …»

«Lass gut sein, dein persönliches Schicksal interessiert mich gerade herzlich wenig», sagte Merle schroff. «Dann war das ja heute ein gefundenes Fressen für dich. Hast du dir gleich die Visitenkarten ihrer Freundinnen geben lassen, um sie auszuhorchen? Und das Essen bei Ella? Hast du auch alles schön mitgeschrieben, was sie erzählt hat?»

«Nein, ich …», setzte Leo an. Doch Merle war noch nicht fertig mit ihm. Sie sah ihn mit blitzenden Augen an.

«Jetzt verstehe ich auch, warum du dauernd um das Haus herumgeschlichen bist. Du hast mir ja regelrecht aufgelauert! Und Ritchie? Hast du ihn nur mitgenommen, um mit mir ins Gespräch zu kommen?»

«Nein! Hör mir …»

«Dass du dich nicht schämst, Ellas Vertrauen zu missbrauchen! Und ich dachte, du interessierst dich wirklich für sie», unterbrach ihn Merle. «Sie wird außer sich sein, wenn sie das hört!»

Sie war jetzt richtig in Fahrt.

«Ich hoffe, dass wenigstens die Geschichte mit deiner Schwester stimmt», schimpfte sie. Im gleichen Moment merkte sie, dass sie das besser nicht hätte sagen sollen.

Leo sah sie mit gerunzelter Stirn an.

«‹Hoffen› ist eine interessante Formulierung in diesem Zusammenhang, aber ja, das mit meiner Schwester ist wahr», sagte er. Seine Kiefermuskeln waren angespannt, und er atmete tief ein. «Und du? Bist du denn so offen und ehrlich zu mir? Du machst doch auch ein großes Geheimnis daraus, was du eigentlich bei Ella machst und wie du zu ihr stehst.»

Merle stemmte die Hände in die Hüften. «Das werde ich dir ganz bestimmt nicht auf die Nase binden.»

«Ich weiß es eh längst», winkte Leo ab. «Hab ja die Säcke mit eurer Agenturaufschrift gesehen. Und den Rest hat mir Tom erzählt.»

Merle fluchte innerlich. Da ließ sich Tom von diesem Spitzel aushorchen und machte sich anschließend noch über Leo lustig! Der hatte sich bestimmt ins Fäustchen gelacht, wie geschickt er sie alle reingelegt hatte.

«Du spionierst mir hinterher?», rief sie fassungslos. «Das ist ja die Höhe! Ich bin meinen Job los, wenn das rauskommt. Diskretion ist in unserer Branche wichtiger als alles andere. Aber das ist dir natürlich egal, Hauptsache, du kannst deinen Artikel schreiben und wirst selbst nicht gefeuert!»

Leo sah sie traurig an.

«Es tut mir leid, das sollte so nicht laufen. Aber du musst mir glauben: Ohne Ellas Einverständnis hätte ich ganz bestimmt keinen Artikel geschrieben. Ich wollte nur eine faire Chance. Und die hätte ich auf anderem Wege nicht bekommen, das weißt du so gut wie ich. Die Bücher waren nur ein Vorwand, ich habe sie nur angenommen, um den Schein zu wahren. Und …» Sie spürte, wie er versuchte, Augenkontakt aufzunehmen, aber sie konnte ihn einfach nicht ansehen.

«Auch wegen dir», sagte er leise. «Ich wollte dich unbedingt wiedersehen, da war mir jeder Vorwand recht.» Leo seufzte. «Aber das ist dir jetzt vermutlich egal. Ich hab's vermasselt, keine Frage. Ihr könnt die Bücher natürlich jederzeit wieder zurückhaben. Oder ich gebe sie an denjenigen weiter, der sie bekommen soll. Was immer ihr wollt.» Leo machte den Reißverschluss seiner Jacke zu und setzte die Kapuze auf. Erst jetzt merkte Merle, dass es angefangen hatte zu regnen.

«Ich will eigentlich nur eins: Dass du dich nie wieder bei Ella blicken lässt. Lass uns einfach in Ruhe», sagte sie und ging zur Tür. Sie würde sich nur noch von Ella und den Frauen verabschieden und dann schnellstens nach Hause verschwinden.

«Es tut mir wirklich leid», rief ihr Leo nach. «Ich hoffe, du kannst mir irgendwann verzeihen.» Doch Merle ging einfach weiter, ohne sich umzudrehen.

Kapitel 24

Es war sieben Uhr, und der Wecker hatte bereits zweimal geklingelt. Draußen war es noch stockdunkel. Merle hatte keine Lust auf Schule. Nicht heute. Sie spürte den Atem ihrer Mutter auf ihrer Wange und ihre Stimme an ihrem Ohr. «Merleperle, es ist Zeit.» Sie fühlte ihre weichen Hände, die ihr das Haar aus dem Gesicht strichen, roch den Duft ihrer Lavendel-Handcreme, und für einen Moment fühlte sie sich wirklich geborgen. Sie wollte liegen bleiben, im kuscheligen Bett, und von ihrer Mutter Kakao gebracht bekommen. Aber was würde ihre Lehrerin dazu sagen … Auf einmal tauchte Ellas Gesicht vor ihr auf. Merle schreckte hoch.

Sie brauchte eine Weile, bis sie verstand, dass es Mittwochmorgen war und sie gleich zur Arbeit musste. Merle lag ganz still da, sie war unfähig, sich zu bewegen. Sie hatte ewig nicht von ihrer Mutter geträumt. Und wenn, dann waren es wütende Träume gewesen, in denen sie ihr endlich schonungslos die Meinung sagte. Aber dieser hier … Er hatte sich so echt angefühlt, als wäre sie noch ein kleines Mädchen. Genauso hatte ihre Mutter sie morgens geweckt. Und wenn sie so gar nicht zum Aufstehen zu bewegen war, hatte sie sie wach gekitzelt, so lange, bis sie freiwillig aus dem Bett geflüchtet war.

Ihre Mutter war in den Nächten oft von Schlaflosigkeit geplagt gewesen. Stattdessen hatte sie sich tagsüber hingelegt, wenn Merle in der Schule war. Manchmal schlief sie auch noch, wenn Merle mittags nach Hause kam. Dann hatte Merle sich ein Brot geschmiert und die Kindersendungen im Fernsehen geschaut. Oder Bücher gelesen, die sie in der Bücherhalle ausgeliehen hatte. Bergeweise hatte sie Geschichten verschlungen, über Kinder mit einem heimeligen Zuhause und vielen Geschwistern oder Freunden. Hanni und Nanni. Fünf Freunde. Heimlich hatte sie sich in deren Leben geträumt. Sie wäre sogar freiwillig auf ein Internat gegangen! Aber immer wenn sie das Buch zuklappte, war sie doch wieder nur Merle mit dem vollgestopften Kinderzimmer, weil ihre Mutter dort ihren Kram hortete, wie auch im ganzen Rest der Wohnung.

Die Zeiten waren zum Glück vorbei, redete sich Merle gut zu und zog die Decke noch ein bisschen enger um sich. Doch im Moment sah es in ihrem Leben auch alles andere als rosig aus. Vielleicht rächte sich jetzt, dass sie den Hut auf Ellas Bett gelegt hatte! War das die unglückliche Zukunft, die sie ihr vorausgesagt hatte? Die größte Enttäuschung war Leo: Er hatte sie nach Strich und Faden belogen! Es mochte ja sein, dass er es aus beruflichen Gründen getan hatte, aber man hatte immer eine Wahl. Und mit seinen Lügengeschichten hatte er nur versucht, es sich möglichst leichtzumachen.

Ella würde sie von Leos Verfehlungen lieber nichts erzählen. Sie schämte sich vor ihr. Immerhin war sie es gewesen, die ihn angeschleppt hatte, und das, obwohl Ella am Anfang so misstrauisch gewesen war. Ihr Gefühl war richtig gewesen. Merle dagegen hatte sich von seinem Charme einwickeln lassen wie ein naives Schulmädchen. Nein, sie würde die Sache erst mal für sich behalten.

Ella wirkte seit der Modenschau ohnehin ganz verstört. Statt sich zu freuen, wie gut es gelaufen war, schien sie seit mehr als einer Woche still vor sich hin zu leiden. Sie war an dem Nachmittag im Auktionshaus einfach verschwunden, ohne sich von ihr oder den Freundinnen zu verabschieden. Zunächst hatte Merle angenommen, Ella hätte zu viel Sekt getrunken und wäre deshalb unauffällig davongeschlichen. Doch inzwischen war sie sicher, dass irgendetwas vorgefallen war. Am Montag hatte sie Ella im üblichen Trauerlook angetroffen. Keine Spur mehr von der Extravaganz des Vortages! Ella war wortkarg und aß so gut wie nichts – was umso mehr auffiel, da sie sonst so quirlig und quasselig war.

«Na, heute Sternzeichen Morgenmuffel?», hatte Merle sie an dem Tag noch aufzuziehen versucht, doch Ella hatte nicht mal ein müdes Lächeln für sie übrig gehabt. So kannte Merle sie gar nicht! Selbst wenn sie traurig war, hatte Ella sonst ihre vergnügte Fassade bewahrt.

«Haben Sie vielleicht wieder eine schlechte Karte gezogen?», hatte Merle nachgefragt, doch nur ein Schulterzucken geerntet.

«Nichts, was ich noch nicht kennen würde.» Mehr war nicht aus ihr rauszukriegen. Selbst nach dem vierten Espresso nicht. Manchmal trank Ella jetzt sogar schon tagsüber einen Grappa. «Mein Horoskop lässt das heute zu», war ihre fadenscheinige Begründung.

Auf einmal schien ihr alles egal zu sein. Es kam Merle vor, als wäre Ella gar nicht mehr da, als schliche nur noch ihre Hülle durch das immer leerer werdende Haus. Die Energie und der Lebensmut, den sie aufgebracht hatte, um noch einmal einen Neustart zu wagen, schien mit einem Mal verpufft.

Aber warum? Bei der Modenschau hatte sie noch so lebensfroh gewirkt.

Merle zog sich die Bettdecke über den Kopf. Am liebsten wäre sie heute gar nicht aufgestanden. Die Tage seit der Modenschau waren immer gleich verlaufen: Merle nahm Sachen aus Schränken und Regalen und sortierte sie vor. Nach und nach zeigte sie Ella die Teile, die sie für verzichtbar hielt. Die alte Dame nickte nur emotionslos und sagte kaum ein Wort. Oft sah sie gar nicht richtig hin und saß wie hypnotisiert auf dem Sofa.

Gestern hatte Merle dann Reinhold für die alten Möbel ins Spiel gebracht:

«Er zahlt vielleicht weniger als andere, aber er gibt die Sachen nur in gute Hände, darauf können Sie sich verlassen.» Ella hatte dazu nur kraftlos genickt.

Sogar an den Fotografien, die sie zuvor mit Zähnen und Klauen verteidigt hatte, hielt sie nun nicht mehr fest. Seit gestern war es fix: Das Haus der Fotografie würde sie erwerben. Zu Beginn ihrer Zusammenarbeit hatte Ella mal durchblicken lassen, wie sehr sie dieses Museum liebte: «Ein Ort der Schönheit, der Ästhetik», hatte sie geschwärmt. Dass ausgerechnet dieses Museum nun ihre und Kurts Sammlung übernehmen würde, hätte Ella eigentlich freuen sollen. Doch ihr schien nichts mehr etwas zu bedeuten. Nur das Foto von Mapplethorpe war ihr offenbar wichtig. «Das kommt mit nach Rom», hatte Ella mit einem Fingerzeig auf das Bild gesagt.

Merle hatte sich das Bild daraufhin erstmals genauer angesehen. Es zeigte eine junge Frau mit dunkler Löwenmähne, daneben einen ebenso jungen Mann mit schulterlanger

Hippiefrisur. Die beiden schienen auf einer Feier zu sein, um sie herum konnte man weitere Menschen sehen, die jedoch hinter der Präsenz des Paares völlig in den Hintergrund traten. Die beiden strahlten etwas Besonderes aus, sie wirkten unzertrennlich. Als Betrachter fühlte man sich fast ein bisschen ausgeschlossen bei ihrem Anblick.

«Kennen Sie die beiden?», fragte Merle.

«Nein, aber sie erinnern mich an früher und daran, was für ein Leben ich einmal hatte», antwortete Ella gedankenverloren.

Dass sie die Dinge, an denen sie so gehangen hatte, auf einmal loslassen konnte, hätte Merle nur recht sein sollen: Nun konnte sie den Auftrag schnell und ohne Ellas Gegenwehr durchziehen. Konstanze würde zufrieden mit ihr sein, und sie würde die Probezeit mit Bravour bestehen. Und doch war sie alles andere als glücklich damit, Ella so zu sehen. Was konnte sie nur tun, damit Ella sich besser fühlte und wieder aktiv am Ausräumen beteiligte? Womöglich erwachte sie sonst in Rom aus ihrer Erstarrung und vermisste die Dinge, die sie eigentlich hätte behalten wollen.

Seufzend quälte sich Merle aus dem Bett. Es war ja niemand da, der sie wach kitzelte, also musste sie sich selbst in den Tag schubsen.

Am Nachmittag, sie hatte bereits drei Stunden pausenloses Kistenpacken hinter sich, setzte Merle sich für eine Verschnaufpause an Ellas Küchentisch. Es versetzte ihr einen kurzen Stich, als sie bemerkte, dass sie denselben Platz gewählt hatte wie bei dem Abendessen mit Leo. Während sie noch daran dachte, wie schön das gewesen war, sie drei an einem Tisch, ins Gespräch vertieft und schlemmend, kam ihr im gleichen Augenblick die rettende Idee: Sie würde Ragù alla bolognese kochen! Sie erinnerte sich noch gut, wie wohl sie sich nach dem genussvollen Abend gefühlt hatte. Vielleicht würde das Gericht ja bei Ella etwas Ähnliches bewirken?

Das Problem war nur: Merle hatte sich bislang weder besonders fürs Kochen noch fürs Essen interessiert. Es war für sie wie Zähneputzen, eine Notwendigkeit, über die sie nicht weiter nachdachte. Nicht dass sie gar nicht kochen konnte. Natürlich würde sie eine durchschnittliche Bolognese hinkriegen, so wie man sie überall serviert bekam. Doch sie wollte nicht irgendeine beliebige Soße zubereiten, sondern ein Ragù, das ebenso gut war wie das von Ella, damit es die gleiche Wirkung von Wärme und Wohlgefühl bei ihr entfaltete. Sie würde eine von ihren Kaffeepausen nutzen, um sich im Internet nach geeigneten Rezepten umzusehen.

Ausgerechnet heute wartete Ella bis zum späten Nachmittag, bis sie sich mit einem Cappuccino in die Küche verzog. Bis dahin hatte Merle das gesamte Wohnzimmer geschafft. Schnell schnappte sie sich ihr Handy und durchsuchte die einschlägigen Kochportale nach Rezepten für Ragù. Keine schien ihr einzigartig genug. Schließlich notierte sie aus der Erinnerung die Gewürze und speziellen Zutaten, die sie glaubte, aus Ellas Ragù herausgeschmeckt zu haben. Vor allem der Rotwein schien ihr wichtig, um ihr diesen vollmundigen Geschmack und die leichte Säure zu verleihen.

Als Ella zurück ins Wohnzimmer getrottet kam, hatte Merle schon eine fertige Liste erstellt. Noch heute Abend würde sie das Ragù kochen und es morgen mit zur Arbeit nehmen. Merle konnte nur hoffen, dass es seine magische Wirkung nicht verfehlte.

Merle beugte sich über die Pfanne, in der das Ragù vor sich hin blubberte. Der Duft von Anis und Kreuzkümmel stieg ihr in die Nase. Sie konnte es kaum erwarten, sie zu probieren. Seit Stunden stand sie in der Küche und kochte sich durch diverse Varianten. Mal ließ sie die Tomaten weg, testete verschiedene Hackfleischsorten oder eine fleischlose Version mit Soja, schnippelte wahlweise Möhren, Lauch, Sellerie oder frischen Oregano in das Ragù und ließ es lange köcheln. Auch am Rotwein hatte sie nicht gespart. Von dem besonders guten Tropfen hatte sie während des Kochens schon das ein oder andere Schlückchen genommen. Das Ragù mit Porree und etwas Senf gefiel ihr bislang am besten, es schmeckte so rund und würzig. Nun war Merle dabei, das Rezept noch zu verfeinern.

Tom sah ihr bei alldem irritiert zu. Sie hatte extra für ihn eine asiatisch angehauchte Variante mit Koriander und einem Spritzer Sojasoße ausprobiert. Aber selbst damit konnte sie ihm um diese Uhrzeit – es war bereits nach 21 Uhr – keine Pasta unterjubeln.

Aus dem Augenwinkel beobachtete sie, wie er am Wohnzimmertisch die ersten Löffel Quark in sich reinschaufelte. Merle seufzte. Er hatte sich noch nicht mal dazu durchringen können, mit dem Essen auf sie zu warten. Aber wenn sie ehrlich war, ging es ihr gerade weniger um Tom als um Ella. Für sie allein machte sie sich die ganze Arbeit. Sie wollte vor Ellas kritischem Gaumen bestehen und ihr etwas wirklich Gutes tun. Sollte Tom ruhig sein Ding machen. Sie selbst war vom ganzen Probieren und Abschmecken eh schon fast satt. Wenn ihr das Ragù gelang, würde sie es am Wochenende gleich noch mal für Heike zubereiten. Die sagte im Gegensatz zu Tom bestimmt nicht nein zu Kohlehydraten.

Merle war überrascht, dass ihr die Kocherei so viel Freude machte. Sie ging richtig auf in dem Versuch, dem Fleisch den bestmöglichen Geschmack abzutrotzen und die Zutaten zu vervollkommnen. Sie fühlte sich fast, als feierte sie eine Küchenparty, mit sich selbst als einzigem Gast. Und das war auch ganz in Ordnung so. Warum machte sie das eigentlich nicht öfter? Wieso gab sie sich nur für Ella solche Mühe und nicht für sich selbst?

Nachdenklich nahm sie den großen Holzlöffel und rührte in der Soße. Warum hatte sie sich nur immer mit so wenig zufriedengegeben? Dabei tat es richtig gut, sich mal etwas zu gönnen. Während sie sich einen großzügigen Schluck Wein genehmigte, nahm sie sich vor, in Zukunft etwas weniger spartanisch mit sich umzugehen.

Am nächsten Tag überraschte Merle Ella schon morgens mit der Ankündigung eines leckeren Abendessens. Ella stand noch immer ziemlich neben sich, aber Merle meinte ein kleines Glimmen in ihren Augen zu erkennen, das sie als Vorfreude deutete.

Gegen Abend kochte sie die frischen Tagliatelle, die sie morgens noch auf dem Markt gekauft hatte, und wärmte das Ragù auf. Ein vielversprechender Duft zog durchs Haus, und so musste Merle Ella nicht zum Essen rufen, sie kam von ganz allein aus dem ersten Stock. Merle konnte nur vermuten, was sie dort gemacht hatte. Vielleicht starrte sie im Gästezimmer die Dinge an, die sie mit nach Rom nehmen würde, und fragte sich, wie in aller Welt sie mit so wenig Besitz zurechtkommen sollte. Vielleicht studierte sie das Tarot – oder lag trübsinnig auf dem Bett.

Merle seufzte. Hauptsache, Ella war hier. Sie hatte sich sogar schon auf ihren Platz gesetzt und sah auf die leeren Teller, die Merle aus den Oberschränken genommen hatte. Eilig stellte sie die Schüsseln mit Nudeln und dem dampfenden Ragù auf den Tisch und setzte sich auf den Platz neben Ella. Gespannt verfolgte sie, wie Ella sich vorsichtig eine kleine Portion von dem Gericht nahm und die erste Gabel kostete. Merle beobachtete jede ihrer Gesichtsregungen. Sie selbst brachte gar keinen Bissen runter, solange sie nicht wusste, ob es Ella schmeckte. Ella kaute schweigend, dann nahm sie eine zweite Gabel und legte die Stirn in Falten. Merle hielt den Atem an. Was hatte das zu bedeuten? War die Soße so schlecht geraten?

Noch immer sagte Ella nichts und aß weiter vor sich hin. Dann sah sie Merle neugierig an.

«Sind da Fenchelsamen drin?»

Merle atmete auf. Wenn Ella nach den Zutaten fragte, konnte ihr Ragù nicht allzu übel sein.

«Gut herausgeschmeckt, tatsächlich sind das Fenchelsamen», antwortete sie.

Ella nickte und nahm noch etwas nach. «Ich erinnere mich an den Geschmack. Meine Mutter hat die Samen früher an ihre Thunfischsoße gegeben. Dass sie auch zu Fleisch passen könnten, auf die Idee bin ich nie gekommen», sagte sie kauend und warf Merle einen anerkennenden Blick zu. «Sie haben wirklich Talent, meine Liebe.»

«Meinen Sie wirklich? Ich fand mich nie sehr begabt im Kochen. Bei uns zu Hause gab es hauptsächlich Fertiggerichte, deshalb habe ich nie einen besonderen Ehrgeiz dafür entwickelt», sagte Merle.

«Das sollten Sie aber», sagte Ella fast vorwurfsvoll und sah sie nachdrücklich an. «Das meine ich ernst.»

«Sie haben mich wohl inspiriert mit ihrem Ragù neulich», sagte Merle und lachte. Das Lob von Ella erfüllte sie mit Stolz. «Danach habe ich erst gemerkt, wie gut es tut, etwas zu essen, was mit Liebe und Sorgfalt zubereitet wurde.»

Ella schüttelte den Kopf und ließ die Gabel sinken. «Jetzt reden Sie schon wieder wie in einem Frauenroman.»

Merle wurde rot, fing sich aber schnell wieder.

«Das dürfte doch in Ihren Augen kein Vorwurf sein», gab sie zurück. «Sie haben doch selbst viele von diesen Romanen gelesen. Zumindest gab es einige davon in Ihrer Bibliothek.» Sie sah den Stapel von Taschenbüchern noch vor sich, den sie aus dem Regal geräumt hatten.

Ella sah sie irritiert an.

«Dio mio! Denken Sie wirklich, das waren meine Bücher?» Fassungslos schüttelte sie den Kopf.

«Gehörten sie Ihrer Tochter?», fragte Merle nach.

Ella nickte, während Merle ihr noch etwas Wein nachschenkte.

Die alte Dame nahm einen großen Schluck und ließ sich im Stuhl zurücksinken. Nachdenklich schwenkte sie den Rotwein im Glas.

«Ich weiß, ich führe mich gerade etwas seltsam auf», sagte sie nach einer Weile.

Merle blickte sie aufmerksam an. «Hat das etwas mit Ihrer Tochter zu tun?»

Ella schaute von ihrem Wein auf. Ihre Augen glänzten.

«Ja, es geht um Stella», sagte sie gedankenverloren.

Kapitel 25

Ella erinnerte sich noch an alles. An jede Einzelheit. Wie es angefangen hatte mit Kurts Abwesenheit, nur wenige Jahre nach ihrer Hochzeit. Er hatte sich mehr und mehr herausgeschlichen aus ihrem Leben, war nicht mehr präsent, hörte ihr nicht zu und interessierte sich nicht einmal mehr für seine Tochter. Sie hatte gespürt, dass es ihm nicht gutging, aber sie wäre im Leben nicht auf den Grund gekommen.

Dann dieser Tag kurz vor Weihnachten. Auf dem Frühstückstisch brannten die Kerzen am Adventskranz, sie sah es noch vor sich, als wäre das alles nicht schon mehr als dreißig Jahre her. Kurt hatte seinen Toast nicht angerührt und sie dann mit leiser Stimme um ein Gespräch am Abend gebeten, als Stella kurz aus dem Raum gegangen war. Und er hatte so ernst dabei ausgesehen, dass ihr angst und bange geworden war.

Sobald er aus dem Haus war, hatte sie in seinen Sachen gesucht. Sie war sich plötzlich sicher, dass er sie mit einer anderen Frau betrog. Worüber sonst sollte Kurt so dringend mit ihr reden wollen? Sie hoffte auf eine Liebschaft, die ihm nicht wichtig war, sodass sie ihm verzeihen und mit der Zeit alles vergessen könnte. Sie schliefen damals schon lange nicht mehr im gleichen Bett. Ihre Lust auf Sex hatte stark nachgelassen, seit Stella auf der Welt war. Das Körperliche war einfach nicht mehr so wichtig gewesen. Ella war davon ausgegangen, dass es Kurt ebenso ging, denn er hatte sie in all den Jahren nie zu etwas gedrängt. Aber er war eben auch nur ein Mann, sagte sie sich, während sie seine Schubladen durchwühlte.

Und dann hielt sie auf einmal den Brief in den Händen. Mit zitternden Fingern hatte sie ihn aus dem Umschlag gezogen. «Mein geliebter Elferich», stand darin, und ihr war ganz schlecht geworden, als sie sah, welcher Name unter den Zeilen stand. Sie erinnerte sich nicht mehr, was sie in den Stunden gemacht und gedacht hatte, bevor ihr Kurt am Abend endlich alles gestand. Sie hatte ihm gar nicht richtig zugehört, denn sie wusste ja schon alles. Seine Worte waren an ihr vorbeigeflogen, und als der Name Vincent fiel und Kurt sagte, dass er ihn liebe, konnte sie nicht einmal weinen oder schreien. Sie hatte es einfach hingenommen, so als ginge es sie gar nichts an.

Sie war zu verletzt gewesen, um auf seine Bitte einzugehen, die Ehe aufrechtzuerhalten. Nicht um den Schein zu wahren, hatte er gesagt, sondern weil sie sich doch liebten, wenn auch vielleicht nicht so, wie sie sich das wünschte. Anfangs hatte sie versucht, sich selbst zu überzeugen, dass es doch in einer Künstlerehe nicht weiter tragisch war, wenn einer ausscherte und es auch mal mit dem anderen Geschlecht versuchte. Aber so war sie nicht erzogen, dazu war sie zu sehr Italienerin. Nicht dass sie prüde gewesen wäre. Aber dass Kurt ihr einen Mann vorzog, hatte sie als Frau zutiefst gekränkt. Manchmal fragte sie sich, ob sie damals hätte anders handeln sollen. Es war doch eine gute Ehe gewesen. Vielleicht würde Kurt heute noch leben, wenn sie nicht so stolz gewesen wäre. Dann könnte sie auch noch eine Mutter für Stella sein.

«Ihre Tochter heißt also Stella?» Merle saß ihr gegenüber und sah sie aufmerksam an. Erst jetzt wurde Ella bewusst, dass sie noch immer auf eine Erklärung wartete. Verlegen nahm sie einen Schluck Wasser. Der Wein war ihr ganz schön zu Kopf gestiegen. Die Pasta wärmte sie von innen, und Merle schien aufrichtiges Interesse an ihrer Geschichte zu haben. In Gottes Namen, dann sollte sie es eben erfahren. Es hatte ja doch keinen Sinn mehr zu schweigen.

Sie stellte das Wasserglas auf den Tisch.

Dann begann sie zu erzählen.

Kapitel 26

«Den Namen finden Sie bestimmt albern, oder?», fragte Ella, nachdem sie den Wein von sich weggeschoben und stattdessen einen Schluck Wasser getrunken hatte. «Wissen Sie, uns hat damals gerade die Ähnlichkeit zu meinem Namen gefallen. Außerdem funktioniert Stella sowohl in Italien als auch in Deutschland, und wir wollten uns offenhalten, wo wir leben würden.»

«Sie haben mir erzählt, dass Ihre Tochter keinen Kontakt zu Ihnen wünscht. Wie lange haben Sie sie schon nicht mehr gesehen?», fragte Merle.

«Viel zu lange …», sagte Ella leise. «Bald sind es zwanzig Jahre.»

Merle bemühte sich, kein allzu erschrockenes Gesicht zu machen. Zwanzig Jahre! Wie alt mochte Stella dann sein? Das Foto von der schwangeren Ella stammte eindeutig aus den Siebzigern. 1974 hatte Ella Kurt kennengelernt, also war Stella Castello vermutlich um die vierzig. Ella hatte das halbe Leben ihrer Tochter verpasst. Das musste unendlich schmerzvoll für sie sein. Kein Wunder, dass es sie wegzog aus Hamburg. Sie wollte die quälenden Erinnerungen wohl so weit wie möglich hinter sich lassen.

«Lebt Ihre Tochter denn noch hier?», fragte Merle.

«Nach dem, was ich gerade erfahren habe, vermute ich es»,

antwortete Ella mit dünner Stimme. «Wissen Sie, ich habe anfangs noch versucht, den Kontakt wieder aufzunehmen. Eines Abends bin ich zu ihr gefahren, um noch mal mit ihr zu reden. Doch da war niemand mehr. Kein Name am Klingelschild, keine Vorhänge am Fenster – sie war einfach weg.»

«Sie ist verschwunden, ohne zu sagen, wohin?», fragte Merle geschockt.

Ella nickte.

«Eine Nachbarin sagte mir damals, dass Stella mitten in der Nacht zusammen mit ihrem Freund einen Lieferwagen vollgepackt hätte und weggefahren sei. Ohne eine Nachricht zu hinterlassen oder sich anderweitig zu melden. Seitdem habe ich nichts mehr von ihr gehört.» Ella nahm noch einen Schluck Wasser. Merle sah, dass sie gegen die Tränen kämpfte.

«Spätestens an dem Punkt musste ich akzeptieren, dass sie wirklich nichts mehr von mir wissen wollte», erzählte Ella mit wackliger Stimme weiter. Merle war fassungslos. Sooft sie auch auf ihre Mutter geschimpft hatte, so hätte sie sich doch nie vorstellen können, den Kontakt zu ihr abzubrechen.

«Kann es sein, dass sie von jemandem beeinflusst wurde? Von ihrem Freund zum Beispiel?», fragte sie Ella.

«Nein, Stella hatte schon immer ihren eigenen Kopf. Und sie hat alles mit sich allein ausgemacht. Ich habe teilweise erst von den Lehrern oder anderen Eltern erfahren, wenn es Probleme in der Schule gab oder sie Streit mit Mitschülern hatte.»

«Aber was ist denn nur passiert? Bitte verzeihen Sie, dass ich frage, aber es erscheint eine so harte Reaktion von Ihrer Tochter.»

Ella zögerte und starrte eine Weile vor sich hin.

«Wissen Sie, meine Tochter hat den Tod meines Mannes nie verkraftet. Sie hat Kurt angebetet. Das Verhältnis zu mir war dagegen immer ein wenig schwierig. Wir sind uns einfach zu ähnlich. Sie wissen schon» – Ella sah sie fast entschuldigend an – «eigensinnig und stur halt. Sie können sich also vorstellen, wen sie als Schuldigen ausgemacht hat.»

«Aber es war doch ein Unfall, oder nicht?»

«Ja», sagte Ella und nippte erneut an ihrem Wasser, «ein Unfall. Ohne Zweifel. Für Stella aber war es der Unfall eines Lebensmüden. Sprich: Selbstmord.»

«Wie kam sie denn darauf? Alles, was Sie mir von Kurt erzählt haben, wirkte so gar nicht lebensmüde.»

Ella lächelte bedrückt.

«Stella war gerade mal zehn, als ihr Vater gestorben ist. Sie hat sich die Ereignisse später so zusammengereimt, wie sie eben für sie passten.»

«Gab es denn irgendwelche Hinweise auf Selbstmord?», fragte Merle.

Ella schüttelte den Kopf.

«Nichts, bis auf einen Brief von Kurt. Er wurde Stella an ihrem 18. Geburtstag übergeben, zusammen mit einigen Fotos und einer größeren Summe Geld.»

«Was stand in dem Brief?»

Ella sah Merle schweigend an, als würde sie überlegen, ob sie mit ihr so intime Dinge besprechen sollte.

«Sinngemäß ging es darum, wie schwer ihm die Trennung von seiner Familie gefallen war, wie sehr er gelitten hat. Stella reimte sich daraufhin zusammen, dass es auf mein Betreiben hin zur Scheidung gekommen sei.»

«Was aber nicht stimmte?»

Ella zögerte. «Ja und nein. Es gab da etwas, mit dem ich nicht leben konnte. Kurt wollte verheiratet bleiben, aber de facto wäre es nur noch eine Ehe auf dem Papier gewesen. Und das konnte ich einfach nicht.» Wieder schwieg sie eine Weile, dann sagte sie leise:

«Ich habe ihn geliebt, wissen Sie.»

Merle nickte.

«Ja, ich weiß.»

Ella sah sie überrascht an.

«Woher wollen Sie das wissen?»

«Es ist die Art, wie Sie über ihn sprechen. So voller Respekt und Bewunderung. Sie müssen das perfekte Paar gewesen sein. Das hat mich schon an meiner Beziehung zu Tom zweifeln lassen», gestand Merle.

«Das wundert mich wiederum gar nicht», bemerkte Ella trocken.

«Ich weiß, Sie haben nicht den besten Eindruck von Tom. Aber er hat auch seine guten Seiten», beteuerte Merle.

«Wenn Sie das sagen.» Der Zweifel in Ellas Stimme war nicht zu überhören. Es verunsicherte Merle, dass Ella so gar kein gutes Haar an Tom ließ. Immerhin hatte sie ihre Menschenkenntnis in Bezug auf Leo unter Beweis gestellt, während sie selbst kläglich versagt hatte.

«Kurt war ein guter Ehemann. Ich habe ihn bewundert, seine Energie, seine künstlerische Ader … Und er hat mich auch geliebt. Aber nicht genug und nicht auf die richtige Art, wenn Sie verstehen, was ich meine.» Merle seufzte leise. Ella sprach mal wieder in Rätseln.

«Er … er hatte sich in einen Mann verliebt», stammelte

Ella. Merle atmete hörbar ein. Das war es also. Das war das gut gehütete Familiengeheimnis. Ihr Gefühl hatte sie demnach bei ihrem ersten Besuch nicht getäuscht. Sie hatte gespürt, dass in diesem Haus etwas in Schieflage war.

«Er hat selbst damit gehadert», erzählte Ella weiter. «Niemand sollte davon wissen, nicht seine ach so feinen Eltern, aber vor allem nicht Stella. Er nahm mir das Versprechen ab, ihr niemals davon zu erzählen. Und ich habe mich daran gehalten.» Ella stockte, dann sprach sie mit gedämpfter Stimme weiter. «Auch nachdem er mit dem Motorrad zu schnell in die Kurve gefahren war. Dem Brief nach zu urteilen, befand er sich offenbar in einer deprimierten Phase, sein Freund – Vincent – hatte ihn sitzenlassen.» Ella intonierte den Namen, als handele es sich bei Vincent um ein abstoßendes Insekt. «Aber das heißt ja nicht, dass er den Unfall absichtlich herbeigeführt hat.» Sie verschränkte die Arme vor der Brust. «Wissen Sie, Kurt war immer gut zu mir, und er hat auch nach unserer Scheidung für mich gesorgt, ließ mich weiter in diesem Haus wohnen. Ich hätte nie etwas gegen seinen Willen getan.»

Merle hörte ungläubig zu. «Sie haben also hingenommen, dass Ihre Tochter nichts mehr von Ihnen wissen wollte, statt ihr die Wahrheit über ihren Vater zu sagen?»

Ella zuckte die Schultern.

«Ich habe mich jahrelang schuldig gefühlt, habe gedacht, ich hätte Kurt in den Tod getrieben. Heute weiß ich, es war nicht meine Schuld, aber ich habe lange gebraucht, um das zu erkennen und anzunehmen. Wenn ich könnte, würde ich Stella die Wahrheit sagen, aber es ist zu spät.»

«Warum haben Sie nicht wenigstens mit Ihren Freundinnen darüber gesprochen? So etwas belastet einen doch, das muss man sich von der Seele reden», fragte Merle.

Ella lachte auf. Es klang bitter. «Sie wollen wissen, warum? Dreimal dürfen Sie raten. Ich habe mich geschämt! Dafür, dass ich als Ehefrau gescheitert war. Das habe ich damals wirklich geglaubt, stellen Sie sich vor! Und ich habe mich für Kurt geschämt, dass er so schwach war. Inzwischen ist mir natürlich klar, dass er gar nicht anders handeln konnte. Er war ehrlich zu mir und hat mir nichts vorgemacht.» Sie lächelte. «Manchmal fehlt er mir sehr.»

Merle konnte nicht anders, als ihre Hand auf Ellas Arm zu legen. Doch als sie fühlte, dass Ella unter ihr erstarrte, zog sie die Hand wieder weg. Wie lange Ella wohl nicht mehr liebevoll berührt worden war?

Sie dachte über ihre Worte nach. Sich für die eigene Familie zu schämen – dieses Gefühl kannte Merle nur zu gut. Als Kind hatte sie niemals Freunde zu sich eingeladen, damit niemand mitbekam, wie unordentlich es bei ihr zu Hause war. Ella unterbrach ihre Gedanken.

«Im Übrigen: Sie ahnen ja gar nicht, was diese Damen für Quatschtanten waren!», ereiferte sie sich, als sei ihr diese Erkenntnis gerade erst gekommen. «Und nach unserem Wiedersehen am Freitag habe ich nicht den Eindruck, dass sich daran irgendwas geändert hat. Die stecken ihre Nasen in alles rein, was sie nichts angeht.»

Sie schien richtig verärgert zu sein. Dabei hatte sie sich doch am Auktionstag noch bestens mit den Frauen verstanden? Merle nahm all ihren Mut zusammen und fragte sie geradeheraus: «Ella, war es ein Fehler von mir, dass ich Ihre Freundinnen eingeladen habe? Ich habe es wirklich nur gut gemeint. Aber seitdem habe ich das Gefühl, dass Sie sehr bedrückt sind.»

Ella starrte auf die Tischplatte und murmelte etwas Unverständliches.

«Was haben Sie gesagt?», fragte Merle.

«Ich habe einen Enkel. Un ragazzino», wiederholte Ella etwas lauter.

«Einen Enkel? Aber das ist ja wunderbar!», freute sich Merle. Doch ein Blick in Ellas trauriges Gesicht ließ Zweifel bei ihr aufkommen. «Oder nicht?»

«Ich wusste rein gar nichts davon. Können Sie sich das vorstellen? Ich muss von Mona erfahren, dass meine Tochter einen Sohn hat!» Ella fuchtelte nun in alter Manier mit den Händen herum, und die Worte brachen aus ihr heraus: «Mona hat sie in einem Friseursalon am Gänsemarkt gesehen. Sie ist sich sicher, dass sie es war. Also wie hätte ich Ihrer Meinung nach darauf reagieren sollen? Wären Sie da etwa nicht bedrückt?»

So langsam verstand Merle, was am Freitag vorgefallen war.

«Und da haben Sie sich lieber aus dem Staub gemacht, statt sich vor Ihren Freundinnen die Blöße zu geben», sagte Merle.

«Ja, was denn sonst? Hätte ich vielleicht mit Sekt darauf anstoßen sollen?», antwortete Ella überlaut. Doch sogleich hatte sie sich wieder im Griff.

«Ich bin Ihnen wirklich dankbar dafür, dass Sie sich solche Mühe gegeben haben, Liebes. Keine Ahnung, wie Sie die Frauen gefunden und dazu gebracht haben, bei der Modenschau mitzumachen. Aber – ich bin einfach so unendlich müde, verstehen Sie das?»

Merle nickte.

«Das ist doch völlig in Ordnung. Sie sind niemandem etwas schuldig, weder mir noch Ihren alten Freundinnen.»

«Mona kann ja gar nichts dafür. Woher sollte sie auch ahnen, dass ich nichts von meinem Enkel weiß? Ich werde mich demnächst bei ihr melden und mich erklären.»

«Das ist eine gute Idee. Und was wollen Sie jetzt wegen Ihres Enkels unternehmen?»

Ella sah sie verblüfft an.

«Was soll ich da schon tun? Ich habe nicht die geringste Ahnung, wo Stella sich aufhält, wenn sie gerade nicht beim Friseur ist. Außerdem – ich denke nicht, dass es an mir ist, erneut den Kontakt zu ihr zu suchen. Nein, wenn Stella nicht möchte, dass der Kleine seine Oma kennenlernt, dann muss ich damit leben lernen.» Für einen Moment hielt sie inne. «Und da ist noch was», sagte sie leise. «Ich habe heute Morgen den Eremiten gezogen.»

«Den was?», fragte Merle. Doch dann wurde ihr klar, dass Ella wohl von einer Tarotkarte sprach.

«Der Eremit, ein guter, alter Bekannter von mir. Damals nach dem Tod von Kurt gab mir das Tarot dieselbe Karte, und mir war sofort klar, was ich zu tun hatte.»

«Deswegen haben Sie sich von ihren Freunden zurückgezogen? Nur wegen einer Karte?» Merle war baff, auch wenn es sie nach allem, was sie wusste, nicht hätte überraschen sollen. Ella antwortete nicht. Stattdessen stellte sie entschieden ihr Glas auf dem Tisch ab. Dann stand sie auf und ging Richtung Wohnzimmer. Nach ein paar Schritten drehte sie sich zu Merle um.

«Andiamo. Kommen Sie schon, ich möchte Ihnen etwas zeigen», sagte sie ungeduldig.

Merle folgte ihr ins Wohnzimmer zu dem verschlossenen Sekretär. Ella bückte sich ächzend und zog einen kleinen Messingschlüssel unter dem Schrank hervor. Merle seufzte in sich hinein. Auf dieses Versteck hätte sie nach der Sache mit der Haustür und der Fußmatte an ihrem ersten Arbeitstag wirklich kommen können! Jetzt war sie gespannt, was Ella in dem Sekretär verbarg. Umständlich schloss Ella auf und öffnete die Klappe. Merles Blick fiel auf zahlreiche kleine und größere Schachteln. Ella zog eine heraus und schob sie Merle hin. Die nahm zögerlich den Deckel ab und sah ein Sammelsurium an Erinnerungsstücken: Fotos, Eintrittskarten, ein wollweißes Stück Stoff, das sich bei näherem Hinsehen als Strampelanzug entpuppte, sowie zwei schwarze Babylackschühchen. Sie warf einen kurzen Blick auf die Fotos. Auf allen war ein blondes Mädchen zu sehen, fast immer mit zwei breit vom Kopf abstehenden Zöpfen.

«Stella?», fragte Merle, obwohl sie die Antwort längst ahnte.

Ella nickte.

«Sehr niedlich. Ein kleiner Frechdachs», konstatierte Merle. Ella beugte sich nun ebenfalls über das Foto, dann sah sie Merle ins Gesicht.

«Möchten Sie Kinder haben, Merle?»

«Furchtbar gerne», seufzte sie.

Ella nickte wissend.

«Darf ich Ihnen einen Rat geben? Suchen Sie sich dafür den richtigen Mann. Oder machen Sie es gleich alleine. Das erspart Ihnen womöglich viel Kummer.»

Merle war so perplex, dass ihr so schnell keine Antwort einfiel. Alleine? Was zum Teufel wollte sie ihr damit sagen? Dass ein Samenspender einem Partner vorzuziehen war?

Ella nahm den Strampler aus dem Karton.

«Sie fahren doch am Wochenende zu Ihrer Freundin, wegen der Decke?»

Merle bejahte.

«Dann nähen Sie bitte davon auch ein Eckchen rein», sagte Ella und reichte ihr den Strampler. Sie sah dabei so traurig aus, dass Merle sie am liebsten in den Arm genommen hätte. Ellas Geschichte nahm sie wirklich mit. Der Strampelanzug war aus kuschelweicher Baumwolle. Sie drückte ihn kurz an ihr Herz, zum Zeichen, dass sie gut auf ihn aufpassen würde.

«Das ist eine schöne Idee, Ella. Genau das werden wir tun.»

Es war gut, dass sie morgen zu Heike fuhr. Nicht nur wegen der Decke – auch um etwas Abstand zu gewinnen und in Ruhe über alles nachzudenken.

Kapitel 27

Nach einer Stunde in der völlig überfüllten Regionalbahn – bei dem Wetter zog es viele Hamburger an die Ostsee – kam Merle endlich in Travemünde an. Als sie ausstieg, konnte sie das Meer schon riechen: die Gischt, die Algen, den Fisch … Es waren nur ein paar Minuten Fußweg vom rot geklinkerten Bahnhofsgebäude zur Strandpromenade, die von hübschen weißen Häusern gesäumt war. Endlich glitzerte zu ihrer Linken die See, die Strandkörbe waren dank der milden Temperaturen noch aufgestellt. Einige Touristen hatten es sich schon bequem gemacht und die Körbe in die Herbstsonne gedreht. Zwei Kinder waren eifrig dabei, eine Sandburg zu bauen. Vor der Waffelbude hatte sich eine kleine Schlange gebildet. Die Möwen lauerten in der Luft und zogen kreischend ihre Kreise über den Wartenden. Merle sog die salzige Luft ein. Wie gut das tat! Warum fuhr sie eigentlich so selten hierher, wo der kleine Kurort doch praktisch vor Hamburgs Tür lag? Dass ihre Freundin jetzt hier wohnte, gab ihr noch einen guten Grund mehr.

Am Strandcafé bog sie rechts ein. Heikes und Jens' Pension lag in einer kleinen Seitenstraße. Merle blieb stehen, um das Haus von außen auf sich wirken zu lassen. Ihre Freundin hatte ihr schon gefühlte hundert Fotos davon geschickt, aber in Wirklichkeit war es noch viel bezaubernder. Wäre sie vor den beiden über das Maklerschild gestolpert, hätte sie vermutlich ebenfalls einen Kaufimpuls gespürt. Nur dass sie es sich nicht im Entferntesten hätte leisten können, ihm nachzugeben.

Heikes neues Zuhause war ein weiß getünchtes Kapitänshaus mit kleinem Giebel, drumherum Rasen und ein Gartenzaun. Vor der blau lackierten Haustür standen zwei Blumentöpfe mit weißen Hortensien. Über der Tür hing bereits das Pensionsschild: *Das Vogelhäuschen* stand in blauer Schnörkelschrift auf weißem Grund. Merle musste grinsen. Heike und Jens hatten wirklich eine ausgeprägte Vorliebe für die Tierwelt.

Sie hatte gerade einen Fuß in den Vorgarten gesetzt, als Heike die Haustür aufriss und ihr entgegenflog. Sie nahm sie in die Arme und drückte sie so fest an sich, dass Merle sofort ihr Parfüm in die Nase stieg: Es war noch der gleiche Duft wie zu ihrer Studienzeit – von einer Tennisspielerin, deren Namen sie vergessen hatte. Die süßliche Note passte perfekt zu Heike.

«Na, du treulose Tomate?», sagte Merle, als Heike sich von ihr gelöst hatte.

«Na, du Sklaventreiberin?»

«Heulsuse!»

«Selber!»

Sie hatten sich viel zu lange nicht gesehen und versuchten, ihre Rührung zu überspielen, doch sie hatten die feuchten Augen der anderen bemerkt. Heike nahm Merle die Tasche ab, in der sich Ellas Stoffe und auch Stellas alter Babystrampler befanden. Arm in Arm gingen sie ins Haus.

«Ich mach uns erst mal einen Tee», bot Heike an und

führte Merle in die gemütliche Wohnküche, die ebenfalls in Blau-Weiß gehalten war.

«Tee?», fragte Merle überrascht, während sie sich auf einen weißen Holzstuhl setzte. «Seit wann trinkst du Tee? Sag bloß, du hast dem Latte Macchiato abgeschworen?»

Heike wurde rot und sah Merle an.

«Was denn? Hab ich was verpasst?», fragte Merle, weil sie Heikes beredtes Schweigen nicht verstand. Und dann war auf einmal alles klar.

«Ist nicht wahr! Du bist schwanger?», rief Merle und sprang sofort wieder auf, um ihrer Freundin um den Hals zu fallen. Heike hatte schon wieder Tränen in den Augen.

«Doch, es ist wirklich wahr. Aber es ist noch so früh, dass wir es niemandem gesagt haben», sagte Heike. Merle fasste ihre Freundin an den Schultern und betrachtete sie. Mit einem Mal wirkte sie so verändert. Merle schien es, als hätte sie noch nie so strahlend ausgesehen.

Doch nur einen Augenblick später runzelte Heike sorgenvoll die Stirn.

«Es ist natürlich nicht der optimale Zeitpunkt», sagte sie. «Wir müssen die Pension aufbauen und die Hochzeit organisieren, und ich bin so furchtbar müde und schaffe es morgens kaum aus dem Bett.»

«Und ich Hornochse frage dich noch wegen der Decke», grämte sich Merle. «Hättest du doch was gesagt.»

«Ach was. Ich freue mich doch, dass du kommst. Ich wollte es dir unbedingt persönlich erzählen. Sonst wäre ich geplatzt!», sagte ihre Freundin und lachte.

«Also keinen Kaffee mehr.»

«Keinen Kaffee und keinen Gin Tonic», sagte Heike seufzend. «Aber Jens unterstützt mich sehr. Mir zuliebe will er bis zur Geburt auch keinen Tropfen Alkohol trinken.»

«Dafür danach umso mehr!», platzte Jens in die Küche. Er schien noch etwas breiter geworden zu sein und strahlte über das ganze Gesicht, als er Merle in den Arm nahm. Danach ging er direkt zu Heike und strich ihr sanft über die Wange. Sie dankte es ihm mit einem zärtlichen Blick. Der ganze Raum schien auf einmal mit Liebe gefüllt.

«Ich freue mich so für euch», sagte Merle gerührt. Und das tat sie wirklich. Aber da war auch wieder dieses klitzekleine nagende Neidgefühl. Auf Heike schien das Glück geradezu herabzuregnen, während bei ihr so gar nichts voranging. Zumindest nicht im Privaten.

Sie sprachen noch ein wenig zu dritt, dann musste Jens zum Fußballtraining.

«Wie geht es dir denn? Was gibt es Neues in Hamburg? Ich will alles wissen», plapperte Heike munter, als sie wieder unter sich waren.

Merle brachte sie auf den aktuellen Stand. Sie erzählte von ihrem Job bei Ella Castello und von der Enthüllung, die sie noch nicht ganz verdaut hatte, von dem Ärger mit Tom und von der Begegnung mit Leo, die so enttäuschend geendet hatte. Letzteres versuchte sie so beiläufig zu erzählen, dass ihre Freundin aufhorchte.

«Puh, da ist ja eine ganze Menge passiert bei dir! Was ist denn dieser Leo für ein Typ? Ist er nett? Sieht er gut aus?»

Merle sah sie mit gespielter Entrüstung an.

«Und wenn ja, was dann? Ich bin mit Tom zusammen. Außerdem: Was soll ich mit jemandem anfangen, der sich als ein anderer ausgibt, nur um seine beruflichen Ziele zu verfolgen?»

«Schon, aber davon mal abgesehen: Gefällt er dir?»

Merle seufzte.

«Er ist das genaue Gegenteil von Tom. Schmal, dunkle Haare, und er geht Tom gerade mal bis zum Kinn.»

«Hm, ist das jetzt gut oder nicht so gut?», fragte sich Heike.

«Ich finde ihn schon anziehend», gestand Merle. Sie sah Leo vor ihrem inneren Auge, wie er neben ihr auf der Bank saß und von seiner Schwester erzählte. «Er hat etwas von einem französischen Popstar, mit seiner schlanken Figur und seinen wuscheligen Haaren. Und er bringt mich zum Lachen. Ich mochte ihn wirklich gern, bevor das mit der Lügerei herauskam», sagte Merle.

Während sie es aussprach, merkte sie erst, wie gut es tat, darüber zu reden. Die ganze Woche über hatte sie sich gezwungen, nur an Ella und ihren Auftrag zu denken. Aber ohne dass sie es wollte, hatte die Sache mit Leo in ihr weiter rumort. Ja, sie mochte ihn. Sehr sogar. Nicht nur äußerlich, sondern vor allem seinen Humor, all die merkwürdigen Dinge, über die er Bescheid wusste, und dass er so nachdenklich war, was sie bei Tom manchmal vermisste. Es hatte sich gut angefühlt, seine Hand zu halten. Umso schmerzhafter war es gewesen, die Wahrheit über ihn zu erfahren.

Sie erzählte Heike von seinen Schildern mit den Botschaften. Und wie sehr ihn der Tod seiner Schwester mitgenommen hatte. Ihre Freundin nickte.

«Ich kann ihn verstehen. Er hatte wohl niemanden zum Reden. Da war es seine Form, mit anderen zu kommunizieren.»

«Aber es kommt ja nichts zurück?», fragte sich Merle verwundert.

«Trotzdem. Allein die Vorstellung, andere zum Nachdenken zu bringen, kann schon tröstlich sein, denke ich.»

Heike sah sie eindringlich an.

«Merle, rede doch noch mal mit ihm. Er scheint doch ein empfindsamer Mensch zu sein. Vielleicht steht er nicht nur beruflich unter Druck, und es steckt viel mehr hinter der ganzen Sache.»

Merle runzelte die Stirn. Das war wieder typisch Heike. Sie sah immer nur das Gute in jedem Menschen.

«Ich könnte mir vorstellen, dass seine Eltern jetzt hohe Erwartungen an ihn haben. Seine Schwester lebt nicht mehr, und alles hängt von ihm ab», überlegte Heike laut.

«Ja, Frau Psychologin», zog Merle sie auf.

Aber Heike ließ sich nicht beirren. «Niemand ist perfekt, oder? Wir alle machen Fehler. Sogar du manchmal.»

Merle stöhnte leise. «Diese Predigt hat mir Ella schon gehalten, als ich ihre gesprungene japanische Teeschale wegwerfen wollte. Von wegen, alle Menschen haben Macken, und erst die Unvollkommenheit macht uns liebenswert. Pah! Das, was Leo gemacht hat, ist keine Macke, das grenzt an Betrug! Und das kann er auch nicht mit einem seiner klugen Sprüche wiedergutmachen.»

«Ich verstehe dich. Ich wäre auch wütend. Aber ich finde, du solltest ihm zumindest die Chance geben, sich zu erklären.»

Merle nickte. «Werd's mir überlegen.»

Um das Thema zu wechseln, erzählte Merle ihr von der Sache mit Ellas Tochter. Heike hörte ihr aufmerksam zu.

«Das ist ja furchtbar! Wenn ich mir vorstelle, dass das Baby in meinem Bauch irgendwann nichts mehr von mir wissen will und mir mein Enkelkind vorenthält … Ich glaube, das würde ich nicht ertragen.»

«Ella offenbar auch nicht», sagte Merle. «Aber ich fürchte, dass die Flucht nach Rom keine Lösung ist. Das Ganze wird sie doch weiter verfolgen.»

Heike nickte.

«Ja, sie sollte noch mal versuchen, ihre Tochter ausfindig zu machen. Weglaufen hilft da nicht.»

«Meinst du nicht, die Tochter hätte sich bei ihr gemeldet, wenn sie wieder mit Ella sprechen wollte?»

«Vermutlich. Aber vielleicht traut sie sich auch nicht, den ersten Schritt zu machen? Womöglich ist Ella da zu stur?»

Merle kam auf einmal ein Gedanke. «Weißt du, was ich glaube? Sie hat die Verantwortung für ihr Leben den Sternen übergeben. Und überlässt es jetzt dem Schicksal, ob sie ihre Tochter jemals wiedersieht oder nicht. Im Moment stehen die Zeichen eher auf Rückzug, weil der Eremit regiert.» Sie klärte Heike in kurzen Worten über Ellas kreative Astrologie auf.

«Ach, ich finde das einfach nur traurig», seufzte Heike.

Eine Weile rührten sie einträchtig schweigend in ihren Tassen. Merle ließ ihren Blick durch die Küche schweifen. Auf der Arbeitsfläche standen ein Mixer, eine Küchenmaschine und daneben ein noch eingepacktes Gerät. «Plätzchenbackmaschine» stand darauf. Ein überflüssigeres Gerät konnte sich Merle kaum vorstellen. Aber Heike hatte schon immer eine Vorliebe für solche Dinge gehabt.

Ihre Freundin war ihrem Blick gefolgt. «Ich weiß, was du denkst, Merle. Aber lass mir meinen Spaß», sagte sie.

«Erwischt. Es juckt mich direkt in den Fingern, wenn ich

so etwas sehe», sagte Merle lachend. «Da bin ich wohl Aufräumberaterin durch und durch.»

Heike runzelte die Stirn. «Kann es eigentlich sein, dass du dich manchmal mit dem Aufräumen und Ausmisten von deinen eigentlichen Themen ablenkst?» Sie sah Merle ernst an. «Es kommt doch nicht nur auf die äußere Ordnung an. Vergiss nicht, auch mal in dich reinzuschauen, okay?» Energisch klatschte sie in die Hände und stand mit einem Ruck auf.

«Aber wenn es dich schon in den Fingern juckt, dann lass uns loslegen. Die Decke wird ja nicht von alleine fertig.»

Merle schluckte. So ganz unrecht hatte Heike womöglich nicht. Manchmal hatte sie das unheimliche Gefühl, dass etwas in ihr aus der Balance geraten war, dass da etwas schlummerte, was sie lieber verdrängte. Irgendwann würde sie sich dem wohl stellen müssen – vorausgesetzt, sie fand heraus, was bei ihr im Argen lag.

Sie nahm die Tasche mit den Stoffen und folgte Heike ins Wohnzimmer zu ihrer Bastelecke: ein abgeblätterter alter Holztisch, auf dem bunte Schachteln mit Bastelmaterial standen. Vor dem Tisch hatte Heike zwei Stühle platziert.

«Gemütlich habt ihr es hier», sagte Merle bewundernd.

«Willst du zuerst eine Hausführung? Oder später?»

«Später», sagte Merle und ließ sich auf einem der Stühle nieder. «Erst die Arbeit, dann das Vergnügen.»

Das Wochenende verging wie im Flug. Am Sonntagnachmittag war Merle schon wieder auf dem Rückweg. Der Zug war bis auf den letzten Platz gefüllt, die Hamburger kehrten von ihrem Abstecher an die Ostsee zurück. Merle hätte am liebsten Flyer verteilt, um für Heikes wunderschöne Pension zu werben. Genau hier würde sie ihre potenzielle Kundschaft erreichen! Aber vermutlich war es nicht erlaubt, im Zug Werbung zu machen.

Sie hatten gestern noch bis in die Abendstunden an der Decke gearbeitet: Stoffe ausgesucht, Vierecke ausgeschnitten und wie ein Puzzle immer wieder neu nebeneinandergelegt, bis die Farben stimmten und sie mit dem Ergebnis zufrieden waren. Merle hatte die Stoffe gebügelt, während Heike an der Maschine alles zusammennähte. Doch obwohl sie sich bewusst für etwas größere Patches entschieden hatten, merkten sie schnell, dass es ihnen nicht gelingen würde, die Decke innerhalb von zwei Tagen fertigzustellen. Am Sonntag hatten sie nicht einmal die Hälfte geschafft. Darum beschlossen sie, dass Heike den Rest alleine nähen und die Decke dann Jens mitgeben würde, der nächste Woche sowieso nach Hamburg musste. «Das ist genau das Richtige, um mich zu entspannen», hatte Heike beteuert, als Merle von schlechtem Gewissen geplagt wurde.

Zum Dank hatte sie ihr ein Ragù alla bolognese gekocht – nach einem Rezept, das sie sich auf der Hinfahrt ausgedacht hatte: Statt Hackfleisch und Fenchelsamen nahm sie Salsiccia als Basis. Merle schnitt die Bratwurst auf, drückte das Brät aus der Pelle und gab es in die heiße Pfanne, mischte noch Olivenöl, Tomaten, Salbei und einen Spritzer Orangensaft statt Rotwein hinein. Schließlich wusste man nie, ob wirklich der ganze Alkohol verdampfte. Während das Ragù köchelte, zog der Duft der Gewürze durch die ganze Küche, und Heike schnupperte hingerissen.

«Steht dir gut, diese Lust am Genuss», hatte sie lächelnd festgestellt.

Sie war vermutlich genauso erstaunt über Merles neue Kochleidenschaft wie sie selbst. Heike vergaß über dem leckeren Essen sogar ihre Schwangerschaftsübelkeit und verdrückte spät am Abend noch einen weiteren Teller, als Jens nach Hause kam.

Nachmittags führte sie Merle ihr Hochzeitskleid vor: Ein Traum aus cremefarbener Seide mit einer Kapuze aus Spitze. Heike sah darin aus wie ein Rauschgoldengel.

«Ich wäre auch mit einem schlichteren Kleid zufrieden gewesen, aber wir sind jetzt ‹die Neuen› hier am Ort, da heißt es klotzen statt kleckern. Das gehört praktisch zum Marketing», sagte Heike kichernd und zwinkerte Merle zu. Der wurde es ganz schwer ums Herz. Am liebsten wäre sie noch ein paar Tage länger bei ihrer Freundin geblieben. Es war traumhaft, mal wieder in Ruhe quatschen zu können und das Meer und den Strand direkt vor der Tür zu haben. Sie hatten morgens einen Spaziergang in der Herbstsonne gemacht. Der leichte Wind färbte ihre Wangen rosig. Ein Mann spielte mit seinem kleinen Jack-Russell-Terrier, warf Stöckchen und ließ den Hund bis an die Wasserkante und wieder zurück flitzen.

Merle sah auf einmal Leo vor ihrem inneren Auge, wie er mit Ritchie im Sand spielte. Was wohl passieren würde, wenn er ihn hier von der Leine ließ? Vermutlich würde der undankbare Kater, ohne zu zögern, einfach durchbrennen.

«Ich will genau das, was ihr habt», sagte sie gedankenverloren zu Heike, während sie in die Sonne blinzelte und dem Rauschen der Wellen lauschte.

Doch ihre Freundin schüttelte nur den Kopf. «Das wäre

doch gar nicht dein Ding. Du würdest dich hier ganz schnell langweilen. Du brauchst viel mehr Abwechslung als ich, das war schon immer so.»

«Meinst du wegen der vielen Jobs, die ich gemacht habe? Das war doch nur der Geldnot geschuldet.»

«Wirklich? Jetzt sei mal ehrlich zu dir selbst. Ich glaube, du würdest eingehen wie eine Primel, wenn du den ganzen Tag in einer Pension sitzen und dich um die Gäste kümmern müsstest. Was du willst, ist jeden Tag eine neue Herausforderung. Neue Menschen und immer neue Aufgaben. Oder liege ich da falsch?»

Merle überlegte. Momentan wäre sie am liebsten in Heikes Leben geschlüpft. Nicht nur wegen der Pension und der Ostsee, sondern vor allem wegen der kleinen Familie, die Heike hier mit Jens gründen würde. Aber tatsächlich war Merle nicht sicher, ob sie auf Dauer damit glücklich gewesen wäre. Es war auch ein überflüssiges Gedankenspiel. Diese Dinge ließen sich eben nicht erzwingen. Jetzt musste sie sich erst mal in ihrem Job beweisen. Bevor sie den Rest des Hauses leer räumten, musste sie die alte Ella wieder zum Leben erwecken. Und sie wusste jetzt auch schon, wie. Noch ein letztes Mal würde sie sich in ihr Leben einmischen. Aber sie zweifelte keine Sekunde daran, dass es richtig war. Ella würde ihr dankbar sein.

Kapitel 28

Merle strich sich über ihre zerzausten Haare, bevor sie den Friseursalon betrat. Sie hatte sich in der Mittagspause in Windeseile aufs Fahrrad geschwungen und war in die Innenstadt gerast.

Wie üblich hatte sie Gegenwind – sie hegte schon lange den Verdacht, dass sich der Wind in Hamburg immer genau dann drehte, wenn sie aufs Rad stieg. Völlig außer Atem kam sie schließlich am Gänsemarkt an und schloss hektisch ihr Fahrrad ab. Sie musste zurück sein, bevor Ella sie vermisste. Diese durfte auf keinen Fall etwas von der Sache mitbekommen.

«Namaste», begrüßte sie ein hochgewachsener Mann mit blond gefärbter Föhnwelle, als sie den Salon betrat. Bei dem Look war es erstaunlich, dass es überhaupt jemand wagte, sich von ihm die Haare schneiden zu lassen. Mit seinem flächigen Gesicht und dem tiefgebräunten Teint wäre der Friseur glatt als Björns Zwillingsbruder durchgegangen.

«Äh, ja, Namaste», stotterte Merle und trat an den Tresen heran, wo der Mann geschäftig in einem Terminkalender blätterte. Hinter ihm thronte ein großer steinerner Buddha auf einem Podest, daneben ein beleuchteter Springbrunnen mit bunten Plastikblumen darin. Der Salon wirkte eher wie ein tibetisches Gebetszentrum. Ein wenig zu spirituell für ihren Geschmack. Aber sie konnte ja froh sein, dass er an einem Montag geöffnet hatte.

«Was kann ich für dich tun?», fragte das Björn-Double, ohne sie anzusehen.

«Ich habe da eine Bitte. Aber … es ist eine etwas heikle Angelegenheit», raunte Merle leise. Sie wollte nicht, dass die Kunden etwas mitbekamen. Schließlich waren die Castellos keine Unbekannten.

Der Friseur schaute neugierig auf. «Worum geht's denn, Herzchen?»

Merle beugte sich über den Tresen.

«Es geht um eine eurer Kundinnen», raunte sie ihm zu. «Sie heißt Stella. Stella Castello.»

Der Mann zog seine Stirn in Falten.

«Bist du von der Datenschutzbehörde? Ich wusste gar nicht, dass es da neuerdings Kontrollen gibt.»

Merle schüttelte den Kopf.

«Nein, nein, mein Interesse ist ganz und gar privater Natur. Ich muss dringend Kontakt mit Stella aufnehmen und vermute, dass sie bei euch Kundin ist. Bitte hilf mir. Es ist wirklich dringend.»

Der Mann seufzte.

«Da muss ich den Chef fragen. Einen Augenblick bitte.»

Hektisch ging er davon und verschwand in einem Nebenraum. Merle spürte förmlich, wie sie von den anderen Mitarbeitern und ihren Kundinnen beobachtet wurde. Eine dunkelhaarige Frau ließ sich gerade einen exakt geschnittenen Bob verpassen und ähnelte damit frappierend einem Playmobilmännchen. Merle lehnte sich an den Tresen und versuchte, ganz entspannt zu wirken. Doch in ihrem Inneren sah es anders aus. Der Salon war ihre einzige Spur! Wenn sie hier nicht weiterkam, würde es schwierig werden mit der Suche.

Die Tür des Nebenraums ging auf, und das Björn-Double kam heraus, begleitet von einem kleineren Mann mit maßgeschneidertem Hemd und exakt gestutzten dunklen Haaren, der sie interessiert beäugte. Er trug ein Namensschild, auf dem mit Edding «Sascha» geschrieben stand.

«Sie sind also auf der Suche nach Stella Castello?», fragte er.

«Ja, sehr dringend sogar. Ich weiß, dass sie vor kurzem hier war, und ich muss sie unbedingt sprechen.»

«Es tut mir leid, aber ich darf keine Kundendaten herausgeben», sagte er nüchtern.

Merle nickte.

«Können Sie nicht eine Ausnahme machen? Es geht um ihre Mutter. Sie wird nur noch wenige Tage hier sein und …»

«Nein, das geht wirklich nicht», unterbrach sie der Friseurmeister ungeduldig.

«Aber sie ist Kundin bei Ihnen, oder?», fragte Merle nach. «Wenn ja, würde ich Ihnen meine Karte hierlassen, für den Fall …»

«Auch diese Auskunft kann ich Ihnen nicht erteilen. Und ich möchte Sie wirklich bitten, mich und meine Mitarbeiter nicht länger aufzuhalten. Wir haben zu tun.» Er wies mit einer ausladenden Geste auf die Tür. Merle wurde rot. Was für ein kleinkarierter Sack!

«Ich verstehe», sagte sie grummelnd. «Ich wollte Ihnen nicht Ihre wertvolle Zeit stehlen. Aber lassen Sie sich eines gesagt sein: Sie machen sich gerade mitschuldig an einer echten Familientragödie!»

Mit diesen Worten drehte sie sich um und verließ den Salon, nicht ohne beim Rausgehen noch über eine kaum sichtbare Stufe zu stolpern. Sie hörte eine der Friseurinnen kichern und wäre am liebsten im Erdboden versunken.

Während sie schnaufend zurückradelte – natürlich hatte sie wieder Gegenwind –, dachte sie an Konstanze, die ihr geraten hatte, ihre Emotionen während der Arbeit außen vor zu lassen. Seltsam, dass sie ihr ausgerechnet diesen Tipp mit auf den Weg gegeben hatte – als hätte sie geahnt, dass in Ellas Familie so einiges im Argen lag.

Aber Merle sah das ganz anders als ihre Chefin. Ohne Mitgefühl für Ella konnte sie ihren Auftrag unmöglich erledigen. Zumindest nicht so, dass es ihren eigenen Ansprüchen genügte. Ella bezahlte sie schließlich nicht nur dafür, ihren Besitz zu dezimieren. Sie durfte auch erwarten, glücklicher aus diesem Prozess hervorzugehen, als sie es vorher war. Und dafür, das war sonnenklar, musste Ella sich mit ihrer Tochter aussprechen. Aber wie sollte Merle sie finden? Sie hatte immer gedacht, «Ghosting» sei ein neues Phänomen, das erst mit den sozialen Medien aufgekommen wäre. Aber in Wahrheit gab es solche Fälle natürlich schon viel länger.

Verdammter Friseur! Warum hatte er nicht mal ein Auge zugedrückt, der guten Sache wegen? Jetzt fing es auch noch an zu nieseln. Merle zog sich fluchend die Kapuze ihres blauen Anoraks über und trat noch kräftiger in die Pedale.

Gestern Abend hatte sie das Internet nach Stella Castello durchforstet. Sie fand einige Frauen dieses Namens auf Facebook, doch sie lebten ausnahmslos in Italien und kamen daher kaum in Frage. Es konnte als relativ sicher gelten, dass Stella noch in Hamburg und Umgebung wohnte, sonst würde sie wohl kaum hier zum Friseur gehen. Vorausgesetzt, Mona hatte wirklich Stella gesehen. Der einzige passende Google-Treffer war eine Magisterarbeit von 2001 mit dem Thema «Die Landkommune als Gesellschaftsutopie – Eine soziologische Analyse» an der Uni Hamburg, von Stella Castello. Mehr Informationen standen nicht dabei, aber Merle hatte sofort ein Bild vor Augen gehabt: Stella als Öko-Tussi mit filzigen Haaren, in ausgebeulten Strickpullis und weiten indischen Hosen … Doch sie rief sich sofort zur Ordnung. Nein, sie wusste rein gar nichts über diese Frau, außer dass sie eine von knapp zwei Millionen Bewohnern dieser Stadt war. Ob sie als Investmentbankerin arbeitete oder als Lehrerin. Ob sie in der schicken Hafencity lebte oder im weniger begüterten Billstedt. Oder im alternativen Ottensen – womöglich ganz in der Nähe von «Queen of Clean» … Vielleicht waren sie sich schon mal über den Weg gelaufen oder hatten im Café nebeneinandergesessen? Sie konnte es nicht wissen. Sie hatte ja nicht einmal ein aktuelles Bild von ihr.

Aber warum war bei Google so gar nichts über sie zu finden? Hatte sie geheiratet und einen anderen Namen angenommen? Nicht unwahrscheinlich, wenn sie ein Kind hatte. So kam Merle jedenfalls nicht weiter.

Merle fuhr den Schwanenwik entlang und blickte auf die Alster, die unter dem grauen Himmel wenig einladend aussah.

Selbst die Enten am Uferrand hatten ihre Köpfe ins Gefieder gesteckt und machten lieber ein Schläfchen, als sich bei dem Wetter in Aktionismus zu stürzen. Schwer vorstellbar, dass die Rasenflächen noch vor ein paar Monaten voller sonnenhungriger Menschen gewesen waren. Jeden Sommer strömten die Hamburger hierher, um auf Picknickdecken zu entspannen, zu grillen und den Blick aufs gegenüberliegende Ufer zu genießen. Auch Merle konnte es kaum erwarten, im nächsten Sommer wieder hierherzukommen und an warmen Abenden den Segelanfängern und später der Sonne beim Untergehen zuzuschauen.

Merle bog vom Uferweg nach rechts ab und überquerte den Schwanenwik, sie war jetzt fast da. Hoffentlich hatte Ella nichts von ihrer Abwesenheit mitbekommen. Ansonsten würde sie eben einen Arztbesuch vorschieben.

Wie sollte sie nur weiter vorgehen, um Stella zu finden?

Auch wenn es ihr ganz und gar nicht in den Kram passte, musste sie an Leo denken. Als Journalist hatte er bestimmt seine ganz eigenen Quellen, um Menschen zu finden, die nicht gefunden werden wollten. Immerhin war er auch Ella auf die Spur gekommen, die ihre Adresse so gut wie möglich geheim hielt. Das schien irgendwie in der Familie zu liegen. Aber nach den ganzen Lügen war es für Merle ausgeschlossen, ausgerechnet Leo um Hilfe zu bitten. Sie würde einen anderen Weg finden müssen. Ob sie Björn um Rat fragen sollte? Sie konnte sich schon denken, was er sagen würde. Dass sie drauf und dran war, ihre Kompetenzen zu überschreiten. Und sich nicht in Ellas Angelegenheiten einmischen sollte. Merle überlegte: Vielleicht sollte sie ihre private Fehde mit Leo außen vor lassen und nur ans Ergebnis denken? Sie könnte

Leos schlechtes Gewissen sogar gezielt für sich nutzen. Er würde sich bestimmt große Mühe geben, Stella ausfindig zu machen. Aber das Ganze war auch ein Risiko. Immerhin würde sie ihm Informationen an die Hand geben, die er für seinen Artikel über Ella verwenden konnte. Andererseits: Hatte er nicht gesagt, dass er nichts ohne ihr Einverständnis schreiben würde? Sein Artikel über die Auktion, der heute in der Zeitung erschienen war, hatte tatsächlich keine privaten Details verraten. Merle hatte Ella die Zeitung morgens mitgebracht, und sie hatte recht zufrieden gewirkt, während sie den Text überflog. Einzig das Foto hatte ihr nicht gefallen.

«Schwarzweiß!», schimpfte sie. «Dabei hatte ich mir mit der Farbzusammenstellung so viel Mühe gegeben.»

Merle hatte gehofft, dass Ella der Name des Autors nicht auffallen würde, aber das war natürlich nur ein frommer Wunsch gewesen. «Aspetta!» Sie stutzte, hielt ihr die Zeitung hin und zeigte auf den Namen unter dem Artikel: Leo Winterscheit. So hieß er also.

«Was hat das zu bedeuten? Ist das etwa unser Leo?»

Mit schlechtem Gewissen, weil sie es bisher vor ihr verborgen hatte, berichtete Merle ihr in Kurzfassung von Leos falschem Spiel. Ella nickte nur und wirkte nicht besonders überrascht.

«Lassen Sie sich eins gesagt sein, Liebes: Wir haben alle unsere Geheimnisse. Wenn Sie glauben, jemanden wirklich zu kennen – reine Illusion. Wie sagte Kurts Mutter einst so schön: Man guckt se alle nur vorn Kopp. Wie recht sie doch hatte.» Ella nahm den Artikel an sich und legte ihn in den Sekretär zu den anderen Erinnerungsstücken. Der Schlüssel steckte inzwischen im Schloss. Merle nahm es als Zeichen dafür, dass Ella ihr vertraute.

Danach hatten sie über die Sache mit Leo kein Wort mehr verloren. Immerhin hatte er eine halbe Zeitungsseite für Ella bekommen – mit so viel Publicity hatten weder Merle noch Ella gerechnet. Selbst Tom hatte gestaunt, als sie ihm vorhin einen Link zu dem Artikel geschickt hatte.

Merle sprang vom Rad und schloss es an einem Laternenpfahl an. Sie würde den Rest des Tages damit verbringen, mit Ella die markierten Möbel durchzugehen, die sie mit nach Rom nehmen wollte. Merle hoffte, dass Ella sich von dem ein oder anderen Stück noch trennen konnte. Am kommenden Montag würde die Spedition die Möbel, die nicht mit umzogen und nicht verkauft wurden, abholen und einem guten Zweck zukommen lassen. Das war eine der Leitlinien von «Queen of Clean»: die Müllberge nicht weiter wachsen zu lassen, sondern die aussortierten Dinge nach Möglichkeit einer Zweitnutzung zuzuführen. Das war unabdingbar, um den Auftraggebern ein gutes Gefühl zu vermitteln.

Sie hatten jetzt also einen festen Termin: Wenn alles gut lief, würde ihr Auftrag bei Ella nächsten Montag enden. Ihr blieb nicht mehr viel Zeit, um Stella zu finden.

Es nieselte noch immer, als Merle am Nachmittag vor dem Redaktionsgebäude auf Leo wartete. Der schmucklose Bau aus den fünfziger Jahren machte nicht viel her. Erstaunlich, dass sich die größte Hamburger Lokalzeitung keinen schöneren Standort gesucht hatte. Es war kurz vor 17 Uhr. Leo hatte mal erwähnt, dass er um diese Zeit Feierabend hatte – wenn keine Abendtermine anstanden, was bei einem Lokaljournalisten häufig vorkam. Sie konnte also nur hoffen, dass er heute nicht zu einem Kaninchenzüchterverein oder plattdeutschen Theaterabend musste.

Ungeduldig beobachtete sie die Menschen, die aus dem Gebäude strömten. Die meisten kamen um kurz nach fünf. Je später es wurde, desto weniger wurden es. Erst nach einer Dreiviertelstunde, Merle taten bereits die Beine weh, erschien endlich Leo. Er ging direkt auf sie zu und tippte dabei auf seinem Smartphone herum. Er sah erst auf, als er schon fast mit ihr zusammenstieß. Verwirrt starrte er sie an, was sie ihm nicht übelnehmen konnte. Sie hatte ja selbst nicht damit gerechnet, dass sie hier sein würde.

«Hallo», sagte er und klang freudig überrascht. Doch sein Gesicht verriet auch die Befürchtung, sie könnte ihn wieder mit Vorwürfen überschütten.

«Glaub jetzt ja nicht, dass ich dir verziehen habe oder dass alles wieder gut ist oder so was», sagte sie trotzig und ärgerte sich über ihre belegte Stimme. Sie war aufgeregter, als es ihr in den Kram passte.

Leo nickte.

«Schon gut. Wie könnte ich das auch glauben. Also, was tust du dann hier?»

«Auf dich warten, was sonst? Es geht um Ella. Wir – also eigentlich du musst etwas Wichtiges für sie herausfinden. Ihr Glück hängt davon ab.» Sie machte eine bedeutungsschwangere Pause.

Leo holte Luft.

«Du sprichst in Rätseln. Worum geht es genau?»

«Nicht so schnell, mein Lieber. Vorher musst du etwas schwören.»

«Also jetzt wird's wirklich merkwürdig. Du willst etwas von mir und stellst gleichzeitig Bedingungen?»

«Glaub mir, ich frage dich wirklich nicht gerne», sagte Merle spitz. «Aber dummerweise kenne ich nur einen Journalisten, der mir noch etwas schuldig ist. Du möchtest die Sache doch wieder geradebiegen, oder?»

Leo nickte.

«Willst du mir nicht endlich sagen, was los ist?»

«Schwöre erst, dass du nichts von dem, was ich dir gleich erzähle, für einen Artikel verwenden wirst!»

Leo blickte sie direkt an. «Das hab ich doch neulich schon gesagt. Ohne Ellas Okay werde ich nichts über sie schreiben. Und das habe ich auch so gemeint. In meinem Artikel über die Auktion stand kein Wort von dem, was sie uns erzählt hat.»

«Und was sagt dein Chef dazu?»

«Er wird es schon überleben.»

Merle sah ihn skeptisch an.

«Versteh das bitte, ich muss ganz sichergehen. Es ist … also, es handelt sich um eine wirklich … pikante Geschichte», stammelte sie und spürte, wie sie errötete. Verdammt. Warum konnte sie nicht souveräner sein? Sie war doch kein Schulmädchen mehr!

«Na schön, also ich schwöre.» Leo hob seine Hand, als lege er einen Eid ab. «Glaubst du mir jetzt, obwohl ich so ein notorischer Lügner bin?»

Sie sah ihn prüfend an. Seine dunklen Augen blickten herausfordernd, es lag aber auch eine Spur von Verletztheit darin. Trotz allem, was passiert war: In diesem Moment glaubte sie ihm. Manchmal musste man einfach ein Risiko eingehen. Sie nickte Leo zu.

«Gut. Und jetzt schieß los. Was müssen wir so Dringendes recherchieren?»

Kapitel 29

Merle war gerade erst gegangen, und Ella brauchte wie immer einen Moment, um sich an die Stille zu gewöhnen. Als es an der Tür klingelte, glaubte sie schon, Merle hätte etwas vergessen. Aber sie hatte doch einen Schlüssel? Nach dem zweiten Klingeln ging Ella zum Eingang und machte auf.

Vor der Tür stand ein Paketbote.

«Ella Castello?», brummte er.

«Sì, sono io», entgegnete sie überrascht. Sie erhielt so gut wie nie Post, außer den üblichen Rechnungen.

Der Mann drückte ihr einen großen weißen und erstaunlich leichten Karton in die Hand. Schnell unterschrieb sie auf dem merkwürdigen Gerät, das er ihr hinhielt, und schloss die Tür. Absender war das Auktionshaus, das Adressfeld schien überklebt zu sein. Vermutlich hatte Oppenheim das Paket nur an sie weitergeleitet. Sie eilte in die Küche, nahm eine Schere aus der Schublade und schnitt den Klebestreifen in der Mitte auf. Ungeduldig öffnete sie den Karton und zog ein in Papier eingeschlagenes Kleidungsstück heraus. Auf dem Boden des Pakets entdeckte sie einen Briefumschlag. Hektisch riss sie ihn auf, nestelte die Karte heraus – und ließ sie beinahe fallen vor Schreck. Sie hatte die Schrift sofort erkannt, die geschwungenen Linien und die schwarze Tinte.

War es wirklich möglich, dass er immer noch denselben Füller benutzte?

«Niemand wird es je so tragen wie Du. E.»

Ella zog das Kleid aus dem Einschlagpapier und ließ den seidigen Stoff über ihre Hände gleiten. Erst als Tropfen darauf fielen, bemerkte sie, dass ihr Tränen über die Wangen liefen.

Edgar! Er war der mysteriöse Bieter am Telefon gewesen. Jetzt ergab auch ihr Horoskop von heute einen Sinn: «Ein passionierter Mars dynamisiert ihr fünftes Haus und führt Sie zur wahren Liebe.» hieß es darin. Ella hatte nur gelacht: Wollte Samantha sich einen Scherz erlauben, oder meinte sie das ernst? Von wahrer Liebe war Ella so weit entfernt wie ein Snickers vom Planeten Mars. Hatte sie gedacht. Aber die Sterne behielten eben immer recht.

Wie hatte Edgar wohl von der Auktion erfahren? Vermutlich aus der Abendpost. Er musste sich daraufhin die angebotenen Kleider im Internet angesehen und entdeckt haben, dass sie auch sein Geschenk weggeben wollte. Auf einmal schämte sie sich dafür. Das musste verletzend für ihn gewesen sein.

Ella legte das Kleid auf den Tisch und zog sich den Pullover und die schwarze Wollhose aus. Zuletzt noch die Socken. Dann nahm sie das Kleid, zog es über den Kopf und ließ es an ihrem Körper heruntergleiten. Es passte noch immer. Sie nahm einfach nicht zu, selbst wenn sie kiloweise Pasta aß.

Sie spürte den glatten Küchenboden unter ihren Füßen und die kühle Seide auf ihrer Haut. Mit einem Mal war ihr viel leichter zumute, sie vergaß sogar für einen Moment die Ereignisse der letzten Tage.

Ihre nackten Füße machten schmatzende Geräusche auf

dem Boden, als sie durch das Wohnzimmer in den Flur ging und sich im Spiegel betrachtete. Der Champagnerton passte perfekt zu ihrer leicht gebräunten Haut. Ihre Mutter hatte ihr den bronzenen Teint vererbt, und sie war immer stolz darauf gewesen.

Ach, Edgar. Auch er konnte wohl nicht von den Erinnerungen lassen. Dachte er wirklich noch auf diese Art an sie? Nach all den Jahren? Sie fuhr sich durch das graue Haar und ging näher an ihr Spiegelbild heran. Kritisch betrachtete sie die Fältchen auf ihren Wangen und die Schatten unter ihren Augen. Heute ließen manche Frauen sich die Lider straffen, aber das war nichts für sie. Ob Edgar enttäuscht wäre bei ihrem Anblick?

Aber was dachte sie überhaupt darüber nach? Von einem Wiedersehen hatte er nichts geschrieben. Vielleicht war er mit den Jahren unansehnlich geworden und deswegen nicht bei der Auktion erschienen? Taufrisch war er jedenfalls auch nicht mehr – selbst wenn er sieben Jahre jünger war als sie. Sie sah ihn vor sich, damals. Wie fesch er ausgesehen hatte! Immer im Anzug, fast wie ein Italiener. Dabei war er Norddeutscher durch und durch. Sie hatte es geliebt, ihm durch seine dunklen Locken zu fahren. Und wie er küssen konnte! Die Erinnerung daran ließ ihr Herz schneller pochen. Sie hatten innige Nächte miteinander verbracht, in denen er ihr das Blaue vom Himmel versprach, aber sie hatte nichts davon allzu ernst genommen. Letztendlich hatte sie ihn von sich gestoßen, ziemlich unsanft sogar, damit es wirklich kein Zurück mehr gab. Das hatte sie jedenfalls geglaubt, bis jetzt. Vielleicht war ja etwas dran an dem Spruch, dass die größte Liebe immer die unerfüllte ist. Sie hätte jedenfalls niemals erwartet, dass er nach der langen Zeit auch nur einen Gedanken an sie verschwendete. Obwohl sie selbst noch häufig an ihn dachte, wenn sie ehrlich war.

Ella ging zurück in die Küche, zog das Kleid wieder aus und ihre Alltagskleidung an und nahm sich einen Apfel aus der Obstschale. Sie wusch ihn unter lauwarmem Wasser ab und biss dann herzhaft hinein. Auf einmal hatte sie einen Mordsappetit.

Es war schon merkwürdig, wie ihre Vergangenheit über sie hereinbrach, seit sie das Haus entrümpelte. Genau das hatte sie befürchtet. Darum hatte sie auch so lange gezögert, die Sache in Angriff zu nehmen. Und sich schließlich Hilfe geholt.

Mit dem Apfel in der Hand ging sie ins Wohnzimmer und sah sich um. Noch eine Woche, dann würde all das hier fort sein. Die Fotografien ließ das Museum schon am Freitag von einem Spezialkurier abholen, der die Bilder vor dem Transport professionell verpackte. Erst jetzt dachte sie darüber nach, wie es sich anfühlen würde, in einem halbleeren Haus zu wohnen. Zum Glück waren es ja nur ein paar Tage. Zur Not könnte sie in ein Hotel gehen.

Sie spürte, wie ihre Stimmung kippte. Das Paket hatte sie kurz von ihrer Melancholie erlöst, aber jetzt drohte sie wieder in das schwarze Loch hineingesaugt zu werden. Dabei fühlte sie tief in sich, dass sie das Richtige tat. Sie würde Stella nicht damit belasten, sich eines Tages – nach ihrem Ableben – mit all ihren Hinterlassenschaften befassen zu müssen, auf die sie offensichtlich keinen Wert legte. Das war überhaupt das Schlimmste, was Ella sich vorstellen konnte: für jemanden eine Last zu sein. Darum trennte sie sich jetzt schon von vielem und machte Stella das Leben leichter. Das trieb sie jeden Tag von neuem an, beim Ausräumen des Hauses kurzen Prozess zu machen. Sie hatte schwache Momente gehabt, ja, und sie war dankbar, dass Merle ihr darüber hinweggeholfen hatte. Die Neuigkeit, dass Stella einen Sohn hatte, hatte jedes Fünkchen Hoffnung auf ein Wiedersehen mit ihr im Keim erstickt. Und so fiel ihr das Loslassen gar nicht mehr schwer, jetzt, wo sie nichts mehr zu verlieren hatte. Merle hatte ja recht: Die Wohnung in Rom war so gut wie voll. Ella hatte sie damals, nachdem ihre Eltern verstorben waren, weitgehend so belassen, wie sie eingerichtet war. Eine Nachbarin sah regelmäßig nach dem Rechten und lüftete durch. Ansonsten stand die Wohnung seit Jahren leer. Eine Schande eigentlich. Aber das würde sich ja bald ändern.

Ella öffnete ein Fenster und sog die Luft tief ein. Sie konnte die Alster riechen und wunderte sich, dass diese Tatsache ihr Herzschmerz verursachte. Nur noch eine Woche, dann würde sie sich nach Rom aufmachen und dort noch die letzten Tage des goldenen Herbstes genießen. Und sie hatte nicht vor, jemals hierher zurückzukehren. Sie würde einen Schlusspunkt setzen hinter dieses lange Kapitel ihres Lebens. Eigentlich sollte sie das doch freuen! Schließlich hatte sie sich jahrelang nach ihrer Heimat gesehnt. Doch jetzt, wo ihre Rückkehr unmittelbar bevorstand, fürchtete sie sich eher davor. Und sie ahnte, was der Grund war: Heimlich, still und leise hatte sich Hamburg in ihr Herz geschlichen. Auch wenn sie gerne ihre Seitenhiebe gegen die Stadt losließ, weil es häufig trübe und nass war und die steife Brise und die nicht minder steifen Einwohner sie nervten. Sie wohnte jetzt schon so viele Jahre an der Alster, dass sie einen besonderen

Bezug zu ihr entwickelt hatte. Sie hatte sich sogar angewöhnt, mit ihr zu reden. Bis vor einigen Jahren war sie jeden Tag ans Ufer gegangen, hatte ihre Hände ins Wasser getaucht und ihr im Geiste anvertraut, was sie gerade umtrieb. Manchmal beschlich sie sogar das Gefühl, das Wasser würde ihr antworten. Inzwischen ging sie seltener ans Ufer, sondern stand lieber auf ihrer Dachterrasse und sah die Alster aus der Ferne glitzern.

Als Kind war sie mit ihren Eltern oft nach Ostia ans Meer gefahren. Sobald sie angekommen waren und ihr Vater noch das Auto parkte, war sie schon über den Strand zum Wasserrand gelaufen und hatte geschrien, so laut sie konnte, damit das Meer wusste, dass sie da war. Und die Wellen hießen sie mit ihrem Rauschen willkommen. Warum auch nicht? Ihr schien das nicht seltsamer zu sein, als mit Bäumen zu sprechen oder sie zu umarmen. Gut, umarmen konnte sie die Alster nicht, aber sie konnte in ihr schwimmen. So wie Kurt.

Als Stella noch ein Kind war, ging er mit ihr an warmen Tagen manchmal zum Steg des Segelclubs. Von dort ließen sie sich über die Steigtreppe langsam ins Wasser herab. Ella hatte ihnen vom Ufer aus zugesehen. Wie gerne wäre sie mit hineingesprungen, aber es ging ja nicht: Sie konnte damals noch nicht schwimmen. Ihrer Tochter gegenüber wollte sie das nicht eingestehen, sie schämte sich, als erwachsene Frau nicht schwimmen zu können und wollte kein schlechtes Vorbild sein. Aber sie erinnerte sich an die Enttäuschung in Stellas Augen, wenn sie wieder nicht mit ins Wasser kam. Stattdessen hatte Ella mit ihrer Tochter getanzt oder Kleider für ihre Puppen genäht. Aber Kurt wusste Stella einfach besser zu nehmen. Er schaffte es scheinbar mühelos, sie zum Lachen zu bringen. Ella war eifersüchtig gewesen auf ihn, wie albern er mit ihr sein konnte. Sie war es nicht gewöhnt, sich Liebe teilen zu müssen. Als Einzelkind hatte sie die Zuneigung ihrer Eltern für sich allein gehabt. Die Liebe ihrer Tochter aber musste sie sich verdienen. Und sie hatte in Kurt die härteste Konkurrenz. Stella hatte sie geliebt, das wusste sie, aber ihren Vater hatte sie angehimmelt.

Ein paarmal war sie kurz davor gewesen, Stella darüber aufzuklären, dass sie ihre Existenz allein ihr zu verdanken hatte. Sie war es, die sich ein Kind gewünscht hatte, nicht Kurt. Aber das wäre unverzeihlich gewesen. Und kindisch. Nein, sie würde sich Stella nicht aufdrängen. Das funktionierte einfach nicht.

Auf einmal wusste sie, was sie tun würde. Einmal noch, als eine Art Abschiedsritual. Wozu hatte sie schließlich die letzten Jahre schwimmen gelernt? Eines Tages hatte sie einfach beschlossen, ihre Angst vor dem Wasser zu überwinden. Sie hatte sich einen Badeanzug gekauft und war in die Alsterschwimmhalle gegangen, jeden Tag, und hatte sich das Schwimmen selbst beigebracht – nicht besonders stilsicher, aber es reichte, um ihre Runden in der Alster zu drehen. Häufig stellte Ella sich dabei vor, wie sie das eines Tages mit Stella tun würde. Aber sie wollte sich nicht länger etwas vormachen: Dazu würde es nicht mehr kommen. Trotzdem: Die Alster verdiente es, dass sie von ihr Abschied nahm.

Ella drehte sich mit einem Ruck um und eilte die Treppen hinauf, um ihre Badesachen zu holen.

Kapitel 30

«Ich kann dich nicht mitnehmen in unser Archiv, dafür braucht man eine Genehmigung», sagte Leo.

Er war mit Merle ins Redaktionsgebäude zurückgekehrt und hatte am Empfang eine Besucherkarte für sie ausgefüllt. Jetzt saßen sie in der kleinen Cafeteria, in der außer ihnen nur noch die Thekenkraft und zwei weitere Angestellte saßen. Leo hatte zwei Gläser Apfelschorle geholt, und während er trank, erzählte ihm Merle in Kurzfassung, was sie vorhatte. Doch Leo sah skeptisch aus.

«Geht das denn nicht alles digital heute?», fragte Merle.

«Doch, das meiste schon. Aber die älteren Artikel muss man nach wie vor in der Papierversion einsehen. Vor allem, wenn es auch um die Bilder geht, die sind in der digitalen Version ja nicht drin. Das ist ein reines Textarchiv.»

«Verstehe», sagte Merle. «Mit Fotos von Stella kann ich leider nicht dienen, ich weiß nur, dass sie als Kind ganz blond war.» Sie versuchte, sich ihre Ungeduld nicht anmerken zu lassen. Die Zeit lief ihr davon. Wenn sie sich nicht beeilten, würde sie Ellas Tochter niemals rechtzeitig finden.

«Ich verspreche dir, ich werde mich morgen darum kümmern», sagte Leo.

Sie sah ihn eindringlich an.

«Wie wäre es mit jetzt gleich?»

«Du gibst wohl niemals Ruhe, was?»

«Nicht, wenn es wirklich wichtig ist.»

Leo nickte. «Na schön, du Nervensäge. Ich sehe nach, ob ich im Archiv etwas finde. Warte hier auf mich. Ich brauche höchstens eine Stunde.»

Und schon eilte er davon in Richtung des gläsernen Aufzugs. Merle sah ihn einsteigen und nach oben fahren. In der dritten Etage stieg er aus, ging den Gang entlang und verschwand in einem der Büros. Sie war ein bisschen beeindruckt von der Atmosphäre des Verlagshauses. Alles hier wirkte so bedeutsam, sogar eine Sicherheitsschleuse gab es am Eingang. Ob man sich wohl irre wichtig vorkam, wenn man hier arbeitete? Bei Leo hatte sie nicht den Eindruck. Bei seinem Kollegen, diesem Bodo, schon eher. Merle sah auf ihr Handy. Tom hatte eine Nachricht geschrieben. Er würde heute nicht zu ihr kommen, er wollte im Laden noch die Buchhaltung machen. Dazu einen Smiley mit Kussmund. Das passte ihr gut, sie hatte ja keine Ahnung, wie lange das hier dauern würde. Sie war fest entschlossen, das Gebäude nicht ohne einen Hinweis auf Stellas Aufenthaltsort zu verlassen. Es war wohl besser, wenn sie sich noch mit etwas Koffein dopte. Sie ging zur Theke und bestellte einen Cappuccino.

Fast zwei Stunden waren vergangen, von Leo keine Nachricht. Merle schnappte sich eine der ausliegenden Zeitschriften und blätterte durch die Bilder von herrlich aufgeräumten Wohnungen. Es war schon erstaunlich, dass diese Menschen so viel Platz zum Leben beanspruchten, dann aber so gut wie nichts in ihre Räume hineinstellten. Sie war so vertieft in ihre Lektüre, dass sie zusammenzuckte, als Leo sich plötzlich auf den Stuhl ihr gegenüber fallen ließ.

«Sieht so aus, als müssten wir raus aus der Stadt, Richtung Buchholz», sagte er keuchend. Offenbar hatte er sich beeilt, um ihr die Neuigkeit zu verkünden. Vor allem hatte er «wir» gesagt, was Merle einen kurzen Glückskick versetzte.

«Das heißt, sie wohnt auf dem Land? Ist das sicher?», fragte sie aufgeregt.

Leo schüttelte den Kopf. «Nein, sicher ist das nicht. Der Artikel, den ich gefunden habe, ist drei Jahre alt. Es geht um einen Ökobauernhof, der von mehreren alleinerziehenden Müttern betrieben wird.»

Merle musste sofort an Stellas Magisterarbeit denken.

«Eine Landkommune?», fragte sie.

«Ja, ich denke, so was in der Art ist es wohl.»

«Dann ist es ein Treffer!»

«Du meinst, wegen ihrer Studienarbeit?», fragte Leo. Er hatte natürlich auch gegoogelt. «Genau deswegen habe ich ihren Namen mal in Verbindung mit Landkommune eingegeben. Unser Digitalarchiv hat eine sehr gute Stichwortsuche, da werden sogar die Bildunterschriften mit berücksichtigt. Und siehe da: Unter einem Foto zu einem Artikel steht der Name Stella Castello. Ich war gerade im Papierarchiv und habe die Ausgabe vom 25. Juni 2015 eingesehen: Auf dem Bild stehen fünf Frauen, eine von ihnen stützt sich auf eine Schaufel. Angeblich soll das Stella sein.»

«Ist sie blond?»

«Blonder geht es kaum.»

Merle stieß einen kurzen Jauchzer aus.

«Dann ist sie es! Wir müssen hinfahren, jetzt!»

Leo macht eine beschwichtigende Handbewegung. «Es kann gut sein, dass sie gar nicht mehr da wohnt. Sie schien keine tragende Rolle zu spielen, zumindest ist sie im eigentlichen Artikel nicht erwähnt, stattdessen eine gewisse Anika Belling, die die Kommune leitet. Vielleicht war das Ganze ja nur eine kurze Episode für Stella, und sie wohnt mit ihrem Kind schon wieder woanders.»

Merle sah ihn fragend an.

«Was soll das heißen? Dass wir jetzt schon aufgeben, bevor wir es versucht haben?»

Leo runzelte die Stirn, offenbar fühlte er sich angegriffen.

«Nein, überhaupt nicht. Ich möchte nur nicht, dass du dir zu große Hoffnungen machst und dann enttäuscht bist.»

«Gibt es denn keine Telefonnummer oder Mailadresse von dieser Frau Belling oder von dem Hof?»

Leo schüttelte erneut den Kopf.

«Nein, nichts zu finden. Wir müssten hinfahren, um vor Ort nach Stella zu fragen», erklärte er.

«Dann los, worauf warten wir noch?» Merle klappte ihr Magazin zu und legte es zurück auf den Ständer neben ihr.

Ein Auto wie das von Leo hatte sie noch nie gesehen. Nicht das Modell – es war ein alter Golf –, sondern das Innenleben. Leo hatte sie schon vorgewarnt, dass er eine Art Automessie sei. Doch was sie zu sehen bekam, als er die Beifahrertür öffnete, übertraf ihre kühnsten Erwartungen. Überall auf den Sitzen waren Zettel und Zeitschriften verstreut, dazwischen lagen Bonbonpapiere und Kekskrümel, im Fußraum stapelten sich leere Wasserflaschen. Und natürlich fanden sich auch Bücher: auf den Rücksitzen, in den Seitentaschen, auf dem Armaturenbrett – einfach überall. Merle vermutete schon, dass sich selbst hinter der Sonnenblende noch etwas Lesbares verbergen würde.

«Mein Auto ist quasi mein mobiles Büro. Und ich bin ein Verfechter von kreativem Chaos», sagte er entschuldigend, während er die Sachen schnell in den Kofferraum räumte. Darin schien er geübt, denn tatsächlich hatte er in Windeseile einen Zustand hergestellt, in dem Merle zumindest auf dem Beifahrersitz Platz nehmen konnte. Sie fegte noch ein paarmal mit der Hand über die Sitzfläche, um die gröbsten Krümel zu entfernen, bevor sie sich niederließ. Sie wunderte sich selbst, wie wenig das Chaos sie störte. Im Gegenteil: Sie fand es irgendwie erfrischend. Und es machte sie neugierig. Bevor Leo einstieg, warf sie noch schnell einen Blick ins Handschuhfach. Auch darin hatte er drei Romane verstaut, doch die Titel konnte sie in der Eile nicht erkennen. Sie schaffte es gerade noch, das Fach zuzuklappen, bevor Leo die Fahrertür aufriss und sich hinters Steuer setzte. Sie hatte noch nicht viele Männer kennengelernt, die Romane lasen. Höchstens mal ein Sachbuch, wenn es sich beruflich auszahlte. Es gefiel ihr, dass Leo anders war und seine Schwäche für Bücher offen auslebte – selbst wenn er kein Antiquar war. Es gefiel ihr auch, wie souverän er ausparkte und sich durch die vollen Straßen der Innenstadt schlängelte. Seine linke Hand umfasste locker das Lenkrad, er wirkte zugleich entspannt und konzentriert. Und er hatte wirklich außergewöhnlich schöne Hände. Besser, sie sah nicht mehr so genau hin, bevor er … zu spät: Leo warf ihr einen kurzen Seitenblick zu und lächelte. Sie fühlte sich ertappt und lächelte verlegen zurück. Als er in den nächsten Gang schaltete, streifte seine Hand leicht ihr Bein. Für einen Moment war sie wie elektrisiert.

Schweigend fuhren sie eine Weile stadtauswärts, bis sie die Elbbrücken weit hinter sich gelassen hatten und es auf einmal sehr ländlich wurde. Sie fuhren über Landstraßen und durch winzig kleine Ortschaften, in denen Merle noch nie gewesen war. Warum auch? Als Großstadtpflanze war ihr ein so abgeschiedenes Leben eher fremd.

«Das ist schon kein Kaff mehr, das ist allerhöchstens ein Käffchen», bemerkte sie, als sie durch das nächste Dorf fuhren.

Leo lachte.

«Apropos: Ich könnte ein Käffchen gebrauchen», sagte er und ging vom Gas. Er hielt vor einer Dorfkneipe, in der Licht brannte. Hier schien es zumindest irgendwie Leben zu geben.

«Aber bitte to go, wir sollten besser nicht allzu spät bei Stella eintreffen», sagte Merle. Es war schon kurz vor acht.

«Wenn es wirklich Stella ist», mahnte Leo. «Und ob die hier schon von to go gehört haben, wage ich zu bezweifeln.» Grinsend stieg er aus. Merle wartete im Wagen und sah auf ihr Smartphone. Bestimmt gab es hier keinen Empfang. Doch zu ihrer Überraschung war sie im besten Netz. Ungläubig wollte sie gerade ihre Mails checken, als sie Leo bereits zurückkommen sah – mit einem Pappbecher in der Hand. Er lachte und reckte den Daumen nach oben. Merle musste mitlachen. Da waren sie wohl ihren eigenen Vorurteilen aufgesessen. So hinterwäldlerisch war man hier gar nicht.

Ächzend ließ sich Leo wieder auf seinen Platz fallen und reichte ihr den Kaffee.

«Ich habe leider keinen Becherhalter im Auto», sagte er entschuldigend.

«Na, dann ist das jetzt wohl mein Job», sagte sie grinsend.

Leo wollte gerade den Zündschlüssel drehen, als Merle ihn am Arm berührte.

«Danke übrigens», sagte sie. «Dass du mit mir dorthin fährst. Das hatte ich gar nicht erwartet.»

«Ich auch nicht. Muss wohl mein schlechtes Gewissen sein. Ein anderer Grund fällt mir beim besten Willen nicht ein», sagte Leo und sah sie auf eine Weise an, dass sie Gänsehaut bekam. Schnell zog sie ihre Hand wieder zurück.

Er nahm ihr den Kaffee ab und lehnte sich in seinem Sitz zurück, während er trank. Nachdenklich starrte er geradeaus auf die Dorfstraße.

«Ich wollte wirklich niemanden verletzen. Schon gar nicht dich oder Ella», sagte er.

«Warum hast du es dann getan?», fragte sie leise. «Ist dir dein Job wichtiger als alles andere?»

«Sicher nicht. Eigentlich würde ich sogar gerne mal was anderes machen, als jeden Tag diese Artikel zu schreiben. Das ist auf die Dauer nicht befriedigend.»

«Warum bist du dann Journalist geworden?»

Leo dachte nach.

«Ich bin einfach ein neugieriger Mensch …»

«Das kann ich bestätigen», brummte Merle leise.

Leo sprach unbeirrt weiter: «Und ich wollte viel erleben, Erstaunliches entdecken und aus diesem Leben so viel herausholen wie nur möglich. Ich dachte, Journalist wäre der richtige Beruf dafür.»

«Aber dann?»

«Ach, es ist wie in jedem anderen Job auch. Irgendwann merkt man, dass man weit hinter seinen eigenen Ansprüchen zurückbleibt und eigentlich nie die Dinge tut, die einem wirklich am Herzen liegen.»

«Was würdest du denn lieber machen?»

Leo schwieg und nahm noch einen Schluck Kaffee.

«Da bin ich wohl wie jeder Journalist: Ich würde schrecklich gerne mal ein Buch schreiben.»

«Einen Roman?»

«Ich weiß es nicht. Noch habe ich keine Idee im Kopf. Ich denke immer, die Geschichte wird eines Tages zu mir kommen, und dann werde ich gar nicht anders können, als sie aufzuschreiben.» Er lachte. «Aber vielleicht ist das auch eine zu romantische Vorstellung vom Autorendasein.»

Merle zuckte die Schultern. «Vielleicht auch nicht? Du wirst es ja erleben.»

Er gab ihr den halbvollen Becher zurück und ließ das Auto an.

«Es kann nicht mehr weit sein. Laut Navi noch sieben Minuten», sagte er und fuhr los. Draußen dämmerte es, die Landschaft zog ruhig an ihnen vorbei. Merle spürte, wie ein wenig Spannung von ihr abfiel.

«Vielleicht ging es gar nicht um meinen Job oder meinen persönlichen Ehrgeiz», sagte Leo nach einer Weile. «Ich glaube, ich wollte einfach meine Eltern stolz machen.»

«Du meinst, weil deine Schwester …»

«Sie haben ja nur noch mich. Und wenn ich ihnen Sorgen bereite, ist das gleich doppelt schlimm.»

«Moment mal. Hast du mir nicht neulich noch gepredigt, dass Kinder nicht für ihre Eltern verantwortlich sind?»

«Erwischt», sagte Leo lächelnd. «Es fällt mir manchmal schwer, das selbst zu beherzigen.»

Merle zuckte mit den Schultern.

«Dabei hattest du recht. Wir sind nur für unser eigenes Leben zuständig und dafür, dass wir am Ende nichts bedauern müssen. Alles andere ist vergebene Liebesmüh.»

Leo warf ihr einen überraschten Blick zu.

«Ja, genau», sagte er, doch es klang nicht sehr überzeugt.

«War es wirklich so schlimm mit deiner Mutter?», fragte er.

«Wie meinst du das?»

«Na ja, du erzählst nur von ihren Problemen, von ihrer Kaufsucht und wie überfordernd das für dich war.»

«Meinst du, ich übertreibe?», fragte Merle entrüstet. Leo hatte zielsicher ihren wunden Punkt erwischt.

«Nein, das wollte ich …»

«Sie hatte auch gute Seiten, falls du das wissen wolltest», unterbrach sie ihn.

Leo nickte. «Das ist gut, dass du das siehst. Weißt du, ich muss mir immer wieder ins Gedächtnis rufen, wie meine Eltern früher waren. Wir hatten wirklich eine schöne Kindheit, sie waren immer für uns da. Und jetzt muss ich eben etwas mehr für sie da sein. Vielleicht war deine Mutter ja einfach ein schwacher Mensch und hatte nicht die Kraft, sich mehr um dich zu kümmern.»

Merle konnte nicht antworten, sie spürte die Tränen in sich aufsteigen. Auch weil sie es nicht gewohnt war, mit jemandem so vertrauensvoll zu sprechen. Aus irgendeinem Grund konnte sie sich Leo gegenüber öffnen wie sonst nur ihrer besten Freundin.

Leo sah sie an und legte seine Hand auf ihre.

«Entschuldige, ich wollte dich nicht traurig machen.»

«Nein, du hast völlig recht. Es ist gut, sich daran zu erinnern, dass es noch mehr gab als ihre … schwierigen Seiten.»

Leo nickte. Dann löste er seine Hand aus ihrer und zeigte nach vorne rechts.

«Da drüben muss der Hof sein.»

Erst jetzt bemerkte Merle, dass sie schon seit einer Weile eine Allee mit herrlichen alten Bäumen entlangfuhren. Neugierig beugte sie sich nach vorne, um den Hof besser zu erkennen. Je näher sie kamen, desto mehr geriet sie ins Staunen. Hätte sie das Idealbild eines Bauernhofs beschreiben sollen, so wie jedes Kind sich ihn vorstellte, dann hätte er wohl so ausgesehen wie dieser. Die Hofanlage bestand aus mehreren Gebäuden, das größte davon war ein saniertes Fachwerkhaus mit kunstvoll verziertem Giebel, das an ein langgezogenes Nebengebäude grenzte. Hinter einer Reihe hoher Bäume lag ein riesiger Schuppen, daneben entdeckte Merle einen Trecker. Der Hof war von Feldern umgeben.

Im Schritttempo rollten sie auf ihn zu. Merle hörte den Kies unter den Autoreifen knirschen. Eine getigerte Katze floh schnell Richtung Schuppen, als sie auf der Parkfläche vor dem Haupthaus hielten. Leo schaltete den Motor aus.

«Das wäre was für Ritchie. Hier könnte er frei herumlaufen», sagte er. «Aber sein Besitzer kommt in zwei Wochen zurück, dann habe ich nicht länger das Sorgerecht für ihn.»

Merle nickte, doch in Gedanken war sie ganz woanders. Das Herz schlug ihr bis zum Hals. Gleich würde sie womöglich Ellas verlorener Tochter gegenüberstehen. Auf einmal bekam sie Zweifel. Was machte sie hier eigentlich? Was, wenn sie es verbockte und Ella damit jede Chance verbaute, ihre Tochter jemals wiederzusehen? Sie spürte die Verantwortung, die sie sich aufgebürdet hatte. Aber es war zu spät, um umzukehren.

Unsicher blickte sie zu Leo. Doch der schien sich keine Gedanken zu machen, sondern steckte nur sein Handy und sein Geld ein und stieg aus dem Auto, als würde er erwartet. Wahrscheinlich hatte er als Journalist schon ganz andere Situationen bewältigt. Merle holte einmal tief Luft und stieg ebenfalls aus.

Vor dem Haus war niemand zu sehen, abgesehen von ein paar Tauben, die die Besucher gurrend beobachteten. Leo und Merle standen eine Weile unschlüssig herum, dann hörten sie Stimmen hinter dem Haus. Es roch leicht nach Rauch.

«Vielleicht wird ja heute gegrillt?», fragte Leo und nahm Merle bei der Hand. «Komm, wir sehen nach.»

Sie gingen einmal um das Hauptgebäude herum. Merle war angespannt, jeden Moment konnte ein scharfer Hofhund auftauchen oder der Bauer, der sich mit einer Mistgabel gegen ungebetene Besucher bewaffnet hatte … Wieder mal fiel ihr auf, dass sie durch und durch Städterin war. Das Landleben war ihr einfach fremd. Obwohl sie zugeben musste, dass dieser Ort unfassbar idyllisch war.

Im Garten standen alte Obstbäume und Rosenbüsche, auf dem Rasen lag noch abgefallenes Laub. Die Bewohnerinnen saßen im Kreis um ein offenes Feuer herum. Die Rauchsäule stieg meterhoch in den dämmrigen Himmel. Es nieselte nicht mehr, dafür war es leicht abgekühlt, und die Frauen hatten sich in dicke Strickjacken gehüllt. Einige Kinder flitzten um sie herum und spielten mit einem weißen Katzenbaby. Die Frauen wendeten die Köpfe, als sie die Eindringlinge bemerkten, die Gespräche verstummten. Eine große blonde Frau im geblümten Rock stand auf und ging auf sie zu. Sie hatte die gleichen Gesichtszüge wie Ella. Merle drückte Leos Hand, und der drückte zurück, zum Zeichen, dass sie nicht allein war.

«Hallo», sagte die blonde Frau lächelnd. «Ich bin Stella. Ich habe euch schon erwartet.» Als sie die Fragezeichen in Merles Gesicht sah, musste sie lachen.

«Keine Sorge, ich kann nicht hellsehen. Sascha aus dem Friseursalon hat mich angerufen, dass eine junge Frau auf der Suche nach mir ist.» Sie lächelte noch immer, also schien sie nicht sauer zu sein.

«Es tut mir leid, dass wir einfach hier aufkreuzen. Aber wir hatten keine Telefonnummer. Und ich musste es einfach versuchen», stotterte Merle. Leo streichelte ihre Hand.

Stella winkte ab.

«Schon in Ordnung. Ihr kommt in Ellas Auftrag, oder? Ist etwas mit ihr?»

Merle schüttelte den Kopf.

«Nein, es gibt keinen Auftrag. Ella hat keine Ahnung, dass wir hier sind. Ich arbeite für sie, und sie hat mir von dir erzählt. Demnächst wird sie nach Rom ziehen, und ich dachte … Ich wollte einfach, dass du das weißt … denn es kann ja sein, also, dass du …»

Stella legte ihre Hand beruhigend auf Merles Schulter. «Wollt ihr euch vielleicht zu uns setzen und was trinken? Mir scheint, du könntest einen Schluck Wein vertragen.»

«Herzlich gerne», antwortete Leo, bevor Merle etwas sagen konnte. Er zog sie hinter sich her, begrüßte die anderen Frauen, die sie misstrauisch beäugten, und rückte Merle einen freien Stuhl zurecht. Dann setzte er sich direkt neben sie.

«Seid ihr aus Hamburg?», fragte eine junge Frau mit einem schlafenden Säugling auf dem Arm.

«Ja», sagte Merle. Die Frau seufzte auf. «Hach, ich müsste auch mal wieder Stadtluft schnuppern. Aber es ist so anstrengend mit der Kleinen, dass ich lieber noch etwas warte.» Sie lächelte selig und strich ihrer Tochter über das kahle Köpfchen. Merle fühlte ein sehnsüchtiges Ziehen in ihrem Herzen.

Stella hatte zwei Gläser Wein organisiert und drückte sie Leo und Merle in die Hand. Dann nahm sie sich einen Klappstuhl, der an einem Baum lehnte, und setzte sich ihnen gegenüber.

«Dann schießt mal los. Wie geht es meiner Mutter?», fragte sie.

«Ehrlich gesagt, kann ich darauf keine Antwort geben», sagte Merle. «Gesundheitlich geht es ihr gut. Aber sie ist sehr deprimiert. Sie zieht gerade aus ihrer Villa aus.»

Stella nickte wissend.

«Ja, der Notar hat mich schon zu sich bestellt. Meine Mutter hat alles in die Wege geleitet, damit ich das Geld aus dem Verkauf des Hauses bekomme. Dabei möchte ich das gar nicht. Ich hab doch alles, was ich brauche.»

«Findest du es nicht schade, dass das Haus verkauft wird?», fragte Merle. «Immerhin bist du dort aufgewachsen. Du könntest den Verkauf noch verhindern.»

«Ja, was hält dich davon ab, dort zu leben?», pflichtete Leo ihr bei. «Das Haus ist doch ein Traum, perfekt für ein Kind.»

Stella zog ein überraschtes Gesicht.

«Woher wisst ihr, dass ich ein Kind habe?»

Merle seufzte. «Das ist ja das Problem. Du wurdest gesehen.

Und seit Ella weiß, dass sie einen Enkel hat, den sie nicht kennenlernen darf, ist sie nur noch ein Schatten ihrer selbst.»

Stella zog die Stirn in Falten. «Das muss neulich gewesen sein, als ich beim Notar war. Ich habe die Chance genutzt, um schnell bei Sascha reinzuschauen. Er ist ein alter Freund von mir und hat mir bei der Gelegenheit gleich die Haare geschnitten. Das macht sonst immer Anne.» Sie klopfte einer Frau mit langen roten Locken auf die Schulter, die verlegen auflachte.

«Ganz so gut wie dein Starcoiffeur kriege ich es aber nicht hin», kicherte sie.

Stella sah tatsächlich sehr gut aus. Zu ihrem Blumenrock trug sie eine cremeweiße Strickjacke und schwarze Schnürstiefel. Ihre dunklen Augen strahlten, ihre Haut war makellos und leicht gebräunt, und sie trug ihr weißblondes Haar halblang mit einem exakt geschnittenen Pony. Sie wirkte so überzeugend in dieser Umgebung, dass Merle sie sofort als Model gebucht hätte, um für die Schönheit des Landlebens zu werben.

«Wie lange wohnst du schon hier?», fragte sie Stella.

«Seit etwas mehr als drei Jahren. Damals war ich gerade schwanger mit Benno. Ich war ja lange abgetaucht, hatte meine Sachen im Keller eines Freundes gelagert und bin viel gereist, hab mal hier, mal dort übernachtet. Wirklich sesshaft geworden bin ich erst hier.»

«Bist du enttäuscht, dass Ella nicht versucht hat, dich zu finden?», wollte Leo wissen.

Stella zuckte mit den Schultern. «Ich war so wurzellos, da hätte sie kaum Chancen gehabt, mich zu finden. Inzwischen schon, wie man daran sieht, dass ihr hier seid. Aber meine

Mutter ist mir eigentlich egal.» Ihr Gesicht verdunkelte sich. «Sie hat meinen Vater und unsere Familie auf dem Gewissen.»

«Warum bist du dir da so sicher? Du warst doch damals noch ein Kind.»

«Ich kannte meinen Vater besser als jeden anderen Menschen. Er hätte uns nie verlassen.»

Merle musste an Ellas Worte denken, dass man einen Menschen niemals wirklich kannte.

«Meiner Mutter ging es immer nur um ihre Mode», sprach Stella weiter. «Als sie meinen Vater dann endgültig vergrault hatte, hat sie ihre Arbeit von einem Tag auf den anderen an den Nagel gehängt. Aber da war es zu spät für unsere Familie.»

Merle holte Luft, um etwas zu sagen, doch Stella kam ihr zuvor.

«Wollt ihr mal das Haus sehen?», fragte sie, vermutlich um von dem unangenehmen Thema abzulenken.

Merle und Leo folgten ihr, während Stella ihnen alles über ihr Kommunenleben erzählte. Im Erdgeschoss gab es eine große Wohnküche mit cremeweißen Fliesen und einer blauen Sitzbank an einem langen Esstisch aus Holz. Sie gingen eine knarrende Holzstiege hoch.

«Hier oben sind die Zimmer. Wir sind fünf Frauen mit insgesamt acht Kindern», erzählte Stella und öffnete eine mit Schnitzereien verzierte Holztür, die in eine kleine Wohnung führte. Sie und ihr Sohn Benno hatten zwei Zimmer und ein eigenes Bad. Den Gang weiter runter lagen die Räume der anderen Bewohnerinnen.

«Seid ihr alle allein erziehend?»

Stella bejahte und ließ sich auf einem braunen Cordsofa

nieder, das von zahlreichen Kissen bedeckt war. Die ganze Wohnung sah sehr gemütlich aus.

«Das hat uns zusammengeführt. Ich habe eine Zeitlang in der Nähe von Lübeck gewohnt, aber als ich schwanger wurde, wollte ich mit anderen Müttern zusammenleben.»

«Was ist mit dem Vater von Benno?», fragte Leo. Merle zuckte zusammen. Das hätte sie nicht zu fragen gewagt. Aber als Journalist hatte man da wohl weniger Berührungsängste.

«Der ist und bleibt verheiratet. Und deutlich älter als ich. Ich hätte mir ein Leben mit ihm sowieso nicht vorstellen können. Eigentlich war die Schwangerschaft nur der letzte Auslöser, um endlich meinen Traum von einer Landkommune wahr werden zu lassen», erzählte Stella.

«Betreibt ihr selbst Landwirtschaft?», fragte Merle.

Stella schüttelte den Kopf. «Nicht wirklich. Die Felder bestellt der Bauer, er wohnt im Nebengebäude. Wir haben unseren eigenen Gemüsegarten und die Obstbäume.»

«Und wovon lebt ihr?»

«Die meisten von uns arbeiten Teilzeit, wir haben eine Lehrerin, eine Kindergärtnerin, eine Graphikerin und eine Trauerrednerin. Jede bringt das in die Gemeinschaft ein, was sie verdient. Ich helfe regelmäßig in einem Hofladen in der Nähe aus.»

«Und wie wird das Geld dann aufgeteilt?»

«Jede nimmt sich aus der Kasse, was sie braucht. Größere Anschaffungen werden erst im Plenum diskutiert.»

Bei dem Wort Plenum wurde Merle klar, dass das hier keine Lebensform für sie wäre. Ihr schwebte dann doch eher das Modell Kleinfamilie vor, so wie Heike es bald haben würde. Sie wollte ihr eigenes Geld verdienen und für sich behalten.

«Am härtesten sind die Wochen, in denen man Kochdienst hat», sagte Stella und lachte. «Was wir da für Mengen an Gemüse schnippeln, ist schier unglaublich. Aber alles in allem ist es wirklich schön, hier zu leben. Ich kann es mir gar nicht mehr anders vorstellen.»

Merle sah aus dem Fenster.

«Welches Kind ist denn deins?»

Stella rappelte sich vom Sofa hoch und stellte sich neben sie. Sie zeigte auf einen kleinen Jungen von etwa drei Jahren mit blonden Strubbelhaaren und roten Wangen. Er saß bei Anne auf dem Schoß und ließ sich gerade von ihr durchkitzeln.

«Für Benno ist es so schön hier mit den anderen Kindern. Dafür ist es mit der Privatsphäre natürlich nicht weither», erzählte Stella. «Aber das stört mich nicht. Ich bin ja gerade hier, um Gemeinschaft zu leben. Ich habe gesehen, was die Trennung mit meinen Eltern gemacht hat. Das wollte ich nicht: mein Leben nur auf einem einzigen Menschen aufbauen. Wir helfen uns hier gegenseitig, und wir sind niemals allein, wenn wir es nicht wollen. Einsam war ich lange genug», sagte sie nachdenklich.

Merle spürte, wie Leo seine Hand auf ihren Rücken legte, und sie ließ es geschehen. Eine angenehme Wärme breitete sich in ihr aus. Dass ihr Leo förmlich den Rücken stärkte, verlieh ihr den Mut, um endlich den eigentlichen Grund ihres Besuches anzusprechen. Irgendwann musste es ja raus.

«Willst du deshalb keinen Kontakt mehr zu deiner Mutter, Stella?»

Die holte daraufhin tief Luft und sah sie forschend an.

«Ich weiß nicht, wie gut ihr Ella kennt. Aber sie war früher eine ganz andere Frau, lebenslustig, temperamentvoll …»

«Das ist sie immer noch», lachte Merle. «Eine Italienerin durch und durch.»

Stella lächelte. «Oh ja. Ich erinnere mich daran, wie sie mit dem Wischmopp durchs Haus wirbelte und dabei laut zu italienischer Musik mitsang.» Sie begann zu tanzen und zu singen: «Hey Mambo, Mambo Italiano, Hey Mambo …» Und vor Merles Augen entstand das Bild der jungen Ella, wie sie steppte und swingte und strahlte – wie auf dem Foto, das sie gefunden hatte.

«Manchmal schnappte mein Vater sie dann und tanzte mit ihr durchs Wohnzimmer», erzählte Stella weiter. «Es war eine wundervolle Zeit. Die beiden waren so glücklich. Zumindest habe ich das als Kind so empfunden.»

«War sie eigentlich immer schon so abergläubisch?», fragte Merle.

Stella runzelte die Stirn. «Abergläubisch? Nicht dass ich wüsste. Wieso?»

Merle winkte ab. «Nicht so wichtig. Erzähl bitte weiter.»

«Jedenfalls hat sich meine Mutter mit der Zeit immer mehr in die Arbeit gestürzt», sagte Stella. «Mein Vater hat versucht, das auszugleichen, aber auch er war beruflich viel unterwegs. Zum Glück hatte ich einen netten Tagesvater.»

Stella lachte bei dem Gedanken daran.

«Stellt euch vor, wie fortschrittlich! Vincent dürfte in den Achtzigern einer der wenigen Männer in dem Beruf gewesen sein. Vermutlich hat meine Mutter ihn ausgesucht, um Papa nicht mit einer jungen Babysitterin in Versuchung zu führen.»

Sie lächelte traurig.

Merle war bei dem Namen Vincent zusammengezuckt. Kurt war also mit dem Tagesvater seiner Tochter durchgebrannt?

«Vincent hat eine Menge Unsinn mit mir gemacht, aber ich habe meine Eltern trotzdem vermisst. Als sich meine Mutter dann von meinem Vater getrennt hatte, musste Vincent auch gehen. Sie hat damals ihre Arbeit aufgegeben und war wieder zu Hause.»

«Vielleicht wollte sie für dich da sein.»

«Deswegen hätte sie ja nicht alles hinwerfen müssen. Ich war ja immerhin schon zehn, als mein Vater auszog. Er kam regelmäßig vorbei und hat etwas mit mir unternommen. Meine Mutter tat, als wäre alles in Ordnung, aber ich habe gemerkt, dass sie nur den Schein aufrechterhalten wollte. Sie hat nicht mehr getanzt, nicht mehr gesungen. Und sie wollte nicht über meinen Vater sprechen. Ich weiß bis heute nicht, was vorgefallen ist. Aber ich habe eine Vermutung.»

«Tatsächlich? Was könnte es gewesen sein?», fragte Merle.

«Meine Mutter traf sich kurz nach der Trennung mit einem anderen Mann. Edgar, ein junger, sehr gut aussehender Schauspieler. Er hatte ein Engagement am Thalia-Theater, glaube ich. Ich habe ihn nur einmal gesehen und natürlich sofort gehasst.» Stella lachte. «Immerhin hatte sie meinen Vater für ihn verlassen. Dabei war Kurt der beste Vater der Welt. Und er hat meine Mutter auf Händen getragen.» Nach all den Jahren sah Stella immer noch verärgert aus. Anscheinend nagte die ganze Sache nach wie vor an ihr. Wenn sie nur wüsste, wie falsch sie mit ihren Vermutungen lag!

«Stella, ich glaube, du solltest dringend mit Ella reden. Sie hat dir einiges zu sagen, auch über die Trennung von deinem Vater. Sie möchte das gerne aufklären», sagte Merle. «Es wäre wirklich wichtig, für euch beide.»

Stella machte eine abwehrende Handbewegung.

«Nein, dafür ist es zu spät. Sie hat genug Zeit gehabt, um die Sache aufzuklären. All die Jahre, in denen wir zusammengelebt haben, hat sie kein Wort darüber verloren, obwohl ich immer wieder gefragt habe. Sie hat mich einfach in der Luft hängenlassen. Am Ende wusste ich gar nicht mehr, was ich fühlen sollte.»

«Hat dir dein Vater denn etwas erzählt?», fragte Leo.

«Nein, auch nicht.»

«Auf den bist du aber nicht so wütend.»

Stella sah ihn stirnrunzelnd an.

«Mein Vater ist tot. Er ist aus Verzweiflung vor eine Leitplanke gefahren. Wie könnte ich da auf ihn wütend sein?», sagte sie in genervtem Ton.

Leo hob beschwichtigend die Hand. «Versteh uns bitte nicht falsch. Das ist allein deine Entscheidung, wir wollen uns nicht einmischen oder irgendetwas bewerten.»

Jetzt klinkte sich Merle ein. Denn da gab es noch etwas, was sie beschäftigte.

«Willst du vielleicht noch etwas von den Sachen aus dem Haus haben? Da sind noch Dinge, die deinem Vater gehörten.»

Stella winkte ab.

«Nein, das bedeutet mir alles nichts. Ich habe ja miterleben dürfen, wie glücklich es macht, so viel Besitz anzusammeln. Das einzig Gute ist, dass ich etwas daraus gelernt habe: Alles was zählt, sind liebe Menschen um einen herum, auf die man sich verlassen kann. Und danach lebe ich heute.»

Merle nickte. Dass Besitz nicht glücklich machte, entsprach ganz und gar ihrer Philosophie. Aber angesichts von Stellas Miene, die sich jetzt sichtbar verhärtet hatte, fragte sie sich, ob es wirklich so verwerflich war, Erinnerungsstücke an liebe Menschen zu behalten. Auf einmal erkannte sie sich selbst in Stella wieder. Sie war genauso hart gegen sich selbst gewesen. Sie hatte sich gezwungen, die Ohrringe ihrer Mutter nicht zu behalten, obwohl ihr Herz etwas anderes sagte. Wäre es nicht vernünftiger gewesen, ihre innere Stimme ernst zu nehmen und die Schmuckstücke in Ehren zu halten? Während Stella sich noch sträubte, ihre Gefühle zuzulassen, nahm sich Merle vor, die Ohrringe bei Reinhold auszulösen. Plötzlich stieg ein schlimmer Gedanke in ihr auf. Was, wenn er sie in der Zwischenzeit verkauft hatte? Immerhin lagen sie schon seit einer Weile gut sichtbar im Schaufenster! Verlustangst kroch in ihr hoch und schnürte ihr den Hals zu. Die Ohrringe waren unersetzbar. Gleich morgen würde sie zum Trödler fahren. Wenn es nur noch nicht zu spät war.

«Mach nicht denselben Fehler wie ich», brach es unwillkürlich aus ihr heraus.

«Wie bitte?», fragte Stella überrascht.

«Meine Mutter ist vor einem Jahr gestorben. Sie war ganz und gar nicht perfekt, und ich habe lange mit ihr gehadert. Selbst nach ihrem Tod habe ich nicht sehen wollen, was ich verloren hatte. Erst jetzt, auch durch die Arbeit mit Ella, habe ich das begriffen. Ich lasse wieder gute Erinnerungen an sie zu, und ich kann jetzt wertschätzen, dass sie für mich auch eine gute Mutter war. Leider konnte ich ihr das nicht mehr sagen. Ich würde alles dafür geben, noch mal mit ihr sprechen zu können. Du hast diese Chance, Stella. Du solltest sie nicht leichtfertig verschenken.»

Leo nickte ihr anerkennend zu, darum sprach Merle weiter.

«Ohne deine Mutter wärst du nicht der Mensch, der du heute bist. Allein das sollte Grund genug sein, sie anzuhören. Die schönen Momente, die du mit ihr hattest, sind durch die schlimmen Zeiten doch nicht ausgelöscht. Alles, was ihr miteinander erlebt habt, wird euch für immer verbinden, ob du es willst oder nicht.»

Stella hatte die Arme verschränkt und schwieg.

«Wir könnten dich jetzt sofort mitnehmen und zu ihr fahren», schaltete sich nun Leo ein. Er sah sie eindringlich an. «Was meinst du? Gib dir einen Ruck. Du hast nichts zu verlieren.»

«Nein», sagte Stella und ging nervös im Zimmer auf und ab. «Nein, nein und nochmals nein. Ich kann nicht einfach zu ihr fahren, als hätte es die letzten 20 Jahre nicht gegeben. Ich habe mich von meiner Vergangenheit befreit, ich will das nicht wieder aufwühlen. Gerade mit Rücksicht auf Benno. Soll er etwa seine Oma kennenlernen, und danach zieht sie nach Italien, und er sieht sie nie wieder? Nein, es ist besser so, wie es ist.»

Enttäuscht senkte Merle den Kopf. Es war alles umsonst. Stella hatte sich ein eigenes Leben aufgebaut, in dem Ella keine Rolle mehr spielte. Es war sinnlos, sie zu etwas zu überreden, was sie nicht wirklich wollte.

«Gut, wir werden dich nicht weiter bedrängen. Ich wollte

es wenigstens versucht haben.» Merle streckte ihr die Hand entgegen. «Ich wünsche dir und deinem Sohn alles Gute. Du kannst dich jederzeit melden, falls du es dir anders überlegst oder irgendwelche Fragen hast.»

Stella hatte ihr Lächeln wiedergefunden und schüttelte Merles Hand.

«In Ordnung, vielen Dank fürs Kommen. Ich weiß es wirklich zu schätzen, dass ihr euch die Mühe gemacht habt. Ich hoffe, ihr verurteilt mich nicht.»

«Bestimmt nicht. Du weißt am besten, was richtig für dich ist», sagte Leo.

Als sie aus dem Haus traten, war die Sonne untergegangen. Der Wind hatte zugenommen und trug das Rauschen der Bäume zu ihnen hin. Merle spürte den angenehmen Luftzug auf ihrem Gesicht und schloss die Augen.

«Ist es nicht wundervoll?», fragte Stella. «In Hamburg hat mir der Wald so sehr gefehlt. Ich will nicht erst eine halbe Stunde Bahn fahren müssen, um Bäume um mich herum zu haben. Hier brauche ich nur aus dem Haus zu treten, schon bin ich mitten in der Natur. Ich kann mir ein Leben in der Stadt gar nicht mehr vorstellen.»

«Ich kann gut verstehen, dass du die Abgeschiedenheit hier genießt», sagte Merle lächelnd.

«Ihr könnt mich jederzeit besuchen kommen. Wir haben ein hübsches Gästezimmer», sagte Stella und strahlte. Man konnte ihr ansehen, dass sie es ernst meinte. Merle zog ihr Handy aus der Tasche und tauschte mit Stella die Handynummern aus.

Leo hielt Merle die Beifahrertür auf, und sie stieg ein. Als sie losfuhren und der Hof und die winkende Stella im Rückfenster immer kleiner wurden, traten Merle die Tränen in die Augen. Es fühlte sich an, als würde sie einen Teil ihrer selbst bei Stella zurücklassen.

Kapitel 31

Merle erwachte um sieben Uhr vom Piepen ihres Handys – eine Nachricht von Tom, dass er nun definitiv nicht mit zu Heikes Hochzeit kommen könne. Kais Vater lag wegen einer ernsten Sache im Krankenhaus, Toms Geschäftspartner fiel also erst mal aus. Darum musste er in diesem Jahr selbst zur Surfmesse fahren. Merle hatte so eine Ahnung, dass ihm das gar nicht unlieb war. Er war bekanntlich kein Fan der Institution Ehe. Sie wartete darauf, dass seine Absage ihr einen Stich versetzte, aber sie war nicht einmal wirklich enttäuscht. Trotzdem konnte sie jetzt nicht mehr einschlafen. Sie tastete nach dem Aufladekabel neben dem Bett und schloss das Telefon an, dann stieg sie aus dem Bett. Sie öffnete den Kleiderschrank und nahm das Seidenkleid heraus, das sie auf der Hochzeit tragen würde. Dieser Anblick würde Tom nun entgehen. Leo dagegen hatte sie schon darin bewundert. Vielleicht sollte sie ja ihn fragen, ob er mit nach Travemünde kam? Nach allem, was sie schon zusammen erlebt hatten, wäre er nicht die schlechteste Begleitung. Und er würde sie bestimmt nicht versetzen. Bei dem Gedanken musste sie schlucken. Vertraute sie Leo am Ende mehr als ihrem eigenen Freund – und das, obwohl er sie wegen seines Berufs belogen hatte? Schnell hängte sie das Kleid wieder in den Schrank und ging in die Küche. Während die Espressokanne auf dem Herd vor sich hin blubberte, dachte sie über den gestrigen Abend nach.

Stellas Absage versetzte sie immer noch in schlechte Stimmung. Es fiel ihr schwer zu akzeptieren, dass ihre Argumente so gar nicht gefruchtet hatten. Vielleicht war das ein Zeichen dafür, dass Stella eine ausgereifte Persönlichkeit war und nicht so ein schwankendes Fähnchen im Wind wie sie selbst? Merle bekam mehr und mehr das Gefühl, sich eigentlich kaum zu kennen. Ihr ganzes Leben hatte sie nur darauf zugeschnitten, nicht so zu werden wie ihre Mutter. Aber wer war sie eigentlich in ihrem innersten Kern? Wartete dort etwas darauf, endlich ausgelebt zu werden? Was für ein Mensch wäre sie wohl geworden, wenn sie wie Stella einfach ihren ureigensten Interessen gefolgt wäre, ohne Rücksicht darauf, was andere fühlten oder dachten?

Merle goss sich den Espresso in eine kleine weiße Tasse. Und sog den köstlichen Duft in sich ein. Neuerdings gönnte sie sich diesen Genuss am Morgen. Außerdem machte sie Espresso schlichtweg wacher als grüner Tee. Sie war trotz allem froh, es zumindest versucht zu haben, Stella umzustimmen. Sie nahm einen Schluck und stellte die Tasse wieder ab. Auch wenn sie enttäuscht war: Sie würde sich nichts anmerken lassen, denn Ella durfte von alldem nichts erfahren.

Ella lag auf ihrem Bett und hatte die Augen geschlossen. Sie hatte sich eine Pause erbeten und sich kurz auf dem Bett ausgestreckt. Es tat ihr gut, nach dem Aussortieren noch mal innezuhalten und in sich hineinzuhören. An den meisten

Tagen hatte sie sich gegen Nachmittag einfach nur erschöpft gefühlt vom dauernden Loslassen. Aber heute mischte sich noch ein anderes Gefühl hinein, das sich warm in ihrer Brust ausbreitete. Sie brauchte einen Moment, um zu verstehen, was es war: Sie war schlicht und einfach stolz auf sich. Stolz, dass sie es wohl tatsächlich schaffen würde, dieses große Haus leer zu räumen. Sie dachte an die letzten Wochen zurück, daran, wie sie erst ihre geliebten Bücher hatte gehen lassen, dann die Kleider und schließlich die Möbel und Fotografien. Nach und nach war es ihr immer leichter gefallen, zu unterscheiden, was sie wirklich noch in ihrem Leben haben wollte und worauf sie verzichten konnte. Vor vier Wochen hatte sie noch befürchtet, daran zu zerbrechen, sich von ihren Habseligkeiten zu trennen. Habseligkeiten – das war überhaupt ein schönes Wort für die Dinge, die einem am Herzen lagen. Aber wie sich gezeigt hatte, war sie stärker als gedacht.

Durch das Ausräumen des Hauses hatte sie sich auch endgültig von Kurt verabschiedet. «War ja auch höchste Zeit», schalt sie sich selbst. Mit jedem aussortierten Stück hatte sie einen Schlussstrich unter ihr gemeinsames Leben gezogen. Warum hatte sie das nicht schon eher gemacht? Nun, wenn sie ehrlich war, hatte das ganz viel mit Merle zu tun. Ohne sie hätte sie diesen schwierigen Prozess wohl kaum bewältigt. Ella war sogar dazu übergegangen, den Dingen förmlich Lebewohl zu sagen und ihnen zu danken, so wie Merle es ihr geraten hatte. Zuerst war ihr das albern vorgekommen, aber inzwischen hatte sie verstanden, was für ein Sinn dahintersteckte: Wenn man den Dingen den Wunsch mitgab, dass sie ihren neuen Besitzern Freude machten, fühlte es sich weniger falsch an, sie wegzugeben. Von Sachen, die einem Schmerzen verursachten, weil sie wehmütige Erinnerungen in sich bargen, sollte man sich ohnehin leichten Herzens trennen, was ihr jedoch nicht immer gelang. Immerhin hatte sie durch Merle erkannt, wie sehr die Dinge um sie herum ihre Gefühlswelt beeinflussten. Nun erhielt sie bald die Chance herauszufinden, wer sie ohne diesen ganzen Ballast um sich herum war, ohne die Erinnerungen, die an ihr zerrten, ohne das Haus, das für sie zu einer Art Kokon geworden war. Bald würde sie frei sein und bereit für das, was da draußen noch auf sie wartete. Sie hoffte zumindest, dass da noch etwas kommen würde, was auch immer es war.

Ella drehte sich auf die Seite und kuschelte sich noch tiefer in ihre Bettdecke. Noch zehn Minuten, dann musste sie wieder unten sein, das hatte sie Merle versprochen. Seit Stunden ging sie nun mit ihr den Papierkram der letzten Jahrzehnte durch – einer der nervigsten Punkte beim Ausmisten, das stand fest. Sie hatten alle Unterlagen auf den Esstisch gepackt. Es war schockierend zu sehen, wie viel sich angesammelt hatte: Die Mappen und Aktenordner türmten sich fast deckenhoch. Merles erste Amtshandlung war es gewesen, die alten Steuerunterlagen wegzuwerfen, die niemanden mehr interessierten. Auch der Grundriss hatte sich wieder aufgefunden. Nun gingen sie Zettel für Zettel und Brief für Brief durch, um Wichtiges von Unwichtigem zu trennen. Eine ermüdende Angelegenheit. Hatte Merle deshalb so schlechte Laune? Sie war morgens schon in merkwürdiger Stimmung bei ihr eingetroffen und insgesamt viel schweigsamer als sonst.

Immerhin war heute die Patchworkdecke angekommen. Ella kannte diese Heike nicht, aber sie musste zugeben, dass sie die Decke auch nicht besser hingekriegt hätte. Die Farben der Patches waren perfekt aufeinander abgestimmt, die Nähte einwandfrei. Sie versuchte, sich vorzustellen, wie sie in ihrem Ledersessel in Rom sitzen würde, die Decke über sich gebreitet, den Geräuschen der Piazza lauschend …

Ella war kurz davor einzunicken, als sie die Türklingel hörte. Vielleicht war das schon die Speditionsfirma? Sie hatte gar keinen Lastwagen vorfahren hören. Außerdem sollten die Packer doch erst in ein paar Tagen kommen. Neugierig lauschte sie den Geräuschen aus dem Erdgeschoss.

Sie hörte Merle öffnen und mit einer Frau sprechen. Die Stimme der Frau löste etwas bei ihr aus. Es war, als würde ein Licht in ihr angeknipst, als würde eine dunkle Zone plötzlich hell erleuchtet. Die Stimme ließ sie die Decke zurückschlagen und aus dem Bett springen. Sie zog sich nicht einmal mehr die Hausschuhe an, als sie aus dem Zimmer stürzte und auch an der Treppe nicht haltmachte, sondern die Stufen hinunterrannte, so schnell sie nur konnte. Da stand Merle, und sie hielt noch immer die Haustür auf. Und auf der Schwelle stand eine blonde Frau mit einem kleinen Burschen an der Hand, der sie erwartungsvoll ansah. Ella nahm zwei Stufen auf einmal, sie fühlte sich auf einmal stark wie Superwoman, zu allem bereit. Sie würde jedes Geheimnis preisgeben und kein Gefühl mehr zurückhalten, wenn sie nur diese beiden Menschen an ihr Herz drücken durfte. Und dann, ohne ein Wort zu sagen, tat sie es einfach.

Kapitel 32

Merle wartete jetzt schon eine geschlagene Stunde darauf, von Konstanze in ihr Büro gerufen zu werden. Ausgerechnet heute, wo sie den Mut gefasst hatte, mit ihrer Chefin zu sprechen, war so viel zu tun. Sie hatte sie gleich in der Morgenrunde um ein Gespräch gebeten, seitdem schien sie sich von einem Telefonat zum anderen zu hangeln. Merle trommelte mit den Fingern auf ihren Schreibtisch, während sie vortäuschte, ihre E-Mails zu lesen. Sie konnte jetzt sowieso keinen klaren Gedanken fassen.

Björn zwinkerte ihr über seinen Bildschirm hinweg zu. Er ging auffallend freundlich und respektvoll mit ihr um, seit sie den Auftrag bei Ella so erfolgreich über die Bühne gebracht hatte. Drei Wochen war es jetzt her, dass sie die letzten Sachen aus der Villa abtransportiert hatten. Der Verkauf der Fotografien hatte Ella ein erkleckliches Sümmchen eingebracht, die meisten anderen Sachen hatte sie der Krebshilfe gespendet – im Gedenken an Leos Schwester. «Gut fürs Karma! Jetzt hab ich beim Schicksal einen gut», hatte sie verkündet und Merle dabei zugezwinkert.

Der Abschied von der alten Dame war Merle schwergefallen. Auch das Haus, in dem sie in den vergangenen Wochen so viel Zeit verbracht hatte, fehlte ihr auf eigentümliche Weise. Der Einsatz hatte sie sehr aufgewühlt, und sie war sich nicht mehr sicher, ob sie diesem Beruf emotional gewachsen war. Vor allem zweifelte sie, ob sie das überhaupt wollte. Sie würde niemals ein Björn werden, der einen Auftrag nach dem anderen abarbeitete, ohne dass es bei ihm irgendwelche ersichtlichen Spuren hinterließ. Nach der Geschichte mit Ella und ihrer Tochter konnte Merle sich das für sich selbst nicht vorstellen. Die Wochen mit ihr hatten sie verändert. Und diesmal hatte sie beschlossen, nicht darüber hinwegzugehen, sondern hinzuhören, was ihre innere Stimme ihr zu sagen hatte.

Dass Stella doch noch bei Ella aufgetaucht war! Damit hatte sie nicht gerechnet. Es musste sie echte Überwindung gekostet haben, über die Schwelle ihres Elternhauses zu treten. Entsprechend mühsam war der erste Tag gewesen. Die Atmosphäre war angespannt, obwohl Ella ihrer Tochter und dem kleinen Benno einen so herzlichen Empfang bereitet hatte. Sie war den beiden um den Hals gefallen und hatte sie an sich gedrückt, als wollte sie sie nie mehr loslassen. All die aufgestaute Liebe, die Sehnsucht der vergangenen Jahre hatten sich Bahn gebrochen, und Ella hatte mal wieder eine Menge Tränen vergossen. Glückstränen, wie sie immer wieder versicherte. Merle bekam immer noch Gänsehaut, wenn sie an diesen Moment dachte. Erst hatte sie befürchtet, dass Stella der Überschwang ihrer Mutter zu viel werden würde. Doch die Art, wie Ella und Stella sich danach angesehen und sich mit ihren Blicken versichert hatten, dass das hier wirklich passierte, rührte Merle noch immer.

Um den beiden Zeit zu verschaffen, hatte sie sich um den kleinen Benno gekümmert und ihn in den Garten geführt, wo er begeistert hinter Gabriella herlief und versuchte, sie zu streicheln, was dem armen Huhn gar nicht behagte. Aufgeregt gackernd rannte sie immer wieder davon. Ella und ihre Tochter waren währenddessen an der Alster entlangspaziert. Als Merle nach einer Weile durchs Fenster nach ihnen Ausschau hielt, näherten sich die beiden gerade wieder dem Haus. Stella gestikulierte wild – das hatte sie eindeutig von ihrer Mutter. Sie schüttelte abwehrend den Kopf, als Ella etwas sagte, lief ein paar Meter voraus, blieb dann wieder stehen und wartete auf ihre Mutter, die sich vorsichtig bei ihr einhakte. Stella ließ es geschehen. Dann kamen sie langsam auf das Haus zu, und Merle duckte sich vom Fenster weg. Der Körpersprache nach schien es schwierig zu sein zwischen ihnen, aber nicht hoffnungslos.

Wie Merle später von Stella erfuhr, war bei dem Gespräch endlich alles auf den Tisch gekommen, was jahrelang ungesagt geblieben war. Kurt und sein Geheimnis, die Verbindung zu Vincent … Es waren viele Tränen geflossen, denn Stella hatte nicht das Geringste geahnt und war halb erleichtert, halb traurig, dass sie ihren Vater nicht so gut gekannt hatte, wie sie gedacht hatte. Sogar, dass sie lange nicht schwimmen konnte, hatte Ella ihr gestanden. Stella war beeindruckt davon, dass sie es sich inzwischen selbst beigebracht hatte. Und sogar in der Alster ihre Runden drehte! «Da würde ich mich im Leben nicht mehr reintrauen», staunte sie kopfschüttelnd.

Anfangs war sie reserviert, ja, fast abweisend geblieben, doch nach und nach hatte sie sich auf Ella eingelassen. Und sogar eingewilligt, als Merle vorschlug, die beiden könnten doch gemeinsam die Erinnerungskiste füllen. Der Sekretär musste ohnehin noch ausgeräumt werden. Und so hatten sich die beiden all die Andenken vorgenommen, die Ella gesammelt hatte – und sich gewundert, was dabei alles zum Vorschein kam: Neben Fotos, Briefen, Einladungskarten und Zeitungsausschnitten auch ein Zigarrenkistchen mit Dingen aus Ellas Kindheit, ein fingergroßes Püppchen, mit dem sie gern gespielt hatte, eine hellblaue Haarspange, deren Lack schon etwas verkratzt war, und ein Zuckertütchen aus einer römischen Gelateria, in der sie nach der Schule immer ihr Eis gekauft hatte. Sie beschlossen, alles bis auf den Zucker zu behalten. So viel Sentimentalität musste sein. Sie legten die Dinge, die bleiben sollten, in die bemalte Holzkiste, die sie auf dem Dachboden gefunden hatten. Es war eine Freude gewesen, mit anzusehen, wie Ella mit jedem Gegenstand, den sie in Augenschein nahmen, ihre Erinnerungen mit ihrer Tochter teilte, wie sie ihre Köpfe zusammensteckten und irgendwann sogar ins Italienische verfielen und lachen konnten über die Geschichten, die Ella aus Stellas Kindertagen zum Besten gab.

Über das gemeinsame Aussortieren hatten sich die beiden so angenähert, dass Stella spontan beschlossen hatte, die Zeit bis zu Ellas Umzug in ihrem Haus zu verbringen. Die Betten wurden ja wie die meisten anderen Möbel erst am Montag abgeholt. So konnte Ella auch ihren kleinen Enkel besser kennenlernen, der sich riesig freute, endlich eine Oma zu haben, so wie die anderen Kinder auf dem Hof.

Als Ella kurz den Raum verlassen hatte, war Stella zu Merle gekommen und hatte sie dankbar angelächelt. «Manchmal ist es doch ganz gut, einen Schubs von außen zu bekommen.»

Abends hatten sie alle zusammen Ellas Ragù gekocht, und Merle hatte ihr neugierig über die Schulter geschaut, was ihre Auftraggeberin nicht nur duldete, sondern mit einer gewissen

Genugtuung zu registrieren schien. Schließlich saßen sie zu viert am Esstisch.

«Wenn es einen Geschmack gibt, der mich sofort an meine Kindheit erinnert, dann dieser», schwärmte Stella. «Schon beim Duft der Soße entstehen tausend Bilder in meinem Kopf.»

Auch dem kleinen Benno schmeckte die Pasta so gut, dass er noch zweimal Nachschlag forderte. Hingerissen sah seine Oma zu, wie der kleine Blondschopf jede Nudel einzeln aufpikste, sie umständlich in den Mund schob und dabei genüsslich schmatzte. Über den Tisch hinweg warfen sich Ella und Stella entzückte Blicke zu. Stella war geradezu aufgeblüht, sie hatte rosige Wangen, und ihre Augen strahlten. Merle saß mit gemischten Gefühlen daneben. Sie freute sich einerseits für die drei, aber wie würde es weitergehen mit ihnen, nach Ellas Umzug?

Am Sonntag, einen Tag, bevor Ellas Sachen abgeholt und nach Rom gebracht werden sollten, hatte Merles Telefon geklingelt.

Bevor sie sich überhaupt melden konnte, plapperte Ella bereits los: «Stellen Sie sich vor, ich habe meine Pläne geändert. Ich werde nicht nach Rom ziehen.»

Merle war für einen Moment sprachlos, obwohl ihr die Entscheidung nachvollziehbar vorkam. Jetzt, wo es zwei Menschen in Ellas Leben gab, die ihr wichtiger waren als alles andere auf der Welt, sah sie wohl keinen Sinn mehr darin, so weit wegzugehen.

«Also werden Sie das Haus behalten?», hatte Merle gefragt.

«Zumindest werde ich es mit dem Verkauf nicht überstürzen. Wer weiß, ob Stella nicht doch eines Tages dort leben möchte.» Und nach einer kurzen Pause sagte sie leise: «Mein Immobilienastrologe wird enttäuscht sein.»

«Ihr was?», fragte Merle.

Doch Ella kicherte nur.

«Ich finde es jedenfalls toll, dass Sie bleiben!» Merle freute sich aufrichtig. Die Vorstellung, dass Ella dieses Haus mit all seiner Geschichte an irgendeinen Fremden verkaufen würde, hatte ihr in der Seele weh getan. Sie war richtiggehend stolz auf Ella: Aus Liebe zu ihrer Tochter hatte sie gerade ihre Lebenspläne über den Haufen geworfen und eine mutige Entscheidung getroffen. Sie hörte auf ihr Herz, ganz so, wie man es sich bei einer feurigen Italienerin vorstellte.

Dann war Merle siedend heiß etwas eingefallen: «Aber das Haus ist so gut wie leer! Werden Sie zu Ihrer Tochter auf den Hof ziehen?»

«Stella hat mir angeboten, für eine Weile bei ihr zu wohnen, ja», sagte Ella. Ihre Stimme hatte einen weichen Klang angenommen. «Es gibt noch ein freies Apartment im Nebengebäude des Hofs, das wie geschaffen ist für mich. Es ist nicht allzu groß, aber dank Ihnen ist mein Besitz ja auf ein überschaubares Maß zusammengeschrumpft», lachte Ella.

Sie und ihre Tochter hatten sich darauf geeinigt, zunächst zu schauen, ob es funktionierte mit so viel Nähe nach der langen Funkstille. Außerdem wollte sich auch der Rest der Hofgemeinschaft einen Eindruck von Ella verschaffen. Merle musste kichern bei der Vorstellung, wie die Kinder die neue Hof-Oma mit Beschlag belegen würden. Mit der Einsamkeit und Ruhe, die Ella gewohnt war, war es nun vorbei. Und das war gut so. Vermutlich würde sie die neuen Mitbewohner im Handumdrehen «italienisieren».

Am Montag, als die Möbel in unterschiedliche Transporter gepackt wurden – die einen wurden zum Bauernhof gebracht, die anderen zu den jeweiligen Abnehmern –, hatte Ella sichtlich glücklich gewirkt. Merle und Ella hatten die Packer im Haus dirigiert. Am Ende hallten ihre Worte von den Wänden zurück, als sie in der Küche einen letzten Espresso zusammen tranken.

«Nun habe ich Sie doch noch zu einer richtigen Kaffeetante gemacht», lachte Ella vergnügt. Natürlich war es aufwühlend für sie zu sehen, wie sich das Haus mehr und mehr leerte. Aber der Abschied fiel ihr leichter, jetzt, wo sie den Verkauf noch etwas aufschieben und sich auf das Zusammenwohnen mit ihrer kleinen Familie freuen konnte.

«Gabriella wird sich dort wohl fühlen», sagte Ella lächelnd, während das Huhn aufgeregt an ihnen vorbeitänzelte. Das ganze Gewusel um sie herum machte das Tier sichtlich nervös.

«Trotz der frei laufenden Katzen?», wunderte sich Merle.

«Na ja, nicht jede Katze ist so schlecht erzogen wie die von Leo. Und Gabby weiß sich ja zu wehren, wie wir wissen.»

Ella zwinkerte Merle zu und wurde dann noch einmal ernst.

«Ich möchte mich bei Ihnen bedanken, Liebes. Sie haben weit mehr für mich getan, als ich jemals hätte erwarten können.»

«Schon in Ordnung, das ist ja mein Job», sagte Merle verlegen.

«Ma no, das ist keinesfalls Ihr Job, und das wissen Sie», widersprach Ella. «Was Sie gemacht haben, ist mit Geld gar nicht aufzuwiegen.»

«Ich habe das ja nicht alleine gemacht. Ohne Leos Hilfe hätte ich Ihre Tochter nie gefunden», betonte Merle.

Ella nickte. «Das weiß ich, und ich möchte mich gerne erkenntlich zeigen bei Ihnen beiden. Keine Widerrede, bellissima!», beharrte sie, bevor Merle protestieren konnte. Und dann hatte sie ihr ein Angebot gemacht, das Merle unmöglich ausschlagen konnte. Genau darüber wollte sie jetzt mit Konstanze reden.

Merle sah aus dem Fenster zu Hausmeister Giese, der wieder damit beschäftigt war, ein Graffito zu überpinseln. Als sie heute Morgen in die Einfahrt gebogen war, hatte er wie üblich eine Bemerkung über ihre Arbeit gemacht. Diesmal war sie nicht einfach darüber hinweggegangen.

«Was haben Sie eigentlich gegen meinen Job, Herr Giese? Der scheint Ihnen ja wirklich ein Dorn im Auge zu sein.»

Überrascht hatte er sich zu ihr umgedreht, von seinem Pinsel tropfte weiße Farbe auf den Boden.

«Ach, min Deern, ich hab da garnix dagegen. Wenn du damit deine Rundstücke verdienst, dann man tau.» Er streifte den Pinsel am Rand des Eimers ab und fuhr fort, die schwarzen Buchstaben zu übermalen.

«Aber weißte wat? Es kommt nicht drauf an, wie aufgeräumt deine Wohnung ist, sondern wie es in dir drin aussieht. Hier», er hämmerte mit der freien Faust auf seinem Herzen herum. «Wenn da keine Ordnung herrscht, da hilft die schönste Wohnung nix.»

«Vielleicht bedingt das eine ja das andere?»

«Ach wat, erzähl mir doch nix. Nur weil deine Sockenschublade ordentlich sortiert ist, haste plötzlich ein besseres Leben? Das kannste deiner Omma erzählen.» Er hatte eine wegwerfende Handbewegung gemacht und sie verschmitzt angegrinst.

«Merle?»

Sie brauchte einen Moment, um in die Gegenwart zurückzukommen.

«Du kannst jetzt zu Konstanze kommen», rief Karola, die Assistentin. Merle holte tief Luft und ging zum Büro ihrer Chefin.

«Setz dich, Merle», begrüßte Konstanze sie, offenbar bester Laune. «Bevor du loslegst, lass mich dir noch mal sagen, wie begeistert ich von deinem Einsatz bei Frau Castello war. Sie hat dich ja in den höchsten Tönen gelobt.»

Für einen Moment hielt Konstanze inne, nahm ihre goldgerandete Lesebrille vom Kopf und wischte mit dem Ärmel ihres Pullovers über die Gläser.

«Nun ja», fuhr sie fort, «du bist wohl sehr ... sagen wir mal ... unkonventionell vorgegangen, im Grunde bist du etwas übers Ziel hinausgeschossen. Aber der Erfolg gibt dir recht! In der Liebe und beim Aufräumen ist alles erlaubt, sage ich immer.»

Sie kicherte über ihr mäßig lustiges Wortspiel.

«Du kannst wirklich stolz auf dich sein, Merle. Die Feuerprobe – und damit die Probezeit – hast du erfolgreich bestanden. Viele andere hätten bei so einer Aufgabe wohl schon am Anfang abgewinkt. Aber du hast dich durchgebissen. Herzlich willkommen im Team!»

Merle sah sie irritiert an. «Feuerprobe?» Plötzlich dämmerte es ihr. «Dann war das Ganze also ein Testballon? Um mich zu prüfen?»

«Wenn du so willst», sagte Konstanze gut gelaunt. Sie schien auch noch stolz darauf zu sein.

Merle runzelte die Stirn. Sie fühlte Wut in sich aufsteigen.

«Das heißt, du hast von der Drei-Zimmer-Wohnung gewusst? Und mir auch noch Zeitdruck gemacht, obwohl klar war, wie viel Arbeit das sein würde? Du hast mich einfach ins Messer laufen lassen!», ereiferte sie sich.

«Na ja, so unfreundlich würde ich es jetzt nicht ausdrücken. Jeder muss mal ins kalte Wasser springen», wehrte sich Konstanze.

«Schon, aber nicht unbedingt gleich ins arktische Packeis.»

«Nun sei nicht sauer», versuchte ihre Chefin, sie zu beschwichtigen.

Merle fand ihre Fassung wieder. «Bin ich nicht», sagte sie in bestimmtem Ton. «Ich wollte ohnehin etwas mit dir besprechen.»

Und dann war es an Konstanze, die Stirn zu runzeln.

Kapitel 33

Vier Wochen später

Merle stand in Luigis Küche und rollte Pastateig durch die Maschine. Der Teig fühlte sich wundervoll an, fluffig und fest zugleich. Sie kannte inzwischen das richtige Mischungsverhältnis aus Wasser und Mehl, das ihn so perfekt werden ließ. Das Zweite, was sie von ihrem neuen Chef gelernt hatte: niemals Eier in den Teig zu geben. «Wir backen schließlich keinen Kuchen», hatte Luigi angewidert gesagt. Und sie musste ihm recht geben: In ihrer puren Form schmeckte die Pasta einfach echter und besser.

Während sie den Teig erneut durch die Maschine zog und ihn dabei in hauchdünne Tagliatelle aufspaltete, sah sie sich um. In den Regalen standen Weinflaschen und Espressopackungen, an den Wänden hingen Knoblauchzehen, Chilis und zahllose Bilder von Gina Lollobrigida. Luigi war Ginas größter Fan, und Merle fühlte sich fast ein bisschen beobachtet von der üppigen Brünetten, die neben Sophia Loren als Inbegriff der temperamentvollen Italienerin galt. Vermutlich hätte «La Lollo», nach der auch das Restaurant benannt war, wenig Verständnis dafür, dass Merle nach Dienstschluss noch Überstunden in der Küche machte, um neue Rezeptideen auszuprobieren, statt den Abend in dieser wundervollen Stadt zu genießen. Und sie hatte sich ja auch selbst vorgenommen, weniger streng zu sich zu sein. Aber das hier hatte nichts mit Disziplíniertheit zu tun: Sie werkelte richtig gerne in der Küche vor sich hin! Und sie war Luigi dankbar, dass er so viel Vertrauen zu ihr hatte. Was Ella wohl sagen würde, wenn sie sie so sehen könnte? Merle dachte an ihr letztes Gespräch mit ihr. Nachdem Merles Auftrag beendet und die Villa leer geräumt war, war sie mit Ella in den Keller gegangen, wo sie eine letzte Spur hinterließ: «Ella elle l'a» hatte sie trotzig mit Edding an die Wand gekritzelt und dabei das Lied gesummt. Ella hat es. So würde wenigstens etwas von ihr bleiben. Vermutlich hatte Leo sie mit seinen Schildern dazu inspiriert.

«Sie haben mir mein Leben zurückgegeben», hatte sie gewohnt pathetisch zu Merle gesagt. «Und jetzt möchte ich das Gleiche für Sie tun. Sie müssen mal raus hier, Kindchen. Ich denke, ich weiß, wo Sie gut aufgehoben wären. Meine Wohnung in Rom steht ja bis auf weiteres leer. Wie wäre es, wenn Sie eine Zeitlang dort wohnen? Ich habe bereits mit Luigi gesprochen. Er ist ein alter Freund und wahrer Küchengott, bei dem sie noch viel lernen können – nicht nur über das perfekte Ragù. Wenn Sie wollen, können Sie sofort als Aushilfe bei ihm anfangen. Sie müssen nur noch ja sagen.»

Wie hätte Merle so ein Angebot ablehnen können? Sie konnte das Abenteuer förmlich riechen, vielleicht das erste echte Abenteuer in ihrem Leben. Eins, das ihr Herz Purzelbäume schlagen und ihre Haut prickeln ließ. Und so hatte sie beschlossen, ihr Lebensmotto nicht mehr als Aufforderung zum Verzicht zu begreifen, sondern als Einladung zum Leben:

«Nur Erinnerungen sind Erinnerungen.»

Und diese Erinnerungen galt es nun zu schaffen – in Rom, der Stadt, von der sie geträumt hatte und in der sie sich vom ersten Moment an gefühlt hatte, als würde sie schweben. Sie konnte es sich selbst nicht erklären, aber seit sie vor drei Wochen hier angekommen war, erlebte sie sich ganz neu. Sie war mutiger, lachte lauter, sprach ohne Probleme wildfremde Menschen an – all die Dinge, die sie in Hamburg eher schwierig fand, fielen ihr hier leicht. Sie lief durch die engen Gassen ihres Viertels und fühlte sich zum ersten Mal wirklich frei, frei von allen Verpflichtungen und selbstauferlegten Regeln. Das war also das echte Leben. Vielleicht musste man ja erst etwas riskieren, damit es sich richtig anfühlte. Nicht umsonst sprach man wohl davon, sich ins Leben zu stürzen: Es kostete Überwindung – dafür war es danach umso schöner.

Sie hatte einige Wochen gebraucht, um sich einzuleben und eine gewisse Routine zu entwickeln. Anfangs war sie die engen Treppen zu Ellas Apartment noch hochgeschnauft, es lag im vierten Stockwerk eines historischen Palazzos. Inzwischen nahm sie die Stufen ohne Mühe. Als sie zum ersten Mal die acht Schlösser entriegelt und die schwere Holztür zur Wohnung geöffnet hatte, war sie sprachlos gewesen. Ella hatte immer von einer ganz einfachen Wohnung gesprochen. Tatsächlich war die Einrichtung schon etwas verwohnt, das meiste stammte aus den siebziger Jahren. Und doch hatte sich Merle auf den ersten Blick in diesen Ort verliebt: In die dunklen Holzbalken unter der Decke, den weiß verputzten Kamin, in das breite Bett unter dem Dachfenster, durch das man vor dem Einschlafen die Sterne sehen konnte. Eine Steintreppe führte von der Wohnung auf eine große Dachterrasse mit Blick über Rom, bis hin zur Kuppel des Petersdoms. Zwischen Schornstein und Geländer war eine Hängematte gespannt. Merle fragte sich unwillkürlich, ob

Ella wohl als junge Frau darin gelegen und von der Zukunft geträumt hatte.

Jeden Morgen außer sonntags stieg Merle auf ihr Fahrrad und machte sich auf den Weg zu Luigis Restaurant. Er hatte ihr seine Vespa leihen wollen, aber sie fühlte sich auf dem klapprigen roten Fahrrad vom Flohmarkt in Trastevere sehr viel wohler – auch wenn die Einheimischen sie etwas misstrauisch beäugten. Radfahrer waren hier nach wie vor Exoten. Bisher war sie nur langsam durch die Straßen der Altstadt geradelt, in den Berufsverkehr hatte sie sich noch nicht gewagt.

Sie fuhr meist nicht direkt zur Arbeit, sondern machte einen kleinen Abstecher zu der Bar, die ihr Ella empfohlen hatte. Sie lag etwas versteckt in einer Seitenstraße. Und es verirrte sich tatsächlich kein einziger Tourist hierher. Merle nahm dort jeden Morgen einen «Caffè» – sie liebte es, dieses Wort so stark betont auszusprechen, wie die Italiener es taten. Er schmeckte hier wirklich deutlich besser als in Hamburg. Ob das an der Atmosphäre der Bar lag? Sie lauschte gerne dem Zischen der Espressomaschine, dem Geklapper der Tassen und dem Geplapper der alten Männer, die an der Theke standen und wild gestikulierend ihre Neuigkeiten austauschten. Sie hatten jede Menge Zeit, nahmen einen Caffè nach dem anderen, lasen Zeitung und gingen ab und zu vor die Tür, um zu rauchen. Merle sah ihnen amüsiert dabei zu und beneidete sie ein wenig, dass sie einfach in den Tag hineinleben konnten.

Sie selbst schwang sich bald wieder auf ihr Fahrrad und kam kurz darauf bei Luigi an. Wenn ihr der Padrone lachend sein «Buongiorno» entgegenschmetterte, zitterten die Weinflaschen auf den Regalen. Er war zwar recht klein, dafür aber mit einer beeindruckenden Stimme gesegnet. «Vieni, komm schon», winkte er sie hastig in die Küche, bevor sie überhaupt ihre Jacke abgelegt hatte. Seine Frau Maria schüttelte jedes Mal den Kopf und fuhr dann fort, mit geübten Handbewegungen die frischen Antipasti vorzubereiten. Merle band sich eilig eine Schürze um und half den beiden in der Küche, so gut sie konnte. Sie verständigten sich dabei größtenteils mit Händen und Füßen. Mit Hilfe einer App hatte sich Merle zwar noch einige italienische Vokabeln angeeignet und lernte jeden Tag weitere dazu. Aber für eine echte Unterhaltung reichte es noch nicht.

Was Luigi betraf, hatte Ella nicht übertrieben: Er war ein echter Zauberer in der Küche. Staunend sah sie ihm dabei zu, wie er Pasta und Soßen zubereitete, wie er ihr all die kleinen Tricks und Handgriffe zeigte und Zutaten verwendete, auf die sie im Leben nicht gekommen wäre. So hatte er ihr beigebracht, dass in ein echtes Ragù alla bolognese etwas Milch gehörte, um der Soße die Säure zu nehmen. Und dass es mindestens drei Stunden auf kleiner Flamme köcheln sollte. Um sich alles zu merken, schrieb sie während des Kochens immer wieder in ihr hellblaues Notizbuch, das sie sich bei einem Buchbinder in der benachbarten Via dei Coronari gekauft hatte, wo es von Antiquitätenhändlern nur so wimmelte. Ob wohl einige von Ellas Möbeln von hier stammten?

Wie gerne sie nach der Arbeit noch durch die Gassen ging und sich die Fassaden mit der lachsfarbenen Patina ansah, die Trinkwasserbrunnen, die kleinen Geschäfte mit Lederwaren oder römischem Kunsthandwerk. Manchmal spazierte sie auch am Ufer des Tiber entlang bis zu ihrer Lieblingsbank im

Schatten einer Zeder und sah den vorbeifahrenden Booten zu. Am Abend saß sie oft auf ihrer Dachterrasse und konnte es gar nicht fassen, dass sie wirklich hier war. Sie schaute über die rotbraunen Dächer der Stadt, bewunderte die prächtige Kuppel des Petersdoms, die im Licht der untergehenden Sonne golden leuchtete, sie lauschte den Geräuschen der Stadt, dem Hupen und Knattern der Motorroller, dem Gemurmel der Menschen in den Straßencafés, das bis zu ihr hoch hallte. Das Zwitschern der Vögel klang hier anders als in Hamburg, irgendwie lebenslustiger, so als würden sich die Tiere über die verrückten Bewohner dieser Stadt amüsieren. Manchmal stellte sich Merle vor, wie Ella als kleines Mädchen mit nackten Füßen über den Terrakottaboden getapst war. Wie sie sich später als junge Frau in dieser Stadt bewegt hatte und wie sie Kurt nur wenige Meter von hier kennengelernt und das Schicksal seinen Lauf genommen hatte. Sie konnte die Bedeutung dieses Ortes mit jeder Faser spüren, und es war ein schönes Gefühl, dass sie selbst jetzt Teil dieser Geschichte war.

Wie gerne hätte sie Leo all das gezeigt. Aber sie hatte sich nun mal geschworen, dass die Zeit in Rom nur ihr allein gehören sollte. Nach der Trennung von Tom, die friedlich und freundschaftlich verlaufen war – auch er hatte wohl gespürt, dass sie nicht wirklich zusammenpassten –, wollte sie endlich zur Ruhe kommen und herausfinden, was sie sich noch vom Leben wünschte. Hier in Rom konnte sie sich selbst zuhören, ohne dass ihr irgendjemand reinredete. Sie war jetzt Mitte dreißig, sie hatte keinen Mann, keine Kinder und einen Job, von dem sie nicht sicher war, ob sie ihn sich wirklich ausgesucht hatte oder ob sie sich vom Leben dorthin hatte treiben lassen. Sie wusste nur, dass ihr Leben sie nicht wirklich satt machte. Und dass sie nicht länger hungrig sein wollte. Es wurde Zeit, dass sie selbst die Weichen stellte!

Und sie hatte auch schon eine Idee: Sie würde ein Kochbuch schreiben, mit den besten und kreativsten Bolognese-Rezepten, schön fotografiert und gestaltet, mit Geschichten rund um die berühmte Soße. Außer mit Luigi hatte sie noch mit niemandem darüber geredet. Er hatte bereits versprochen, sie mit weiteren Köchen zusammenzubringen, um noch mehr Rezeptideen zu sammeln. Außerdem plante sie, einen Abstecher nach Bologna zu machen, den Ort, aus dem das berühmte Gericht stammte.

Merle trank einen Schluck Wasser. Ihr Mund war ganz ausgetrocknet von der Arbeit mit dem Mehl. Hamburg schien ihr gerade unendlich weit weg zu sein. Die Tage vor ihrer Abreise waren so schnell vergangen, sie hatte den Flug gebucht, das Notwendigste eingepackt und ihre Wohnung an eine Studentin untervermietet. Konstanze war aus allen Wolken gefallen, als sie sie um ein Sabbatical gebeten hatte. Zumal sie sich auf die Länge noch nicht festlegen wollte. Sie wollte sich später nicht vorwerfen müssen, nie etwas gewagt zu haben.

Konstanze hatte ihr eine Frist gesetzt. «Sechs Monate. Keinen Tag länger. Bis dahin musst du dich entscheiden, ob du zurückkommen willst oder nicht.»

«Das werde ich», sagte Merle.

Schon drei Tage später war ihr vorerst letzter Arbeitstag gewesen, sie hatte noch ein paar Urlaubstage abgefeiert und sich bis auf weiteres von ihren Kollegen verabschiedet. Sie brauchte nichts einzupacken, bevor sie ging. Wie üblich hatte sie bis auf ein paar Teebeutel nichts mit in die Agentur mitgenommen, ihr Schreibtisch war so jungfräulich, als hätte noch nie jemand daran gearbeitet. Es machte sie traurig, dass sie diesen Ort so gar nicht geprägt hatte, weder mit Fotos noch mit Post-its oder einer Teetasse in ihrer Lieblingsfarbe. Vielleicht hatte sie das menschliche Bedürfnis, Spuren zu hinterlassen, immer unterschätzt.

Hausmeister Giese klopfte ihr bedauernd auf die Schulter, als sie ihm auf Wiedersehen sagte.

«Tja, Abschied ist ein schweres Schaf, min Deern. Hörst du also endlich auf mich und hängst die Aufräumerei an den Nagel?»

«Freuen Sie sich mal nicht zu früh. Ich nehme mir nur eine Auszeit, vielleicht haben Sie mich schon bald wieder an der Backe», sagte Merle lachend.

«Das tät mich aber wundern. Wenn du erst mal da unten im Süden bist, bei die Italiener ...»

Er zwinkerte ihr vertraulich zu und winkte noch mal mit seiner Farbrolle. «War immer nett, mit dir zu schnacken, min Deern!»

Kurz vor ihrer Abreise war sie noch auf Heikes Hochzeit gewesen. Zum Glück spielte das Wetter mit, es war ein kühler, aber sonniger Herbsttag, sie trug Ellas Kleid mit einer cremefarbenen Bolerojacke und dazu die Ohrringe ihrer Mutter – genau wie in dem seltsamen Traum.

Reinhold hatte sich gefreut, als sie bei ihm aufgetaucht war, und ihr die Ohrringe anstandslos wieder ausgehändigt.

«Ich hätte sie sowieso niemand anderem gegeben», sagte er augenzwinkernd, als er sie aus dem Schaukasten nahm. «Was meinst du, warum ich sie so teuer gemacht habe?»

«Mondpreise für den Mondstein, was?», feixte Merle und fuhr mit dem Finger über die Ohrringe. Sie war einfach nur froh, dass sie noch da waren. Reinhold war wirklich ein Schatz. Und Heikes Hochzeit der perfekte Anlass, die Schmuckstücke auszuführen. Während der Trauung hatte Merle nach ihnen gegriffen und sich auf magische Weise von ihnen beschützt gefühlt. Vielleicht lag es daran, dass sie endlich ihren Frieden mit ihrer Mutter gemacht hatte. Vielleicht aber auch an ihrem Begleiter: Leo hatte es sich nicht nehmen lassen, zu der Feier mitzukommen. Anders als Tom hatte er sich sogar gefreut, als sie ihn gefragt hatte. Als sie abends nach dem Hochzeitswalzer zusammen tanzten, war sie angenehm überrascht gewesen, wie sicher er sie über das Parkett führte. Und dann hatte er die Bombe platzen lassen.

«Ich habe übrigens bei der Abendpost gekündigt», sagte er ihr leise ins Ohr.

«Waaas?» Merle blieb vor Schreck auf der Tanzfläche stehen, und Leo wäre ihr fast auf den Fuß getreten. Heike, die gerade mit Jens an ihnen vorbeitanzte, warf ihr einen amüsierten Blick zu und reckte den Daumen nach oben. Sie hatte Merle schon gesteckt, wie gut Leo ihr gefiel.

«Weitertanzen, immer weitertanzen», forderte Leo sie auf und zog sie an sich. «Sonst denkt das Brautpaar noch, wir hätten Streit.»

«Was ist denn passiert?», wollte Merle wissen.

«Ich werde ein Buch schreiben.»

«Wirklich? Das ist ja phantastisch! Wie kam es denn dazu?»

Leo lächelte geheimnisvoll. «Ella hat also nichts erzählt?»

«Ella? Nein, was denn? Nun spuck's schon aus!», bohrte Merle ungeduldig nach.

«Sie hat mich gefragt, ob ich ihre Biographie schreiben möchte. Quasi als Ghostwriter.»

Merle machte große Augen.

«DAS meinte sie also, als sie sagte, sie würde sich bei dir bedanken.»

Leo nickte.

«Eine bessere Belohnung hätte ihr gar nicht einfallen können. Ich wollte ja schon lange weg von der Zeitung und meinem miesen Chef. Seit der Kündigung bin ich einfach nur happy. Aber nicht nur deswegen.»

«Sondern?», fragte Merle kokett. Der Walzer war längst beendet, und sie hielten sich noch immer in der Paartanzhaltung, ohne zu bemerken, dass die Menschen um sie herum gerade zu einem Song von Guns N' Roses ausflippten.

«Den anderen Grund halte ich gerade im Arm», sagte Leo leise und sah sie liebevoll an. Merle schmiegte kurz ihre Wange an seine.

«Aber mit deiner Abreise nach Rom versetzt du meinem Glück einen ganz schönen Dämpfer», flüsterte er ihr ins Ohr.

«Vielleicht ist es dir ein Trost, dass ich als perfekte Bolognese-Köchin zurückkommen werde», scherzte sie, um ihre Verlegenheit zu überspielen.

Leo zog eine Augenbraue hoch und sah ihr tief in die Augen.

«Dir macht es also nichts aus, dass wir uns weiß Gott wie lange nicht sehen werden? Das klären wir jetzt mal vor der Tür.»

Er zog sie an der Hand aus dem Festzelt, das im Garten der Pension aufgebaut worden war. Sie gingen die wenigen Schritte durch die Dunkelheit zum Strand, und als sie vor dem Meer standen und dem regelmäßigen Rauschen der Wellen lauschten, küsste er sie endlich zum ersten Mal. Beim Gedanken daran seufzte Merle und legte die mehlbestäubte Pasta zum Trocknen auf die Küchentücher auf dem Holztisch in Luigis Küche. Wenn sie an Leos Kuss dachte, fiel es ihr schwer, das selbstverordnete Alleinsein zu genießen. Stattdessen fühlte es sich an, als zöge sie ein unsichtbarer Magnet zurück nach Hamburg. Oder noch besser: Leo zu ihr nach Rom. So vieles hätte sie ihm gerne gezeigt: die kleine Konditorei, in der man sich mitten in der Nacht frische Cornetti mit köstlicher Himbeerfüllung direkt aus dem Ofen holen konnte. Die Piazza Navona, die in den frühen Abendstunden ihre ganze Romantik entfaltete. Oder auf Ellas Dachterrasse in der Hängematte zu liegen. All das war auch alleine sehr schön, aber manchmal konnte sie den Gedanken nicht verscheuchen, dass es traumhaft wäre, all das mit Leo zu erleben.

Natürlich könnte sie sich einfach über ihr selbstverordnetes Besuchsverbot hinwegsetzen, aber womöglich würde Leo sie dann für wankelmütig halten. Und außerdem hatte sie es nun mal so beschlossen, basta. Dass sie es aber auch nicht lassen konnte mit den ständigen Regeln!

Die Nudeln waren fertig vorbereitet, sie mussten nur noch zwei Minuten in kochendes Wasser. Merle wollte sich gerade den Zutaten für ihre heutige Soße zuwenden – diesmal mit Sardellen und Kapern, ähnlich einer Puttanesca –, als ihr Handy auf der Arbeitsplatte piepste. Merle wischte sich die mehligen Hände an der Küchenschürze ab und drückte auf den Homebutton. Eine Nachricht von Stella! Sie schickte ihr hin und wieder Bilder von ihrem Leben auf dem Land. Merle klickte die Nachricht an und zog das Foto groß: Es zeigte Ella auf dem Rasen hinter dem Hof, umringt von Kindern, vorneweg der kleine Benno. Neben Ella stand ein attraktiver älterer Herr im beigefarbenen Leinenanzug. Es piepte erneut, und eine Textnachricht ploppte auf – von Ella unterschrieben! Gespannt las Merle die Zeilen:

«Tja, da wollte ich immer eine Familie mit vielen Bambini, und jetzt habe ich sie! Ganz schön anstrengend, diese Meute. Landleben halt – es ist ein bisschen wie früher auf dem Hof meiner Nonna. Der Mann neben mir ist übrigens Edgar. Er tut sich noch ein bisschen schwer mit den vielen Menschen hier und will mich am liebsten wieder in die Stadt entführen … aber wir gehen es langsam an. Sein Sternzeichen passt übrigens gar nicht zu meinem. Und wissen Sie was? Das ist mir ganz egal! Tanti saluti!»

Merle betrachtete das Strahlen auf Ellas Gesicht und das Lachen der Kinder um sie herum. Das Bild hätte eigentlich gar keine Worte gebraucht. Sie spürte ein Ziehen in der Herzgegend. Auf einmal fühlte sie sich schrecklich einsam. Da stand sie nun, in Luigis Küche, und die Menschen, die ihr etwas bedeuteten, waren weit weg und lebten ihr Leben ohne sie weiter. Zum ersten Mal dachte sie über eine baldige Rückkehr nach.

Erneut piepste ihr Handy. Was war denn heute los?

Eine Nachricht von Leo! Ein Foto von einem Schild, auf dem er etwas eingraviert hatte. Merle musste das Bild mit den Fingern großziehen, um den Spruch lesen zu können.

«Rom oder Rømø – Hauptsache Italien!»

Merle musste lachen. Sie wollte gerade eine Antwort an ihn tippen, als es zaghaft an der Eingangstür klopfte. Wahrscheinlich wieder ein Tourist, der nicht wahrhaben wollte, dass das Restaurant geschlossen hatte. Merle beschloss, es zu ignorieren. Doch es klopfte erneut, diesmal nachdrücklicher. Merle seufzte, legte die Schürze ab und ging zur Eingangstür. Sie schob die weiße Spitzengardine zur Seite, um zu sehen, wer da so hartnäckig war.

«Ciao bella!» Merle schlug die Hand vor den Mund. Da stand doch tatsächlich Leo vor der Tür und strahlte über das ganze Gesicht. Übermütig hielt er eine Flasche Rotwein an die Scheibe. Das Herz sprang ihr fast aus der Brust, und ihre Finger zitterten, als sie eilig aufschloss und ihm um den Hals fiel.

«Was machst du denn hier?», japste sie aufgeregt.

«Na, was wohl?», fragte er lachend. «Ich hatte Lust auf ein Glas Rotwein mit dir.» Er hielt Merle fest, und sie gab sich ganz seiner Umarmung hin. Wie war das nur möglich? Klappte das etwa tatsächlich mit den Bestellungen beim Universum? Anders konnte sie sich das kaum erklären. Womöglich lag Ella doch nicht so falsch mit ihrer ganzen Esoterik …

«Ella hat mir verraten, wo ich dich finde», sagte Leo lächelnd. «Sie meinte, ich könne doch auch in Rom an meinem Buch arbeiten. Die Interviews mit ihr führe ich einfach per Skype.»

Merle setzte die Puzzleteile im Kopf zusammen.

«Ach, darum kam ihre Nachricht genau jetzt. Wahrscheinlich wartet sie schon auf meine freudige Reaktion auf deinen Besuch.»

Leo streichelte ihr über die Wange und sah sie liebevoll an.

«Dann sollten wir ihr den Gefallen wohl tun.» Er wollte nach seinem Handy greifen, um ein Foto für Ella zu machen, doch Merle führte seine Hand wieder an ihr Gesicht und schloss die Augen. Wie gut das tat. Und wie er duftete! Sie öffnete die Augen, um sich zu versichern, dass sie nicht träumte.

«Das mit dem Foto hat Zeit. Wie wäre es mit etwas Pasta zum Wein?»

«Großartige Idee», freute er sich. «Und wie sieht es mit einer Vorspeise aus?»

«Ganz schön anspruchsvoll, der Herr. Woran hatten Sie denn da gedacht?»

Statt zu antworten, zog er sie noch näher an sich heran. Auf einmal wusste sie genau, was sie wollte. Sie wollte ihn küssen, jetzt sofort. Und dann tat sie es einfach – und es fühlte sich verdammt richtig an.

Danksagung

Dieses Buch ist in einem Jahr großer persönlicher Veränderungen entstanden. Ich danke allen, die mich dabei begleitet und bestärkt haben:

Meiner Familie, die immer an mich geglaubt hat.

Andrea für ihre Freundschaft und ihre klugen Hinweise als Erstleserin.

Jessica für ihren Zuspruch und ihre lieben Worte.

Anja für viele lustige Schreibpausen bei den «Kaffeeprinzen».

Allen Freunden und Freundinnen fürs Mitfiebern und Dabeisein! Was wäre ich ohne euch!

Mein Dank geht außerdem an Daniela Nagel alias Marie Adams, die sogar Weiberfastnacht mit mir im Kölner Schreibraum verbracht hat. Ich freue mich schon auf unsere Lesetour!

Überhaupt, der Schreibraum: Was für eine phantastische Einrichtung, für die ich dem Kulturamt der Stadt Köln und der «Literaturszene Köln» e. V. gar nicht genug danken kann. Auch für all die lieben und inspirierenden Menschen, die ich dort kennenlernen durfte.

Meiner Agentin Elisabeth Ruge danke ich für ihre phantastische Unterstützung, Ditta Friedrich vom Rowohlt Verlag für ihr großes Vertrauen und ihr dramaturgisches Gespür. Und Kathrin Jurgenowski für ihren scharfen Blick. Ihr habt dieses Buch so viel besser gemacht!

Nicht zuletzt und von ganzem Herzen danke ich Emmanouil und seinen wunderbaren Kindern Antriana und Janni. Τι όμορφα που υπάρχετε σ'αυτό τον κόσμο!

Sofie Cramer

Honigblütentage

288 Seiten

Valerie steht kurz vor einem Burnout, als sie von ihrer Chefredakteurin auf Recherchereise geschickt wird. Das Thema: «Pilgern vor der eigenen Haustür – Selbstfindung pur?». Widerwillig macht sich die Journalistin auf den Heidschnuckenweg südlich von Hamburg – und hat bereits nach wenigen Tagen genug von Rückenschmerzen und geschundenen Füßen. In einer kleinen Pension am Rande des Naturschutzgebietes legt sie eine Pause ein. Die rüstige Besitzerin Annegret erkennt Valeries grundsätzliche Erschöpfung und bringt ihr mit Hilfe eines Bienenzüchters die Natur näher: Honig schleudern, Brot backen und Fliederbeersaft herstellen … Aber Valerie ahnt, es braucht noch mehr, um zu sich selbst zu finden – und zum kleinen, großen Glück.

Weitere Informationen finden Sie unter **rowohlt.de**

MIX
Papier aus verantwortungsvollen Quellen
FSC® C083411

Das für dieses Buch verwendete Papier ist FSC®-zertifiziert.